btb

ERNEST VAN DER KWAST wurde 1981 in Mumbai geboren und ist halb indischer, halb niederländischer Herkunft. Seine Romane sind internationale Bestseller. In Deutschland erschienen bisher seine Romane »Fünf Viertelstunden bis zum Meer«, »Die Eismacher« und »Mama Tandoori« sowie sein Erzählband »Versteckte Wunder«. Ernest van der Kwast lebt mit seiner Familie in Rotterdam.

ERNEST VAN DER KWAST

DER PERFEKTE
MANN

Roman

Aus dem Niederländischen
von Rainer Kersten

btb

EINS

Bald würde die Dämmerung einsetzen, alles badete in einem unwirklichen, bläulichen Licht. Am Horizont ein Schleier warmer Farben. Peter Lindke war ausgestiegen und betrachtete beim Tanken die weite Wiesenlandschaft.

Vor seinen Augen wurde das Grün des Grases langsam geschluckt. Hätte er nicht im harten, weißen Licht der Tankstelle gestanden, sondern im saftigen Gras voller Klee und Butterblumen, wäre auch er im alles beherrschenden Blau aufgegangen. Ein einsamer Mann, der langsam davontreibt. Er dachte an dicke Pinselstriche, Weiß, das in Rosa übergeht, dann zu Orangegelb changiert und zuletzt ganz zu Rot: ein Horizont in Flammen. Alles andere – die Bäume, die Kühe, die schnurgeraden Gräben – war in einen saphirfarbenen Schimmer gehüllt. In diesem Licht verschwand alles, alles und jeder.

Es hatte mit Staubteilchen und Wasserdampf in der Atmosphäre zu tun, aber auch mit der Wellenlänge der Farben. Während die Sonne hinter dem Horizont versank, verbreitete sich am Himmel das Blau, es streute und kroch in alles hinein, wie Tinte. Als wolle die Natur dieses Bild einfangen und benutze dazu jedes Mittel, doch selbst das größte Himmelsgewölbe war nicht imstande, diesen bezaubernden Moment festzuhalten.

Das Dunkel fraß schon an den Dingen, als Peters Frau Kee an der Zapfsäule stand. Fassungslos schaute sie sich um, völlig perplex. Sie war kurz auf die Toilette gegangen, hatte sich die Hände gewaschen und war dann zurückgekommen, um zu erkennen, dass ihre Familie sich in Luft aufgelöst hatte. Einfach weg. Kein Auto, kein Mann, keine Kinder. Nur der Betrag auf der Zähleruhr erinnerte noch an sie, das heißt: an ihren Mann: 83 Euro, 02 Cent. Nie konnte Peter etwas genau machen, richtig, perfekt. Ihre Hände tasteten in ihren Taschen. Sie fluchte. Ihr Handy lag noch im Auto.

Zwei Kilometer entfernt fuhr jetzt ein Ford Focus auf der Autobahn zurück in die Stadt, wo die Lindkes seit Kurzem in einem sozial gemischten Quartier ein Reihenhaus bewohnten. Ein »chancenreiches Viertel«, wie das im Planersprech der Stadtverwaltung hieß. Neubau in traditionellem Baustil inmitten von Sozialwohnungen aus den achtziger Jahren. Backstein und Holz versus Hartfaser und Aluminium. Der Teil der Familie im Auto bestand aus zwei Söhnen und Peter Lindke, Kurator der Abteilung für niederländische Barockmalerei am örtlichen Museum, Vater und Ehemann. Nicht unbedingt in der Reihenfolge, doch immerhin ziemlich oft. Am Rand der A 12 stand seine Frau.

»Verdammt noch mal, Peter, verdammte Scheiße noch mal!«

Sie waren ins Grüne gefahren. Zwei Tage nachdem der Sturm das Land lahmgelegt hatte. Der Zugverkehr war unterbrochen gewesen, und Lastwagen auf der Autobahn waren umgemäht worden. In manchen Straßen im Osten des Landes hatte es Dachziegel geregnet. Zu viert waren sie in den Wald gefahren und hatten die Sturmschäden besichtigt. Riesige Birken und Eichen hatte der Wind gefällt; ihre Wurzeln baumelten in der Luft wie Eingeweide aus einem Kadaver. Die Wege waren übersät mit Zweigen, dreißig Meter hohe Kiefern standen schief aneinandergedrückt wie Dominosteine.

Auf einer sandigen Lichtung hatte Kee die Thermoskanne aus ihrem Rucksack geholt. Der Tee dampfte im Becher, und abwechselnd nahmen sie kleine Schlucke. Die Sonne schien, unterbrochen von Inseln bleifarbener Wolken. Sie sagten nicht viel und redeten leise, wie das Rascheln von Blättern.

Nach und nach wurden die Schatten länger. Als sie zum Auto zurückgingen, folgten ihnen Riesen, bereit, sich jeden Moment auf sie zu stürzen.

Am Wochenende flohen Peter und Kee gern aus der Stadt, den Kindern jedoch war das ein Graus. Fast alles, was ihr Vater und ihre Mutter vorschlugen, nervte sie tödlich. Selbst ihre eigenen Namen fanden sie megapeinlich.

Tristen und Ewan. Keltische Namen. Ihre Söhne sollten wackere junge Burschen werden, die im Leben nichts umwarf. Davon hatten Kee und Peter geträumt, als sie ihnen die Namen gaben, doch auf diesem Gebiet war wenig zu erhoffen. Tristen und Ewan ähnelten nicht nur einander, sondern auch all ihren Schulkameraden: Sie waren Durchschnitt, in nichts von der Masse verschieden.

Wenn sie sich wieder mal langweilten, hielt Peter seinen Söhnen Tizian als leuchtendes Beispiel vor. Zwölf Jahre war der tapfere Junge aus Pieve di Cadore gewesen, als er nach Venedig ging, um in der Werkstatt von Giovanni Bellini Heilige und Dogen zu malen. Mit vierzehn war Rembrandt van Rijn bei Jacob van Swanenburgh in die Lehre gekommen, Jan Lievens war sogar erst acht Jahre alt, als er der Schüler Joris van Schootens wurde. Wie fühlte es sich wohl an, wenn ein Leben so früh schon festlag, ohne eine Möglichkeit zu entkommen? Manchmal, wenn Peter seine Kinder auf dem Rücksitz betrachtete, überkam ihn leichte Wehmut. Dann sehnte er sich nach der Zeit, als es seine Familie noch nicht gab.

Nachdem sie den Parkplatz im Nationalpark Veluwezoom verlassen hatten, war Kee auf dem Beifahrersitz eingeschlafen. Die Jungs hatten den Laptop aufgeklappt und sich einen Film angesehen. Peter bohrte unbemerkt in der Nase und brauchte zwei Minuten dafür, seinen Zeigefinger von einem kleinen Schleimfaden zu befreien, der zuletzt völlig unbeabsichtigt auf der Windschutzscheibe landete.

Von der zuschlagenden Wagentür war Kee wach geworden. Sie richtete sich auf und schaute nach draußen, Richtung Tankstellenshop. Vor längerer Zeit hatte hier einmal ein Mann mit dem Lieferwagen zwei Fahrzeuge und eine Zapfsäule gerammt, was zu einer Explosion geführt hatte und einem Stau, der zwölf Kilometer Autobahn blockierte. Jetzt waren Würstchen im Schlafrock im Angebot.

Als Peter gerade den Tank zuschraubte, hatte Kee kurz entschlossen die Schuhe angezogen. »Ich geh noch schnell auf die Toilette«, hatte sie gesagt. Tristen und Ewan reagierten nicht, ganz im Bann des leuchtenden Bildschirms vor ihnen. »Hört ihr?«

Ihr Ältester gab ein genervtes »Ja-ha!« von sich.

Sie hatte jetzt keine Lust, lang rumzudiskutieren und zu fragen, was sie gerade gesagt hatte. Sie stieg aus, verschwand im Toilettenhäuschen neben der Tankstelle und leerte ihre Blase über einer brillenlosen Kloschüssel. Das Toilettenpapier war feucht. Auf die weiß beschichtete Spanplatte hatte jemand einen Schwanz gekritzelt – einfache Linien, unnatürliche Proportionen, so wie ein kleines Kind eine Blume malt.

Es war nicht zu fassen. Hatten ihre Männer sie wirklich vergessen? Sie starrte auf den Beschleunigungsstreifen, aber kein blauer Ford kam ihr von dort rückwärts entgegen. Mit hundert Stundenkilometern fuhr das Auto über die A 12 Richtung Rotterdam. Erlaubt waren hundertzwanzig, doch Peter fuhr nicht gerne schnell. Noch etwas, das er nicht gut konnte.

Kee holte tief Luft und hob vor einem heranfahrenden Auto die Hand. Sie war keine Frau, die in Panik geriet. Panik war von allen Emotionen die unergiebigste.

»Hallo«, sagte sie zu dem aussteigenden Fahrer.

»Hallo«, antwortete der erstaunt, vielleicht auch etwas erschrocken.

»Darf ich mir kurz Ihr Handy ausleihen?«, fragte sie und fügte sofort hinzu: »Mein Mann und die Kinder sind ohne mich weitergefahren.« Die beste Art, Peinlichkeit zu vermeiden, ist, ihr zuvorzukommen.

Einen Moment lang schien der Mann ihr nicht zu glauben, doch er entsperrte sein Handy und überreichte es ihr. Sie wählte ihre eigene Nummer und wartete auf den Klingelton am anderen Ende.

»Und?«, fragte der Mann, der inzwischen die Tankklappe geöffnet hatte, aber keine Anstalten machte, Benzin zu zapfen.

»Es geht niemand ran.«

»Ist es vielleicht auf stumm geschaltet?«

»Nein, sie hören es nicht.« Sie klang aufgebrachter, als sie eigentlich wollte.

»Einfach noch mal probieren.«

Das tat sie, doch wieder bekam sie nur ihre Mobilbox. Sie wollte das Handy schon auf den Boden schmeißen, doch gerade noch rechtzeitig fiel ihr ein, dass es nicht ihr eigenes war. Sie konnte Impulse sehr gut unterdrücken, besser jedenfalls als Peter und die Kinder.

»Wie unangenehm«, sagte der Mann.

»Ja.«

Kee schätzte ihn auf Mitte dreißig. Er trug ein tailliertes Jackett zu einer Jeans. IT-Fachmann, dachte sie. Oder Unternehmensberater. Nichts Interessantes jedenfalls.

»Aber schon komisch.«

»Was?«

Wollte der Mann damit andeuten, ihre Familie hätte sie mit Absicht hier stehen lassen? Er hatte bestimmt keine Kinder – und keinen Partner, der einmal mit Scheiße an der Brille zur Arbeit gefahren war. »Ist dir die Brille ins Klo gefallen?«, hatte sie Peter gefragt, als der von der Toilette zurückkam. Peter war es ein Rätsel, woher sie das wusste. Er hatte sein Geschäft gemacht und dann mit der Bürste die Schüssel geschrubbt, doch beim Vornüberbeugen war ihm die Brille hinuntergefallen. Ein brauner Fleck klebte an dem Glas, ein Fleck, der am Abend, als er von der Arbeit nach Hause kam, immer noch da war.

Beim dritten Versuch ging endlich jemand ran. Es war Ewan. »Ja?«, sagte er.

»Ihr habt mich vergessen!«, rief Kee. Sie wollte noch mehr rufen, aber sie hielt sich zurück. Der Mann sah sie an, als spiele sie in einem Film. Vielleicht wartete er auf Drama, auf Tränen.

»Papa – Mama am Telefon«, hörte sie Ewan sagen. Aber im Hintergrund hörte sie Peter: »Ich hab jetzt die Hände am Steuer!« Einen Moment lang gab es nur Rauschen, dann kam Tristen ans Handy. »Fuck«, sagte er nach einer Weile. »Fuck. Mama steht noch an der Tankstelle.«

Als sie das Gespräch beendet hatte, gab sie dem Mann das Handy zurück.

»Sie kommen.«

»Schön.«

»Ja.«

»Alles in Ordnung mit Ihnen?«

Die Frage prallte an ihr ab. Es ging den Mann nichts an, wie sie sich fühlte. Oder versuchte er, sie von ihrer Aufregung herunterzubringen? Sah er, dass sie innerlich kochte? Mit Fragenstellen kann man Leute beruhigen, hatte sie in einem Artikel gelesen, den sie kürzlich illustriert hatte.

»Vielen Dank für Ihre Hilfe«, sagte sie schließlich.

»Kein Problem.«

Unaufhörlich raste der Verkehr an ihnen vorüber. Leute auf dem Weg nach Hause. Langsam wurde es richtig dunkel.

»Es ist das erste Mal«, sagte sie.

Sie fühlte sich genötigt, freundlich zu bleiben, das Gespräch am Laufen zu halten, doch sofort schämte sie sich für ihre Bemerkung. Deren Dämlichkeit. Natürlich war es das erste Mal, dass sie ohne ihre Familie an der A 12 stand. Schließlich stand sie nicht einmal jede Woche mutterseelenallein hier herum.

»Ist er im Stress?«

»Wer?«

»Ihr Mann.«

Versuchte der Typ immer noch, sie zu beruhigen? Das ging dann gründlich daneben.

»Wir alle vergessen ab und zu mal was«, sagte der Mann, als er endlich den Benzinschlauch packte. »Letzte Woche hab ich noch irgendwo meinen Regenschirm liegen lassen.«

Der Mann nervte sie, er nervte sie fürchterlich.

»Als ich aus dem Haus ging, hat es geregnet ...«

»Ich bin kein Regenschirm«, sagte sie barsch. Sie war eine Frau, Ehefrau und Mutter. Vor allem anderen aber war Kee Hamelink eine erfolgreiche Illustratorin. Sie gestaltete Buchcover, arbeitete für Zeitungen und Zeitschriften und auch für die Werbung, aber das alles wollte sie dem Mann nicht erzählen. Sie wollte anonym bleiben. Eine Frau, die von ihrer Familie an der Tankstelle vergessen worden war, war schon mehr Information als genug.

Ein Hybrid-Toyota kam auf sie zu, stellte sich aber an eine andere Zapfsäule.

»Wie alt sind Ihre Kinder?«

Etwas Derartiges hatte sie noch nie erlebt. Warum fragte dieser Mann ständig weiter? Sah sie so aus, als hätte sie ein Bedürfnis zu plaudern? In der Kassenschlange im Supermarkt fragte nie jemand sie etwas. Auf dem Schulhof sprachen andere Eltern sie manchmal an, aber dann blieb es bei Höflichkeitsfloskeln. Sie war gesellig, aber nicht offen. Sie stammte aus einem kleinen

Nest in Zeeuws-Vlaanderen, die Häuser und Bauernhöfe lagen dort weit auseinander. Ihre Jugend hatte aus Stille bestanden, unterbrochen vom Geräusch großer Traktoren und dem Läuten von Kirchenglocken.

Plötzlich wurde Kee klar, dass der Mann jetzt ihre Nummer hatte: War das gefährlich? Sollte sie von ihm verlangen, die Nummer zu löschen? Das war das Wagnis, wenn man jemanden um Hilfe bat: Der andere konnte das ausnutzen. Andererseits, dachte Kee, hatte sie jetzt auch seine. Das konnte sie genauso gut ausnutzen. Sie könnte ihm Nachrichten schicken, mitten in der Nacht anrufen, und, sobald er ranging, kreischen wie am Spieß

Was hatte der Mann sie gleich wieder gefragt? Wie alt ihre Kinder waren. Warum wollte er das wissen? Das genaue Alter war ziemlich egal, sie waren in einem schwierigen Alter, das war Kee wichtig: Sie bekamen Bauchschmerzen, wenn ihnen etwas gegen den Strich ging, und stöhnten im Schlaf bei der geringsten atmosphärischen Störung im Haus und in der Ehe der Eltern.

»Ziemlich jung«, sagte sie zu guter Letzt. Damit musste der Mann sich zufriedengeben.

Er drückte die Zapfpistole. Die Zahlen der Preisanzeige schnurrten drauflos. Warum stand sie noch hier?

Der Mann hatte ihr sein Telefon geliehen, sie hatte sich ordentlich bedankt. Jetzt konnte sie gehen.

»Ich heiße Paul.«

»Hallo, Paul«, sagte sie.

Musste sie ihm jetzt ihren eigenen Namen nennen? Gehörte das dazu? Paul hatte ihr geholfen, darum musste sie seine Fragen beantworten, ihm ihren Namen sagen. Das war der Preis. Uneigennützige Hilfe existierte nicht.

»Kee.«

»Hallo, Kee.«

Er schaute sie an. Nicht mehr wie eine Schauspielerin. Er schaute sie an, als könne man sich an sie heranmachen, als sei sie zu haben. Sie war eine Frau, deren Mann sie an der Tankstelle vergessen hatte. Einen Moment lang erwiderte sie seinen Blick. Wie eine Frau, die ihrem Mann etwas heimzahlen will. Sie konnte sehen, dass sie Paul damit verwirrte.

Sie war nicht zu haben. Sie war seit vierzehn Jahren verheiratet und konnte Impulse sehr gut unterdrücken. Aber trotzdem ... Wenn sie das andere Geschlecht in Männer einteilte, mit denen sie es tun könnte, und solche, mit denen sie es nicht tun könnte, gehörte Paul eindeutig zur ersten Kategorie. Er war gut gebaut und hatte schönes, glänzendes Haar. Er war mindestens fünf Jahre jünger als sie. Ja, mit ihm könnte sie Sex haben. Aber er durfte keine Fragen stellen. Was sie mochte. Ob er sie an den Haaren ziehen dürfe. Ob sie gekommen war. Er musste die Klappe halten.

Sie sollte jetzt besser zu den Parkplätzen auf der anderen Seite der Tankstelle gehen und dort auf Peter und die Kinder warten. Doch das tat sie nicht. Sie versuchte, noch einmal verlockend zu blicken. Zu haben. Aber es klappte nicht. Der Moment war vorüber.

Ihr war kalt. Ihre Jacke lag im Auto, zusammen mit ihrem Handy. Auf einmal hatte sie schrecklichen Appetit auf ein Würstchen im Schlafrock.

Die Zahlen der Tankanzeige standen jetzt still. Paul drückte zweimal hintereinander die Zapfpistole, wie ein Cowboy. Genau siebzig Euro.

ZWEI

»Ich will das nicht«, sagte Peter. »Ich will nicht schon wieder zu den Rietvelds.«

Ihre neuen Nachbarn waren ziemlich ambitioniert. Kurz nach dem Umzug hatten sie die Lindkes »zu einem kleinen Mittagsimbiss« eingeladen. Danach waren sie bei ihnen zu Besuch gekommen. Peter dachte, damit wäre die Sache erledigt, aber zu seinem Schrecken hatten sie jetzt eine neue Einladung. Diesmal zu einem Abendessen am Sonntag.

»Hast du was gegen sie?«, fragte Kee.

»Es kommt mir so vor, als würden sie uns die ganze Zeit was vorspielen.«

»Was vorspielen?«

»Sie tun, als hätten sie unheimlich gerne Besuch, aber in Wahrheit finden sie es schrecklich.«

Er und Kee saßen auf dem Sofa.

Auf dem Teppich spielten die Jungen mit Lego.

»Sie wollen einfach ihre Möbel etwas mehr schonen«, erwiderte Kee.

»Hast du gemerkt, wie sie uns ansehen? Als wären wir eine tödliche Gefahr.«

Eine interessante Interpretation, fand Kee. Die Familie als Bedrohung.

»Es sind unsere Nachbarn!«

»Sie wohnen zwei Häuser weiter.«

Kee seufzte.

»Wir müssen absagen. Jetzt, solange es noch geht. Wenn wir Sonntagabend hingehen, müssen wir sie sonst wieder einladen.«

»Und – wäre das so schlimm?«

»Es wird noch viel schlimmer! Denn dann laden sie uns wieder ein, und wir müssen uns revanchieren. Und immer so weiter, und sie kochen immer aufwendiger, und wir müssen das auch tun.«

»Es ist kein Rüstungswettlauf.«

»Von wegen! Es fängt an mit belegten Broten und einem Glas Milch, und ehe du dichs versiehst, musst du ein veganes Vier-Gänge-Menü auf den Tisch zaubern.«

»Sie sind *Vegetarier*.«

»Ja, *noch*!«

»Worauf willst du hinaus?«

»Im Nullkommanichts haben wir hier eine Kommune. Dann musst du am Wochenende was mit ihnen unternehmen: zu einem Erntedankfest oder einem interkulturellen Gardening-Projekt gehen. Und nicht, weil dir das so viel Spaß macht, sondern weil du dazu verpflichtet bist, weil du ja einmal die Woche mit ihnen zusammen isst.«

»Und – bist du jetzt fertig?«

Nein, das war er noch lange nicht. »Danach schlagen sie vor, gemeinsam in Urlaub zu fahren. Campen an der Algarve. Zwei Zelte nebeneinander und jeden Abend billigen Wein aus dem Tetra Pak. Privatsphäre verboten! Du darfst kein Kreuzworträtsel lösen, kein Buch lesen, dir nicht den Schlafsack über den Kopf ziehen. Das geht nicht, denn dann werden der Nachbar und seine Frau mit der Eintönigkeit ihrer Beziehung konfrontiert und mit der Leere ...«

»Jetzt ist aber gut!«

Ewan stand neben dem Sofa, in der Hand ein Raumschiff aus Lego. »Streitet ihr euch?«

Peter schüttelte den Kopf. »Nein, wir haben eine Diskussion.«

»Das ist keine Diskussion. So diskutiert man nicht.«

»Wie würdest du es denn nennen?«

»Ein absurdes Gespräch. Geradezu lächerlich.«

»Wir haben eine Meinungsverschiedenheit, und die tragen wir aus, mit Worten, ohne uns mit dem Messer zu massakrieren. Das nenne *ich* ›diskutieren‹.«

»Aber wir diskutieren nicht!«

»Wollen wir jetzt darüber diskutieren, ob wir eine Diskussion haben oder nicht?«

»Wir *haben* keine Diskussion.«

Peter packte die Zeitung und schlug sie auf. »Da spiel ich nicht mehr mit!«

»Streitet ihr euch jetzt doch?«, fragte Ewan.

Keiner von beiden antwortete.

»Ich glaub schon«, sagte Tristen. Er hatte die Legosteine beiseitegelegt. Peter versteckte sich hinter der Zeitung, doch Kee war den Blicken der Kinder hilflos ausgesetzt. Als sie kleiner waren, hatte sie noch versucht, es ihnen zu erklären: »Genauso wie ihr haben auch wir ab und zu Streit.« Aber das ließ sich nicht vergleichen, bei ihnen war es etwas ganz anderes: Nichts war schlimmer als streitende Eltern.

»Tschuldigung«, sagte Kee leise.

»Macht nichts«, sagte Peter, der glaubte, sie meine ihn.

Er ließ die Zeitung sinken. »Es geht mir auch nicht um das Essen. Ich hab einfach keine Lust, geschlagene drei Stunden mit Gutmenschen von Mitte dreißig herumzusitzen.«

Kee empfand das genauso. Doch nicht das Theaterspielen der Nachbarn bereitete ihr Sorgen, vielmehr das von Peter und ihr.

»Mit ein bisschen Glück dauert es diesmal nicht so lange«, sagte sie. »Die Kinder müssen am nächsten Tag in die Schule, da wird es nicht spät.«

»Wetten, dass wir erst um halb neun wieder nach Haus dürfen?«

»Dürfen wir so lange aufbleiben?«, fragte Tristen, der etwas vom Gespräch mitbekommen hatte. Er versuchte, zwei Legosteine auseinanderzubekommen.

»Fett!«, jubelte Ewan. »Wir dürfen später ins Bett!«

An seiner Hand setzte das Raumschiff sich in Bewegung und schwebte durchs Wohnzimmer. Als würde es durch ein Vakuum gleiten, einen Raum ohne Unverständnis, ohne Schmerz, ohne Wut, angetrieben nur von einem Hauch Fantasie und einer Hand, klein wie ein Seestern.

Der Sonntag kam. Es regnete fast ununterbrochen. Am Abend waren überall auf der Straße riesige, dunkle Pfützen. Tristen hielt einen Strauß Sternanemonen in der Hand. Er hatte die Schlacht gewonnen und durfte den Nachbarn die Blumen überreichen, er, und nicht Ewan.

Anna, die ältere der beiden Töchter, öffnete die Tür, ihre jüngere Schwester im Schlepptau. Mädchen mit zerzausten, blonden Haaren.

»Hallo, Kitty«, sagte Peter zu der Jüngeren.

»Sie heißt Rosa«, berichtigte Anna.

»Oh, ich dachte, sie heißt Kitty.«
»Nein, so heißt unser Spielzeug.«
Kee schüttelte den Kopf.

Aus dem Wohnzimmer näherte sich das Ticken von hohen Absätzen. »Zieht ihr bitte die Schuhe aus?«

»Hallo, Ellen«, sagte Peter.

Die Jungs streiften sich die Turnschuhe von den Füßen und rannten an ihnen vorbei.

»Sollen wir auch unsere Schuhe ausziehen?«

»Bei Regen tun wir das immer.«

Nachdem Peter dem Kommando gefolgt war, bekam er drei Küsse.

Er ging ins offene Wohnzimmer, um Edward zu begrüßen. Ellens Ehemann stand an der Kochinsel. Die Anrichte war aus mattgrauem Granit. Bei ihrem letzten Besuch hatte Edward lang und breit darüber referiert: Teures deutsches Design, aber Fettflecken drangen im Nu in die poröse Oberfläche. Die gesamte Inneneinrichtung wirkte wie aus einem hippen Einrichtungsmagazin: grünes Sofa, umhäkelter Sitzpuff und ein Schubladenschränkchen aus bunt glasiertem Ton. Gebrauchsgegenstände, aber völlig ungeeignet für Kinder, zumindest für tobende Jungs. Zu Hause hatte Peter Kee vorgeschlagen, ihre Kinder diesmal an die Leine zu nehmen, aber sie hatte nicht darauf reagiert.

Er stützte sich auf die Anrichte, bemerkte aber sofort, wie Edward auf seine Hand starrte. Beim letzten Mal hatte er Peter so nervös gemacht, dass der für heute eine Frage einstudiert hatte: »Und – wie läuft's so in eurer Beziehung, zwischen dir und der Anrichte?«

Edward bekam die Frage nicht mit. »Bierchen oder lieber einen Wein?«, fragte er, den Kopf halb im Kühlschrank. »Ich hab da was Feines aus Südafrika, ein edles Tröpfchen.«

Die Anrichte war leer und blitzsauber – ein Operationstisch. Es musste noch gekocht werden. Das würde ein langer Abend.

Edward schenkte Peter und sich einen Schluck ein. »Blumen«, deklamierte er mit der Nase im Glas, »und ein Hauch heller Früchte.«

Peter versuchte, den Blumenduft wahrzunehmen, aber er roch nichts Besonderes. Für ihn roch jeder Weißwein mehr oder weniger gleich, Rotwein übrigens auch. Eine Gruppe professioneller Weinkenner hatte einmal blind französische Spitzenweine verkostet: Grand Crus, außergewöhnliche Jahrgänge. Man hatte ihnen erzählt, es handle sich um Rotwein, doch in den Gläsern befand sich lediglich weißer. Keiner der sogenannten Experten hatte etwas gemerkt.

Peter beschloss, seine Frage noch einmal zu stellen, wurde aber diesmal von den Frauen übertönt, die ebenfalls Wein wollten. Im nächsten Moment saßen sie am Tisch und prosteten sich zu.

»Auf nette Nachbarn«, sagte Ellen.

»Und noch viele gemeinsame Runden«, sagte Kee.

»Wie lange wohnen wir jetzt eigentlich hier?«

»Anderthalb Monate. Ihr wart ein paar Tage früher als wir.«

»Herrje, wie die Zeit vergeht!«

»Und – wie gefällt's euch bisher so?«

»Wir sind noch dabei, die Gegend zu erkunden«, erklärte Edward. »Es ist herrlich, im Wald hier in der Nähe spazieren zu gehen. Da gibt es einen Streichelzoo, und in einem Laden bei den Mühlen am See haben wir Zimt gekauft.«

Er war Brandschutzberater für petrochemische Unternehmen. Peter hatte geschwiegen, als Edward ihm seinen Beruf genannt hatte. Was sollte man zu so jemandem sagen? Welche Frage würde keine langweilige Antwort provozieren? Ellen hatte einen interessanteren Beruf: Sie war Chirurgin in einer Universitätsklinik, Spezialgebiet: Brustrekonstruktion. Bei ihrem ersten Treffen hatte sie Peter von Operationsfäden erzählt, die dünner waren als ein Menschenhaar. Während sie Wasser einschenkte oder einen belegten Kräcker zum Mund führte, hatte Peter ihre Hände betrachtet. Kein Zögern, kein Zittern. So stellte er sich die Hand eines altholländischen Meisters vor – tadellos sicher, perfekte Pinselstriche.

»Ich hab ein tolles Yogastudio in der Nähe entdeckt«, sagte Ellen zu Kee. »Du musst unbedingt mal mitkommen.«

»Ich hab noch nie Yoga gemacht.«

»Eine Probestunde ist gratis. Wollen wir jetzt gleich was ausmachen?« Ellen zückte ihr Handy.

Peter warf einen Blick auf seine Frau, die in der Tasche nach ihrem Telefon kramte. Erst ein »kleiner Mittagsimbiss«, dachte er, dann ein Abendessen, danach Yoga und Campingurlaub. Und zu guter Letzt dann ein Mord.

»Ich jogge zweimal die Woche«, sagte Edward.

»Schön«, sagte Peter.

»Magst du mal mitlaufen?«

Er wurde von den Kindern gerettet. Aus dem ersten Stock ertönte lautes Kreischen.

»Oje«, sagte Edward. »Eins von den Mädchen weint.«

Ellen stand auf und ging nach oben. Kurz darauf kam

sie mit Rosa auf dem Arm zurück. Die schluchzte. »Sie haben meine Puppe an die Wand geschmissen«, sagte sie wütend.

Es geht los, dachte Peter. Das Beste wäre jetzt aufstehen, Kinder unter den Arm, Schuhe anziehen und wegrennen.

»Jungs sind nun mal wilder als Mädchen«, erklärte Ellen ihrer Tochter. Es klang wie ein Plädoyer für frühzeitige Kastration.

Peter spürte, wie sich seine Schultern verkrampften, und er verfluchte sich selbst. Warum hatten sich Edward und Ellen ausgerechnet sie ausgesucht? Warum luden sie nicht jemand anderen ein? Nachbarn ohne Kinder, Leute, die sich auch in einer Wohnung mit Designermöbeln wohlfühlten. Möglicherweise hatte es mit ihren Berufen zu tun, seinem und Kees: Sie waren zwar nicht direkt Künstler, aber Kee war Illustratorin, und er arbeitete in einem Museum.

»Soll ich mal ein paar Takte mit den Jungs reden?«, fragte Kee. »Sie schlagen ja öfter mal über die Stränge, aber das hier geht natürlich nicht.«

»Anna ist da aber auch ganz gut drin«, erwiderte Edward. Er versuchte, höflich zu bleiben, aber man sah ihm an, dass er es absolut unmöglich fand, wenn Puppen an die Wand geschmissen wurden.

Kee stand auf. »Kommst du mit?«, fragte sie Rosa. Das Mädchen zögerte, ließ sich dann aber ihrer Mutter aus dem Arm nehmen.

Jetzt war Peter mit Edward und Ellen allein. Er hatte keine Lust, seine einstudierte Frage noch mal anzubringen. Stattdessen nahm er einen Schluck Wein. Am anderen Ende des Tischs tat Ellen dasselbe.

»So«, sagte Edward und schob seinen Stuhl zurück. »Dann werde ich mal loslegen.«

Für einen Moment dachte Peter, Ellen würde jetzt ebenfalls aufstehen. Dass die beiden ihn am Tisch allein lassen würden. Den Aussätzigen. Aber so schlimm kam es denn doch nicht. »Wusstest du«, fragte Ellen stattdessen, »dass Anna in der Schule schon eine beste Freundin hat?«

»Super«, erwiderte Peter, aber das war zu schnell.

»Sie heißt Heba. Ihre Eltern kommen aus Syrien und sind vor ein paar Jahren geflüchtet.«

»Echt super!«

Ellen guckte entsetzt. Peter erkannte, dass sein Timing komplett falsch war.

Edward, der anderen zum Glück nie zuhörte, sagte: »Ein herziges Mädchen mit einer großen Brille. Sehr höflich.« Er nahm eine Zwiebel und schnitt sie behutsam in winzige Stückchen. »Ihr Vater kam ganz verlegen zu mir und meinte, dass Heba kein Schweinefleisch essen darf, weil sie Muslima ist. Da habe ich erklärt, wir sind Vegetarier. War sofort alles in Butter.«

Wenn Kee jetzt mit am Tisch gesessen hätte, hätte sie gesagt, dass Peter das nie könnte, ein Gespräch führen und dabei Zwiebeln schneiden. Das würde ihn mindestens einen Finger kosten.

»Ein paarmal in der Woche spielen sie zusammen.«

»Rosa findet es auch schön, wenn Heba da ist.«

Peter betrachtete die zerkleinerte Zwiebel. Das Brett wurde sofort beiseitegeräumt, die Anrichte mit einem Lappen gewienert.

»In Spakenburg hätte Anna nie eine Freundin gefunden, die Heba heißt.«

Edward schüttelte den Kopf. »Das einzig Nichtholländische in Spakenburg ist der örtliche Chinese.«

»Mei Wah.«

»Wah Mei, oder?«

»Wir sind beide aus Spakenburg.«

Peter sagte nicht, dass er das wusste, weil sie es schon beim letzten Mal erzählt hatten. Er schwieg und lauschte der Geschichte ihrer Jugend. Beide hatten dieselbe Kleinstadtschule besucht. Edward auf seiner Puch, Ellen auf dem Fahrrad. Nachdem sie miteinander geknutscht hatten, durfte Ellen sich an seinem Arm festhalten, und zusammen sausten sie über den Radweg. Die jungen Liebenden waren immer zusammengeblieben.

Ellen war zum Studieren nach Rotterdam gekommen, und Edward war ihr gefolgt. Vor dem Haus hier hatten sie in einer Mietwohnung in Rotterdam-Blijdorp gewohnt, direkt neben dem Vroesenpark, wo Anna und Rosa laufen gelernt hatten. Sie hatten sich gefragt, ob die Stadt ein geeigneter Ort sei, Kinder aufwachsen zu lassen, aber nach Spakenburg wollten sie nicht mehr zurück. Sie hatten sich an das urbane Leben gewöhnt und liebten die kleinen Bars und Restaurants, die großen Plätze und Einkaufsstraßen, die Wege am Wasser, wo Kinder neben ihren joggenden Eltern Roller fahren konnten. Als sich die Gelegenheit ergab, eine Neubauwohnung zu kaufen, hatten sie sofort zugegriffen.

Ihre Reihenhauswohnungen befanden sich an einem Ort, wo vor noch nicht so langer Zeit einige mehrstöckige graue Miethäuser gestanden hatten. An deren Stelle waren fünfundzwanzig Einfamilienhäuser gekommen, mit Pocketgarten und eigenem Parkplatz auf einem abgeschlossenen Innenhof. Nicht alle Mietwohnungen waren abgerissen worden, einige hatte man auch verschont. So war ein Mix aus Alt und Neu, Wohnen zur Miete und Wohnen im Eigentum entstanden. In Edwards Worten: »Kopftuchmädchen und Bakfiets-Muttis.« Er sagte das, ohne rassistisch zu sein. Wie seine Frau war er offen und tolerant. Das galt für jeden, der sich in diesem Neubauprojekt niedergelassen hatte. Leute, die nur bio einkauften, auf dem Fahrrad zur Arbeit fuhren und am Wochenende in die Natur zogen.

Sie waren nicht dabei gewesen, doch als vor einigen Jahren die ersten alten Mietshäuser abgerissen worden waren, der Schutt abtransportiert war und der erste Pfahl für das erste Reihenhaus in den Boden gerammt wurde, hatte der verantwortliche Stadtdezernent Worte der Hoffnung gesprochen: Die Stadt brauche mehr starke Schultern, sagte er zu der Handvoll Leute, die auf der sandigen Baustelle standen. »Der Wohnungsmarkt ist aus dem Gleichgewicht. Das Angebot entspricht nicht mehr der Nachfrage. Es gibt zu viele billige Wohnungen und zu wenige für mittlere und höhere Einkommen. Dieses Neubauprojekt schafft einen Ausgleich. Es sorgt dafür, dass gut ausgebildete Familien, Familien mit breiten Schultern, in Rotterdam bleiben. Es sorgt für ein besseres Viertel, für eine bessere Stadt.«

Die Pfähle wurden gerammt, die Wände hochgezogen, die Fenster eingebaut. Hunderte von Händen verputzten, strichen, fugten und kitteten. Dann kamen die Umzugswagen, die neuen Bewohner, die Kinder, die Haustiere (sechs Hunde, zehn Katzen, vier Kaninchen und dreizehn Stabheuschrecken). Niemand fragte sich, wo die früheren

Bewohner geblieben waren. Hatte man die auf andere Viertel verteilt? Wohnten sie jetzt irgendwo im Umland? Waren jetzt die Gemeinden dort für ihre Probleme zuständig?

Die Alteingesessenen, deren Strom- und Wasserleitungen nicht aus den Wänden gerissen, deren Treppenhäuser nicht demoliert und deren Kloschüsseln nicht zertrümmert worden waren, betrachteten die neuen Nachbarn mit ihren starken Schultern wie einen fremden Volksstamm. Von jenseits des Horizonts waren sie gekommen und nahmen alles in Beschlag: ihre Parkbänke, ihre Straßen und Plätze. Eindringlinge waren es, und für manche auch Feinde. Bessergestellte, die sie spüren ließen, dass sie arm waren, dass ihre Kinder weniger Chancen hatten. Zuvor war ihr Viertel nämlich sehr wohl im Gleichgewicht gewesen: Niemand hatte Geld oder größeres Eigentum, alle hatten Sorgen.

Jetzt war dieses Gleichgewicht gestört, zerstört durch Leute mit zwei Autos, mit Lastenfahrrädern, mit Waveboards, Skateboards und E-Boards, mit Badminton- und Tennisschlägern, Basketbällen und Fußbällen, mit Rollerskates, Wasserpistolen und Trampolinen, groß wie Teiche. Mit massenhaft Zeug, Zeug und noch mal Zeug.

Die Sonne war untergegangen, die blaue Stunde vorüber. Lampen und Bilder waren aufgehängt worden, gerahmte Fotos in den Wohnungen drapiert. Anderthalb Monate waren vergangen. Und hier saßen sie nun, zwei Neubewohnerfamilien mit starken Schultern beim Essen an einem Sonntagabend.

»Ich finde es ist ein echter Saustall draußen«, sagte Ellen. »Überall liegen leere Dosen und Chipstüten herum.«

»Samir und Yassin werfen alles auf die Straße«, bestätigte Tristen.

»Ich hab es auch gesehen, auf dem Ketelplein: Yassin hatte seine Cola ausgetrunken und hat die Flasche einfach auf den Boden geschmissen«, fügte Ewan hinzu.

»Das sind die Jungen von gegenüber aus den Mietwohnungen«, erklärte Kee. »Die wohnen da mit ihrer Mutter.«

»Gehen die auch auf die Kompass?«, fragte Ellen.

»Nein, die sind auf einer anderen Schule«, sagte Tristen. »Auf der Neue Welt, glaube ich.«

Das war die Schule, für die keines der Elternpaare aus den neuen Häusern sich entschieden hatte. Kee hatte sie sich immerhin angesehen, die Unterrichtsmethode auch interessant gefunden, mit viel Aufmerksamkeit für Bewegung, Technik und Kultur. Aber die Schule war komplett mit Migrantenkindern besetzt. Wie offen und tolerant der neue Volksstamm auch war, wie nobel seine Ideale, so eine Schule kam für niemand von ihnen infrage.

Die Kompass-Schule war lange Zeit eine Schule für Kinder fast ausschließlich nichteuropäischer Herkunft gewesen, aber vor einigen Jahren hatte ein Umschwung stattgefunden. Eltern von Kindern, die bei der Platzverlosung für die beliebten – überwiegend weißen – Grundschulen kein Glück gehabt hatten, hatten ihren Sohn oder ihre Tochter dort angemeldet. Es gab dort noch längst kein ausgeglichenes Verhältnis, aber, so hatte man in der WhatsApp-Gruppe »Welche Grundschule für mein Kind?« besprochen, die neuen Bewohner könnten der Kompass einen Schubs in die richtige Richtung geben. Darum – und auch, weil es sich um eine christlich-protestantische

Schule handelte – hatten die meisten Neubewohner sich für die Kompass entschieden.

Peter war ein digitaler Analphabet und benutzte schon sein Handy so selten wie möglich, aber er wusste, wie man eine WhatsApp-Gruppe schnellstmöglich verließ.

»Sind das die Bengel, die neulich das Fahrrad geklaut haben?«, fragte Edward.

»Nein, das waren andere«, antwortete Kee. »Und die haben das Fahrrad am Abend zurückgegeben.«

»Ja, nachdem ein paar Eltern auf dem Ketelplein Krach geschlagen und mit der Polizei gedroht haben.«

In der WhatsApp-Gruppe »Nachbarn – allgemeine Angelegenheiten« war das sicher ausführlich diskutiert worden, aber deren Nachrichten hatte Peter auf stumm geschaltet.

»Ich frag mich, ob wir nicht was gegen den vielen Müll draußen unternehmen sollten«, sagte Ellen. »Das ist echt ein Problem. Ich sehe überall Ratten.«

»Das kommt von dem Essen, das auf die Straße gekippt wird. Ganze Brote, Töpfe voll Reis und anderes Zeug.«

Peter blickte starr auf seinen Teller. Sie waren beim Hauptgericht angekommen. »Sehr lecker«, sagte er. »Was ist das?« Doch niemand hatte Lust, das Thema zu wechseln, nicht mal die Kinder.

»Wer kippt denn einen Topf Reis auf die Straße?«, fragte Anna.

»Moslems«, sagte Ewan. »Die dürfen kein Essen wegwerfen, darum geben sie es Enten und Gänsen. Hat Mohsin mir erzählt.«

Peter hatte Knollensellerie entdeckt, aber es konnten auch Kartoffelwürfelchen sein.

»Mohsin ist bei Ewan in der Klasse«, erklärte Kee. »Er spielt Fußball und will später zu Real Madrid.«
»Sind seine Eltern auch Geflüchtete?«
»Nein, sie stammen aus Marokko.«
An Peters Gabel hing ein Stück Gemüse: weiß, fast durchsichtig. Er führte es zum Mund. »Interessant«, sagte er nach einer Weile.

»Samir und Yassin werfen auch Steine nach den Enten«, erzählte Tristen, der sich alle Mühe gab, das Gemüse aufzuessen. Sein kleiner Bruder schob es auf dem Teller hin und her, nahm aber keinen Bissen.

»Wir müssen ein Vorbild sein«, erklärte Ellen. »Wir müssen ihnen zeigen, dass man Plastikflaschen auch in den Mülleimer werfen kann.«

»Wir dürfen aber keine Cola.«

»Wir auch nicht«, erwiderte Anna.

»Das ist schwarzer Winterrettich«, sagte Edward zu Peter, der behutsam auf seinem Mundinhalt kaute. »Ein Knollengewächs. Man kann ihn auch roh essen.«

»Schwarzer Winterrettich?«

»Kennst du das nicht?«

War schwarzer Winterrettich ein besseres Gesprächsthema als Kinder nichteuropäischer Herkunft, die Plastikflaschen auf den Boden schmeißen? Peter grübelte, bekam aber keine Gelegenheit, sich zu entscheiden.

»Mir schmeckt das nicht, das ist echt widerlich«, sagte Ewan.

»Du musst deinen Teller leer essen«, erwiderte Tristen.

»Halt die Klappe.«

»Soll ich dich füttern?« Tristen hielt seinem Bruder eine Gabel Winterrettich an den Mund.

»Bleib mir weg mit diesem ekligen Zeug.«

Die goldigen Töchter saßen natürlich brav auf ihren Stühlen. Anna pikte mit der Gabel ein Stück Kartoffel auf. Sie war ein gutes Vorbild.

Peter und Kee sahen einander an. Wie sollten sie ihre Söhne bändigen? Wer von ihnen sollte jetzt eingreifen?

Da geschah, was seit dem ersten Essen bei den Rietvelds wie ein Damoklesschwert über ihnen geschwebt hatte: Mit der Folgsamkeit der Jungs war es vorbei. Ewan verpasste seinem Bruder eine Kopfnuss, und Tristen schlug zurück. Der Schlag ging daneben, traf aber Edwards Weinglas, der deswegen so plötzlich zurückwich, dass er mit dem Stuhl an die weiße Wand hinter ihm knallte.

Peters Blick ging zu dem Rinnsal, mit dem der Wein auf den Boden tropfte, dann weiter zu Edward, der blitzschnell einen Lappen gepackt hatte, erst den Tisch abtupfte, dann auf den Knien den polierten Betonboden trocken wischte und sich dann wieder hinsetzte, als sei nichts geschehen. Als kämpfe er nicht gegen einen Nervenzusammenbruch.

»Hinter dir«, sagte Ellen, als stünde dort eine gefährliche Bestie.

»Was?«

»Hinter dir. *Die Wand.*«

Kann man bei Nachbarn Heimweh nach seinem Zuhause bekommen?, fragte sich Peter. Oder ist das dann kein Heimweh, sondern eine soziale Behinderung?

Edward drehte sich um und inspizierte die Delle in der frisch verputzten Wand. Das kriegte kein Lappen mehr hin.

Jetzt musste wirklich ein anderes Thema aufs Tapet

kommen. Peter suchte Kees Blick, aber sie schaute nicht zurück. Er kannte diesen Blick. Sie verschloss sich vor ihm, vor ihrer gesamten Umgebung.

»Er hat mich an der Tankstelle stehen gelassen.«

Edward murmelte etwas Unverständliches, aber das war nicht mehr wichtig.

Ellen starrte Kee an. Alle starrten auf Kee, auch die Kinder.

»An der A 12«, erklärte sie, »an einer Texaco-Tankstelle. Peter ist ohne mich weitergefahren.«

Er kicherte. Sie meinte es witzig, als Ablenkung, da war er sich sicher.

»Und ich stand da, ohne Jacke, ohne Geld, ohne Handy.«

»Ich hab sie nicht *stehen gelassen*«, sagte Peter. Er sprach ganz ruhig, er wollte nicht defensiv klingen. Es gab nichts, wofür er sich verteidigen musste. »Wir hatten nicht gemerkt, dass sie ausgestiegen war, um auf die Toilette zu gehen. Die Jungs auch nicht. Ich hab drinnen bezahlt, bin wieder eingestiegen und losgefahren.«

»Ohne mich.«

Peter schaute zu seinen Söhnen, aber die fühlten sich nicht angesprochen.

»Ich stand neben der Zapfsäule, und sie fuhren über die Autobahn.« Eine Träne kullerte Kee über die Wange.

Für so was war es noch zu früh, dachte Peter. Es war erst die dritte Verabredung mit den Rietvelds. Konnten sie sich das nicht für den Campingurlaub an der Algarve aufheben, wenn sie am Feuer mal zu viel getrunken hätten und die Kinder im Zelt lägen?

Ellen hatte Kee die Hand auf die Schulter gelegt.

»Die Jungs haben sich einen Film angesehen, und

ich ...«, sagte Peter, »ich war aufs Fahren konzentriert.« Er versuchte zu lächeln, zu retten, was noch zu retten war. Das war nicht viel. Vielleicht nur ein Bild: das Bild, das die anderen von ihnen hatten, von ihrer Familie.

Doch Kee hatte keine Lust mehr, Theater zu spielen. »Er hat mich vergessen wie einen Regenschirm.«

»Grundgütiger!«, sagte Edward.

»Ich war in Gedanken versunken, ich hab an meine Arbeit gedacht.«

Ellen schien zu niesen, aber es war Empörung.

»Es ist sehr stressig momentan«, sagte Peter. Jetzt verteidigte er sich doch. Er saß auf der Anklagebank. »Ich dachte an ein Gemälde von Rembrandt. Oder eigentlich ist es überhaupt nicht von Rembrandt. Aber das ist jetzt nicht so wichtig.«

Edward blickte ihn scharf an. Es war offensichtlich, dass er ihm nicht glaubte. Wie kann man seine Frau vergessen? Man ließ seine Frau an der Tankstelle stehen, wenn man sie nicht mehr ertragen konnte. Wenn man sie hasste.

»Und als ich angerufen habe, ist er nicht rangegangen.«

»Grundgütiger!«, entfuhr es Edward noch einmal.

Das Leben war eine Kettenreaktion. Kinder gerieten aneinander, worauf ihren Eltern das Gleiche passierte. Oder war es umgekehrt? Verhielten sich Kinder unmöglich, weil ihre Eltern sich in einem fort stritten?

»Sie hat uns auf ihrem Handy angerufen«, sagte Peter. »Meins hat einen ganz anderen Klingelton.« Doch egal, was er jetzt vorbrachte, es war vergebens. Er glaubte selbst nicht mehr an seine Worte. Sein Lächeln war verschwunden. Er war müde. Es war Sonntagabend, und er hatte schon jetzt keine Energie mehr für die Woche. Die Termine, die Besprechungen, die Mails, die er beantworten musste.

Die beiden Mädchen saßen immer noch still auf ihrem Stuhl. Waren sie so friedlich, weil ihre Eltern sich lieb hatten und einander stets unterstützten?

Peter fragte sich, wie oft Edward und Ellen wohl Sex hatten. Bestimmt öfter als er und Kee, viel öfter. Kee und er waren Pandas. Sie machten es zweimal pro Jahr. Aber auch das war eher ein Thema für am Lagerfeuer. Bei Holzscheiten, die in den frühen Morgenstunden nachglühten.

Edwards Blick hielt Peter noch immer gefangen. Aggressiv. Er schaute ihn an, als wollte er ihn entlarven, den Betrüger, den Lügner.

Niemand sagte etwas, niemandem kam eine Idee.

»Die Anrichte«, sagte Peter da plötzlich zu Edward, als fiele es ihm gerade erst ein. »Wie steht's mit deiner Beziehung zu der? Läuft es jetzt besser?«

Alle blickten zur Anrichte, auf den grauen Granit deutscher Herstellung, alle, bis auf Peters Frau. Die schaute mit Tränen in den Augen zu ihrem Mann.

DREI

Es gibt Paare, bei denen fantasiert ein Partner darüber, den anderen umzubringen. Es gibt Paare, die sich unausgesetzt streiten. Es gibt auch welche, die fast nicht mehr miteinander sprechen, einander mit tagelangem Schweigen bestrafen. Es gibt Paare, bei denen der Mann zwanghaft anderen Frauen hinterhersieht oder bei denen die Frau gern die Aufmerksamkeit anderer Männer erregt. Es gibt Ehepaare, die haben nur einander. Bei manchen pflegt der eine massenhaft Freundschaften und der andere hat niemanden. Bei anderen Paaren wird der Mann in Gesellschaft seiner Frau ein langweiliger Tropf. Bei wieder anderen verliert die Frau schon nach einem Jahr Ehe ihr Strahlen. Es gibt Paare, die einander nicht mehr küssen, nicht mehr berühren und sich auch nicht mehr ansehen. Es gibt andere, bei denen die Frau dem Mann ihren Körper verweigert. Bei manchen Paaren bekommt nur der Mann einen Orgasmus. Bei anderen weiß der eine genau, dass der andere fremdgeht. Es gibt Paare, die bleiben wegen der gemeinsamen Wohnung zusammen. Andere tun das wegen der Nachbarn. Es gibt Ehepaare, bei denen die Frau immer ein paar Meter vorausgeht, so wie es auch welche gibt, bei denen der Mann seiner Frau nie die Türe aufhält. Es gibt Paare, die wachsen langsam auseinander, wie ein gespaltener Baum. Es gibt Paare, die nicht zusammenpassen. Es gibt Paare, die sich nie hätten kennenlernen dürfen.

Vor einigen Jahren hatten Peter und Kee eine Paartherapie gemacht. Ewan war damals vier, Tristen zwei Jahre älter. Zu der Zeit verspürte Peter immer weniger Lust, nach der Arbeit nach Hause zu kommen. Jeden Tag graute ihm mehr davor. Manchmal blieb er einfach länger im Museum, oder er trat auf dem Heimweg so langsam wie möglich in die Pedale. Ein Schneck auf dem Fahrrad, aber zuletzt kam er doch immer wieder nach Hause. Ihm fiel einfach nichts ein, wo er sonst hätte hinsollen. In die Kneipe? Zu einem Freund? Hatte er überhaupt welche?

Eines Tages hatte er an einer Bushaltestelle angehalten und sich in das Wartehäuschen gesetzt. Er hatte die vorbeifahrenden Autos beobachtet und sich mit den wartenden Menschen verbunden gefühlt, aber als der Bus kam und alle einstiegen, war das Gefühl der Verbundenheit mit einem Mal weg. Er hatte noch zwei Busse davonfahren lassen.

Zu Hause saß Kee mit den Kindern am Tisch. Die Jungs hatten ihr Fleisch schon gegessen und starrten auf die Kartoffeln auf ihrem Teller. Sein Essen war kalt. Zuerst war es still. Dann fragte Kee, warum er so spät komme. Peter antwortete nicht.

»Ich hab dich was gefragt.«

»Ich hab an einer Bushaltestelle gesessen.«

Kee legte ihre Gabel neben den Teller. »Hattest du einen Platten?«

»Nein, ich hab da einfach gesessen.«

Sie hatte eine Maschine Wäsche durchlaufen lassen, sie

hatte mit den Kindern gebastelt, sie hatte eingekauft, sie hatte gekocht.

»Ich hatte keine Lust, nach Hause zu kommen«, erklärte er. Er wollte nicht lügen, er hatte keine Kraft mehr für Lügen.

Er hatte erwartet, dass Kee wütend werden würde, und es hatte auch sie selbst erstaunt, dass sie das nicht wurde. Für einen Moment, bevor sie in Tränen ausbrach, sah sie alles ganz deutlich: die Flecken auf der Tischdecke, die Teller, die kalten Kartoffeln, ihren Mann, ihre Kinder. Sie wollte nicht hier sein. Sie hatte auch keine Lust mehr.

Unter dem Tisch war Tristen zu ihr gekrochen und hatte die Arme um sie gelegt. »Was ist?«, fragte er. »Warum weinst du, Mama?« Ewan kletterte auf den Tisch und drückte sein Gesicht an ihres. »Nicht weinen«, sagte er, »bitte nicht weinen.« Doch Kees Tränen strömten ungebremst weiter.

Peter sagte nichts und rührte sich nicht. Seine Arme blieben reglos, seine Hände berührten nicht ihr Gesicht, seine Finger strichen nicht über ihre tränenfeuchten Wangen. Nur seine Kiefer bewegten sich. Sie zerkauten das kalt gewordene Fleisch.

Eine Woche darauf saßen sie bei einem diplomierten Psychologen, der Paartherapie anbot. Kee hatte ihn im Internet gefunden. Der Mann hatte einen mächtigen Bart und einen ausgesprochen eindringlichen Blick, fand Peter. Sie saßen ihm in Sesseln gegenüber. Auf einem Tischchen standen zwei Gläser Wasser und eine Schachtel Papiertaschentücher. An der Wand hinter dem Psychologen hing eine Reproduktion von *Der Kuss* von Gustav Klimt.

»Erzählt mir was über euch«, sagte der Therapeut.

»Ich verabscheue Reproduktionen«, wollte Peter schon

sagen, aber er hatte Kee versprochen, der Therapie eine Chance zu geben.

»Seit fast zehn Jahren haben wir eine Beziehung«, begann Kee. Sie erzählte, wie sie sich kennengelernt hatten, wie ihre Liebe entstanden war. Kee hatte im Zug von Leiden nach Rotterdam neben ihm gesessen, und zwei Wochen später war sie ihm wiederbegegnet, da saß er vor einer Eisdiele. Ein kühler, aber sonniger Frühlingstag war es gewesen. Sie erinnerte sich, dass die Magnolien blühten. Peter saß allein an einem Tisch, in der Hand eine Waffel mit zwei Kugeln Eis. Sie fand das ein schönes Bild und zögerte kurz, ob sie es stören sollte, aber es konnte kein Zufall sein, dass sie ihm jetzt wiederbegegnete, glaubte sie. Sie holte sich ebenfalls ein Eis und setzte sich an seinen Tisch. »Wir haben uns im Zug gesehen«, sagte sie. »Vor zwei Wochen.« Peter dachte nach, aber an eine junge Frau mit langem, kastanienbraunem Haar konnte er sich nicht erinnern. »Du hast ein Buch gelesen«, fügte sie hinzu, »irgendwas über Ferdinand Bol.« Peter lächelte und zog das Standardwerk von Albert Blankert aus seiner Tasche, aber ein Dialog kam nicht recht zustande. Stattdessen leckten sie abwechselnd an ihrem Eis, als könne man auch so eine Konversation führen. Einmal leckten sie gleichzeitig, doch als ihre Blicke sich trafen, schaute Peter schnell weg. Später sollte Kee sich noch oft fragen, was wohl geschehen wäre, wenn sie sich nicht an seinen Tisch gesetzt hätte. Sie war sich ganz sicher: Peter wäre alleine geblieben. Und sie? Wäre sie jetzt glücklich? Wären sie es beide – ohne einander?

»Eigentlich möchte ich noch ein Eis«, hatte Peter auf einmal gesagt. »Möchtest du auch eins?«

Kee hatte nur genickt. Sie war zu erstaunt, um zu antworten. Lud er sie ein, bei ihm am Tisch sitzen zu bleiben? Wollte er doch mit ihr reden?

Später, als sie schon einige Wochen miteinander gingen, gestand Peter ihr, dass er zu nervös gewesen sei, irgendetwas Sinnvolles zu sagen. Er hatte kein Eis mehr gewollt, aber auch nicht gewusst, wie er sie sonst dazu bewegen könnte zu bleiben.

So verdarben sie sich beinah den Magen am Tag ihrer zweiten Begegnung, die für Peter im Grunde die erste war. In seiner Beziehung zu ihr würde ihn für immer das Gefühl verfolgen, dass er seiner Frau hinterherhinkte.

Kee erzählte, in ihrem letzten Studienjahr seien sie zusammengezogen, hätten aber mit Kindern gewartet, bis beide eine Stelle gefunden hatten. »Wir haben zwei«, erklärte sie schließlich, »zwei Jungen.«

Hier unterbrach sie der Therapeut. Er wandte sich an Peter. Der sollte weitererzählen. Ihr Leben bestand aus zwei Teilen. Einem ohne, einem mit Kindern.

Wie herrlich wäre es, jetzt losheulen zu können, dachte Peter, drei Taschentücher zugleich aus der Schachtel zu ziehen, leidenschaftlich zu schluchzen und dann von dem Wasser zu trinken, in kleinen Schlucken, wie ein Vogel. An eigene Tränen erinnerte Peter sich nur aus seiner Jugend, aber da waren die Gründe Schmerzen gewesen: ein Sturz vom Fahrrad, die Backpfeife des Nachbarsjungen. Was hatte es zu bedeuten, wenn man nie weinte, die Tränen nie aus einem hervorbrachen? Hatte man dann keinen Kummer? Oder war man so unglücklich, dass einen nichts mehr berührte?

Erst in der dritten Sitzung konnte Peter vom jetzigen

Teil ihres Lebens erzählen. Dem mit den Kindern. All die Zeit hatte er den Blick des Therapeuten gemieden. Während Kee redete, starrte er auf die Klimt-Reproduktion. Kein Pinselstrich war zu erkennen, keine Tiefe, jenes Wunder, durch das man ein Gemälde betreten kann. Mit dem Blick, und bei Meisterwerken mit der ganzen Seele.

Trotzdem hatte er im Jahr 2006 in der Beurs van Berlage in Amsterdam die Ausstellung *Rembrandt, All His Paintings* besucht: gut dreihundert Reproduktionen von Gemälden des Meisters in Originalgröße. Sie hingen in chronologischer Reihenfolge. Zum ersten Mal konnte man die verschiedenen Passionsdarstellungen nebeneinander studieren, wie eine durchgängige Bildergeschichte. Von der Kreuzigung mit dem Selbstbildnis des Malers zu Füßen Christi bis hin zur Auferstehung. Alle Apostel waren versammelt, alle reichen Bürger, alle Porträts von Rembrandts Sohn Titus, alle Selbstbildnisse. Ehegatten, die sich seit Jahrhunderten nicht mehr gesehen hatten, wurden hier wieder vereint. Auch Abbildungen gestohlener Gemälde hingen hier, darunter *Christus im Sturm auf dem See Genezareth*, Rembrandts einziges Seestück.

Mit seinem älteren Kollegen Arnold Holtz war Peter in der Ausstellung gewesen. Im Zug hatten sie noch über Reproduktionen hergezogen, die sie mit Postern, Abbildungen auf Keksdosen und T-Shirts gleichsetzten. Doch als sie in der großen Halle des alten Börsengebäudes dem Gesamtwerk des Meisters gegenüberstanden, waren sie mit einem Mal verstummt. Eins nach dem anderen hatten sie die Gemälde betrachtet – etwas, das sonst kaum möglich wäre; vier Kontinente müsste man dafür besuchen, Dutzende Länder, zahllose Museen und private Sammlungen und wahrscheinlich auch noch ein paar Mafiabosse.

Man konnte die Bilder nicht betreten, schaute Jeremia oder der jüdischen Braut nicht in die Seele; stattdessen sah man überall Hände, auf die immer irgendeine Art Licht fiel, manchmal nur auf einen einzigen Finger. Rembrandts wundervolles Licht, das einem durch die Jahrhunderte entgegenleuchtete und nichts von seiner Pracht verloren hatte.

Auch gewisse Vorlieben waren deutlich zu erkennen, bei aller Entwicklung, die Rembrandt durchlaufen hatte: dunkle Augen, runde Nasen und massenhaft Pelz und exotische Federn, in die der Maler sich auf Selbstbildnissen hüllte. War er ein Angeber, oder liebte er einfach kostbare Stoffe und Materialien?

Zu guter Letzt hatten Peter und Arnold doch wieder darüber geredet, welche Werke in die Ausstellung gehörten und welche eigentlich nicht. Welche Gemälde nicht von Rembrandt sein konnten, welche von seinen Schülern stammen mussten, welche von Epigonen.

Die beiden Rembrandt zugeschriebenen Lucretia-Darstellungen zum Beispiel hatten sie ausgiebig miteinander verglichen. Auf einem ist die vergewaltigte Frau des Lucius Tarquinius Collatinus kurz davor, sich den Dolch in den Leib zu stoßen, auf dem anderen hat sie den Dolch soeben herausgezogen und berührt ihr zerrissenes, blutbesudeltes Hemd. Die blutende Lucretia aus dem Minneapolis Institute of Art war die echte; in ihrem Gesicht zeigte sich alles: Scham, Schmerz, Kummer und noch viel mehr, wofür es wohl keine Worte gibt, in keiner menschlichen Sprache, wie Vincent van Gogh Rembrandts Meisterschaft einmal beschrieb. Das Gesicht der anderen Lucretia war flacher, das Seelendrama nicht spürbar. Auch der Lichteinfall war längst nicht so meisterlich.

»Und die Manschette da«, sagte Peter, »die hätte Rembrandt nie so gemalt.«

Noch Stunden hätten sie über die Gemälde fachsimpeln können: die Proportionen, die Komposition, die Farben, die Anatomie der Arme und über die Meinungen anderer Kunsthistoriker. Cornelis Hofstede de Groot, Abraham Bredius, Horst Gerson. Die Säulenheiligen, auf die man noch immer überall hörte.

Drei Sitzungen hatte Peter gebraucht, um über seine Ehe sprechen zu können. All die Zeit hatte Kee das Wort geführt: über ihre Beziehung und vor allem den Mangel an Wärme, wie sie das nannte. Es klang nicht einmal falsch, als müsse man bloß etwas reparieren, wie einen Heizkörper oder ein Rohr. Doch die Probleme lagen tiefer. Kee erzählte von Situationen, in denen Peter kaum mehr tat als atmen. Zahllos waren die Beispiele, und aus all ihnen ergab sich das Bild eines Mannes, der außer Konkurrenz am Familiengeschehen teilnahm. Er war anwesend, spielte aber keine wichtige Rolle. Ohne ihn würde die Familie genauso gut funktionieren. Selbst finanziell. Kee war als selbstständige Illustratorin gut im Geschäft und bekam für manchen kommerziellen Auftrag mehr, als ihr Mann in einem Monat verdiente.

»Ich habe das Gefühl, kein guter Vater zu sein«, war es plötzlich aus Peter hervorgebrochen. Als sei er die ganze Zeit bewusstlos gewesen und jetzt auf einmal zu sich gekommen. Er konnte selber kaum glauben, dass er wirklich sprach.

Der Mann mit dem Bart nickte und ermunterte ihn weiterzureden. Doch Peter stockte, ein Bild stieg in ihm auf, eine Erinnerung aus der Zeit, als die Kinder noch ganz klein waren. Er sah seine Hände, wie er auf dem Dachboden Wäsche aufhängte, die Sachen von Tristen und Ewan: T-Shirts, Hosen, Pyjamas, Socken. Was er da aufhängte, waren Puppenkleider – Puppenkleider, nichts anderes, schoss ihm mit einem Mal durch den Kopf, und den Gedanken wurde er nicht mehr los. Nie mehr hatte er die Wäsche aufgehängt.

»Ich kann keine Beziehung zu ihnen aufbauen«, sagte er. »Manchmal komme ich mir überhaupt nicht vor wie ein Vater.«

Der Therapeut rückte auf seinem Stuhl etwas nach vorn. »Als was würdest du dich denn beschreiben?«

»Als einen Mann, der Butterbrote schmiert, Hintern abwischt und sich ums Zähneputzen kümmert.«

»Aber genau das tut doch ein Vater?«

»Ja, aber bei mir kommt dann nichts mehr.«

»Wie meinst du das?«

»Bei mir hört es da auf, und eigentlich wollen sie den Hintern auch viel lieber von Kee abgewischt kriegen, denn sie rufen nach ihr, wenn sie fertig sind. Nicht nach mir, nie. Und beim Geschichten-Vorlesen ist es dasselbe. Da wollen sie auch viel lieber Kee.«

»In den meisten Familien fühlen sich die Kinder stärker zu einem bestimmten Elternteil hingezogen. Oft ist das die Mutter.«

Peter dachte an seine eigenen Eltern, seine Mutter, die immer zu Hause gewesen war, seinen Vater, der einen Großhandel für Tiefkühlprodukte betrieben hatte. Sechzig Stunden die Woche hatte er gearbeitet, aber das waren andere Zeiten gewesen.

»Hast du das Gefühl, dass du dich nicht richtig einbringen kannst?«

»Ich habe das Gefühl, dass sie mich nicht brauchen.«

»Ewan ist vier und Tristen sechs!«, sagte jetzt Kee.

»Das weiß ich.«

»Peter möchte sich mit ihnen vor ein Gemälde hinstellen, und dann sollen sie sagen, dass sie es wunderschön finden.«

Das Gefühl, das er auf dem Fahrrad empfand, wenn er nicht nach Hause wollte, überschwemmte ihn wieder.

»Er erwartet zu viel von seiner Rolle als Vater«, sagte Kee.

Der Psychologe sah ihn an. Je länger Peter ihm in die Augen blickte, desto mehr verschwamm *Der Kuss* hinter ihm zu einem bloßen gelbbraunen Fleck.

»Ab und zu nehme ich sie mit zu meiner Arbeit im Museum.«

»Mehr als zehnmal letzten Sommer! Und dann erzählt er ihnen von Komposition und Lichteinfall, und das soll dann etwas in ihnen auslösen.«

»Wir haben uns den *Mandrill* von Kokoschka angesehen, und den fanden sie fantastisch.«

»Du könntest mit ihnen auch mal in den Zoo gehen und dir *dort* die Affen ansehen.«

Er schwieg, dachte an seine Rolle als Vater. An seine Kinder. Plötzlich bekam er riesige Lust, nicht mehr vernünftig zu sein und einfach loszubrüllen, er habe die Kinder nie gewollt. Aber das stimmte nicht. Er hatte Angst gehabt, ja, schreckliche Angst, er könnte sie nicht lieben. Aber das war etwas anderes, als sie nicht wollen. War er ein Mann, der seine Kinder nicht liebte?

»*Richtige* Affen«, fuhr Kee fort. »Affen, die sich bewegen und lausen, die Grimassen schneiden und auf Bäume klettern.«

Tränen stiegen ihr in die Augen. Sie wischte sie ab, aber es kamen immer neue.

»Peter«, sagte der Therapeut, »könntest du Kee bitte ein Taschentuch geben?«

Peter beugte sich vor und zog eins der hauchdünnen Tücher aus der Schachtel. Er hatte noch nie ein so dünnes Papiertuch gesehen. Kee nahm es, aber ein einziges reichte nicht. Peter gab ihr noch eins und noch eins und zuletzt drei Tücher auf einmal.

»Könntest du Kee sagen, dass du es schön findest, ihr helfen zu können?«

Von dieser Bitte fühlte Peter sich überfallen, außerdem glaubte er nicht, dass er die Worte überzeugend herausbringen könnte. Wieder irrte sein Blick zu der Reproduktion mit dem Mann und der Frau, die Klimt vor einem Jahrhundert gemalt hatte. Was für ein Kuss war das eigentlich? War er innig? Oder eher aufdringlich? Wollte die Frau überhaupt geküsst werden?

»Versuch es«, sagte der Therapeut.

Peter dachte an sein Versprechen. Er versuchte es, sagte: »Ich finde es schön, dir Taschentücher zu geben.« Es klang unglaublich kindisch und dämlich, aber es wirkte. Durch ihre Tränen hindurch sah er Kee lächeln.

»Danke«, flüsterte sie.

Der Psychologe folgte ihren Bewegungen wie ein Zuschauer einem Tennismatch.

»Was passiert jetzt gerade?«, fragte er.

»Wir lächeln«, antwortete Kee.

Peter hatte es erst nicht bemerkt, aber auch seine Mundwinkel gingen nach oben. Selbst seine Zähne waren zu sehen.

Der Psychologe schwieg einen Moment, dann sagte er: »Kee, könntest du Peter sagen, dass die Dinge vielleicht nicht so laufen, wie sie eigentlich sollten, aber dass ihr ihn zu Hause sehr wohl braucht?«

Kee nickte, sagte aber keinen Ton. Sie schien sich auf die Lippen zu beißen, ihr Mund zitterte. Neue Tränen kullerten ihr über die Wangen. Peter gab ihr ein weiteres Tuch. »Wir brauchen dich«, sagte sie schließlich, beinahe tonlos. Mehr konnte sie nicht herausbringen, aber es war genug. Es war gut so.

»Ihr braucht euch«, sagte der Psychologe, »aber erst wenn ihr auszusprechen lernt, was euch wehtut und wo eure Bedürfnisse liegen, könnt ihr etwas füreinander tun.«

Peter ertappte sich dabei, wie er nickte. Kurz darauf riss er dem Therapeuten den Briefumschlag mit der Rechnung fast aus der Hand, wie ein Geschenk, das er möglichst schnell auspacken wollte.

In der vierten Sitzung erzählte Kee von der Entbindung ihres ältesten Sohns Tristen. Die sollte zu Hause stattfinden, am frühen Morgen hatten die Wehen begonnen. Die Hebamme, eine junge Frau, war nach einer halben Stunde wieder gegangen. Sie sollten sie anrufen, wenn die Wehen regelmäßig und stärker kämen. Das hatte bis zum Nachmittag gedauert. In der Zwischenzeit hatte Peter in einem Katalog über den Haarlemer Maler Jan de Bray geblättert.

Kee selbst blätterte in Zeitschriften oder schickte ihren Freundinnen Nachrichten.

»Ist irgendwas?«, hatte sie gefragt, als Peter sich zu ihr aufs Sofa setzte.

Er schüttelte den Kopf. »Soll ich die Hebamme rufen?«
»Nein, es ist noch zu früh.«
»Möchtest du vielleicht etwas essen oder einen Tee?«
»Danke, ich hab noch.«

Kee sah, wie er die Hände um die Oberschenkel verkrampfte.

»Bist du nervös?«, fragte sie.
»Nein ...«

Es war etwas anderes. Doch darüber wollte Peter nicht reden.

»Das hier ist *dein* Tag«, sagte er.
»Unser Tag«, korrigierte sie. »Und jetzt sag schon, was los ist.«
»Nichts.«
»Aber natürlich, da ist irgendwas.«
»Es ist nicht wichtig.«

Es dauerte noch eine Weile, bis Kee es ihm aus der Nase gezogen hatte. Die Wehen waren stärker geworden, sie hatten die Hebamme gerufen. Da sagte Peter, was noch kein Vater in spe vor einer Geburt gesagt hat, kein Mann in der gesamten Geschichte der Menschheit: »Ich habe Zahnschmerzen.«

Kee schaute ihm in den Mund, doch in dem Moment jagte ein anschwellender Schmerz durch ihren ganzen Körper wie Hufgetrappel, sie konnte sich auf nichts anderes konzentrieren. Als sie die Augen wieder öffnete, saß Peter zusammengekrümmt auf dem Sofa.

Sie machte selbst die Tür auf, als die Hebamme klingelte.

Es war sein Weisheitszahn, rechts unten, Nummer 4–8 nach internationalem Zahnschema. Am Abend zuvor hatte es zu ziepen begonnen, aber da hatte Peter die Schmerzen noch mehr im Hals lokalisiert – harmlos.

Am Morgen brannte ein bohrender Schmerz in seinem ganzen Kiefer. Er hatte es für sich behalten und versucht, sich mit dem Jan-de-Bray-Katalog abzulenken; Jan de Bray war Zeitgenosse von Rembrandt und ebenfalls ein erfolgreicher Maler gewesen. Für das Rathaus von Haarlem hatte er drei riesige Wandgemälde gefertigt. Peter hoffte auf eine neuerliche Wertschätzung für dessen Porträts und Historiengemälde, wie sie Ende des neunzehnten Jahrhunderts auch Vermeer zuteilgeworden war. Im Katalog suchte er nach einem berühmten Porträt, einem Kopf in Frontalansicht, aber irgendwann schienen die glänzenden Abbildungen vor seinen Augen nur noch zu flimmern. Als er meinte, in Ohnmacht fallen zu müssen, hatte er sich neben Kee aufs Sofa gesetzt.

Die Hebamme gab ihm ein Glas Wasser mit einem Schmerzmittel. Danach ging es ihm etwas besser, aber er fühlte sich auch benommen.

»Kannst du mir die Hände halten?«, fragte Kee.

Als er nicht reagierte, wiederholte die Hebamme Kees Bitte.

»O ja«, sagte Peter, »natürlich.« Aber er legte ihr die Hände auf die Schultern, er stützte sich auf sie.

So etwas hatte die Hebamme noch nie erlebt.

Es klang unwirklich, beinah wie Slapstick, als Kee dem Therapeuten die Geschichte erzählte. Peter war sich fast sicher: Der Mann würde sie weitererzählen. Es war eine tolle Anekdote für ein Abendessen mit Freunden. Er würde sie sich bis zum Hauptgang aufheben, aber beim Kaffee und Likör würden sie immer noch darüber sprechen. Über den Mann, der bei der Entbindung seiner Frau einen entzündeten Weisheitszahn hatte und herumjammerte, während sie die größten Schmerzen ihres Lebens durchlitt. Tristen wog über acht Pfund.

»Das ist nicht dein Ernst«, würde eine der Anwesenden sagen.

»Doch«, würde der Psychologe antworten, »genau so war es, ich schwör's.«

»Und während der ganzen Geburt hat der Mann überhaupt nichts gemacht?«

»Er hat sich an ihre Schultern geklammert. Er konnte sich kaum auf den Beinen halten.«

»Grundgütiger«, würde jemand sagen, »o je!«

Genau so reagierte Edward Rietveld, als Kee ihm erzählte, dass Peter sie an einer Tankstelle vergessen hatte. »Grundgütiger«, damals wie heute. Jahre lagen zwischen den beiden Ereignissen, aber Peter kam es so vor, als wären alle Anstrengungen seit damals vergebens gewesen.

Die Sätze, die sie in den vielen Sitzungen beim Therapeuten gelernt hatten, hatten ihre Wirkung verloren, ihre heilende Kraft. Kee hatte auszusprechen gelernt, was ihr wehtat, und Peter hatte gelernt einzusehen, was für Schmerzen er ihr verursachte. Er hatte Fehler zuzugeben gelernt und sie zu verzeihen.

»Halt mich fest«, hatte Peter auf Aufforderung des Therapeuten zu Kee sagen müssen. Man konnte es lächerlich finden, die Taschentücher, den Bart, den *Kuss*, die soufflierten Sätze. Aber man konnte auch daran glauben. Sie hatten sich in die Arme genommen. Wie Liebende. Partner, die füreinander da sein wollen.

Wenn ein Drogensüchtiger einen Rückfall bekam, war er verloren. Bestand jetzt noch Aussicht auf Rettung? Gab es auch Paare, die wider besseres Wissen zusammenblieben?

VIER

Fünf Wochen zuvor, kurz nach dem Umzug. Peter ging die Treppe zum Schlafzimmer hinauf, Kee lag schon im Bett. Sie sei müde, hatte sie gesagt. Nachdem er sich die Zähne geputzt und sich ausgezogen hatte, legte er sich neben sie. Ihre Atmung war ruhig, aber er war sich nicht sicher, ob sie wirklich schlief. Einst hatten ihre Körper wie von selbst zueinandergefunden. Jetzt war zwischen ihnen ein Ozeangraben.

Kee lag auf der Seite, mit dem Rücken zu ihm. Er selbst schlief immer auf dem Bauch. Zwei Pandas in einem Bett.

Vielleicht war eine halbe Stunde vergangen, vielleicht auch nur zehn Minuten. Peter stand auf und ging noch einmal auf die Toilette. Als er ins warme Bett zurückkehrte, spürte er etwas Hartes an seiner Wade. »Was ist das?«, murmelte er. Mit dem rechten Fuß betastete er das Objekt, schob es nach oben und nahm es in die Hand. Ein längliches Ding. Spielzeug, eine Waffe vermutlich. Die Kinder lassen aber auch alles herumliegen. Er seufzte.

Da begann das Kriegsgerät zu vibrieren. Offenbar hatte er irgendwo draufgedrückt. Seine Finger irrten herum, fanden aber keinen Knopf. Das Ding glitt ihm aus der Hand, auf seine Brust, er spürte ein Brummen wie von einer elektrischen Zahnbürste. Es kitzelte.

Schnell packte er das merkwürdige Gerät wieder und suchte den Aus-Knopf. Am liebsten hätte er es auf den Boden geschmissen, aber er wusste nicht, was es war und ob es dann eventuell kaputtgehen würde. Vor Kurzem war er im Wohnzimmer auf ein Legoauto von Ewan getreten, und der war fuchsteufelswild geworden. Er hatte geschrien und auf den Boden getrampelt.

Es kam Bewegung in Kee, sie seufzte.

»Bist du wach?«, fragte Peter.

»Nein.«

Er hatte einen Knopf gefunden und drückte, aber das Brummen wurde davon nur noch stärker.

»Was machst du da?«

»Spielzeug der Jungs«, sagte er. »Aber es lässt sich nicht ausschalten.«

Kee knipste die Nachttischlampe an, ihre und Peters Augen mussten sich erst an das Licht gewöhnen; die Pupillen verengten sich und sahen eine knallrosa Möhre. So dachte Peter zumindest, er hatte seine Brille nicht auf.

Kee prustete los.

»Warum lachst du?«

Sie konnte kein Wort herausbringen.

»Was ist da so lustig? Was ist das um Himmels willen für ein Ding?«

»Tarzan«, sagte sie japsend.

»Tarzan?«

Kee nahm ihm das Ding aus der Hand und drückte an der richtigen Stelle. Das Summen und Vibrieren hörte auf. Die Möhre verschwand in Kees Nachtschränkchen.

»Können wir jetzt schlafen?« Sie knipste das Licht aus.

Peter dachte nach, im Dunkeln.

»Ich verstehe das nicht«, sagte er.

»Was verstehst du nicht?«

»Warum spielen die Jungs mit einer rosa Möhre? Und was hat Tarzan damit zu tun?«

Kee knipste das Licht wieder an. Sie schaute zu ihm. Nein, er machte keinen Witz. Er verstand es wirklich nicht.

»Das hier«, sagte sie und zauberte Tarzan wieder aus dem Nachtschränkchen hervor, »ist der meistverkaufte Vibrator der Welt.«

Peter tastete auf dem Nachtschränkchen nach seiner Brille und setzte sie auf. Erst jetzt bemerkte er die Größe der Möhre und auch ihre seltsame Form.

Der meistverkaufte Vibrator der Welt verwöhnte gleich dreifach: ein eigener kleiner Motor stimulierte die Klitoris, während der am Ende geriffelte Stamm mit realistischer Eichel sich um die Vagina kümmerte und durch seine gebogene Form genau den G-Punkt berührte. Es gab auch eine Sorte Zeltanker mit diesem Namen, Schlagheringe aus verzinktem Stahl, aber mit ihren siebzehn Zentimetern konnten die mit den zwanzig von Tarzan nicht entfernt mithalten.

Peter hörte, wie die Schublade geöffnet wurde. Der Vibrator verschwand wieder, mit einem dumpfen Knallen.

»Darf ich jetzt das Licht ausmachen?«

Peter reagierte nicht. Er fürchtete, von nun an immer an Tarzan denken zu müssen, wenn er seine elektrische Zahnbürste benutzte. Seit Kurzem hatten die Kinder auch so ein Ding.

Kee knipste das Licht aus.

»Schlaf schön«, sagte sie nach einer Weile.

»Ja«, sagte Peter.

Es gibt viele Gespräche, die Ehepaare nie führen, so viele Dinge, die ungesagt bleiben. Sie fragen zum Beispiel nie: »Wo ist die Leidenschaft geblieben?«

Natürlich konnten die beiden nicht schlafen und sehnten sich nach einer Berührung, und sei es nur mit den Fingerspitzen, aber der Ozeangraben war zwischen ihnen.

Sie fragen auch nie: »Fühlst du dich abgestorben von innen?« Oder: »Wünschst du dir vielleicht jemand anderen?«

Beim Abendessen hatten Peter und Kee über Himalayasalz gesprochen. Immerhin.

»Was ist das jetzt schon wieder?«, hatte Peter gesagt. Sie saßen zusammen am Esstisch, und alles war friedlich gewesen, bis Peter auf einmal etwas entdeckte: »Kann mir jemand erklären, was das hier ist?«

»Salz«, antwortete Kee. »Einfach nur Salz.«

»Abnormales Salz.«

»Himalayasalz.«

Peter musterte die durchsichtige Plastikmühle. Der Inhalt war zartrosa. »Wo ist das andere Salz?«

»Das ist alle.«

Tristen und Ewan hatten ihr Besteck beiseitegelegt. Sie starrten auf die nachfüllbare Salzmühle wie auf eine Bombe.

»Ich will dieses Salz nicht.«

»Wir haben kein anderes.«

Peter schüttelte den Kopf. »Warum zum Teufel hast du Himalayasalz gekauft?«

Kee antwortete etwas, aber er ließ sie nicht ausreden.

»Ich will kein Millionen Jahre altes Salz«, sagte er. »Ich will einfach normales Salz auf dem Tisch. Tafelsalz.«

»Was ist denn an Himalayasalz nicht in Ordnung?«

»Alles! Alles, was an Salz nicht in Ordnung sein kann.«

»Meine Güte!«

Peter nahm die Plastikmühle. »Dieses Salz«, sagte er, »behauptet, besser zu sein als das andere, obwohl es haargenauso schmeckt und genauso ungesund ist.«

»In Himalayasalz sind viel mehr Mineralien.«

»Das glaube ich nicht.«

»Es ist reiner als Meersalz.«

»Das glaube ich auch nicht!« Jetzt schrie er.

»Was glaubst du denn dann, Peter? Na? Glaubst du an dich selbst? Glaubst du an andere Menschen? An mich? An deine Kinder?«

Für einen Moment war er komplett sprachlos. Glaubte er an sich selbst? Glaubte er an ihre Beziehung? Ihre Ehe? Oder nicht vielmehr an Einsamkeit? Er wusste es nicht. Er wollte über Himalayasalz reden. Das war einfacher.

»Es ist zehnmal teurer als normales Salz«, sagte er.

»Es hat 3,95 gekostet«, erwiderte Kee. »Es war im Angebot.«

»Ich will es nicht auf dem Tisch haben.«

Es klang wie: »Entweder das Himalayasalz geht oder du!«

Es wurde mucksmäuschenstill. Die Kinder schauten von Peter zu Kee und von Kee wieder zu Peter.

»Und jetzt bin ich's natürlich wieder gewesen«, jammerte der, »jetzt bin ich wieder der Böse!«

Es kam keine Reaktion.

»Ich will normales Salz essen«, wiederholte er. »Ist das zu viel verlangt? Ist das so was Verrücktes?«

Ewan und Tristen starrten auf ihre Teller, aßen aber

nicht weiter. Peter war der Einzige, der sein Besteck wieder zur Hand nahm. Er biss in ein Stück gebratenen Hähnchenschenkel, ungesalzen.

Kee dachte an einen Ausspruch, den sie vor Kurzem in der Zeitung gelesen hatte, in einem Interview, sie wusste nicht mehr genau, mit wem. Ein bekannter Anwalt oder ein Mediziner. Der hatte gesagt: »Wir leben heute zweimal so lange wie früher. Das erfordert eigentlich auch eine zweite Ehe.«

Peter richtete sich auf. »Wer möchte einen Nachtisch?«, fragte er, als sei nichts geschehen, als hätten sie nicht soeben eine Katastrophe überlebt.

»Ich nicht«, sagte Kee.

»Ich schon«, sagte Ewan.

»Ich auch«, meldete sich Tristen.

Peter stand auf und schaute in den Kühlschrank. Er suchte zwischen Milchpackungen und Gläsern mit sauren Gurken, Kapern und Silberzwiebeln und zwischen dem Käse. Ihm wurde schwindlig von all diesen Dingen. Als er Kee noch nicht kannte, war sein Kühlschrank beruhigend übersichtlich gewesen. Ein paar Flaschen Bier, etwas Butter und eine Schale Nasi Goreng vom Indonesier, von dem er mehrere Tage lang aß.

Jetzt erdrückte ihn dieser sechsstöckige Turm voller Esswaren. Irgendwo musste eine Packung Joghurt stehen oder ein Schälchen Quark. Irgendwo. Peters Blick scannte jedes Glas, jede Dose. Panik machte sich breit, die Angst, das Gesuchte nicht zu finden.

Drei Paar Augen bohrten sich ihm in den Rücken – oder war es nur Kees Blick, der ihn lähmte? Er spürte, wie die Sekunden sich aneinanderreihten. Als würde er unter einem gewaltigen Sandhaufen begraben. Er schaute unter dem Blumenkohl nach. Sofort verfluchte er sich. Warum sollte eine Schale Crème bavaroise unter einem Blumenkohl liegen?

Das würde sein Untergang werden, er spürte es. Um wie viel Grad war die Temperatur im Kühlschrank inzwischen gestiegen? War der Frischkäse noch zu retten? Das Kühlschranklicht blendete ihn. Oder wurde er ohnmächtig? Er sah schwarze Punkte, immer mehr, ein Schwarm Insekten schwirrte ihm entgegen. Er umklammerte den verchromten Türgriff, hielt sich fest mit seinem ganzen Gewicht. Kee schwieg, ebenso die Kinder. Sie warteten.

Wie viel Elend konnte ein Mensch vor dem Kühlschrank ertragen? Peter wurde es zu viel. Er wollte die Packungen, die Gläser und Dosen, die Flaschen und Schälchen eine nach der anderen herausreißen und auf den Boden schmeißen. Danach in den Kühlschrank klettern und die Tür hinter sich zumachen, im Dunkeln sitzen, ächzen und bibbern.

»Da ist Mango-Vanille-Joghurt. Er steht in der Tür.«

Kee half ihm nicht, sie rieb ihm seine Fehlleistung unter die Nase. Dem Mann, der außer Konkurrenz im Familienleben mitspielte. Ihre Worte waren wie das Zischen einer Guillotine, der Schuss, mit dem man ein Pferd von seinem Leiden erlöst.

Peter griff nach dem Glas Bio-Joghurt, genau an der Stelle, die er übersehen hatte. Jetzt sah er auch Eier, Mayonnaise- und Tomatenmarktuben, eine Flasche Sojasoße. Er schloss den Kühlschrank und kehrte mit dem Joghurt zum Tisch zurück. Er drehte den Deckel vom Glas und setzte sich.

»So«, sagte Peter.

Nach ein paar Sekunden stand Kee auf. Sie nahm zwei Schälchen aus dem Schrank und zwei Löffel aus dem Schubfach neben der Spüle. Als sie wieder am Tisch saß, sagte sie auch: »So.«

Die Qual nahm noch kein Ende. Nach dem Sterben folgten die letzten Zuckungen.

Die Jungs stürzten sich auf den Joghurt und leerten im Eiltempo ihre Schälchen; essen, um das Elend nicht spüren zu müssen. Essen, um zu überleben.

Tristen fragte seinen jüngeren Bruder, ob er den Rest Joghurt haben dürfe. Ewan schüttelte den Kopf, nahm blitzschnell das Glas und leerte es über seinem eigenen Schälchen.

»Dein Bruder hat dich was gefragt«, sagte Peter.

»Mit dem rede ich nicht.«

»Und warum?«

»Weil er blöd ist.«

»Selber«, antwortete Tristen.

»Ich antworte nicht, ich rede nicht mit ihm.«

»Na, toll! Haben wir hier wenigstens mal schön Ruhe.«

Keiner sagte noch etwas.

Kee betrachtete die Massenkarambolage am Esstisch. Es machte sie mutlos. Was sollte frau tun, wenn der Mann kein Alkoholiker war, er sie und die Kinder nicht schlug? Musste sie dann versuchen, irgendwie mit allem zurechtzukommen? Oder durfte sie auch mal an sich denken? Oder standen die Interessen der Kinder und deren Zukunft über allem, selbst über dem eigenen Glück? War es schlimm, weniger glücklich zu sein?

Im Zug, eine Woche zuvor, hatte Kee ein Gespräch über

Ehescheidungen belauscht. Es war unwillkürlich geschehen, es lag an dem Thema, und die Frauen waren genauso alt wie sie.

»Leute mit Kindern gehen heutzutage viel zu schnell auseinander«, hatte die eine gesagt. »Drei Viertel der Kinder in der Klasse meiner Tochter haben geschiedene Eltern.«

»Hätten die dann lieber zusammenbleiben sollen?«, fragte ihre Freundin.

»Alle nicht, aber ein paar mehr schon.«

»Liebe lässt sich nicht erzwingen oder per Vertrag festlegen.«

»Aber du kannst es versuchen und darum kämpfen.«

»Liebe ist da oder eben nicht«, sagte die Freundin. »Sie kann verschwinden. Und wenn sie nicht mehr da ist, warum soll man dann noch zusammenbleiben?«

»Hast du vor, dich scheiden zu lassen?«

»Was soll denn das jetzt? Tim und ich sind total glücklich.«

»Du redest so locker darüber.«

»Ich finde, es ist eine Möglichkeit, eine Hintertür, die dir offen steht.«

»Aber dann läufst du davon.«

»Das siehst du zu einfach.«

»Du lässt deine Familie im Stich.«

»Scheidung kann auch eine Lösung sein, eine *Er*lösung.«

»Wenn du dabei den Trümmerhaufen, den du hinterlässt, mal eben vergisst.«

»Du kannst feste Verabredungen über die Erziehung treffen und festlegen, wann die Kinder bei dir oder dem Partner sein sollen.«

»Ein Trümmerhaufen.«

Sie waren verschiedener Meinung, daran würde sich auch nichts ändern, doch ihrer Freundschaft tat das keinen Abbruch. Ihre Freundschaft war stärker als alles, sie überlebte jede Beziehung, jede Ehe.

»Ich halte es für eine Errungenschaft der modernen Zeit«, sagte die Freundin. »Wie schmerzhaft es für die Kinder auch sein mag, und natürlich auch für die Eltern. Es ist gut, dass man eine Beziehung beenden kann, wenn sie einen unglücklich macht.«

Am liebsten hätte Kee dazwischengerufen: »Ich will mich scheiden lassen. Ich, ich, ich!« Wie ein junges Mädchen, spontan und unbekümmert. Aber das war nicht sie. Sie hatte eine Heidenangst vor den Folgen, und diese Angst lähmte sie. Also schwieg sie zu Hause, in ihrer Beziehung, schwieg im Bett und im Auto, schwieg vor dem Spiegel im Bad, schwieg am Esstisch.

»Redet ihr nicht mehr miteinander?«, fragte Tristen.

»Aber natürlich«, sagte Peter. Doch er schwieg weiter.

War dieses Schweigen weniger schlimm, als sich zu trennen, Geburtstage doppelt zu begehen, als Regelungen für Feiertage, die sich doch nie mehr ganz unbeschwert anfühlen würden? War dieses Schweigen erträglicher, als sich scheiden zu lassen? Das Schweigen hatte viele Gesichter: Unzufriedenheit, Spannungen, Bauchschmerzen, aber auch Wehmut. Das Gefühl, alles verloren zu haben, was einem etwas bedeutet, was hätte geschützt werden, worum man hätte kämpfen müssen. Ein letztes Mal.

Wieder dachte Kee an den Ausspruch des Anwalts oder Mediziners. Sie war Anfang vierzig, im siebzehnten Jahrhundert war das in den Niederlanden die durchschnittliche Lebenserwartung von Frauen gewesen, hatte Peter einmal gesagt. Rembrandts Ehefrau Saskia Uylenburgh war mit noch nicht einmal dreißig Jahren gestorben. Ihre Nachfolgerin Hendrickje Stoffels ging bei ihrem Tod – vermutlich starb sie an der Pest, die im Jahr 1663 in Amsterdam wütete – auf die vierzig zu. »Bis dass der Tod euch scheidet«, so lange blieb eine Frau ihrem Mann treu. Heute wurden die Menschen doppelt so alt. War es daher nur logisch, sich irgendwann einen anderen Partner zu suchen? War dieses »Irgendwann« jetzt?

Ewan zappelte unruhig auf seinem Stuhl. »Dürfen wir aufstehen?«

Kee nickte. Wie Tauben stoben die Jungen auseinander. Peter und sie blieben sitzen, starr wie Salzsäulen.

Ewan ging in sein Zimmer, Tristen legte sich aufs Sofa und las in einem Donald-Duck-Heft. Auch Kee wäre ein Ortswechsel jetzt lieber gewesen, vielleicht weniger an einen physischen Ort als an den einer Erinnerung, an einen Sommertag, eine zärtliche Berührung. Doch wie sehr sie auch suchte, sie fand keinen glücklichen Augenblick. Ihr Gedächtnis bot keine Zuflucht, dieser Weg zum Glück war verschüttet. Darum beschloss sie, sich eine halbe Stunde nach den Kindern zurückzuziehen. Im Schlafzimmer hatte sie ihre Nachttischschublade geöffnet und den Vibrator, den sie vor über einem Jahr gekauft hatte, herausgeholt. Zunächst hatte sie ihn oft benutzt, beinahe täglich, doch irgendwann war die Lust in ein Gefühl der Leere umgeschlagen, und zuletzt auch von Ekel.

Dennoch drückte sie jetzt auf den untersten Knopf, und das Gerät begann zu summen. Die Batterien waren noch nicht leer. Kee schloss die Augen und bewegte das Ding zwischen ihren Schenkeln. Sie empfand nichts, auch nicht, als sie sich mit der samtweichen Silikonspitze über die Leiste streichelte.

Vor ihrem inneren Auge stoben Millionen zartrosa Salzkörner umher wie ein Sturm. Dort stritten die Kinder, und Peter rief: »Dieses Salz behauptet, besser zu sein als das andere.« Die Spitze der Eichel erreichte den Saum ihres Slips und glitt darunter hindurch. Der Salzsturm nahm ab und legte sich zuletzt ganz, doch statt rosa Körnchen sah sie jetzt sich, Peter und die Kinder schweigend am Tisch sitzen. Sie hasste dieses Bild und wollte den meistverkauften Vibrator der Welt schon wieder ins Dunkel ihres Nachtschränkchens verbannen, als sie plötzlich im Zug saß und die zwei Frauen diskutieren hörte.

»Tim und ich sind total glücklich«, sagte die eine.

Von wegen, dachte Kee. Reine Fassade für Nachbarn und Freunde. Niemand ist glücklich, und Tim schon gar nicht.

In ihrer Fantasie war Tim ein totaler Schwerenöter. Sie sah es ihm an, und wow, was für ein Körper! Gerader Rücken und breite, muskulöse Schultern. Er stammte aus Zeeland, da war sie sich sicher, und war wie sie zwischen fruchtbaren Äckern und Vieh aufgewachsen. Sie fand ihn attraktiv. Kein Problem, sich das einzugestehen. Sie sehnte sich nach seiner behaarten Brust, dunkelblond, wollte mit den Fingern darin herumwühlen, seine Brustwarzen berühren.

Im Nu hüllte ihre Fantasie sie in einen kurzen Rock, und Tim starrte auf ihre Schenkel. Seine Augen durchbohrten sie. Er machte sie nervös. Mein Gott, war er schön! Verheiratet und schön, und er wollte sie. Niemanden sonst.

Kees Fantasie überschlug sich und entgleiste. Für Sekunden sah sie Fesseln, brennende Kerzen …

»Ganz ruhig«, hörte sie Tim sagen, und er beugte sich über sie zu einem langen Kuss, mit vollen Lippen und einer Zunge, weich und feucht wie ihre Möse. Sie presste das pulsierende Ding an die rosa Öffnung ihres magischen Dreiecks. Sie spürte die erste Welle herankommen.

Tim hielt ihren Kopf, seine warmen Hände auf ihren Wangen. Einen Moment meinte sie, heulen zu müssen. Ihr ganzer Leib bebte. Sie wollte, dass er sie leckte, und schon geschah es. Er glitt an ihr hinunter und küsste sie. Seine Zunge fand ihre Klitoris, presste dagegen und leckte dann wieder. Nicht aufhören, dachte sie. Nie wieder aufhören.

Schnell zog sie ihren Slip aus und drückte auf den obersten Knopf. Der Vibrator bewegte sich schneller. Jetzt nahm Tim seine Finger hinzu, immer intensiver. Er rieb ihre Klitoris zwischen Daumen und Zeigefinger. Sie hielt dagegen, presste ihr Schambein an seine Handfläche. Er küsste ihren Hals und saugte an ihrem Ohrläppchen. Plötzlich spürte sie seine Zunge im Ohr. Sie hörte ihn keuchen. Immer tiefer drang seine Zunge in sie. Es war wundervoll.

Kee legte sich auf den Bauch. Ihre Hüften und Brüste drückten gegen die Matratze. Tim ließ seine Finger über ihre Schamlippen gleiten, malte mit ihrem Saft eine Linie auf ihre Leisten. Sie kniete sich hin und schob den langen Schaft mit der gebogenen Spitze in ihre Öffnung. Blitzendes Licht erfüllte ihr Inneres, aber es konnten auch Flammen sein, Flammen, die alles verzehrten. Er stieß fest und tief.

Tim war Tarzan, Tarzan war Tim.

Ein zweiter, intensiverer Orgasmus überschwemmte sie. Sie fiel vornüber und biss in das Bettlaken, das sie schon seit Wochen nicht mehr gewechselt hatte. Nicht mal beim Umzug. Sie musste mehr auf sich achtgeben, sie hatte Besseres verdient. Oder musste sie vielmehr bestraft werden? Ihr Zeigefinger fand den obersten Knopf und ließ Tarzan noch schneller pulsieren. Jetzt waren es kräftige Stöße. Bestraf mich, dachte sie, nimm mich. Tim stieß immer fester in ihre glitzernde Möse. War das hier noch Lust oder schon Schmerz? Konnte man Schmerz und Liebe verwechseln? Eine gewaltige Welle näherte sich und schlug über ihrem zuckenden Körper zusammen. Es gab kein Entrinnen. Kee zuckte und heulte zugleich. Sie winselte wie eine Hündin. Es war ihr egal, ob man sie hörte.

Langsam kam sie wieder an die Oberfläche, doch noch einen Moment verging die Zeit ohne sie. Sie lag mit Tim auf einer Wiese voll grasender Kühe. Wie Honig umschmeichelte Sonnenschein seine und ihre Haut. Sie waren vollkommen glücklich. Mit diesem Gedanken war sie in einen wohltuenden Schlaf gefallen, doch zwei Stunden später von ihrem murmelnden Peter geweckt worden. Und vom Brummen ihres Vibrators.

Es sollte noch eine ganze Weile dauern, aber schließlich schlief Kee als Erste ein. Peter starrte in die Dunkelheit. Seine Gedanken umschwirrten ihn wie ein Schwarm Fliegen. Er sann auf Rache. Rache an Tarzan, Rache für das Himalayasalz, Rache an seiner Frau.

FÜNF

Es war Ramadan und der wärmste Juni seit hundert Jahren. Nur der frühe Morgen brachte ein wenig Abkühlung. Am Nachmittag stiegen die Temperaturen auf über dreißig Grad. An manchen Tagen kam Wind auf, und der Himmel wurde dunkelgrau wie Graphit, doch der erhoffte Regen blieb aus. Jedes Mal zog das Gewitter vorüber, verschonte die Keller und Kanalisationen der Stadt und schleuderte seine Blitze auf Dörfer, wo Kirchtürme und jahrhundertealte Eichen es büßen mussten.

Im Süden des Landes wüteten Unwetter: extremer Starkregen und Hagelkörner, die Dächer von Scheunen und Ställen durchschlugen. Das war der Preis für ungezügeltes Wachstum, hemmungslosen Fleischkonsum, Wochenendtrips mit dem Flugzeug und jede Saison neue Kleidung. Die Zeitungen veröffentlichten Fotos von überschwemmten Straßen und Tunneln. Die Feuerwehr hatte eine Frau vom Dach ihres Mini Cooper gerettet, der in einer Unterführung stecken geblieben war.

Die Stadt japste und schnaufte. Die Nächte waren heiß wie im Hochsommer. Kinder schliefen nackt bei offenem Fenster. Jeder Windhauch war willkommen, doch mit der leichten Brise kamen auch Geräusche von draußen. Nicht jedes Kind schlief, nicht alle Erwachsenen lagen im

Bett. Auf dem Ketelplein versammelten sich jeden Abend Nachbarn nach dem Iftar. Sie hatten mit der Familie gegessen. Die Tische hatten sich unter Schüsseln Couscous und Harira gebogen, köstlichen Tajine-Gerichten und Bergen knuspriger marokkanischer Fladenbrote und goldglänzender Chebakias. Der Magen war wieder gefüllt, der Blutzuckerspiegel auf normalen Pegel gebracht.

Der Platz füllte sich, es war wie ein Fest. Leute umarmten einander, Kinder liefen herum und spielten Fangen. Für die alten Männer in langen Gewändern und Latschen war es wie früher. In ihrer Jugend in Marokko waren sie zu Ramadan auch immer bis tief in die Nacht draußen gewesen, bis es Zeit für das Morgenmahl wurde. Aber der Fadschr, der erste Streifen der Morgendämmerung, war noch weit.

Es war schön, zusammenzukommen, miteinander zu lachen und zu plaudern. Die Frauen saßen auf Bänken und redeten über die langen Sommerferien in sechs Wochen, im Land ihrer Eltern, wo ihre Onkel und Tanten immer noch wohnten, ihre Neffen und Nichten, Cousins und Cousinen, die auf Pralinen, Parfüms und neue Handys warteten.

Tagsüber regierte der Hunger, und die Nachmittage waren endlos. Man durfte nicht essen und trinken, keine Zigaretten rauchen und auch keinen Sex haben. Die einzige Art, den Tag zu überstehen, war, sich aufs Sofa zu legen und fernzusehen. Wer einschlief, träumte von Datteln und erwachte vom Knurren seines Magens.

In der ersten Nacht des Ramadan waren bei den Neuzugezogenen die Lichter angegangen, und sie hatten verwundert nach draußen geschaut, auf den Platz voller Leben und Kinder, die um Mitternacht Fußball spielten.

Die Fenster zu schließen, war keine Option – die Schlafzimmer waren heiß wie Backöfen.

So lag der neue Volksstamm schlaflos in seinen Betten: voll Hoffnung auf einen Sturm, der die Meute erbarmungslos auseinandertreiben, den Platz frei spülen würde. Jemand hatte die Polizei gerufen, doch die beiden Beamten, die aus dem Dienstauto stiegen, hielten lieber mit den Randalierern ein Schwätzchen. Man bot ihnen Süßigkeiten an, die sie dankbar akzeptierten. Niemand verlangte, die Nachtruhe zu respektieren, niemand wurde nach Hause geschickt. Mitten in der Nacht entspann sich in der WhatsApp-Gruppe eine hitzige Diskussion.

»Das ist echt nicht normal!«, schrieb Hausnummer 14.

»Ich will schlafen!!!«, fügte Nummer 33 hinzu.

»Das geht so noch den ganzen Monat«, ergänzte Hausnummer 8.

»Ist das überhaupt zulässig?«, fragte Nummer 26.

»Den ganzen Monat?! Echt???«

»Ramadan ... soll ich dir den Wikipedia-Link schicken?«

»Müssen die Leute tagsüber nicht arbeiten?«

»Ich muss morgen um 7 Uhr im OP stehen.«

»Diese Leute sind vollkommen gestört.«

»Ich sag nur: Ab nach Hause!«

»Also, hör mal!«

»Ich meine nicht ›in ihr Land‹, bloß: ›runter vom Platz‹.«

»Das hier *ist* ihr Land.«

»Aber auch meins!«

»Wetten, dass der ganze Platz morgen voll Müll liegt?«

»Und überall Sonnenblumenkerne.«

»Boah, hör mir bloß auf, diese Sonnenblumenkerne!«

Der Wecker war erbarmungslos. Eltern waren schlecht

gelaunt und hatten wenig Geduld. Es wurde geschrien, und in den Wohnküchen roch es nach verbranntem Toast.

Der Ramadan dauerte schon etwas über die Hälfte, als Peter eines Morgens an der Ampel die Grünphase verschlief. Er hatte die Jungs in die Schule gebracht und radelte zur Arbeit, aber er war so müde, dass er das Springen auf Grün gar nicht bemerkte. Die Sirene eines Krankenwagens holte ihn zurück in die Realität, und langsam überquerte er die Kreuzung. Wie seine Frau und all ihre Nachbarn hatte er dunkle Ringe unter den Augen.

In der Kantine holte er sich erst mal einen doppelten Espresso. Einige Kollegen plauderten. Wie immer saß das Wachpersonal an den beiden Tischen am Fenster, die anderen verteilten sich über den gesamten Raum.

Die meisten Kollegen wussten es nicht, nur die Kuratoren und der Leiter der Abteilung für Presse- und Öffentlichkeitsarbeit waren von der Museumsleitung informiert worden. In ein paar Stunden sollte die sensationelle Nachricht verkündet werden, haargenau um zwölf Uhr. »Unbekannter Rembrandt gefunden«, würde noch am selben Tag auf der Titelseite des *NRC Handelsblad* stehen. Man hatte der Qualitätszeitung das Erstveröffentlichungsrecht zugesagt, im Tausch gegen ein langes Interview mit dem Käufer des Bilds und dem Museumsdirektor. Am Abend sollte es live in einer Talkshow enthüllt werden.

Bei dem Gemälde handelte es sich um das circa 1633 entstandene Bildnis eines unbekannten jungen Mannes, das ein Amsterdamer Kunsthändler neun Monate zuvor auf einer Auktion bei Sotheby's ersteigert hatte. Es war die erste Neuentdeckung eines Gemäldes von Rembrandt Harmenszoon van Rijn seit vierundvierzig Jahren, als 1974 der Kunsthistoriker Henri Defoer per Zufall im Wohnzimmer einer alten Dame in Nijmegen auf *Die Taufe des Kämmerers* gestoßen war, eine biblische Darstellung von 1626, ein Jugendwerk.

Dieses Gemälde hingegen stammte aus jener Periode, in der Rembrandt bereits als Porträtmaler Furore machte. Ein Jahr zuvor war er nach Amsterdam gezogen und hatte sein erstes großes Meisterwerk vollbracht: *Die Anatomie des Dr. Tulp*. Wer es sich leisten konnte, ließ sich fortan von dem Müllerssohn aus Leiden auf Leinwand verewigen. Der Schiffbauer Jan Rijcksen und seine Frau Griet Jans, das Ehepaar Marten Soolmans und Oopjen Coppit, Johannes Wtenbogaert, Philips Lucaszoon.

Die Porträtierten tragen reiche Kleidung nach neuester französischer Mode: Handschuhe aus Ziegenleder, schwarzsamtene Umhänge, aufwendige Manschetten, silberdurchwirkte Kleiderrosetten und mächtige weiße Kragen aus Klöppelspitze. Genau solch einen Kragen, der sich über die ganze Schulter erstreckte, trägt der junge Mann auf dem besagten Gemälde. Aber damit nicht genug: Auch die Grundierung, die Pigmente, die Pinselführung und die Art der Komposition stimmen genau mit denen von Rembrandts Gemälden aus jener Periode überein.

Farbproben waren entnommen, Unterzeichnungen mit Fluoreszenzanalysen sichtbar gemacht worden. Ultraviolett- und Infrarotaufnahmen hatten Retuschen, Leim- und Firnisreste sichtbar gemacht. Zu guter Letzt hatten fünfzehn internationale Experten vor dem Gemälde gestanden und die Zuschreibung bestätigt. Der ehemalige Vorsitzende des Rembrandt Research Project hatte das Porträt ein »Meisterwerk« genannt.

Nur Peter Lindke, Kurator der Abteilung für niederländische Barockmalerei am Museum Boijmans van Beuningen, war nicht überzeugt. Auch er hatte in der Amsterdamer Restauratorenwerkstatt vor dem Gemälde gestanden, wo Firnisschichten und Übermalungen entfernt worden waren und man kleinere Schäden und verschlissene Stellen retuschiert hatte, aber ein Meisterwerk – und noch dazu eines von Rembrandt – hatte er darin nicht erkennen können. Er dachte vielmehr an Schüler, die zu der Zeit in der Werkstatt des Meisters gearbeitet hatten, oder gar an das Werk eines Nachahmers, entstanden vermutlich erst viele Jahre später.

Lange hatte Peter über den Kragen aus Klöppelspitze gegrübelt. Es war unfassbar: Die Spitze war platt wie Papier, ohne den geringsten Schatteneffekt. Die konnte einfach nicht von dem Meister stammen, der das Porträt des Marten Soolmans gemalt hatte. Dort sah man einen echten Kragen von Rembrandt: *Diese* Spitze war phänomenal, mit Licht- und Schatteneffekten und einem wundervollen Muster. Im Vergleich dazu war der Kragen des jungen Mannes von 1633 zu einfach, ja geradezu wie mit der Schablone gemalt.

Auch das Haar des Mannes konnte nicht von Rembrandts Staffelei stammen. Das war kein Haar, das war Armut. Zugegeben, das Gemälde war oft gereinigt worden und der Zustand der Farbe mittlerweile eher dürftig, was ein sicheres Urteil erschwerte – aber trotzdem, solch dünnes Haar, solch ein flusiges Etwas wäre dem König der Locken nie auf die Leinwand gekommen. Rembrandts

Haar war wie aus Goldfäden gewirkt und kräuselte sich wie die Wellen eines Stroms in der untergehenden Sonne.

Einen Monat lang sollte das *Porträt eines jungen Stutzers* im Museum Boijmans van Beuningen ausgestellt werden. Danach sollte es auf den Kunstmarkt gelangen. 130 000 Pfund inklusive Aufgeld hatte der Amsterdamer Kunsthändler auf der Londoner Auktion für das Gemälde bezahlt, das der Versteigerungskatalog als »Werk aus Rembrandts Umfeld« aufgeführt hatte. Jetzt hoffte er, Millionen dafür zu bekommen. Der letzte Rembrandt, der auf einer Auktion verkauft worden war, *Porträt eines Mannes mit den Armen in die Seite gestemmt,* hatte vor einigen Jahren rund zwanzig Millionen Pfund eingebracht.

Ein Saal war eigens für den neu entdeckten Rembrandt frei gemacht worden. Die Ehre der Ausstellung verdankte das Museum der Freundschaft zwischen dem Kunsthändler und seinem Direktor Daniel Wijnberg. Anlässlich der Bekanntgabe dieser sensationellen Entdeckung hatte er sich extra einen neuen Anzug zugelegt.

Seinem Chef gegenüber hatte Peter seine Zweifel an der Zuschreibung vorsichtig geäußert, doch der hatte nur abgewunken. »Was hast du bloß dauernd mit diesen Haaren?«, hatte er Peters Bedenken beiseitegewischt. »Das Gemälde ist monatelang untersucht worden, alles technisch analysiert: Pigmente, übermalte Stellen und Risse. Willst du jetzt den Spielverderber machen? Wir kriegen Tausende zusätzliche Besucher, internationale Presse, *New York Times,* deutsche Fernsehteams. Bald spricht die ganze Welt über uns.«

»Und wenn sich das Bild als nicht von Rembrandt herausstellt?«

»Es hat den Segen von fünfzehn internationalen Experten. Wer wird das anzweifeln wollen?«

Auf dem Gesicht des Direktors machte sich ein widerliches Grinsen breit.

Vor Jahren, anlässlich einer Konferenz, hatte Peter einmal mit Wijnberg außerhalb der offiziellen Besuchszeit im Louvre vor der *Mona Lisa* gestanden. Der Direktor hatte sich fast die Nase am Sicherheitsglas platt gedrückt. Zuerst dachte Peter, Wijnberg wolle den Pinselduktus einmal ganz aus der Nähe studieren, in Wirklichkeit aber richtete er sich nur die Haare. Vor dem berühmtesten Werk Leonardo da Vincis war Wijnberg nur mit seinem eigenen Äußeren beschäftigt.

»Und Diskussionen, ach ja«, hatte er hinzugefügt, »die wird es sowieso wieder geben, die gibt es ja immer, aber in der Zwischenzeit können wir der internationalen Presse unsere Flaggschiffe zeigen. Den *Turmbau zu Babel*, die *Drei Marien am Grab*, den *Hausierer* und unseren *Titus* natürlich.«

Dabei hatte er Peter zum ersten Mal in die Augen gesehen. *Titus am Schreibpult* war eines der bedeutendsten Werke des Museums. Rembrandt hatte das Porträt seines einzigen Sohns im Jahr 1665 gemalt. Peter fand es eines der schönsten Werke des Meisters. Sein Sohn trägt darauf ein rotes Barett, unter dem üppige Locken hervorquellen. Der dreizehn- oder vierzehnjährige Junge brütet über Papieren auf einer ledernen Schreibunterlage. Den Kopf auf den rechten Daumen gestützt, blickt er am Betrachter vorbei. Durch Rembrandts Augen schauen wir auf seinen

Sohn, direkt in dessen Seele, aber noch mehr blicken wir in die Seele des Malers. Titus' Porträt war ein indirektes Selbstbildnis. Alles, was Rembrandt für seinen Sohn Titus empfand, hat er darin festgehalten. Es war besser als die *Mona Lisa*, fand Peter. Rembrandt hatte Leonardo übertroffen.

Noch sieben weitere Porträts von Titus van Rijn waren bekannt. Es war ein Traum von Peter, sie alle einmal in einer Ausstellung zusammenzubringen: den Titus der Wallace Collection, Titus lesend, Titus, das Kinn auf die Hand gestützt, Titus im Mönchshabit, Titus posierend als Engel, das kraftvolle Porträt aus dem Louvre und das aus der Dulwich Picture Gallery, gemalt kurz vor dessen Tod. Es würde eine bezaubernde Ausstellung werden, in der man Rembrandts Sohn langsam heranwachsen sähe. Dann würden alle erkennen: *Titus am Schreibpult* war das schönste von allen. Es war ein ikonisches Gemälde, fand Peter, wie Vermeers *Mädchen mit dem Perlenohrgehänge*, doch Rembrandts Porträt war vielschichtiger. Es hatte eine ungeheure Tiefe.

Wijnberg hoffte immer noch, Boijmans *Turmbau zu Babel* von Pieter Bruegel dem Älteren würde einmal weltberühmt und das Museum zur Pilgerstätte für Millionen Touristen wie der Louvre. Peter fand den *Turmbau* ein mythisches Meisterwerk, aber zur Kunstikone fehlte ihm doch einiges. Kein Mensch war darauf zu sehen, und darum könnte es nie dieselbe Anziehungskraft besitzen wie etwa *Der Schrei* von Edvard Munch oder Vermeers *Dienstmagd mit Milchkrug*.

»Aber natürlich sind da Menschen drauf«, hatte Wijnberg einmal zu Peter gesagt, »vermutlich sogar mehr als tausend!«

Aber kein einziger, der etwas von sich preisgibt, hatte Peter gedacht, kein Mensch, der uns wirklich fesselt, uns mit seinem Blick nicht mehr loslässt.

Die Zeitung erschien, auf der Titelseite das *Porträt eines jungen Stutzers*. Eine Welle der Erregung ging durch das Museum. »Hast du das gewusst?«, war die am häufigsten gestellte Frage. Wer nickte, zog automatisch den Neid der Kollegen auf sich. Möglicherweise hatte sich jemand verplappert, oder die Betreffenden taten nur so, als wären sie schon länger in das Geheimnis eingeweiht gewesen. Das Ego schreckt auch vor Lügen nicht zurück.

Von Peter hatte jedenfalls niemand etwas erfahren. Kein Wort hatte er zu Hause über die Sache verloren. Wenn er überhaupt von seiner Arbeit erzählte, redeten die Kinder meistens dazwischen.

Kee schien sich für seine Geschichten ebenfalls nicht zu interessieren, sie fragte zumindest nie nach und beschäftigte sich lieber mit den Themen der Jungs. An manchen Tagen sagte Peter überhaupt nichts, bis auf, wenn unbedingt nötig, manchmal Ja oder Nein.

»Möchtest du auch einen Kaffee?«
»Ja.«
»Hast du die Schokolade gegessen?«
»Nein.«
»Könntest du bitte die Haustür aufmachen?«
»Ja.«

Zu Hause war Peter ein schweigsamer Mann geworden, was jedoch nicht bedeutete, dass er dies auch außerhalb war. Als er in seiner Eigenschaft als Kurator der Abteilung für niederländische Barockmalerei vor dem bewussten Gemälde fürs Radio interviewt worden war, redete er durchaus eloquent. Er beschrieb den Hörern das Bildnis: die Kleidung des Mannes, sein glattes Kinn, die Frisur (»ein Pony, wie er bei Mädchen in der Klasse meines Jüngsten gerade en vogue ist«) und dann auch die Farben, den lockeren Pinselstrich, besonders erkennbar am schwarzen Mantel, bis hin zum Lichteinfall auf der Nase.

Als Peter von der Komposition des Gemäldes anfangen wollte, fragte die Journalistin, eine Frau Anfang dreißig, ihn schnell, wie ihm das Bild denn nun eigentlich gefalle. Sofort begann er wieder vom Kragen zu sprechen, dass der sehr platt sei und viel uninspirierter gemalt als der auf dem Porträt des Marten Soolmans. »Da erkennt man die Handschrift des Meisters sofort«, erklärte er, »in jedem Pinselstrich, jedem Detail.«

»Höre ich da einen gewissen Zweifel an der Zuschreibung?«, fragte die Journalistin und hielt ihm das Mikrofon vor die Nase. Sie hatte ein nettes, offenes Gesicht. Später sollte Peter sich noch oft fragen, ob er die Frage beantwortet hätte, wenn einer der üblichen Journalisten von der »Aasgeier«-Fraktion sie gestellt hätte.

Doch so antwortete er der Frau offen und ehrlich, dass er Rembrandt nicht für den Schöpfer des Gemäldes hielt. »Vielleicht jemand aus seiner Werkstatt oder ein Nachahmer.« Das sei aber seine persönliche Meinung, fügte er hastig hinzu, bloß: So sehe er es nun mal. Bei der Montage des Beitrags wurde diese Bemerkung gestrichen, übrig blieb nur sein Dementi der großartigen Entdeckung, die gerade erst verkündet worden war. Und auch das war wieder eine Nachricht.

Normalerweise entrollte die Kette der Ereignisse in

Peters Leben sich eher gemächlich. Nun jedoch verwandelte sie sich in eine brennende Zündschnur, die einen Knalleffekt nach dem anderen hervorbrachte. Zuerst kam ein Anruf vom Redakteur einer Talkshow.

Nicht der Spätabend-Talkshow, in der der Kunsthändler über »die Entdeckung des Jahrhunderts« sprechen würde, sondern der konkurrierenden Sendung um sieben Uhr. Der Talkrunde mit in der Regel weniger Tiefgang, dafür aber einem Publikum von täglich über einer Million Zuschauern.

Der Redakteur fand Peters Sicht der Dinge »erfrischend« und bat ihn, dem Fernsehpublikum seine Einschätzung noch einmal zu erläutern. Er bekomme mehr Zeit als im Radio und könne die Fragen auf Wunsch gern im Voraus erhalten.

Peter fing an zu stottern. Er kenne das Konzept der Sendung nicht richtig, und wegen der Kinder werde es voraussichtlich sowieso nicht gehen. Zu guter Letzt jedoch ließ er sich überreden. Er würde mit dem Taxi abgeholt und hinterher auch wieder nach Hause gebracht.

»Was für eine Sendung meinst du?«, wollte Kee wissen, als er sie anrief und fragte, ob heute einmal sie die Jungs zum Hockeytraining bringen könne.

Er nannte den Namen der Talkshow und ertappte sich dabei, dass er stolzgeschwellt von der Einladung erzählte. Auch Peter Lindke hatte ein Ego, ein kleiner Hund, der vor Freude aufsprang, weil er endlich einmal rausdurfte.

Für seine Frau jedoch war das überhaupt keine Freude. »Was wirst du denn in der Sendung sagen?«, fragte sie. »Kann ich mich morgen noch auf die Straße trauen?«

»Aber natürlich. Warum sagst du so was?«

Sie schwieg einen Moment und fuhr fort: »Möchtest du denn gerne dort auftreten?«

»Ich finde es spannend.«

»Vergiss nicht, dir vorher die Brille zu putzen.«

»Wie meinst du das?«

»Ach, ist schon gut.«

Es klopfte an seine Tür.

»Ich muss Schluss machen.«

Es war Arnold Holtz, mit dem Peter sich zu einem kleinen Rundgang durch das Museum verabredet hatte. Der ehemalige Konservator hatte ihm geschrieben, dass ihm manche Gemälde schon regelrecht fehlten, wie liebe Verwandte. Peter hatte die Verabredung in der Hektik vergessen, aber es freute ihn, den alten Kollegen wiederzusehen. Er war gespannt, was Arnold zu der grandiosen Neuentdeckung sagen würde.

Gemeinsam gingen sie zu dem kleinen Saal, einem Spezialkabinett, reserviert für besondere Ausstellungsstücke. Morgen würden die Leute sich hier drängen, jetzt waren nur ein Wachmann und ein paar technische Mitarbeiter zu sehen, die den Transport des Gemäldes ins Fernsehstudio vorbereiteten.

»Dürfen wir kurz?«, fragte Peter.

Sie stellten sich vor das Porträt. Zwei Männer, die mit ihren Nasen zu sehen schienen, ihre Schultern stießen aneinander, ohne dass sie es merkten. Es war wie ein Tanz auf Zehenspitzen.

»Und? Was meinst du?«

»Das Haar«, antwortete Arnold, »das ist viel zu flusig.«

»Und der Kragen?«

»Dem fehlt irgendwie Plastizität.«

»Die Spitze sieht aus wie scherengeschnitten.«

»Sie ist einfach nicht gut genug gemalt.«

Die beiden sprachen über Augen und Mund des jungen Mannes und über den ziegenledernen Handschuh.

»Der verdirbt alles«, urteilte Arnold.

Die beiden Männer beendeten ihr Ballett und traten von dem Kunstwerk zurück.

Sie machten die beabsichtigte Runde entlang der berühmten Gemälde. Eine merkwürdige Truppe, bestehend aus einem Hausierer mit zwei verschiedenen Schuhen, aus Jünglingen wie dem siebzehnjährigen Sohn des Postboten von Vincent van Gogh und reichen Bürgersleuten wie Abraham del Court und Maria de Kaersgieter, aus einer abgedrehten Shirley Temple mit Löwenkopf und der streng dreinblickenden Aletta Adriaensdochter.

Hinterher tranken sie im De-Vriese-Pavillon einen Kaffee. Daniel Wijnberg saß ein paar Tische weiter in seinem neuen dunkelvioletten Anzug. Er war im Gespräch mit dem Leiter der Abteilung für Presse- und Öffentlichkeitsarbeit. Der Direktor lächelte. Die Anfragen der Medien überschlugen sich.

»Und, Arnold – wie gefällt dir das Leben als Rentner?«, fragte Peter.

»Gut«, antwortete der ehemalige Kollege, »ich muss mich nur noch etwas daran gewöhnen. Die Arbeit fehlt mir, und die Kollegen.«

»So schön ist es hier nun auch wieder nicht!«

»Es geht ja um mehr«, erwiderte Arnold. »Die Arbeit gibt einem Leben auch Sinn.«

Peter nickte. Er liebte seinen Beruf, er könnte ohne ihn nicht leben.

»Wenn du so viel Zeit hast wie ich, kommen dir solche Gedanken.« Arnold musste selbst lachen. »Aber erzähl, wie geht's dir? Wie geht's deiner Frau und den Kindern?«

»Die Kinder wachsen wie Unkraut, und Kee kriegt jede Menge Aufträge, es geht uns gut.«

Was sollte er sonst sagen? Dass er seine Frau an der Tankstelle vergessen hatte, sie sich mit einer rosa Möhre befriedigte und seine Kinder sich die Schädel einschlugen?

»Ich gehe meiner Frau auf die Nerven«, gestand Arnold. »Ich lese viel, besuche Ausstellungen, aber manche Tage sind auch komplett leer. Am Wochenende weiß ich oft nicht, was ich mit mir anfangen soll.«

Arnolds Frau war um einige Jahre jünger als er und arbeitete noch. Sie hatte ihm geraten, sich ein Hobby zu suchen oder neue Freunde.

»Segeln oder so was«, fügte er hinzu, »aber kannst du dir mich in so einem Kahn vorstellen?«

Peter versuchte es, musste davon aber fast losprusten. »Nein, dann noch eher mit einer Angel am Ufer.«

Er hatte keine Erfahrung mit unausgefüllten Tagen, mit Hobbys übrigens auch nicht. Vom siebten bis zum zwölften Lebensjahr war er Seepfadfinder gewesen; aber danach war es mit ihm und Hobbys nie mehr etwas geworden.

»Ich glaube, ich werde mir ein elektrisches Fahrrad zulegen. Damit kann man längere Touren unternehmen.«

Peter war sich nicht sicher, ob Arnold es ernst meinte, darum sagte er sicherheitshalber lieber nichts.

»Irgendwas muss ich doch machen. Oder hast du eine bessere Idee?«

»Es gibt noch keine Biografie über Rembrandt.«

»Bitte? Die gibt es doch massenhaft: ›Rembrandt als Rebell‹, ›Die jungen Jahre des Künstlers‹, ›Rembrandt, der Maler von Licht und Schatten‹ und so weiter.«

»Aber noch keine offizielle, nichts Definitives. Keine, von der die Übersetzungsrechte schon vor Erscheinen in vierzig Länder verkauft sind.«

»Und wie stellst du dir die vor?«

»Eine Biografie in enger Zusammenarbeit mit einem Historiker, einem, der alles über die Niederlande der Zeit Rembrandts weiß und der auf Grundlage von Fakten schlussfolgert, statt ihn einfach einen ›Rebellen‹ zu nennen oder zu behaupten, er habe wegen seiner Kunstsammlung Bankrott gemacht. Das teuerste Gemälde, das Rembrandt jemals gekauft hat, war *Hero und Leander* von Rubens. 425 Gulden hat er dafür bezahlt. Mehr wissen wir nicht. Außer, dass er das Gemälde sieben Jahre später mit Gewinn an einen Kunsthändler weiterverkauft hat.«

»Vielleicht solltest du diese Biografie schreiben. Ich halte mich doch lieber an das elektrische Fahrrad.«

Daniel Wijnberg war aufgestanden und schlenderte zu ihnen. »Schön, dich zu sehen«, sagte er zu Arnold. »Und? Hast du den neuen Rembrandt schon bewundert?«

Der ehemalige Konservator nickte. »Wirklich außergewöhnlich«, sagte er. »Und was für eine Geschichte! Wer will nicht auf einer Auktion einen unbekannten Rembrandt entdecken und ihn für 130 000 Pfund bekommen?«

»Der Herr hier hat an dieser Zuschreibung so seine Zweifel.« Wijnberg zeigte auf Peter.

»Bei manchen Rembrandts werden wir es nie genau wissen«, erwiderte Arnold.

Peter nickte.

Für einen Moment verschwand das Lächeln aus Wijnbergs Gesicht. Dann sagte er: »Diskussion ist gut für den wissenschaftlichen Diskurs, aber zieh dir bitte ein Jackett an, wenn du heute Abend im Fernsehen auftrittst.« Danach ging er grinsend davon.

»Du bist heute Abend im Fernsehen?«, fragte Arnold.

Peter fuhr früher nach Hause. Das Taxi sollte ihn um fünf Uhr abholen. Er radelte schneller als sonst und fuhr bei Rot über die Kreuzung, an der er am Vortag noch beinahe eingeschlafen war. Aber er hatte es zu eilig. Als er auf den Bürgersteig fuhr, um ein Stück Weg abzuschneiden, wie seine Kinder es immer taten, hörte er auf einmal einen Knall. Sein hinterer Reifen war platt. Die brennende Zündschnur hatte seinen Schlauch zum Platzen gebracht.

Peter fluchte, machte sich schnell zu Fuß weiter und kam mit Schweißflecken unter den Armen zu Hause an. Das Taxi war zum Glück noch nicht da. Er hatte noch Zeit, ein anderes Hemd anzuziehen.

Im Wohnzimmer spielte Ewan mit einem Schulkameraden. »Mama ist einkaufen, mit Tristen«, sagte er.

»Ich muss auch gleich wieder los.«

»Ich weiß. Du bist im Fernsehen.«

Ewan lächelte stolz.

Peter wollte schon weiter ins Schlafzimmer hasten, aber der Schulkamerad stand auf und kam auf ihn zu. »Ramadan karim!«, sagte er mit einem feierlichen Lächeln.

»Kann ich dir irgendwie helfen?«

»Ramadan karim!«, wiederholte der Junge.

»Das heißt: Gesegneten Ramadan«, erklärte Ewan.

»Oh« war das Einzige, was Peter herausbringen konnte, und zwei Stufen zugleich nehmend rannte er die Treppe hinauf.

Im Bad rieb er sich mit einem Handtuch trocken. Dann warf er sich in ein sauberes Hemd und wählte ein dazu passendes Jackett. Violette Sakkos hatte er nicht, seine waren entweder dunkelblau oder schwarz. Er entschied sich für das schwarze, das Kee einmal für ihn gekauft hatte. Es war so lange her, dass der obere Knopf nicht mehr zuging. Dann eben der untere.

Als Peter wieder im Wohnzimmer stand, schaute er nach draußen. Immer noch kein Taxi. Noch konnte er zurück, schoss ihm durch den Kopf. Er konnte noch absagen. Was, wenn er einen Blackout bekäme oder eine falsche Jahreszahl nannte? Wenn der Talkmaster ihm widersprechen würde? Doch er hatte keine Angst vor den Fragen. Er brauchte sich nicht zu verteidigen. Wo Rembrandt war, war Diskussion, würde es immer unterschiedliche Meinungen geben. Es war schon öfter geschehen, dass ein Museum der Expertise des Rembrandt Research Project nicht gefolgt war.

Peter warf einen Blick auf die Jungs, die auf dem Couchtisch Stratego spielten. Er hatte vergessen, wie der Freund hieß. Mohsin? Er ging zu ihm und sagte: »Rembrandt karim!«

Der Junge sah ihn perplex an.

»Es heißt ›*Ramadan* karim‹«, verbesserte Ewan.

»Hab ich das nicht gesagt?«

»Nein!«

»Sie können auch ›Ramadan mubarak‹ sagen«, erklärte der Junge. »Das bedeutet dasselbe.«

Es klingelte.

Ewan rannte zur Tür. Kein Mann mit Chauffeurmütze, wie Peter insgeheim gehofft hatte, doch immerhin einer mit einem schwarzen BMW.

Zischend raste die Zündschnur über die Autobahn Richtung Amsterdam, und auch bei seiner Ankunft britzelte sie ungebremst weiter. Peter wurde geschminkt, sein Haar gegelt. »So«, sagte die Frau von der Maske, »jetzt können Ihnen die Lampen nicht mehr so zusetzen.«

»Was ist denn mit denen?«, fragte Peter.

»Die sind gnadenlos.«

Der Redakteur, mit dem er telefoniert hatte, nahm ihn in Empfang. Sie besprachen das Interview, dessen Aufbau und die einzelnen Fragen. Danach gab es eine Vorstellungsrunde mit den übrigen Talkgästen, einem Sänger, dem Moderator einer anderen Sendung und zwei Schauspielerinnen. Namen, die Peter sofort wieder vergaß. Alles ging wahnsinnig schnell. Der Talkmaster drückte ihm kräftig die Hand. »Das wird super!«, wiederholte er ein paarmal.

Im Studio saß Peter zwischen dem Sänger und den zwei Schauspielerinnen. Er fragte sich, ob Kee mit den Kindern jetzt vor dem Fernseher saß. Ob die Nachbarn auch zusähen, ob jemand über WhatsApp eine Nachricht gepostet hatte, in der Gruppe, die Peter auf stumm gestellt hatte.

Nachdem der Sänger von seinem sechsten Album und dem Tod seiner Mutter erzählt hatte, wurde es Zeit für Peter. Er setzte sich zum Interview an den Tisch. Das Glas Wasser, das der Sänger nicht angerührt hatte, wurde durch ein neues ersetzt.

»Neuer Rembrandt entdeckt«, las der Moderator vom Teleprompter. »Diese Nachricht ging gerade um die Welt. *Porträt eines jungen Stutzers* heißt das Gemälde, das vor knapp einem Jahr auf einer Londoner Auktion für rund 150 000 Euro gekauft wurde. Jetzt ist es auf einen Schlag Millionen wert. Die Kunstwelt ist in Aufruhr. Das letzte Mal, dass ein neuer Rembrandt entdeckt wurde, liegt über vierzig Jahre zurück. Internationale Experten sind von der außerordentlichen Qualität überzeugt und nennen es ein Meisterwerk. Da mögen bei manchen die Sektkorken knallen, aber im Radio-1-Kulturjournal hat unser Studiogast diese Zuschreibung in Zweifel gezogen. Pikantes Detail: Der Mann ist Kurator der Abteilung für niederländische Barockmalerei am Museum Boijmans van Beuningen in Rotterdam, genau dem Museum, wo das Porträt einen Monat lang zu sehen sein wird, bevor es wieder unter den Hammer kommt. Herzlich willkommen – Peter Lindke!«

Eine kurze Pause entstand. Peter hörte sein Herz schlagen.

»Was dachten Sie, als Sie das Bild zum ersten Mal gesehen haben?«, fragte der Moderator.

»Na, dann nimmt man natürlich alles erst mal ganz genau unter die Lupe«, antwortete Peter. »Die Pinselführung, jedes Detail, wie zum Beispiel das Licht. Rembrandt ist ein Meister des Lichts.«

»Aber was war Ihr erster Gedanke?«

»Ich konnte das Bild nicht mit Rembrandts Meisterschaft in den anderen Gemälden zusammenbringen. Es passt einfach nicht dazu, es hat zu viele Schwachstellen. Nehmen Sie zum Beispiel den Kragen: die Klöppelspitze ist total platt. Rembrandt hätte die nie so gemalt.«

»Wie würde Rembrandt so einen Kragen denn malen?«

»Nun, mit Hell- und Dunkeleffekten, brillant eben. An diesem Kragen sieht man fast keinen Schatten. Der reinste Pfannkuchen.«

»Ein Pfannkuchen?«

»Der Kragen ist so platt wie ein Pfannkuchen.«

»Ein Pfannkuchen für 130 000 Pfund.«

»Genau!«

»Sie trauen sich ja was!«

Musste er darauf jetzt antworten? Peter spürte die Hitze der Studiolampen, die gnadenlos über ihm brannten. Er schwitzte, er hätte nie ein Jackett anziehen dürfen.

»Ich sage nur, was ich denke und wie ich es sehe.«

»Im Radio haben Sie auch schon über den Kragen gesprochen, aber könnte es nicht sein, dass Rembrandt einfach einen schlechten Tag hatte, als er den hier gemalt hat?«

Peter schüttelte den Kopf. »Rembrandt hatte nie einen schlechten Tag. Vielleicht ist das Bild von einem Schüler oder von jemandem, der Rembrandt nachahmen wollte.«

»Dann lassen Sie mich so fragen: Gibt es noch mehr Dinge auf dem Gemälde, die Sie dazu bringen, die Zuschreibung der anderen Experten anzuzweifeln?«

In seiner Antwort sprach Peter über das Haar des jungen Mannes, dessen dünne, flusige Struktur, die Schwachstellen der Darstellung. Jetzt sahen die Fernsehzuschauer eine Vergrößerung des Bilds, und man hörte Peter, der über die Augenlider des jungen Mannes referierte, die mit schwarzen Doppellinien konturiert waren. Auch der Mund sei höchst eigenartig gemalt. »Mit einem breiten schwarzen Strich zwischen den Lippen.«

»Ist an dem Porträt auch irgendetwas gelungen?«

Peter warf einen Blick auf die Vergrößerung und antwortete: »Die Nase.«

»Die Nase?«

Im Publikum war Lachen zu hören.

»Ja, die Nase ist gut gelungen. Eine sehr schöne Nase.« Unwillkürlich musste er selbst lachen.

»Was mich nun interessiert«, fragte der Moderator: »Was wird morgen wohl bei Ihnen in der Arbeit passieren? Zunächst müssen Sie ja bestimmt bei Daniel Wijnberg, dem Direktor Ihres Museums, antanzen. Dann wird er fragen: ›Sag mal, Peter, was war das da gestern, in dieser Talkshow?‹«

»Nein, das sagt er bestimmt nicht«, antwortet Peter. »Er findet Diskussion gut für den wissenschaftlichen Diskurs.«

Am liebsten hätte Peter sein Jackett ausgezogen. Wie lange dauerte dieses Gespräch noch? Wie viele Minuten waren vergangen? Der Moderator lächelte. Er fand es immer noch super.

»Es würde Meneer Wijnberg gut zu Gesicht stehen, wenn er jetzt sagen würde: Peter Lindke hat recht – wir pfeifen auf die Meinung der anderen Experten, wir hören auf unseren Kurator! Weg mit diesem Gemälde! Das sollte er doch eigentlich sagen, oder?«

Das war nicht abgemacht. Diese Fragen waren nicht mit ihm besprochen, aber Peter ließ sich nicht beirren.

»Es geschieht öfter«, antwortete er, »dass ein Museum eine Zuschreibung oder Neuzuschreibung nicht übernimmt. Die National Gallery in London bleibt bei ihrer Meinung, dass *Alter Mann im Lehnstuhl* bloß aus Rembrandts Werkstatt stammt. Auch das Metropolitan Museum in New York und die Gemäldegalerie in Berlin sind den Aussagen des Rembrandt Research Project nicht immer gefolgt.«

»Sie sind mutig«, sagte der Moderator, »Sie stellen sich gegen viele Experten, gegen den Kunsthändler, der auf einen großen Gewinn hofft, und Ihren Museumsdirektor, der sich auf zusätzliche Besucher freut.«

Mit einem Mal wusste Peter wieder, warum er diese Sendung so selten einschaltete. Es war dieses überhebliche Grinsen, die selbstgefällige Art des Moderators. Alles musste unterhalten. Aber es war alles gelogen. Dem Moderator war piepschnurzegal, wer in dieser Sache recht hatte, genau wie der Tod der Mutter des Sängers ihn auch keinen Furz interessierte.

»Ist das ein Grund zur Entlassung?«

Wieder wurde im Studio gelacht.

»Das müssen Sie Daniel Wijnberg fragen«, antwortete Peter. »Ich habe beschlossen zu sagen, was ich denke.«

»Peter Lindke – vielen Dank für Ihren Besuch.«

Das Gespräch wurde abmoderiert und Peter von einer Produktionsassistentin an seinen Platz zurückbegleitet. Auch er hatte sein Glas Wasser nicht angerührt. Der Sänger flüsterte ihm ins Ohr: »Es geht total schnell rum, nicht?«

In der Nacht lag Peter mit offenen Augen im Bett. Seine Frau schlief. Er hörte die Geräusche vom Ketelplein. Nachbarn hatten sich beim zuständigen Revierpolizisten beschwert, aber umsonst. Jeden Abend füllte sich der Platz, und hart arbeitenden Menschen wurde der Schlaf geraubt.

Peter wälzte sich hin und her, er stöhnte, biss in sein Kissen. Er verfluchte die Menschheit, wünschte ihr Tod und Teufel. Das einzige Versprechen der Stadtverwaltung war die Ankündigung einer Versammlung von neu zugezogenen und alten Bewohnern des Viertels gewesen, wenn der Ramadan vorbei war. Bis dahin hieß es träumen von einem Höllengewitter, das Abkühlung bringen und den Platz auf einen Schlag leeren würde.

Es war, als nähmen der Krach und die Hitze mit jedem Abend noch zu. In der WhatsApp-Gruppe zählte man die Nächte bis zum Zuckerfest.

Peter schlief immer schlechter. Er hörte Kinder herumschreien. Sie spielten Fußball, und durch das Gejohle konnte er den Spielstand exakt verfolgen. Ein Mann sang lautstark drauflos und erntete fröhlichen Applaus.

»Bist du wach?«, fragte Peter.

»Nein«, antwortete Kee.

Immer wieder sah er sich in der Talkshow, es war wie ein Fiebertraum. Der Moderator bombardierte ihn mit Fragen, das Publikum lachte ihn aus. Er war ein Clown, den niemand ernst nahm. Dann wandelte sich der Schauplatz, und er saß bei seinem Chef Daniel Wijnberg. Seine eigenen Worte waren in der Erinnerung verflogen, nur Wijnbergs Mund bewegte sich unablässig. »Das war ein unsäglicher Auftritt«, wetterte er. »Wie kommst du dazu, einen Spitzenkragen aus dem siebzehnten Jahrhundert mit einem Pfannkuchen zu vergleichen? Zig internationale Experten haben das Bild als echten Rembrandt identifiziert, und du tust es ab als Werk eines dahergelaufenen Pfuschers. ›Nur die Nase ist gelungen!‹ Was soll das? Bist du bloß neidisch, oder bist du gestört?«

Peter hatte antworten wollen, aber es war keine Frage gewesen.

»Und dann auch noch zu behaupten, ich fände Diskussion gut für den wissenschaftlichen Diskurs«, schimpfte der Direktor weiter. »Nennst du das wissenschaftlich diskutieren? Ich nenne das albern! Du hast kein einziges wissenschaftliches Argument vorgebracht, nur dein Bauchgefühl sprechen lassen. Du hast das Museum lächerlich gemacht. Du hast mich lächerlich gemacht. Du bist zu weit gegangen. Was soll ich jetzt tun, was meinst du? Weißt du, was der Besitzer des Bildes zu mir gesagt hat?«

Mitten in der Nacht sprang Peter auf.

»Was ist denn?«, jammerte Kee.

»Ich kann nicht schlafen.«

Kee seufzte, mehr nicht.

Peter zog sich etwas über und verließ das Schlafzimmer. In der Küche trank er ein Glas Wasser und stützte sich auf die Anrichte. Der Kühlschrank summte, die Uhr tickte.

Erst als die Tür hinter ihm ins Schloss fiel, merkte er, dass er keine Schuhe anhatte. Die Steine des Bürgersteigs unter seinen Füßen waren angenehm kühl.

Niemand schien ihn zu bemerken. Er war ein Schatten, der an den Fassaden entlangglitt.

Noch nie hatte er den Platz so bevölkert gesehen. Tagsüber spielten hier Kinder in kleinen Gruppen. Sie spielten Verstecken oder Fußball, oft aber hingen sie auch nur gelangweilt herum. Ihre Eltern hatten sie nach draußen geschickt, und erst zum Abendessen durften sie wieder hereinkommen. Die Kinder der neuen Bewohner kamen selten auf den Platz. Zwar spielten auch sie draußen, aber dann auf den Parkplätzen hinter den Gärten, im geschlossenen Innenhof ihres Karrees.

Der Platz lag unter einer Wolke von Geräuschen, aus der Peter jetzt auch das Weinen von Babys heraushörte. Er versuchte, die Anzahl der Menschen zu schätzen. Es waren mindestens hundert, vielleicht sogar hundertfünfzig. Natürlich konnte man ihnen vorwerfen, dass sie zur Unzeit hier draußen ihr Treffen veranstalteten, aber sie benutzten den öffentlichen Raum wenigstens noch. Wenn Peter und Kee ihre Wohnung verließen, flohen sie aus der Stadt, wie all die anderen neuen Nachbarn. Ein Ausflug in die Natur, in den Wald, einen Park, an einen See. Weg aus der Hektik, den Konfrontationen, dem Druck der Ellbogengesellschaft.

Weit entfernt hörte man ein Gewitter wie das Flappen eines riesigen Segels. Es war jenseits der Stadtgrenzen. Wieder blieben Dächer und Keller verschont, wieder kam der Regen anderswo herunter. Abkühlung blieb eine ferne Vision, die in der Wüste aus Stein und Asphalt immer wieder verdampfte. Man musste seinen Rhythmus radikal ändern, um noch einigermaßen funktionieren zu können. Die Leute hier auf dem Platz begriffen das vermutlich als Einzige. Nachts gingen sie nach draußen, tagsüber verbargen sie sich vor der Hitze.

Während er an den Häusern entlangschlich, beobachtete Peter das gesellige Treiben. Er sah Freude und Kameradschaft und noch etwas Größeres: eine Gemeinschaft, Menschen, die zusammengehörten und einander aufsuchten, die eine gemeinsame Tradition pflegten. Es strahlte Zusammengehörigkeit aus. Wovor fürchteten sich Leute wie er? Vor dieser Verbundenheit, die sie nie so leben könnten?

Auch Peter gehörte zu einer Gruppe, doch was er mit Leuten wie Edward und Ellen gemein hatte, waren vor allem bestimmte Konsumgüter.

Ein Mann im langen Gewand winkte ihn zu sich. Man hatte den Schatten bemerkt. Als Peter sich dem anderen näherte, erkannte er einen der Väter aus der Schule.

»*Rembrandt karim*«, sagte der Mann und lachte schallend.

Peter versuchte mitzulachen, aber es klappte nicht recht.

»Ich bin der Vater von Mohsin«, sagte der Mann.

»Ah, jetzt erkenne ich Sie. Netter Junge«, antwortete Peter.

»Wir haben Sie im Fernsehen gesehen.«

Die Einschaltquote hatte bei über 1,3 Millionen gelegen. Kee hatte gemeint, er sei konfus rübergekommen und habe wieder mal übertrieben, aber am nächsten Tag war sie ganz normal auf die Straße gegangen. Wie Peter. Doch überall hatte man ihn erkannt, und jedes Mal zog er den Kopf etwas mehr ein.

»Nicht ›Rembrandt‹ – ›Ramadan‹!«, erklärte Mohsins Vater und legte ihm die Hand auf die Schulter.

»Ja«, sagte Peter, »Ramadan karim.«

Jetzt lachten sie beide.

»Ist Mohsin auch hier?«, fragte Peter.

»Nein, der ist noch zu klein zum Fasten. Der hält es keine halbe Stunde aus.«

Peter wollte eigentlich fragen, wer aus der Familie sonst noch zu Hause geblieben war. Doch er fürchtete, die Frage würde bevormundend wirken, als Kritik an der Lebensweise des anderen. Immer waren da diese Distanz und die Angst zu diskriminieren.

»Hat Ihnen in der Moschee jemand die Schuhe geklaut?«, fragte ein anderer Mann feixend.

Peter schaute an sich hinunter. »Ich hab vergessen, sie anzuziehen.«

Er bekam eine Handvoll Cashewkerne.

»Weißt du, was mir passiert ist?«, sagte Mohsins Vater. »Ich hab meinen Sohn zum Schwimmen gebracht, und da kriegst du doch so blaue Schuhüberzüge, damit du die Fliesen nicht dreckig machst. Hinterher gehe ich mit Mohsin wieder nach Hause und sehe, wie mich überall Mütter angucken und auslachen. Auch die Kindermädchen, du weißt schon, diese blonden Dinger, die Kinder aus der Schule abholen und überallhin bringen. Die lachen sich bunt und scheckig. Und was ist der Grund? Ich hab diese blauen Überzüge immer noch an. Aber niemand sagt was! Die lassen den Ahmed sich einfach zum Depp machen.«

»Das könnte mir auch passieren«, gab Peter zu.

Mohsins Vater schüttelte den Kopf. »Nein, dich würden sie ansprechen, dir würden sie sagen: ›Du hast die Schuhüberzüge immer noch an!‹ Dich würden sie nicht wie einen Depp herumlaufen lassen.«

»Mich hat noch nie ein Niederländer angesprochen«, sagte einer der anderen Männer. »Von meinem Chef kriege ich Anweisungen, und wenn ich die Kinder zur Schule bringe, sage ich zu den anderen Eltern Guten Morgen, aber zu einem Gespräch kommt es nie.«

»Bis nach Hause haben sie mich in den blauen Dingern laufen lassen!«

Die Männer lachten. Durfte Peter mitlachen? Oder musste er sich betroffen zurückhalten, weil er zu den Leuten gehörte, die es auch schwierig finden, einen anderen anzusprechen, auch wenn der in blauen Schuhüberzügen herumläuft?

»Meine Frau benutzt die Dinger als Duschhaube«, sagte einer der Männer.

»Nicht dein Ernst!«

»Doch! Jeden Sommer nimmt sie welche mit nach Marokko. Ihre ganze Familie duscht mit blauen Überschuhen auf dem Kopf. Selbst mein Schwiegervater.«

Peter prustete los, er lachte zusammen mit den Männern. Langsam zerbröckelte die Distanz, und er ging auf in dem fröhlichen Getöse. Der Mann, der zu Hause so schweigsam war, stellte Fragen und machte Witze. Er aß Datteln und kickte sogar ein bisschen herum.

Manchmal ging in den Häusern gegenüber das Licht an, und Peter sah einen der neuen Nachbarn aus dem Fenster schauen. Jemand, der um sieben Uhr arbeiten musste oder in ein paar Stunden mit dem Auto nach Utrecht, um dem Stau zuvorzukommen.

Peter jedoch blieb auf dem Ketelplein sitzen, bis der Fadschr sich ankündigte, der erste Streifen der Morgenröte. Er brauchte an dem Tag nicht zu arbeiten. Man hatte ihn entlassen.

SECHS

Plötzlich öffnete der Himmel all seine Schleusen. Kalter Wind jagte die Häuser entlang. Aus Wolken wie mächtigen purpurnen Weintrauben prasselten vier Zentimeter große Hagelkörner herunter. Straßen, Dächer und Fenster wurden gegeißelt. Es war wie eine Strafe von oben. In einer Stunde fielen siebzig Liter Regen auf einen Quadratmeter. Die Treppen an U-Bahn-Stationen wurden zum Wasserfall, Gullys konnten die gewaltigen Mengen nicht mehr fassen. Flip-Flops, Radkappen und Vogelnester trieben vorüber. Die Dachrinnen der neuen Häuser waren den Gewalten gewachsen, aber der Ketelplein ging unter, verwandelt in eine einzige Seenlandschaft. Die Stadt dampfte.

Eine halbe Stunde nach dem Gewitter sprangen die ersten Kinder ins Wasser. Sie hatten ihre Badehosen angezogen und kamen aus den Häusern gelaufen. Wie dünne Pfeile durchschossen Sonnenstrahlen die Wolken und ließen Müllcontainer funkeln wie Diamanten. Bodyboards wurden nach draußen gebracht, aufblasbare Luftmatratzen, ein riesiger Flamingo. Der Ketelplein war in ein Freibad mit Wasserrutsche verzaubert.

Nach und nach kamen auch die anderen Kinder. Die ohne Strandsachen, die nach einem Regen eigentlich immer drin bleiben mussten, um ihre Kleidung zu schonen. Weil eine Waschmaschinenfüllung Geld kostete und dieses Geld nun einmal nicht da war.

Sie zogen ihre Schuhe aus, ihre Socken, Hosen und T-Shirts und rannten in weißen Unterhosen ins Wasser. Die Kinder tobten durch den gigantischen Pool. Sie stampften mit den Füßen und zauberten glitzernde Fontänen. Ein kleiner Wicht ließ sich immer wieder auf den Hintern fallen. Von den hochisolierenden, einbruchsicheren Fenstern der neuen Häuser am Platz hallte fröhliches Kreischen wider. Yassin durfte sich Ewans Bodyboard leihen. Er nahm einen Anlauf und schoss damit über das Wasser. Samir saß wie ein Prinz auf dem Flamingo.

Am nächsten Morgen erinnerte eine Spur von Fußabdrücken im Flur an das Wasserballett. Die Lindkes stoben in alle Richtungen auseinander, zur Arbeit und in die Schule. Peter brachte die Jungs auf die Kompass, Kee fuhr in ihr Büro.

Als Peter zurückkam, fühlte das Haus sich merkwürdig an. Als wüssten die Wände, dass er um die Zeit eigentlich nicht hierhergehörte. Er wanderte durch drei Zimmer und versuchte, irgendwie Haltung zu wahren, indem er sich aufs Sofa setzte. Doch es war, als warte er in seinem eigenen Haus auf den Bus.

»Und jetzt?«, hörte er sich nach einer Weile fragen. »Was nun?«

»Ich weiß es nicht«, antwortete er sich selbst.

»Hast du wirklich keine Idee?«

»Nein«, sagte Peter.

»Dann wird das ein langer Tag.«

Zu guter Letzt nahm er die Zeitung von gestern und begann sie am Esstisch zu lesen. Zum Glück stand nichts mehr über den neuen Rembrandt darin. In den ersten Tagen waren die Zeitungen von Nachrichten dazu übergequollen. Führende Mitarbeiter anderer Museen hatten seinen Auftritt im Fernsehen auseinandergenommen. Jetzt prangte auf der Titelseite das Foto eines vom Sturm entwurzelten Baums. Peter starrte es minutenlang an.

Er hatte die Haustür nicht aufgehen hören. Auch das Fluchen wegen der Fußabdrücke im Flur hörte er nicht. Im nächsten Moment kam eine Frau mit Staubsauger ins Wohnzimmer. Peter fuhr erschrocken von seinem Stuhl auf. Wie angewurzelt blieb die Frau stehen und starrte ihn an, wie einen Einbrecher.

»Wer du bist?«, fragte sie. »Was du hier tun?«

»Ich bin Peter, ich wohne hier.«

»Bieter?«

»*Peter*. Mit T, ohne I.«

»Du hier wohnen, Bieter?«

»Ja«, antwortete er, »zusammen mit Kee und den Kindern.«

Jetzt betrachtete die Frau ihn mit noch mehr Argwohn.

»Du Mann von Kee?«

»Ja! Ich Mann von Kee.«

Die Frau kam zwei Schritte auf ihn zu. Vielleicht wollte sie ihn näher in Augenschein nehmen.

»Ich Dschemine«, sagte sie schließlich. »Putzen und Wäsche machen.«

Peter konnte sich nicht erinnern, dass Kee ihm je von einer Putzfrau erzählt hatte. Arbeitete diese Frau für seine

Familie, seit sie hier wohnten, oder hatte sie schon in ihrer früheren Wohnung sauber gemacht?

»Kommst du jeden Dienstag?«

»Ja, Dienstag und alle zwei Woche auch Freitag, aber dich nie sehen. Auch nicht auf Foto.«

Es klang wie ein Vorwurf, der Anlauf zu einer Verdächtigung. Peter wusste nicht, was er zu seiner Verteidigung vorbringen konnte. Warum hing kein Foto von ihm an der Wand? Was hatte es zu bedeuten, dass in der eigenen Wohnung kein Foto von einem hing? Was bedeutet es, wenn all deine Socken durchlöchert sind? Was, wenn dein Kissenbezug jeden Morgen feucht ist?

»Nur Kinder auf Foto«, sagte Dschemine.

»Tristen und Ewan.«

»Niederländisch Namen schwierig.«

»Keltische Namen«, berichtigte Peter.

»Was?«

Er suchte nach Worten, aber dann sagte er: »Sie sind in der Schule.«

»Mein Sohn auch«, erwiderte Dschemine.

»In welcher Klasse?«

Sie dachte kurz nach, aber es kam keine Antwort. Vielleicht wusste sie es nicht.

»Er gut lernen, wird klug«, sagte sie dann. »Gute Zukunft.« Sie setzte sich zu Peter an den Tisch. Sie ächzte und stöhnte. Sie war ziemlich dick.

»Mein Mann auch zu Hause«, erklärte sie. »Keine Arbeit. Früher schon, in Hafen. Jetzt Schmerzen in Kreuz. Immer Schmerzen.«

Peter wollte etwas erwidern, wusste aber nicht, was. Er sah, dass Dschemine Ausschlag hatte, rote Flecken am

Hals und am Kinn. Sie war ungefähr zehn Jahre älter als Kee, schätzte er.

»Du auch keine Arbeit?«

»Nein. Doch – heute frei.«

»Warum?«

»Ach«, sagte Peter, »schön zu Hause, einfach mal nichts tun.«

Sie hob die Augenbrauen.

»Mein Mann zu Hause Bier trinken, auf Sofa.«

»So früh schon?«

Sie schüttelte den Kopf. »Nein, später. Jetzt noch im Bett.«

Plötzlich sehnte Peter sich ebenfalls nach seinen Federn. Er hatte wenig geschlafen in den vergangenen Nächten. Er fühlte sich müde, todmüde.

»Ich Kaffee machen«, sagte Dschemine plötzlich und stand auf.

Peters Blick folgte der Frau, die in seiner Küche Kaffee für ihn kochte. Hatte sie gesehen, dass er einen brauchte? Kee kochte nur dann welchen, wenn sie selbst einen wollte. Peter kochte nie Kaffee. Er wusste nicht, wie die Maschine funktionierte.

Kurz darauf standen zwei dampfende Becher vor ihnen.

Er wusste nicht, was er noch sagen sollte. Was sagte man zu einer Putzfrau? Er hatte noch nie mit einer Putzfrau gesprochen, auch nicht mit den Reinigungskräften im Museum.

Beide bliesen sie in ihren Becher.

Auch Dschemines Hände waren gerötet. Als sie Peters Blicke bemerkte, verbarg sie die Hände unter dem Tisch.

»Deswegen kannst du doch einfach zum Arzt gehen«,

sagte er. »Dann kriegst du eine Salbe, und der Ausschlag ist weg.«

Er bekam keine Reaktion. Hatte sie ihn nicht verstanden?

»Ausschlag«, sagte Peter und tat, als würde er sich an den eigenen Händen kratzen. »Zum Doktor. Medizin. Jucken weg.« So einfach war das.

Dschemine hielt den Blick gesenkt, als wollte auch der sich unter dem Tisch verstecken.

»Alles in Ordnung?«, fragte Peter.

Eine Weile lang sagte sie nichts, als hoffe sie, die Frage würde sich irgendwie in Luft auflösen. Dann rief sie: »Ich muss putzen, Haus sauber machen.«

»Nein«, sagte Peter, »erst Kaffee trinken!«

Er hatte gesehen, dass auch sie einen Kaffee brauchen konnte. Vielleicht sogar zwei.

Dschemine blieb sitzen und führte den Becher zum Mund. Peter versuchte angestrengt, nicht auf ihre Hände zu starren.

»Hast du keinen Hausarzt?«, fragte er.

Sie schüttelte den Kopf.

»Und warum nicht?«

»Beitrag Problem.«

»Der Beitrag zur Krankenversicherung?«

»Ja, sechs Monate schon nicht bezahlt.«

»Das ist lang.«

»Jede Woche neue Briefe. Schulden, Mahnungen, Rechnungen. Mein Mann Post nicht mehr aufmachen, manchmal wirft Umschläge einfach weg.«

Peter musterte die Flecken an ihrem Hals und an ihren Händen. Noch eben schien alles so simpel: zum Hausarzt, eine Salbe draufschmieren und fertig. Jetzt war der Ausschlag auf einmal überall, ihr ganzes Leben schien davon überwuchert.

»Die Post musst du immer aufmachen«, erklärte Peter. »Es hat keinen Sinn, Umschläge nicht zu öffnen oder einfach wegzuwerfen.«

Jetzt schaute Dschemine ihn an. Er sah Tränen in ihren Augen. »Zu dir Umschläge lieb«, sagte sie. »Zu uns immer böse. Jedes Mal, wenn Geräusch Briefkasten hören, für uns ist wie Knall. Wir Angst. Schulden immer mehr. Erst vierzig Euro, dann neunzig, und auf einmal dreihundert.«

Jetzt suchte Peters Blick die Tischplatte. War das der Grund, warum Leute nie mit Putzfrauen reden? Unsere Häuser und Museen dürfen sie sauber machen, aber ihre Probleme dürfen sie nicht mitbringen. Alles muss fleckenlos rein sein.

Mit einem Ruck stand Dschemine auf. Sie ging zum Staubsauger und tat den Stecker in die Dose. Die lindkeschen Brotkrümel, die Cornflakes, die Ewan beim Frühstück verschüttet hatte, die Flusen ihrer Kleidung, die Haare, die Hautschuppen, ihr eingetrockneter Rotz, der Sand, den sie in die Wohnung getragen, die Blätter, die an ihren Schuhen geklebt hatten, tote Insekten – alles verschwand im schnauzerbewehrten Maul des Staubsaugers.

Peter blieb sitzen, aber er konnte keine Zeitung mehr lesen. Es fühlte sich falsch an, hier sitzen zu bleiben, während Dschemine arbeitete. Der Herr und seine Sklavin.

Er ging in den ersten Stock und setzte sich ins Fernsehzimmer. Er stellte das Gerät an. Gerade lief ein Zeichentrickfilm für kleine Kinder. Peter betrachtete die Bilder, die viel schneller abliefen als früher, aber das war es nicht, was ihn störte. Es waren die Farben: viel greller und bunter als alles, was man in der Realität kannte. Von so viel Rot, Violett und Gelb würde ein Erwachsener verrückt, aber für Kleinkinder war es die normalste Sache der Welt. Sie sahen es jeden Tag und wurden wütend, wenn sie einmal nicht fernsehen durften. Sie waren süchtig danach. Wie wäre es für sie, wenn sie eines Tages vor einem Rembrandt oder einem Hanneman stünden? Kämen sie damit zurecht? Könnten sie die marmorweiße Haut von Bathseba ertragen oder den rabenschwarzen Satin der Robe von Johan de Witt?

Als Dschemine die Treppe hochkam, floh Peter ins oberste Stockwerk. Er legte sich angezogen aufs Bett und starrte zur Decke.

»Und jetzt?«, hörte er sich wieder fragen. »Was nun?«

Peter fluchte, schlief aber ziemlich schnell ein. Zweimal wurde er von seinem eigenen Schnarchen geweckt. Beim dritten Mal war es der Staubsauger, mit dem Dschemine ins Schlafzimmer kam. Er rieb sich die Augen und murmelte etwas Unverständliches.

»Bieter schlafen?«, fragte Dschemine.

»Was?«

»Du schlafen?«

»Ein bisschen.«

»Müde?«

»Ja.«

»Macht nix. Ich erst anderes Zimmer saugen.«

Leise schloss sie die Tür und machte sich in Ewans Zimmer zu schaffen.

Langsam richtete Peter sich auf. Für einen Moment war alles in Ordnung, er konnte auf seinem Bett sitzen, dem

Brummen des Staubsaugers lauschen, Dschemines Schritten, dem Knarren des billigen Laminatbodens, den sie für das oberste Stockwerk gewählt hatten. Doch dann war dieser Moment vergangen, und wieder hatte er das Gefühl, in seinem eigenen Haus auf den Bus zu warten.

Er war nicht dafür geschaffen, zu Hause zu sitzen und den ganzen Tag lang Däumchen zu drehen. Selbst ohne Dschemines Anwesenheit wäre ihm das eigentlich unmöglich. Oder er müsste viel Bier trinken. Doch mit einem Sixpack im Wohnzimmer zu sitzen, konnte er sich nicht vorstellen. Bier trank er nur auf Vernissagen, wenn Kellner mit Häppchen herumliefen.

Peter lugte um die Ecke in Ewans Zimmer. »Tschüss«, rief er halblaut, aber Dschemine hörte ihn nicht. Sie lag auf den Knien und saugte unter Ewans Bett. Peter wollte sie nicht erschrecken und ging darum ohne Abschied nach unten.

Machte es einen Unterschied, dass er sich nicht von ihr verabschiedet hatte? Würde sie seine Abwesenheit überhaupt bemerken? Sie war es gewohnt, bei Leuten zu putzen, ohne dass die zu Hause waren. Auch Kee würde sie nicht mehr sehen, wenn diese mit den Kindern aus der Schule käme. Dann wäre sie schon längst unterwegs zu ihrer nächsten Putzstelle oder nach Hause, wo ihr Sohn schon auf sie wartete und ihr Mann sich gerade sein fünftes Bier einschenkte.

Von der frischen Luft draußen fühlte er sich nicht besser. Er ertappte sich dabei, dass er wieder wie ein Schatten an den Häusern entlangschlich, wenn auch jetzt in Schuhen. Er wollte nicht auffallen, keine Fragen von Nachbarn beantworten müssen. Was er hier machte, warum er nicht in der Arbeit war.

»Was nun?«, hörte er sich zum dritten Mal an jenem Tag fragen.

»Ach, halt doch die Klappe«, antwortete er sich jetzt selbst.

Peter überquerte die Straße und kam am türkischen Bäckerladen vorbei. Seine Kinder liebten Sesamkringel. Er selbst bevorzugte Pides, kanuförmige, nach oben offene Teigtaschen, gefüllt mit Hackfleisch, Feta und Spinat. Plötzlich bekam er darauf Appetit, betrat die Bäckerei aber nicht. Das tat er nur samstags, wenn Kee ihn mit einer von ihr geschriebenen Checkliste einkaufen schickte. Er fürchtete, die Verkäuferin könnte sich wundern, wenn er jetzt bei ihr auftauchte. Darum setzte er seinen Weg als Schattenmann fort, vorbei am Frisiersalon, einem Laden für Handys, Internet und internationale Anrufe, einem Blumengeschäft und einem Imbiss-Restaurant. Der Mann, der außer Konkurrenz am Familienleben teilnahm, verfuhr nun genauso mit dem Leben des Alltags.

Was würden andere Männer jetzt tun? In die Kneipe gehen, einen Freund anrufen? Zu Hause bleiben und ihrer Partnerin erzählen, dass sie ihren Job verloren hatten? Würden sie sagen, dass sie sich nicht gut fühlten, fürchteten, jetzt auch noch ihre Frau zu verlieren oder vielmehr: gleich alles? Er betrat einen Waschsalon, schaute sich um und setzte sich auf eine Bank neben eine Frau im Tschador. Zwischen ihnen stand eine Tasche mit Wäsche, aber die Frau rückte trotzdem ein Stück weiter.

Peter zählte acht Waschmaschinen und sechs Trockner. Auf dem Fliesenboden standen drei Topfpflanzen. Am großen, hohen Tisch in der Mitte legten zwei massige Typen die Wäsche ihrer Familien zusammen. Auf den Armen trugen sie Tätowierungen und falteten rosa Slips zu Dreiecken, wie die Laschen von Briefumschlägen.

In der Hälfte der Trockner wirbelte Wäsche. Zwei Waschmaschinen liefen, in der rechten herrschte die Farbe Rot vor. Peter wandte den Kopf zu der Frau, aber die blickte nicht zurück. Die Männer am Tisch beachteten ihn auch nicht. Man konnte sich einfach hier hinsetzen und Wäschetrockner und Waschmaschinen beobachten. Niemand sagte etwas deswegen.

Nach ein paar Minuten begann Peter sich zu langweilen. Um ein Haar wäre er wieder in sein Mantra ausgebrochen: »Was nun?« Er hätte nie ohne Tasche aus dem Haus gehen dürfen. Darin hatte er etwas zu lesen, einen Artikel über die Preise von Kunst im siebzehnten Jahrhundert anhand der Versteigerung der Sammlung von Jan Basse im Jahr 1637, doch auch das *Journal of Historians of Netherlandish Art* steckte in der leinenen Umhängetasche, die Peter jeden Tag zusammen mit seinen Pausenbroten ins Museum mitnahm.

Einer der Trockner begann zu piepen. Die Frau neben ihm sagte: »Fertig.«

»Nicht meine«, antwortete Peter.

»Die ist von dem Alten«, sagte einer der Männer, »der kommt gleich zurück.«

»Der trinkt wahrscheinlich in der ›Klapdeur‹ ein Bierchen.«

Vielleicht dachten die Männer, die Wäsche in einer der beiden Maschinen gehöre ihm, und er sei ebenfalls einmal um den Block gegangen und warte nun auf das Ende des Programms. Peter betrachtete die Kleidungsstücke, die sich in der Trommel drehten. Auch Wäsche konnte man außer Konkurrenz waschen.

Die Männer sortierten die Socken ihrer Familien. Sie legten sie paarweise zusammen und verdribbelten sie dann zu einem kleinen Knäuel. Danach waren die BHs an der Reihe. Als einer der Männer Peters Blicke bemerkte, fühlte der sich ertappt.

»BHs sind die Hölle«, sagte der Mann.

»Das liegt an den festen Körbchen«, sagte der andere, »die lassen sich unheimlich schwer zusammenlegen.«

»Aber ohne finden die Frauen sich nicht schön.«

»Dann fühlen sie sich nicht wohl und sind den ganzen Tag zickig.«

»Und wir kriegen an allem die Schuld.«

Wieder warf Peter einen Blick auf die Frau, aber die blickte weiterhin starr geradeaus.

»Feste Körbchen sind eigentlich Antidepressiva.«

»Bloß viel teurer.«

»Dafür machen die *mich* depressiv.«

»Dann seid ihr die ersten Männer, die von BHs depressiv werden«, sagte da auf einmal zu Peters Verblüffung die Frau.

»Dann erklär mir mal, wie ich die zusammenlegen soll«, sagte einer der Männer.

Die Frau schwieg und lächelte.

»Weißt du, wie man einen BH zusammenlegt«, fragte der andere Mann Peter. »Kennst du das Geheimnis?«

Peter schüttelte blitzschnell den Kopf.

»Keiner weiß es, jedenfalls kein Mann.«

»Und die Frauen wahrscheinlich auch nicht. Die tun nur so oder schicken ihren Mann in den Waschsalon.«

»An seinem Kindertag.«

»Willkommen im einundzwanzigsten Jahrhundert!«

Peter wollte sich am Gespräch beteiligen, aber ihm fiel nichts ein. Was antwortete man Männern mit tätowierten Armen? Was sagte man zu einer Frau im Tschador?

Die Männer gingen, die Wäsche in großen, blauen Ikea-Taschen verstaut, ordentlich zusammengelegt und gestapelt, sie konnte zu Hause direkt in den Schrank. Ins Fach mit den Jogginghosen und Sweatshirts, in die Sockenschublade, das Fach mit der feinen Unterwäsche. Später am Tag würden sie sich vor der Schule versammeln, um ihre Kinder abzuholen. Vielleicht würden Tristen und Ewan über denselben Schulhof auf Kee zulaufen. Peter kannte die beiden Männer nicht; er holte die Jungs nur selten von der Schule ab. Zwar brachte er sie morgens regelmäßig hin, aber das war etwas anderes. Am Morgen wartete man nicht neben anderen Eltern, betrachtete nicht die Zeichnungen an den Fenstern oder plauderte mit den anderen Erwachsenen.

Jetzt war Peter allein mit der Frau. Bis auf das Summen der Maschinen war alles still. Wie kommt man mit Menschen in Kontakt? Was sagt man zu jemandem, der so ganz anders aussieht als man selbst? Angestrengt starrten sie jeder auf eine andere Maschine.

Minuten verstrichen, in denen das Rot der Wäsche Peters Gedanken langsam in Gang setzte. Er dachte an Titus' Mantel auf dem Porträt kurz vor seinem Tod, das Gesicht leichenblass. Das Kleid der jüdischen Braut hatte dieselbe tiefrote Färbung wie der dünne Mantel, der mit langen, breiten Pinselstrichen gemalt war. Auch die große Tischdecke der Vorsteher der Tuchmacherzunft sah Peter vor sich, deren Textur Rembrandt aus erst dick aufgetragenen und dann wieder abgekratzten und geritzten Farbschichten aufgebaut hatte. Vor seinem inneren Auge wirbelte die Tischdecke herum, und ein weiteres rotes Stück Stoff kam nach oben. Es war der stilvolle Umhang der Dame auf dem Familienbildnis im Herzog-Anton-Ulrich-Museum in Braunschweig.

Auf einmal sah Peter auch den roten Unterrock vor sich, den Rembrandt auf einem seiner berühmtesten Selbstbildnisse trug: das Gemälde mit Palette und Pinseln und den beiden mysteriösen Kreisen im Hintergrund.

Über die Bedeutung der Kreise hatten schon zahllose Forscher gerätselt. Peter fand die Könnerschaft-These am schönsten, wenn er sie auch anzweifelte: Danach habe Papst Bonifatius VIII. für neue Ausschmückungen am Petersdom den besten Maler Italiens gesucht. Er bat verschiedene Künstler, ihm Proben ihres Könnens zu schicken. Auch zu Giotto di Bondone in Florenz schickte er einen Boten. Der nahm seinen Pinsel, tauchte ihn in rote Farbe, malte in einem Zug einen Kreis, den man mit dem Zirkel nicht besser hätte zeichnen können, und gab dem Boten nur dieses Blatt. Der weigerte sich jedoch, es anzunehmen, denn er glaubte sich zum Narren gehalten. »Der Papst wird es verstehen«, erklärte Giotto, und so geschah es: Bonifatius gab dem Künstler den Auftrag, ein gewaltiges Mosaik für den berühmten Dom zu erstellen.

Einigen Wissenschaftlern zufolge waren Rembrandts Kreise eine Anspielung auf diese Geschichte; der Meister des niederländischen Barock hatte aus der freien Hand nicht einen, sondern gleich zwei vollkommene Kreise gemalt.

Allmählich schwirrte Peter der Kopf. Die Mäntel des Vaters und des älteren Sohns auf dem Gemälde *Die Rückkehr des verlorenen Sohns* wirbelten umeinander, immer schneller, zusammen mit den anderen barocken Textilien: der Tischdecke der Vorsteher, dem Kleid der Braut, dem Unterrock Rembrandts und dem Mantel seines Sohns. Es wurde ein einziger roter Brei, der die Maschine beben ließ, und nicht nur die Maschine, auch den Boden unter seinen Füßen, seinen ganzen Körper. Einen überwältigenden Moment lang hatte er das Gefühl, seine Tränendrüsen würden endlich bersten, doch in dem Augenblick war das Programm zu Ende, und die Wäsche fiel in sich zusammen.

Die Frau neben ihm stand auf und öffnete die Maschine. Vornübergebeugt holte sie die Kleidung heraus und tat sie in einen blauen Plastikkorb. Peter sah, wie dick sie war. Ihr Tschador machte sie noch massiver und plumper. Den Wäschekorb vor dem Bauch, ging sie zum Trockner und sah Peter dabei zum ersten Mal an. Ein flüchtiger Blick, ein Blick voller Scham. Auch Peter sah weg, aber aus Angst, er *wagte* es nicht, sie anzusehen.

Alle schauten immer nur weg, ein kurzer Blick war schon zu viel. Ein Blick auf leidende Körper, todmüde Augen, verschlissene Rücken. Ein Blick auf Demütigung durch soziale Ausgrenzung, immer billiges und ungesundes Essen, auf zerstörte Gesundheit, die in einer durchschnittlich sieben Jahre geringeren Lebenserwartung resultierte.

Diese Frau war nicht allein, sie war keine Ausnahme, Frauen wie sie gab es Tausende in dieser Stadt, aber ihre Gesichter blieben unsichtbar, und das lag nicht an dem Tschador. Es lag an der tief verwurzelten Scham auf der einen und Angst vor einer anderen Kultur auf der anderen Seite. Diese Frau zählte auf niemanden, denn für niemanden zählte sie irgendwie dazu.

Peter blieb im Waschsalon sitzen, bis es Zeit wurde, nach Hause zu gehen. Der Zeitpunkt, zu dem er sonst vor dem Museum sein Fahrrad aufschloss. Er würde nichts zu erklären brauchen. Kee würde ihn nicht nach seinem Tag fragen, die Kinder ihn möglicherweise begrüßen, doch höchstwahrscheinlich würden sie an ihm vorbeirennen. Er hatte gearbeitet, war nach Hause gekommen, und nach dem Essen würde er einen Artikel lesen und ohne Sex einschlafen.

SIEBEN

»Du wieder zu Hause?«, waren Dschemines erste Worte, als sie Peter beim nächsten Mal am Esstisch sitzen sah. Dann sagte sie: »Ich freuen!«

Diesmal kochte sie sofort Kaffee. Als das heiße Wasser durch den Filter sickerte, ging sie schnell Richtung Treppe. »Gleich wieder da«, sagte sie. »Nur Wäsche aus Maschine holen und in Trockner.«

Kurz darauf war sie zurück und setzte sich zu Peter, die Hände unter dem Tisch. Er sah zu der Frau, die bei ihm und Kee putzte, und sie zu dem Mann, dessen Haus sie in Ordnung hielt. Wieder war da diese Stille. Dschemines Blick ging zur Kaffeekanne, die noch nicht ganz vollgelaufen war. Peter hörte sein Herz schlagen: ruhig, regelmäßig. Er dachte an sein leeres Büro im Museum und dann an Kee, die in ihr Arbeitsstudio gefahren war. Wusste er noch, was sie heute Morgen angehabt hatte? Was hatte es zu bedeuten, wenn man nicht wusste, was für Kleidung die eigene Frau trug?

Je länger das Schweigen andauerte, desto schwerer hing es im Raum. Auch seine Konsistenz schien sich zu ändern; es wurde immer dichter, solider – fest wie Beton. Ein Beil brauchte man jetzt, um es zu durchstoßen, man musste es regelrecht zertrümmern.

Der bloße Satz »Der Kaffee ist fertig« funktionierte nicht mehr.

Dschemine nahm die Becher aus dem Schrank und schenkte auf der Anrichte ein. Als sie den Kaffee auf den Tisch gestellt hatte, saßen sie sich wieder stumm gegenüber. Wie brachte man etwas zum Bröckeln, das von Minute zu Minute undurchdringlicher wurde? Wie brach man ein Schweigen, das immer massiver wurde, Ausdruck einer gesellschaftlichen Erstarrung?

»Ich heute bügeln«, sagte Dschemine. »Alle zwei Wochen auch Freitag kommen. Wäsche aus Maschine holen, Trockner anstellen. Danach zusammenlegen. Hemden bügeln, Kleider von Kee«, und als von ihm immer noch keine Reaktion kam: »Hosen, T-Shirts, Tischdecken, Geschirrtücher.«

Peter warf einen Blick auf sein gebügeltes Hemd. Musste er dazu etwas sagen? Dass es gut saß und er es heute Morgen ohne Knitterfalten aus dem Schrank geholt hatte? Musste er ihr dafür danken? Was für einen Unterschied würde das machen? Es wären ein paar zusätzliche Worte, aber kein Gespräch.

Immer tiefer beugte Dschemine sich über ihren Becher, wie um sich kleiner zu machen. Hatte sie nicht gesagt, sie freue sich, Peter wiederzusehen? Warum verhielt sie sich jetzt so verschämt? Der Ausschlag auf ihrem Hals war schlimmer geworden, und Peter wollte schon etwas deswegen sagen, aber die Flecken waren nur ein Symptom. Es hatte keinen Sinn, darüber zu reden. Darum nahm er noch einen Schluck Kaffee, und noch einen.

Schweigen war kein Zeichen gelassenen Gleichmuts, es war gleichbedeutend mit Kapitulation, das Akzeptieren der Idee, keinerlei Veränderung sei möglich. Derselbe Mechanismus wirkte in Ehen. Die Unfähigkeit, noch miteinander zu sprechen. Eine Ehefrau, die sich mehr und mehr in sich selbst verschloss oder umgekehrt immer häufiger mit Freundinnen traf. Der Mann, der jeden Tag wütender wurde. Die moderne Gesellschaft war eine Beziehung in tiefer Krise.

»Hast du die Post aufgemacht?«, fragte Peter.

Die Frage schien Dschemine zu erschrecken. Vielleicht lag es am plötzlichen Klang seiner Stimme. Sie antwortete nicht.

»Die Umschläge«, erläuterte Peter, »die Briefe, die Rechnungen.« Er versuchte zu reden, gab sich Mühe, das Schweigen zu brechen, Kontakt herzustellen, doch er war sich nicht sicher, ob er auf dem richtigen Weg war.

Aus dem Nichts, zumindest für Peter, kamen Dschemines Tränen. Keine, wie er sie von Kee kannte: Tränen, die warm und schwer langsam die Wangen hinabrollen – diese Tränen wurden hastig beiseitegewischt.

Es ist ein Test, sagte Peter zu sich. Er durfte Fehler machen, sogar scheitern. Peter ahnte nicht, dass seine Frage ein Toröffner gewesen war, ein Rammbock, der das versteinerte Schweigen mit einem Mal zertrümmert hatte.

»Heute«, sagte sie, »ich Post mitgebracht.«

Dschemine nahm eine Plastikeinkaufstüte vom Boden und stellte sie auf den Tisch. Haufenweise Umschläge waren darin.

Sie hatte gesprochen, jetzt war er an der Reihe. Jetzt durfte er nicht schweigen.

»Soll ich mir die Post ansehen?«

Sie nickte.

»Soll ich sie lesen?«

Sie nickte wieder, und Peter dachte: Wenn sie doch nur laut antworten würde.

»Ich bügeln«, sagte Dschemine schließlich. »Hemden, Kleider, Hosen. Du dich kümmern um Post. Umschläge, Briefe, Mahnungen.«

Das war keine Bitte, das war eine Aufgabenverteilung. Peter schaute von Dschemine zu der Plastiktüte und wieder zurück zu ihrem Gesicht. Die Tränen waren versiegt. Sie brauchten nicht mehr weggewischt zu werden. Ruhe schien über Dschemine gekommen zu sein, sogar ein Lächeln huschte ihr übers Gesicht. Was nicht alles geschieht, wenn ein Mensch sich gehört fühlt.

Peter nahm die Tüte an sich und holte einen Stapel Briefe heraus. Dschemine war schon aufgestanden. Sie ging nach oben ins Fernsehzimmer, wo Kee ihr einen Teil der Wäsche bereitgelegt hatte, und tat den Stecker des Dampfbügeleisens in die Dose. Während das Gerät warm wurde und leise vor sich hin zischte, suchte sie im Fernseher eine Informationssendung. Je mehr Niederländisch sie hörte, desto schneller lernte sie es, davon war sie überzeugt. Sie wollte nicht mehr in Panik geraten, wenn jemand sie etwas fragte: der Kassierer im Supermarkt, eine Straßenbahnschaffnerin, die Leute vom Inkassobüro. Sie wollte nicht mehr von ihrem Sohn abhängig sein, der ihr beim Telefonieren helfen musste – die Augen voll Scham beim Mithören der Probleme seiner Eltern – und bei Gesprächen mit der Schule jedes Mal mitkam, um die Worte der Lehrerin zu übersetzen, denn sonst konnte Dschemine nicht alles verstehen.

Das Lämpchen am Bügeleisen war schon erloschen, und

während eine dunkelblonde, dick gepuderte Moderatorin von Massentierhaltung und Tierwohl erzählte, musterte Dschemine die Wäsche, die sie bügeln und zusammenlegen musste. Dazu kam nachher noch die aus dem Trockner. Insgesamt acht Stoffhosen, fünf Jeans, sechs Kleider, sieben Hemden, zehn Servietten, sechs Geschirrtücher, vier Tischdecken, Bettwäsche und noch zwei Hemden der Jungs. Die Hemden, die sie auf dem Schulfoto angehabt hatten und nur zu speziellen Anlässen trugen, wenn auch meist erst nach längerem Drängen.

Von Kee aus brauchte andere Kleidung der Jungs nicht gebügelt zu werden. Bei den Leuten, wo Dschemine montags arbeitete, war das anders. Da musste alles geplättet werden, die Unterhemden der Töchter, ihre Fransenkleidchen, selbst die Unterhosen des Ehemanns. Mit acht Euro pro Stunde hatte Dschemine angefangen, mittlerweile hatte sie sich auf zehn hochgearbeitet; das Geld lag stets auf der Anrichte oder einer Kommode. Manchmal klebte ein kleiner Zettel daneben, fast immer mit einem Smiley.

Der Haufen Post in der Einkaufstüte bestand aus einundvierzig Umschlägen, achtundzwanzig davon nicht geöffnet. Dreizehn Briefe von der Krankenversicherung, acht von einem Inkassobüro, elf von der »Zentralverwaltung Sozialversicherungen und Leistungen (ZSL)«, die einen »verwaltungsrechtlichen Kassenbeitrag« verhängt hatte. Ebenfalls enthalten waren vier Bescheide der Zentralgerichtlichen Mahnstelle und drei Zahlungserinnerungen des Energieversorgers. Peter sortierte die Schreiben nach Thema und Datum, die jüngsten jeweils ganz oben.

Als er sich zurücklehnte und die Stapel überblickte, kam Panik in ihm auf. Wie er Dschemine geraten hatte,

hatte er alle Umschläge geöffnet, aber er fragte sich, ob er ihr wirklich helfen könne. Waren ihre Probleme dazu nicht zu groß?

Er zweifelte an sich, so wie seine Frau sonst immer. In seinem Beruf als Kurator hatte er sich nie unsicher gefühlt, nur als Vater und Ehemann. Er hatte große, internationale Ausstellungen organisiert, Vorträge in Deutschland, Spanien und Japan gehalten mit bis zu vierhundert Zuhörern, und auch in der Diskussion um den neu entdeckten angeblichen Rembrandt war er sich seiner Sache ganz sicher gewesen.

Er war davon überzeugt, dass er recht bekommen und seine Entlassung rückgängig gemacht werden würde. Er hatte mit verschiedenen Kunsthistorikern gesprochen, und alle hatten ihm signalisiert, seine Meinung zu teilen. Im nächsten Frühjahr sollte eine neue Übersicht aller Gemälde von Rembrandt erscheinen, eine Art alternativer *Corpus of Rembrandt Paintings*, und der Herausgeber hatte ihm versichert, dass das *Porträt eines jungen Stutzers* darin nicht enthalten sein würde.

Peter betrachtete die Stapel vor ihm auf dem Tisch. Ob auch er Angst bekommen hätte, wenn all diese Post an ihn gerichtet gewesen wäre?

Er dachte an den Förderantrag für die große Rubens-Ausstellung, die er drei Jahre zuvor organisiert hatte. Vierzehn Seiten lang war das Formular gewesen, plus der geforderten detaillierten Beschreibung des Projekts. Tagelang hatte er die Arbeit vor sich hergeschoben, überzeugt, er könne die unzähligen Fragen niemals beantworten und auch sein »künstlerisch-inhaltliches Konzept« nicht formulieren. In Wahrheit wusste Peter einfach nicht, wie er anfangen sollte. Zuletzt löste er das Problem, indem er an einem Dienstagmorgen nach einer Tasse Automatenespresso zunächst mal die Basisdaten des Museums eintrug: Adresse, Namen der Personen im Vorstand, Kontonummer der Institution. Der Rest des Antrags war binnen drei Tagen geschrieben, ohne nennenswerte Probleme. Vier Monate später lag die Entscheidung der zuständigen Stelle im Briefkasten. Dem Antrag war stattgegeben worden, und zwar für den vollen erbetenen Betrag: 110 000 Euro.

Er begann alle Briefe zu lesen. Schnell erkannte er den Zusammenhang zwischen den Schreiben der Krankenkasse und denen des Inkassobüros, an das die Forderungen übertragen worden waren. Der zu zahlende Betrag war gewachsen wie ein Tumor; Zinsen, Recherche- und Eintreibungskosten waren dazugekommen. Auf keine der Zahlungsaufforderungen der Krankenkasse, von denen einige offenbar schon weggeworfen waren, hatte Dschemine reagiert, und war darum nach sechs Monaten der ZSL als säumige Schuldnerin gemeldet worden.

Nach einigem Suchen im Internet fand Peter heraus, dass die Zentralverwaltung Sozialversicherungen und Leistungen über den monatlichen Kassenbeitrag in der Tat eine verwaltungsrechtliche Geldbuße eintreiben durfte, was sie denn auch getan hatte. Wer seine Beiträge nicht zahlen konnte, wurde mit noch höheren Zahlungsverpflichtungen bestraft. Die Logik dieser Maßnahmen war Peter komplett schleierhaft, und er merkte, wie seine Hände sich ballten.

Weil die genannte Geldbuße weder bei einem Arbeitgeber noch einer staatlichen Stelle eingetrieben werden konnte, war die Forderung an die Zentralgerichtliche Mahnstelle weitergeleitet worden. Auf der Website dieser Institution, die unter die Zuständigkeit des Ministeriums für Justiz und Sicherheit fiel, las Peter, dass, wenn die verwaltungstechnische Geldbuße nach sechs Wochen nicht bezahlt war, sie per Gerichtsvollzieher vollstreckt werden durfte. Dschemine hatte noch drei Wochen, bevor ihre Einrichtung gepfändet würde. Das Sofa, auf dem ihr Mann sein Bier trank, der Fernseher, mit dem sie sich ein wenig zerstreute, der Herd, auf dem sie kochte, der Föhn, mit dem sie sich die Haare trocknete.

Peter hatte die verschiedenen Forderungen addiert – die kleinste war noch die des Energieversorgers gewesen, ein Zahlungsrückstand von zwei Monaten – und war auf eine Summe von fast zweitausend Euro gekommen, inklusive Inkassogebühren sowie Zinsen.

In drei Tagen hatte er über 100 000 Euro Projektförderung zusammenbekommen. Jetzt hatte er drei Wochen für einen viel kleineren Betrag. Peter fand, dass er sich noch einen Becher Kaffee einschenken durfte. Danach griff er zum Handy und wählte die Nummer des Inkassobüros, das die Forderungen der Krankenkasse übernommen hatte. Er bekam eine Frau an den Hörer, die nicht verstand, was er wollte.

»Sie rufen für eine andere Person an, sind aber nicht ihr offizieller Vertreter«, sagte sie. »Was sind Sie denn dann?«

»Mein Name ist Peter Lindke«, antwortete er. »Ich versuche, Mevrouw Mosava bei ihren Schuldenproblemen zu helfen.«

»Rufen Sie im Auftrag eines Dienstleisters an?«

»Nein, das tue ich nicht. Ich bin ...« Er schämte sich für das, was er war. »Ich bin der Mann, bei dem Mevrouw Mosava das Haus putzt.«

»Mevrouw Mosava ist Ihre Putzfrau?«

»Ja, und ich will ihr helfen.«

Am anderen Ende der Leitung war keine Reaktion zu vernehmen.

»Mevrouw Mosavas Krankenkasse hat sie der ZSL als säumige Schuldnerin gemeldet«, erklärte Peter, »und um diese Meldung rückgängig zu machen, müssen wir eine Ratenzahlungsregelung vereinbaren.«

»Wir dürfen keine Daten an Dritte herausgeben.«

»Was soll das heißen?«

»Dass wir Ihnen nicht helfen können.«

»Mir brauchen Sie überhaupt nicht zu helfen. Mir geht es prima. Es geht um Mevrouw Mosava.«

»Meneer Lindke, Sie können im Namen einer anderen Person keine Ratenzahlungsvereinbarung beantragen.«

»Aber dann passiert nichts, und die Schulden werden nur immer mehr.«

Wieder kam keinerlei Reaktion. In der Stille hörte er erneut sein Herz schlagen, jetzt schneller.

»Es muss etwas geschehen«, sagte er. »Wenn wir eine Ratenzahlungsvereinbarung abschließen, braucht Mevrouw Mosava keine Geldbuße mehr zu bezahlen. Gibt es keine Vereinbarung, werden die Probleme noch größer.«

Er war mehr als der Mann, bei dem Dschemine Mosava das Haus putzte. Er war jemand, der ihr helfen, sie retten wollte. Und dieser Mann hörte sein Herz pochen und das Blut durch die Adern jagen.

»Was für einen Sinn hat es, jemandem, der nicht bezahlen kann, auch noch eine Geldbuße aufzubrummen?«

Peter wollte ins Handy brüllen: Dass sie Mevrouw Mosava im Stich ließen, wie alle anderen, wie die ganze Gesellschaft. Aber er holte tief Luft. »Sie wollen doch auch an Ihr Geld kommen?«, fragte er so ruhig wie möglich. »Mevrouw Mosava kann aber unmöglich den ganzen Betrag auf einmal bezahlen. Genau dazu fehlt ihr eben das Geld. Das geht nur mit einer Ratenzahlungsvereinbarung.«

»Das verstehe ich, Meneer Lindke.«

»Und jetzt?«, hörte er sich fragen, aber er sagte es nicht zu sich selbst, sondern zu der Frau vom Inkassobüro. »Was nun?«

»Ist Mevrouw Mosava vielleicht in der Nähe? Kann ich sie sprechen?«

»Das müsste gehen«, antwortete Peter, lief in den Flur und rief nach oben: »Dschemine! Kannst du kurz kommen?«

Sie bügelte gerade ein Hemd von ihm, es war hellblau. All seine Oberhemden waren hellblau oder weiß.

»Die Frau vom Inkassobüro«, sagte Peter, als Dschemine die Treppe herunterkam. »Sie will mit dir reden.« Er gab ihr das Handy.

Dschemine hörte der Frau am anderen Ende zu; ein paarmal sagte sie »Ja«. Dann nannte sie zur Kontrolle ihre Adresse und das Geburtsdatum. Natürlich mussten auch die Bearbeitungsnummer und das Geschäftszeichen stimmen, doch die hatte Peter schon vorher genannt. Er rechnete schnell aus, wie alt Dschemine war, und erschrak. Sie war ein paar Jahre jünger als Kee, sah aber zehn Jahre älter aus. Das geschah mit einem Gesicht, dem Körper eines Menschen, der litt, der ausgegrenzt wurde.

»Bieter«, sagte Dschemine, »ja, Bieter gut.« Sie gab Peter das Handy, und der ging damit ins Wohnzimmer zurück.

ACHT

Um die Mittagszeit kochte die WhatsApp-Gruppe »Allgemeine Angelegenheiten« wieder mal über. »Hilfe! In meinem Schuh sitzt ein gruseliges Insekt«, war die erste Nachricht. »Wer weiß, was das ist?«

»Eine Stabheuschrecke«, antwortete Hausnummer 5 postwendend.

»Heilige Scheiße noch mal!«, schrieb Nummer 33, wie immer blitzschnell reagierend. Egal, worum es ging.

»Die schrecken auch bei uns zu Hause herum …«, witzelte Nummer 24.

»Hilfe, bei uns sind sie auch!«, schrieb Nummer 30.

»Ich hab diese Woche drei gefangen«, meldete Nummer 25.

»Was hast du damit gemacht?«

»Sie sind überall!!!«

»In den Mülleimer geworfen.«

»Jetzt sehe ich sie auch!!!«

»Echt – in den Mülleimer?«

»Laut Wikipedia sind es indische Stabheuschrecken.«

»Sind die gefährlich?«

»Sie können sich ohne Befruchtung vermehren.«

»Wir haben einen Soft-Close-Pedaleimer, wenn dich das beruhigt …«

»Nein, nicht gefährlich. Prima Haustiere, leicht zu pflegen. Du darfst sie nur nicht entwischen lassen.«
»Mörder!«
»Sie können bis zu zehn Zentimetern groß werden.«
»Ich fürchte, die Heuschrecken sind von uns. Sorry. Sorry!!!«
»Hier läuft grad eine quietschvergnügt über die Fensterbank. Was soll ich machen?«
»Erst hatten wir dreizehn, dann in Nullkommanichts zwanzig, und ein paar sind entwischt. Wie viele, wissen wir nicht.«
»Sie häuten sich sechsmal, bevor sie ausgewachsen sind, hab ich gerade gelesen.«
»Echt WAHNSINNIG interessant. Aber ich wüsste lieber, wie wir sie wieder loswerden.«
»Fenster und Türen zumachen!«
»Warum zum Teufel halten Leute Stabheuschrecken als Haustiere?«
»Hat jemand ein paar von den Schreckis für meine Schwiegermutter?«
»Haha!«
»Hahaha!«
»Ich find das nicht witzig.«
»Erst diese Moslems, jetzt Stabheuschrecken.«
»Soll das ein Witz sein?«
»Hahahaha!«
»Ich zieh um!«
»Ich auch.«
»Mal kurz ordnungshalber für mich: Wir sprechen vom Problem der Stabheuschrecken, oder?«
»Ja.«

»Alarmstufe Rot! Wenn wir nichts machen, wird das Problem immer größer.«

Als Peter diese Nachricht auf dem Display las, platzte ihm der Kragen. Seine Hand zitterte, aber er konnte gerade noch die Tastatur für eine Antwort auf den Bildschirm ziehen.

Nie zuvor hatte er auf eine Nachricht reagiert. Er las selten ganze Chats, das Geschwätz eines tausendköpfigen Monsters. Meist begnügte er sich mit dem Lesen der letzten Nachricht und drückte den Feed danach sofort wieder weg. Diesmal hatte er sich das Gespräch komplett zu Gemüte geführt und schrieb seinen allerersten Beitrag in einer WhatsApp-Gruppe: »Redet ihr jetzt echt seit einer halben Stunde über nichts anderes als Heuschrecken? Habt ihr keine anderen Probleme als diese Insekten? Es gibt Armut und Hunger, aber nein, eine indische Stabheuschrecke auf der Fensterbank ist wichtiger, und drei Exemplare in einem Mülleimer schreien nach einer tiefgreifenden ethischen Diskussion über Leben und Tod. Sollen wir sie retten oder verrecken lassen? Sollen wir abstimmen? Und was machen wir mit dem Rest? Ist das nicht schon eine Plage? Gehen wir vor die Hunde, wenn wir nichts unternehmen? Sind unser Reichtum und unsere Privilegien bedroht? Fühlen unsere Töchter sich noch sicher? Wir müssen uns selbst helfen! Gehen wir auf Patrouille, hängen wir Kameras auf, erklären wir ihnen den Krieg! Wir dürfen nicht mehr naiv sein. Rettet das Land! Schließt die Grenzen!«

Am Abend reagierte Kee auf keine seiner Bemerkungen. Sie schwieg, aber das war nicht ihre Strafe für Peter. Es war die Ruhe vor dem Sturm, einem Wolkenbruch. Die Spannung war geradezu elektrisch.

Tristen und Ewan hatten gehört, dass ein paar Stabheuschrecken entfleucht waren, wussten aber nichts von dem vielstimmigen Chor in der WhatsApp-Gruppe und Peters hochdramatischer Arie. Den ganzen Nachmittag hatten sie mit anderen Kindern nach den Insekten gesucht. Mit einem Eimer waren sie die Häuser abgegangen und hatten jeden Stein umgedreht. Zu guter Letzt hatten sie zwölf Nymphen und sechs erwachsene Exemplare gefangen.

Es war ein aufregender Tag gewesen, viel Gerenne und freudiges Geschrei bei jedem gefundenen Insekt, und jetzt saßen sie mit roten Wangen am Tisch, die Teller gefüllt mit Pasta. Spaghetti Carbonara, ein Gericht, bei dem es bisher noch nie Probleme gegeben hatte: kein Gemüse, dafür Sahne, Käse und Speck.

»Ich bin Vegetarier geworden«, erklärte Tristen.

Weder Peter noch Kee erwiderten darauf zunächst etwas. Als hätte Tristen gesagt: »Ich mag keine Zucchini.« Oder »Blumenkohl nervt.« Peter und Kee hatten gelernt, nicht auf solche Bemerkungen zu reagieren. Es führte nur zu Diskussionen und sorgte für schlechte Stimmung am Tisch. Inzwischen lautete das ungeschriebene Gesetz: Sieh zu, wie viel du schaffst. Du brauchst nicht aufzuessen, und wenn du hinterher noch Hunger hast, bekommst du ein Brot.

»Sehr lecker!«, sagte Peter.

»Ja, lecker«, stimmte Ewan ihm zu.

»Ich esse kein Fleisch mehr, ich bin Vegetarier«, insistierte Tristen und schob den Teller von sich.

»Also komm«, sagte Peter, »versuch ein paar Bissen, und nachher kriegst du ein Brot mit Erdnussbutter.«

»Hast du mich nicht gehört? Ich bin Vegetarier, ich esse keinen Speck.«

»Aber das ist doch das Leckerste dran«, sagte Ewan.

»Halt die Klappe.«

»Ich hab einen Mund.«

»Schnauze!«

»Hab ich auch nicht.«

»Überhaupt kein Fleisch mehr?«, fragte Peter.

»Nein.«

»Auch kein Hühnchen?«

»Nein, auch kein Hühnchen.«

»Und Hamburger?«

»Du bist gestört«, sagte Ewan.

»Ich bin Vegetarier. Wie fast eine Million Menschen in den Niederlanden, und täglich werden es mehr.«

»Die sind alle gestört.«

Peter schüttelte den Kopf und nahm einen großen Bissen. »Hat das mit den Stabheuschrecken zu tun?«, fragte er mit noch fast vollem Mund.

Bei dieser Frage schlug der Blitz ein. Noch bevor Tristen antworten konnte, rief Kee: »Kein Wort von Stabheuschrecken, kein Wort! Ich will nichts davon hören! Ich schäme mich zu Tode. Was ist in dich gefahren, so was zu schreiben? Was haben dir die Nachbarn getan?«

»Ich fand es so lächerlich, dass ...«

»Halt die Klappe.«

»Ich hab einen Mund.«

»Weißt du, wie ich heut Nachmittag nach Hause gekommen bin? *So* bin ich rumgelaufen!« Sie hielt sich die Hände vors Gesicht. »Eine Heidenangst hatte ich, jemand könnte mich erkennen und denken: Das ist die Frau von dem Irren. Am liebsten wäre ich zu meinen Eltern gefahren.« Ihre Schultern bebten, aber nicht vor Kummer. Sie wollte nicht weinen. Sie war wütend, fuchsteufelswild. »Was zum Teufel haben Stabheuschrecken mit Armut und Hunger zu tun? Was soll das, was willst du damit sagen? Dass wir schlechte Menschen sind, die nur um sich selbst kreisen? Dass uns Menschen mit echten Problemen egal sind?«

»Vielleicht, ja. Ich wollte ...«, doch weiter kam Peter nicht.

»Bist du so viel besser? Du sitzt den ganzen Tag in deinem Museum, für das wohlhabende weiße Menschen hochsubventionierte Eintrittskarten kaufen. Stundenlang schwadronierst du über irgendwelche gottverdammten Pinselstriche und Klöppelspitze. Du lebst im siebzehnten Jahrhundert! Wie kommst du dazu, die Nachbarn zu kritisieren? Warum dürfen die nicht über Stabheuschrecken reden, wenn ihnen danach ist?«

»Darf ich was sagen?«, fragte Tristen mit erhobenem Finger wie in der Schule.

»Natürlich, Schatz. Du darfst natürlich was sagen. Du schon.«

»Es liegt nicht an den Heuschrecken.«

»Was liegt nicht an den Heuschrecken?«

»Dass ich Vegetarier bin.«

»Die Rietvelds!«, rief Peter auf einmal. »Die haben's verbrochen! Die sind Vegetarier. Die hat er sich zum Vorbild genommen. Mit ihrem Knollengewächs.«

»Was für einem Knollengewächs?«

»Ihrem Winterrettich.«

»Ich will nie mehr Winterrettich auf meinem Teller.«

»Der Rettich hat damit gar nichts zu tun«, erklärte Tristen. »Ich will umweltfreundlicher essen.«

»Was für Essen willst du denn dann?«, fragte sein Bruder.

»Ich bin Vegetarier geworden, weil ich die Umwelt schonen will. Die Viehzucht stößt mehr Treibhausgas aus als der ganze Transportsektor zusammen, und einen Tag lang kein Rindfleisch essen spart so viel Wasser wie einen Monat nicht duschen.«

»Haben die Rietvelds dir das erzählt?«

»Nein, das hab ich im Internet gefunden.«

»Radikalisierst du dich selbst?«

»Peter!«

»Dürfen wir jetzt auch kein Fleisch mehr essen?«, fragte Ewan.

»Das musst du selbst wissen.«

»Du darfst schon noch Fleisch essen«, sagte Peter zu Ewan, »aber dann darfst du einen Monat nicht duschen.«

»Jetzt ist aber Schluss!«, rief nun plötzlich Kee. »Wir sind keine WhatsApp-Gruppe, wir sind eine Familie!« Allerdings frage sie sich, ob das wirklich noch stimmte.

Sie blickte auf ihre Spaghetti, und auf einmal verließ sie der Appetit. Das lag nicht an dem darin enthaltenen Speck. Sie war Flexitarierin und aß ungefähr zweimal die Woche Fleisch, das sie dann immer beim Bio-Metzger kaufte.

Es lag an etwas anderem, viel komplizierter und größer: Sie hätte zu ihren Eltern in Zeeuws-Vlaanderen zurückgehen sollen. Sie hatte es nicht getan, weil ihr ihre Familie wichtiger war als ihre eigenen Bedürfnisse. Weil sie immer auf andere Rücksicht nahm. Jetzt saß sie an einem Tisch, an dem sie nicht sitzen wollte, und atmete die Luft eines Hauses, in dem sie beinah erstickte.

Sie verließ nicht ihre Familie: Sie ließ sich selbst im Stich.

Kee dachte an ihr Elternhaus, den Bauernhof mit der langen hölzernen Scheune. An Graauw, das Dorf, in dem sie zur Schule gegangen war und zahllose Zeichnungen von Feldern und Tieren angefertigt hatte. Ihr Vater hatte Kartoffeln und Rüben angebaut, ein Mann voller Hornhaut und Furchen. Seine Liebkosungen kratzten, Zärtlichkeiten wie von einer knorrigen Kiefer. Vielleicht liebte sie darum Natur und Wälder, wo sie manchmal einfach so einen Baum umarmte, die raue Rinde an ihrer Wange.

Vor acht Jahren hatten ihre Brüder den Betrieb übernommen. Jetzt zogen sie auch Karotten und Zwiebeln. Sie war die Einzige, die die Gegend verlassen hatte, doch immer sehnte sie sich dorthin zurück. Zurück zu den Poldern, den einsamen Feldwegen, den darüber hinziehenden Gänsen, den Wolken und Sternen. Dem funkelnden Nachthimmel, den es in der Stadt nicht mehr gab. Ihre Brüder kannten kein Heimweh. Sie waren nie woanders gewesen. Die meiste Zeit bewegten sie sich auf ihren Treckern, selten weiter als bis zur Grenze des Dorfs. Niemals ans Meer. Salzwasser bedeutete ihnen nichts, es war schlecht für die Feldfrucht, und man konnte darin ertrinken.

Andere Frauen waren impulsiv, stopften einen Koffer voll Kleidung und zogen vorübergehend zu einer Freundin oder zu ihren Eltern, doch Kee konnte Impulse sehr gut unterdrücken. Immer weiter hatte sie sich von sich selbst entfernt. Vom Dorf in die Stadt, vom strahlenden, selbstsicheren Teenager zur frustrierten Ehefrau, die sie nun war.

Nur wenn sie zeichnete, ihre Illustrationen anfertigte, war sie wieder ganz bei sich, identisch mit dem jungen Mädchen, das sie einmal war.

Sie spürte die Augen der Kinder auf sich, vor allem die ihres Ältesten. Sie fürchtete, irgendwann könnte er eine Erklärung verlangen, sie für ihr Verhalten zur Rechenschaft ziehen. Warum sie nicht gehandelt, keinen Entschluss gefasst hatte. Warum er und Ewan so viele Spannungen hatten durchmachen müssen, die sie den Rest ihres Lebens mit sich herumschleppen würden.

Kee holte einmal tief Luft. »Ich finde es gut, dass du Vegetarier bist«, sagte sie zu ihrem Ältesten, »ab heute will ich gern vegetarisch für dich kochen.«

»Er kriegt immer seinen Willen!«, rief Ewan.

Sie reagierte nicht sofort und sagte stattdessen zu Tristen: »Ich mach dir einen leckeren Käsetoast.« Dann wandte sie sich an Ewan: »Keine Angst, wann immer du Lust darauf hast, brat ich dir ein Stück Fleisch.«

Ewan nahm seine Gabel und steckte sie in die Spaghetti. »Sind jetzt alle zufrieden?«

Die Kinder und Peter nickten. Alle waren zufrieden, bis auf Kee selbst.

Am liebsten hätte sie jetzt im Dunkeln im Wohnzimmer gesessen und allein auf dem Sofa eine Pulle Wein gekippt, direkt aus der Flasche. Einen Moment lang in Selbstmitleid schwelgen, dann wäre für ein Weilchen wieder alles erträglich.

Stattdessen ging sie in die Küche und machte Tristen einen überbackenen Toast, den der gierig verschlang. Statt eine Wochengarnitur Kleidung in einen Koffer zu stopfen, mit Zahnbürste, Deodorant und Gesichtscreme, räumte sie den Geschirrspüler ein. Statt nach Zeeuws-Vlaanderen zu fliehen, legte sie sich ins Bett und versteckte sich unter der Decke.

Nach einer Stunde wurde sie gefunden. Doch nicht von Peter, der unten im Wohnzimmer las. Im Dämmer des Schlafs zerrten ihre erwachsenen Söhne sie vors Tribunal für Rabenmütter. Sie waren wütend und fürs Leben gezeichnet, und nach vielen verbitterten Aussagen der Jungen lautete das Urteil: lebenslange Verweigerung jeden Kontakts.

NEUN

Wieder hatte Dschemine eine Plastiktüte dabei. Diesmal jedoch mit nur ein paar neuen Briefen, einer davon vom Inkassobüro mit der Ratenzahlungsvereinbarung. Peter begrüßte sie mit einem dampfenden Pott Kaffee.

»Du gemacht?«, fragte sie.

»Ja«, antwortete Peter mit einem Lächeln.

Das Geheimnis der Kaffeemaschine hatte er recht schnell ergründet, aber er hatte zu wenig Pulver in den Filter getan. Oder zu viel Wasser in den Behälter.

»Bisschen dünn vielleicht«, sagte er.

Dschemine lachte. »Macht nix!«

Das gab es also auch noch, einen Dialog, der nicht gleich destruktiv wurde. Ohne Angst, gleich wieder etwas Falsches zu sagen.

»Was hast du heute mitgebracht?«, fragte Peter.

»Briefe«, antwortete Dschemine. Sie gab ihm die Einkaufstüte und setzte sich. Ohne Scham, ohne Angst. Sie tranken Kaffee und schauten sich dabei kurz an. »Ich heute Fenster putzen und …« Sie zeigte auf die große Glasfront und zeichnete mit dem Finger ein Rechteck. »Fenster und …« Sie dachte kurz nach. »Um Fenster herum – Holz!«

»Rahmen«, sagte Peter.

»Ja, Rahmen.«

Sie kannte Wörter wie »Versicherungsbeitrag«, »Mahnung« und »Eintreibungskosten«, doch »Rahmen« gehörte nicht zu ihrem Vokabular.

»Ich hab auch was für dich.«

Peter schob eine kleine Packung über den Tisch.

»Was ist?«

»Mach's doch auf.«

Dschemine öffnete die kleine Schachtel und holte eine Tube heraus. Sie wusste immer noch nicht, was es war.

»Neue Putzmittel?«, fragte sie.

Peter schüttelte den Kopf. Am Vortag war er zu seinem Hausarzt gegangen und hatte ihn gebeten, ihm etwas gegen Ekzem zu verschreiben. Er hatte die Situation erklärt, doch der Hausarzt hatte nicht kooperieren wollen. Er hatte gesagt, Dschemine müsse selbst vorbeikommen; sie sei doch versichert, und Arztkosten würden übernommen. »Stimmt, aber sie hat ja auch Selbstbeteiligung und die Salbe muss sie noch von ihrem eigenen Geld bezahlen«, hatte Peter erläutert. »Deshalb geht sie nicht zum Arzt.«

»Wenn ich Ihnen eine Salbe verschreibe, die Sie nicht brauchen, ist das Betrug«, beharrte der Mediziner.

»Von so einer Bemerkung krieg ich enormes Jucken«, antwortete Peter. Demonstrativ begann er sich zu kratzen. »Herrgott, wie das juckt!«

»In der Apotheke können Sie eine einfache Panthenolsalbe kaufen. Dazu brauchen Sie kein Rezept.«

»Hilft so eine Panthenolsalbe denn? Würden Sie mir die empfehlen, wenn ich überall rote Flecken hätte, am Hals und an den Händen?«

»Dann würde ich Ihnen ein Rezept für eine Cortisonsalbe ausstellen.«

Wir können so viel mehr tun, als wir glauben, dachte Peter, als er in der Apotheke am Verkaufstresen stand. Er gab dem Helfer das Rezept für die Salbe.

»Gegen das Jucken«, sagte Peter zu Dschemine. »Ein- oder zweimal am Tag drauftun.« Er hatte den Beipackzettel gelesen. »Aber nur an Stellen mit Ekzem.«

Dschemine drehte den Verschluss von der Tube und tat sich etwas Salbe auf die Fingerspitze. Sie rieb eine rote Stelle auf ihrer linken Hand damit ein.

Als sie aufblickte, sagte sie: »Danke.«

»Gern geschehen.«

»Bieter gut.«

»Wie bitte?«

»Du gut.«

Peter wusste nicht, was er antworten sollte. Er fühlte sich überhaupt nicht gut, er fühlte sich miserabel, gescheitert. Als Ehemann, als Vater und als Kurator. Die Reihenfolge war mittlerweile egal – er hatte auf ganzer Linie versagt.

»Bieter gut«, sagte Dschemine nochmals.

Etwas Seltsames geschah. Die Drüse im vorderen Teil seines linken Auges sonderte auf einmal Sekret ab. Es geschah automatisch. Die Träne kullerte nicht über den Lidrand. Trotzdem drehte Peter den Kopf weg. Plötzlich wurde ihm klar, dass er die ganze Zeit über nicht auf den Bus gewartet hatte. Nicht an der Haltestelle auf dem Weg nach Hause, nicht unten im Wohnzimmer, nicht oben im Schlafzimmer. Er hatte auf Dschemine gewartet. Auf ihr Ekzem, ihre Briefe, auf ihre Probleme – Probleme, die er zu lösen vermochte. Die aus ihm einen guten Menschen machten.

Während Dschemine einen Eimer mit Wasser füllte, ging Peter die Post durch. Zu seiner Freude hatte die Krankenkasse Dschemines Meldung als säumige Schuldnerin bei der Zentralverwaltung Sozialversicherungen und Leistungen zurückgenommen. Der Brief des Inkassobüros enthielt die Zustimmung zu einer Tilgung der Schulden mittels zwanzig Monatsraten à fünfzig Euro.

Dschemine hatte Peter erzählt, dass sie in noch zwei weiteren Haushalten putzte und insgesamt zwischen fünf- und sechshundert Euro im Monat verdiente. Das war zu wenig zum Leben, auch, weil sie kein Wohngeld bekam. Er hatte mit dem Finanzamt telefoniert und sich nach den Bedingungen für diese Unterstützung erkundigt: Man musste einen Mietvertrag vorlegen können und einen Nachweis, dass die Miete regelmäßig bezahlt wurde. Doch solch einen Vertrag nebst Nachweis hatte Dschemine nicht; jeden Monat ging sie mit einem Briefumschlag zu einem Mann, der ihr die Tür im Bademantel aufmachte. Er wohnte bei seiner Freundin, war aber an Dschemines Adresse gemeldet. Das Wohngeld bekam er.

Dschemine hatte keine offizielle Adresse, und um für eine Sozialwohnung infrage zu kommen, brauchte sie eine offizielle Stelle, ein ordnungsgemäßes, regelmäßiges Einkommen. Kein Bargeld, das auf der Anrichte neben einem Klebezettel mit Smiley für sie bereitlag.

Weil sie laut amtlichem Personenregister nicht existierte, erhielt Dschemine auch kein Kindergeld. Für Tristen und Ewan bekam Kee viermal pro Jahr fünfhundert Euro überwiesen. Geld, das sie eigentlich nicht brauchten und für Reisen oder Restaurantbesuche ausgaben. Alle hatten Anspruch darauf, auch Leute, die Küchen mit Granitanrichten und Gärten mit aufblasbaren Planschbecken ihr Eigen nannten wie ihre neue Nachbarn, ja selbst Millionäre, die Peter persönlich kannte, Sammler mit Werken von Jan Mankes oder Charley Toorop an den Wänden. Alle außer Dschemine, die das Geld wirklich brauchte.

»Du brauchst eine offiziell gemeldete Stelle«, sagte Peter.

Sie blickte düster, sie kannte das Wort »offiziell«, aber nicht in Verbindung mit »Arbeit« oder »gemeldet«. Auch nicht mit »wohnen«. Für sie stand »offiziell« in Verbindung mit nichts. »Offiziell« war für sie gleichbedeutend mit »unmöglich«.

Sie saßen am Esstisch und tranken noch einen Kaffee. Peter hatte eine neue Kanne gekocht, diesmal stärker.

Die Fenster waren geputzt und ließen das Sonnenlicht, das zwischen den Wolken hindurchdrang, hereinscheinen. Hell und warm, wie auf dem Gemälde *Die Heilige Familie mit Anna*. Auf dem Ölbild von 1640 steht Joseph mit einer Zimmermannsarbeit am Fenster, während Großmutter Anna, die Mutter Marias, zusieht, wie ihre Tochter dem kleinen Jesus die Brust gibt, all das im denkbar sanftesten Licht der hereinscheinenden Sonne.

In den ersten Teilen des *Corpus* war die Urheberschaft Rembrandts an diesem Gemälde von der Gruppe um Josua Bruyn noch angezweifelt worden, im letzten Teil allerdings wurde es dann wieder Rembrandt zugeschrieben. Ein kleines Meisterwerk, fand Peter. Eine intime, häusliche Szene mit einem wundervollen Detail: einem Trinkglas, das Joseph aufs Fensterbrett gestellt hatte.

Peter spürte Traurigkeit in sich aufkommen. Seine Arbeit fehlte ihm plötzlich sehr.

»Du brauchst höhere Einkünfte«, sagte er, »und einen festen Arbeitsvertrag, Papiere.«

Nicht er, sie hatte Probleme. Er kam prima zurecht auch als entlassener Kurator der Abteilung für niederländische Barockmalerei am Museum Boijmans van Beuningen.

»Was?«, fragte Dschemine. Ein einziges Wort nur. Peter sprach für sie in Rätseln, und sie hatte keine Antwort darauf.

Die hatte Peter auch nicht gekannt, bis er auf der Suche nach freien Stellen für sie im Internet auf die Website einer Reinigungsfirma aus Barendrecht gestoßen war. Die suchte ab sofort Putzkräfte für Feriensiedlungen. Die Bewerbung war einfach: Man musste nur angeben, zu welchen Tageszeiten man wie oft verfügbar war und wie viele Stunden man wöchentlich arbeiten wollte.

Jetzt schrieb Peter einen kurzen Lebenslauf und notierte Dschemines Personalien. Bei »Staatsangehörigkeit« wollte er »türkisch« eintragen, doch Dschemine schüttelte den Kopf. »Bulgarisch«, sagte sie. »Sprache: Türkisch. Land: Bulgarisch.«

Dschemine erläuterte: »In Nordosten von Bulgarien aufgewachsen, in Schumen. Wir türkische Minderheit.«

»Schulabschluss?«

»Grundschule.«

»Kein weiterführender Abschluss?«

Dschemine schüttelte den Kopf.

Unter »Motivation« schrieb er: »Ich bin eine fröhliche, lebendige Frau, die gern die Ärmel hochkrempelt. Ich arbeite gewissenhaft und gehe sorgfältig mit allen Dingen um. Seit einigen Jahren wohne ich mit meiner Familie in den Niederlanden und bin als Reinigungskraft in verschiedenen Haushalten tätig. Jetzt möchte ich den Schritt zu einer offiziell gemeldeten Beschäftigung tun und hoffe, in Ihrem Reinigungsunternehmen dazu die Chance zu bekommen.«

Als er Dschemine den Text vorgelesen hatte, sagte sie: »Das gut.«

Peter lachte. »Dschemine auch gut.«

Sie nickte.

Dann lachten sie beide, und Dschemine musste ihren Kaffeepott auf den Tisch stellen, um nichts zu verschütten. Für einen Moment war alles in Ordnung, gab es nur diese warme, häusliche Szene, erhellt vom Licht auf ihren Gesichtern. Keine Schulden, keine Ehekrise. Kein arbeitsloser Mann auf dem Sofa, kein junger Kerl mit einem Kragen, platt wie ein Pfannkuchen.

Anderthalb Stunden später saß Peter im Waschsalon »Der Waschzuber«. Diesmal hatte er seine leinene Umhängetasche dabei und konnte endlich den Artikel über die Versteigerung der Sammlung von Jan Basse lesen, einem reichen Amsterdamer, der im Jahr 1636 an der Pest gestorben war. In seinem umfangreichen Nachlass befanden sich Raritäten, Meeresfossilien, Silber- und Goldmedaillen, Stiche und Zeichnungen sowie Gemälde. Das teuerste Objekt war ein Bildband mit Holzschnitten von Lucas van Leyden gewesen. 637 Gulden »und zehn Stüver« waren dafür bezahlt worden, und zwar von einem gewissen »Leendert Cornelisz., Werkstattgehülfe von Remb.«.

Dieser Schüler, Leendert van Beijeren, war heute beinahe vergessen, doch Peter hielt ihn für einen bedeutenden Maler. Vor zwei Jahren hatte er in Budapest im

Szépmű-vészeti-Museum vor einem Gemälde von ihm gestanden. *Ecce Homo*, ein monumentales Werk mit einer dramatischen Choreografie verschlungener Hände und einem wundervollen Lichteffekt auf der Nase Jesu. Noch zwei weitere Werke dieses Rembrandt-Schülers waren bekannt. Im Jahr 1887 hatten Bredius und De Roever die drei Gemälde beschrieben, doch kürzlich war auf einer Auktion noch ein viertes aufgetaucht. Ein privater Sammler hatte es ersteigert, aus Dordrecht, keine halbe Stunde von Peters Wohnort entfernt.

Auch vor diesem Gemälde – ein Mann mit Schwert, vermutlich ein Selbstbildnis – hatte Peter lange gestanden, völlig hingerissen von der unglaublichen Qualität: die souveräne Pinselführung und das kräftige Clair-obscur, die das Gesicht, die Schärpe und den Schwertgriff vom Hintergrund abhoben. Da erkannte Peter eindeutig den Einfluss des Meisters, aber auch etwas anderes, etwas, das andere Rembrandt-Schüler nicht hatten: das Absolute.

Als Rembrandts begabteste Schüler galten gemeinhin Govert Flinck und Ferdinand Bol. In der mittlerweile jahrhundertelangen Forschung hatte man stets ihnen die meiste Aufmerksamkeit gewidmet. Nach Peters Meinung jedoch überragte Leendert van Beijeren – zusammen mit Carel Fabritius, der zur gleichen Zeit bei dem Meister gelernt hatte – jene zwei anderen bei Weitem. Sie besaßen viel mehr Talent.

Von Bol und Flinck hingen in Amsterdam – im Ratssaal des Königlichen Palais – grauenvolle Gemälde. *Gaius Fabricius und Pyrrhus* von Bol zum Beispiel war schlichtweg misslungen. Selten hatte Peter so unbeholfen gemalte Figuren gesehen. Gaius' Beine standen einen Meter weit auseinander, und der rechte Arm war völlig zur Seite verdreht, während die Hand auf der Hüfte ruhte – eine unmögliche Stellung, außer für einen spastisch Gelähmten. Und dann der kleine Junge mit der blauen Jacke, der auf der Treppe so ungeschickt eingepasst war, als *schwebe* er über den Stufen. Oder der Mann mit dem Schild und dem Tigerfell: Wer konnte sich unter seiner merkwürdigen Beinhaltung etwas vorstellen? War dieser seitlich herausstehende Buckel etwa die Hüfte? Rembrandt hätte darüber bestimmt lauthals gelacht.

Und Peter lachte mit, schallend und hämisch. Nicht Ferdinand Bol, nicht Govert Flinck – Leendert van Beijeren und Carel Fabritius verdienten den Ruhm als Rembrandts brillanteste Schüler.

Eine junge Mutter kam in den Waschsalon, ihr Baby schlafend im Kinderwagen. Sie füllte eine Maschine und setzte sich auf die Bank. Peter holte die Butterbrote aus seiner Umhängetasche. Wie früher, als er noch arbeitete, hatte er sich am Morgen ein Stullenpaket gemacht. Er wollte nicht Kees Argwohn wecken. Eine dunkelhäutige Frau, die am großen Tisch ihre Wäsche zusammenlegte, warf ihm einen verärgerten Blick zu. Durfte man hier nicht essen? Oder störte sie einfach der Käsegeruch?

Peter versuchte, sich auf seinen Artikel zu konzentrieren. Auch Rembrandt hatte besagter Versteigerung beigewohnt. Außer einigen Stichen und Zeichnungen hatte er – zu fast gleich hohem Preis – auch ein paar exotische Muscheln erworben. Wurde Kunst im siebzehnten Jahrhundert nicht viel teurer gehandelt als Kuriositäten und Meeresfossilien?

Auch von der jährlichen »vendue« in Den Haag berichtete der Artikel. Im Jahr 1647 waren im Gasthaus De Casteleyn Gemälde von Jan Miense Molenaer und Abraham van Beyeren für zwanzig bis dreißig Gulden unter den Hammer gekommen. Peter kannte die betreffenden Werke nicht, fand die Preise aber sehr niedrig. Hatte der Tuchhändler Jan Pieterszoon, der auch auf der *Nachtwache* abgebildet war, nicht erklärt, jeder der dort Dargestellten habe dem berühmten Maler hundert Gulden bezahlt? Auch an den sizilianischen Edelmann Antonio Ruffo musste Peter denken, der für fünfhundert Gulden ein Gemälde bei Rembrandt bestellt hatte, *Aristoteles vor der Büste Homers*.

Peter versuchte sich zu erinnern, wann Rembrandt diesen ersten ausländischen Auftrag bekommen hatte. War es 1651 oder 1652? Oder gar erst 1653? Die Jahreszahl fiel ihm einfach nicht ein, und er konnte nicht mehr in den Büchern in seinem Büro oder in der Museumsbibliothek nachschlagen. Plötzlich war ihm ebenfalls nicht mehr präsent, in welchem Jahr Jan Pieterszoon seine Aussage über den Beitrag der achtzehn porträtierten Mitglieder der Schützengilde zu dem berühmten Gemälde gemacht hatte. Litt Peter unter einem Blackout? Entglitt ihm sein Wissen über das siebzehnte Jahrhundert? Musste er sich Sorgen machen?

Er starrte auf die Maschine vor ihm, doch diesmal sah er keine barocken Mäntel, Kleider und Unterröcke. Er sah die Wäsche der Frau neben ihm, die weder Waschmaschine noch Trockner besaß, aber – so hoffte er – wenigstens Wohn- und Kindergeld bekam.

»Willkommen im einundzwanzigsten Jahrhundert«, hatte einer der beiden Männer gesagt, die ihren Kindertag für einen Besuch im Waschsalon geopfert hatten. Aber war dieses Jahrhundert, das kaum zwei Jahrzehnte alt war, wirklich so gastfreundlich? In den Wohnvierteln standen keine Schlagbäume, dafür schufen geschlossene Wohnanlagen einen neuen, eigenen Bereich neben dem öffentlichen Raum. Hinter dunkelgrünen Metallzäunen parkten teure Autos und spielten Kinder gut ausgebildeter Eltern. Willkommen war man nur dann, wenn man dort wohnte oder jemanden dort kannte.

Im Stadtzentrum war ein neuer Bahnhof entstanden, der aussah wie der blinkende Bug eines Ozeandampfers, doch die Tore zur Empfangshalle öffneten sich nur, wenn man sich eine Guthabenkarte für den öffentlichen Personenverkehr leisten konnte. In hippen Espressobars wurde »slow coffee« aus äthiopischen Kaffeebohnen serviert, der teurer war als ein komplettes Lebensmittelpaket einer öffentlichen Tafel.

Aus der Vogelperspektive sah man die Stadt als einen gewaltigen Fleck, ein Konglomerat aus Straßen und Gebäuden, in zwei Hälften geteilt von einem Fluss: die Stadt der Besserverdienenden hier, die Stadt der Unterprivilegierten dort. Und von noch weiter oben, jenseits der Erdatmosphäre, sah man in größerem Maßstab dasselbe: den reichen Norden, den armen Süden.

In den Wohnzimmern und Gärten mit Schaukel und Trampolinen wurde über all dies nicht gesprochen. Es passte nicht recht zu den doppelten Gin Tonics; dazu passten klirrende Eiswürfel und eine Scheibe Zitrone. Hatten die Bewohner ihren Beitrag zu einer besseren Welt nicht schon geleistet, indem sie links der Mitte oder grün wählten und mit dem Fahrrad zur Arbeit fuhren?

An diesem Abend wurde bei den Lindkes vegetarisch gegessen. Irgendetwas mit grünen Linsen und Tomaten, konnte Peter gerade noch erkennen. Der Rest war ihm ein Rätsel. Was zum Teufel etwa war der graue Brei vor ihm auf dem Teller? Es sah aus wie eine Mischung aus Schnodder und Kotze. Zwischen den Linsen trieb hier und da etwas Weißes. Ein Schuss weißer Binderfarbe vielleicht?

»Ottolenghi«, erklärte Kee stolz.

»Otto – was?«

»Puy-Linsen mit Auberginen, Tomaten und griechischem Joghurt. Ein Rezept von Yotam Ottolenghi.«

»Wer ist das?«

»Ich will das nicht essen«, sagte Ewan.

»Ein berühmter Küchenchef. Ich hab mir sein Kochbuch von Edward und Ellen geliehen.«

»O Gott!«

»Ist da auch Winterrettich drin?«

»Man kann auch ohne Winterrettich vegetarisch kochen.«

»Ich will das wirklich nicht essen.«

»Für dich habe ich auch ein Kotelett.«

»Dann will ich nur das Kotelett.«

»Hast du auch ein Kotelett für mich?«

Kee sah Peter an. »Nein, nur für Ewan.«

»Hmmm«, sagte Tristen, »das schmeckt!« Er hatte einen kleinen Bissen von dem Gericht genommen.

»Die Auberginen habe ich eine Stunde geschmort.«

»Ist das der graue Brei?«

»Ja, das ist das Fruchtfleisch.«

Am liebsten wäre Peter jetzt bei den Nachbarn in die Wohnung gestürmt, um seinen Teller dort mit Krawumm an die Wand zu schmeißen. Auf dem weißen Putz würde es bestimmt einen fantastischen Fleck geben.

»Zehn Euro, und du kriegst die Hälfte von meinem Kotelett«, verkündete Ewan.

»Deal«, sagte Peter und zückte sein Portemonnaie.

Kee legte die Gabel neben den Teller. »Tu das Portemonnaie weg. Sofort.«

»Shit. Zehn Euro zum Teufel!«

»Isst du auch ein bisschen von den Linsen?«, fragte Kee ihren Jüngsten.

Ewan machte Würgegeräusche.

»Schmeckt doch ganz gut, oder, Tristen?«

»Ja, die Tomaten sind total süß.«

»Fünfzehn Euro und ich ess meinen Teller halb leer.«

»Du solltest wirklich ein bisschen probieren. Und hör auf, für alles Geld zu verlangen.«

»Papa isst auch nichts.«

Kee warf einen Blick auf Peters Teller. Er hatte noch nichts angerührt.

»Könntest du wohl auch einen Bissen nehmen?«

Mehr als alles andere wollte sie sich von ihm unterstützt fühlen. Wenn er sie unterstützte, war das vielleicht schon genug. Genug, um weiterzumachen.

»Zwanzig Euro«, sagte Peter, »und ich esse ganz auf.«

Kee schlug mit der Hand auf den Tisch. »Du wirst das jetzt essen!«

Tristen erschrak, er schämte sich für Kees Reaktion.

»Tschuldigung«, sagte Kee. »Das hätte ich nicht tun dürfen.« Sie sah Peter an und fragte: »Kannst du mir sagen, was mit dem Essen nicht stimmt?«

»Es sieht irgendwie eklig aus.«

Als wäre sie mit einem Dreijährigen verheiratet.

»Willst du morgen kochen?«

»Lecker«, rief Ewan. »Pommes!«

Das letzte Mal, als Peter für das Essen verantwortlich gewesen war, hatte er Fritten geholt. Fritten mit gefüllten Kroketten und Blätterteigtaschen mit Käse.

»Nein, richtig kochen. Mit Gemüse und Kräutern.«

»Und Himalayasalz?«

Einem bekannten Paartherapeuten zufolge bestand das Leben aus Skripts. Bei der Partnerwahl wählte man zugleich eine Geschichte, ein Skript, und nach diesem Handlungsschema verlief dann das weitere Leben.

»Ja, auch mit Himalayasalz, und noch viel mehr: mit frischem Fisch, Gewürzen, Limonen vom Markt ... und Liebe.«

Für einen Moment war es still, als müssten Peter und die Jungs über diese seltsame Zutat nachdenken.

Da sagte Ewan: »Mit Mayonnaise ist aber auch schon okay.«

Peter musste über diesen Spruch lachen. »Oder mit Ketchup«, fügte er hinzu.

Kee hasste dieses Skript, diese Dialoge. Sie hasste die Art, wie sie einander ansahen.

Tristen hatte fast aufgegessen. »Ist noch was da?«

»Schleimer!«

»Du kannst etwas Brei von mir haben.«

Wie hätte ihr Skript ausgesehen, wenn sie sich einen anderen Mann ausgesucht hätte? Würde ihr Leben dann anders verlaufen? Plötzlich interessierte sie das brennend.

Peter nahm ein paar Bissen auf einmal. Er schlang, um

das Essen möglichst schnell hinter sich zu bringen. Nach dem dritten Bissen ertappte er sich dabei, dass es ihm schmeckte: Die Auberginen waren köstlich, voll und intensiv im Geschmack. Anders, als er es gewohnt war, aber fantastisch.

»Und?«, fragte Kee.

Peter kaute und schluckte. »Sehr speziell«, sagte er.

Er brachte es nicht über die Lippen. Er konnte nicht sagen, dass es ihm schmeckte und Kee herrlich gekocht hatte.

»Wenn du morgen mit Kollegen im Restaurant essen willst, kannst du das natürlich gern tun.«

»Bin ich hier nicht mehr willkommen?«

»Das Restaurant findest du bestimmt auch sehr speziell.«

Wer genau hinschaute, ganz tief hinunter, sah unter den Worten des Skripts einen Fluss. Kaltes, finsteres Wasser, ein gurgelnder Strom, der ihre Familie in zwei Hälften teilte. Auf der einen Seite Peter, auf der anderen Kee. Hier ging es nicht um Arm oder Reich, um Macht oder Ohnmacht, nicht mal um links oder rechts. Beide Seiten, auf denen Peter und Kee ganz allein standen, waren verwüstet und leer.

Am nächsten Morgen stand Dschemine voll Panik im Wohnzimmer. Peter hatte die Kinder zur Schule gebracht und war danach noch ein Stückchen geradelt, schließlich war Kee eventuell noch zu Hause. Sie räumte oft den Frühstückstisch ab, wischte Krümel beiseite, schrieb einen Einkaufszettel und fuhr erst dann in ihr Studio.

Als Peter die Wohnung betrat, rief Dschemine: »Hilfe, Bieter. Du helfen!«

Er bot ihr Kaffee an, aber sie lehnte ab.

»Sie gestern angerufen. Ich um elf Uhr vorbeikommen. Wegen Gespräch.«

Er verstand nicht, was sie meinte. Immerhin klang es nicht schwerwiegend. Kein betrunkener Ehemann, der die Bude kurz und klein schlug, kein Sohn, der von der Polizei nach Hause gebracht wurde. Peter nahm zwei Kaffeebecher und schenkte sie drei viertel voll.

Als sie am Tisch saßen, sprudelte Dschemine los: »Gestern Anruf von Reinigungsfirma. Sie wollen, ich komme heute. Nach Barendrecht. Gespräch wegen Arbeit.«

»Das ist doch großartig!«

»Weiß nicht.«

»Na klar – gratuliere!«

Vor nicht einmal vierundzwanzig Stunden hatten sie die Bewerbung geschrieben, und schon war Dschemine zu einem Gespräch eingeladen.

»Ich bringe dich hin«, sagte Peter. »Ich komm mit und helfe dir.«

Er war Feuer und Flamme. Am liebsten wäre er sofort losgefahren.

»Freust du dich nicht?«

»Vielleicht – bisschen.«

»Was ist denn?«

»Weiß nicht«, sagte sie wieder. »Fragen und Sprach schwierig. Vielleicht sie wollen mich nicht.«

Dschemine graute vor dem Bewerbungsgespräch. Wahrscheinlich war es die erste Bewerbung in ihrem Leben. Peter musste an sein eigenes erstes Bewerbungsgespräch denken. Er war sechzehn und wurde vom örtlichen Bäcker verhört. Wie spät er zu Bett ging. Ob er Sport treibe. Einen

Moment fürchtete Peter, der Mann werde ihn auch noch fragen, wie oft er onanierte.

»Hast du deinen Pass dabei?«

»Personalausweis.«

»Na, dann ist doch alles in Ordnung.«

Er freute sich aufrichtig für sie. Ihr erster gemeinsamer Sieg. Er wollte sie umarmen.

»Vergiss deinen Kaffee nicht«, sagte er.

»O ja!«

Sie nahm einen Schluck.

»Schmeckt!«

»Und mach dir keine Sorgen wegen der Sprache. Ich verstehe dich immer, jedes Wort, das du sagst.«

»Was sie wollen wissen? Was fragen?«

»Wahrscheinlich zu deiner Arbeitserfahrung.«

»Ist schwarz aber. Bei Leuten zu Hause.«

»Das ist denen egal. Die sind nicht von der Polizei.«

Zum ersten Mal lachte sie. Die fröhliche, lebendige Frau, die gern die Ärmel hochkrempelte, ihre Schulden abzahlen wollte, für zwei arbeiten musste, weil ihr Mann den ganzen Tag auf dem Sofa herumsaß, und die ihrem Sohn gern eine gute Zukunft ermöglichen wollte.

Es ist schön, sich für jemand anderen zu freuen, dachte Peter, als er neben Dschemine in seinem Ford saß. Er wollte es ihr sagen. Er wollte ihr danken.

Doch als er zur Seite blickte, waren ihre Augen geschlossen. Als würde sie beten.

»Bist du nervös?«

»Was bedeutet?«

»Nervös?«

»Weiß nicht, was ist.«

»Aufgeregt?«

»Bieter still sein. Bitte.«

Er war selbst aufgeregt, angespannt und nervös. Es war zehn Uhr am Morgen. Sie waren eine halbe Stunde zu früh.

In die Firmenzentrale des Reinigungsunternehmens führte eine große Drehtür, durch die Peter und Dschemine gleichzeitig gingen. Am Empfangstresen begrüßte sie eine freundliche Dame, die sie bat, sich ins Wartezimmer zu setzen, wo sie sich Kaffee und Tee aus einem Automaten holen konnten.

Kaum hatten sie Platz genommen, verschwand Peters Enthusiasmus. Im Raum warteten noch mindestens zwanzig andere Frauen. Dschemine war eine von vielen. Die Chefs würden eine einzige aussuchen, die mit den vollständigsten Papieren, den aussagekräftigsten Referenzen. Was hatte Peter gedacht? Dass es so einfach wäre? Dass er im Handstreich Dschemines Probleme gelöst hätte? Er spürte, wie ihm das Herz in die Hose rutschte, ließ sich vor ihr aber nichts anmerken. Aus dem Automaten holte er zwei Becher Tee.

In Förderanträgen hatte Peter diese Frauen zigmal als Zielgruppe bezeichnet gesehen. Daniel Wijnberg würde einen Mord begehen, um sie in sein Museum zu locken. Wie viele Nationalitäten waren hier vertreten? Peter konnte sich nicht vorstellen, dass eine von ihnen sich je eine Karte für eine Ausstellung kaufen würde. Diese Frauen hatten etwas anderes zu tun, als sich gerahmte Bilder anzusehen. Konnte man einen Rembrandt mit Muße betrachten, wenn man sich jeden Tag Sorgen wegen der Miete oder der Kinder machen musste? Konnte man Rembrandts Sohn an seinem Lesepult dann noch bewundern? War man noch offen für die Schönheit von Kunst?

Offenbar fand die Bewerbung in mehreren Gruppen statt. Alle halbe Stunde wurde eine neue aus dem Wartezimmer gerufen.

Das wird nichts, dachte Peter. Er wollte schon aufstehen und gehen, doch als er zur Seite blickte, sah er Dschemine entspannt warten. Oder war es demütige Ergebung? War Warten ihre zweite Natur? Mit übereinandergeschlagenen Beinen saß sie da, in der Hand ihren leeren Plastikbecher. Seinen hatte Peter schon völlig zerdrückt und in dünne Streifen zerlegt.

Als es beinah halb zwölf war, wurde die Gruppe von elf Uhr aufgerufen. Peter federte sofort hoch. Mit neun weiteren Frauen gingen sie eine Treppe nach oben und mussten vor einer Tür warten, hinter der die Gespräche stattfinden sollten. Immer zwei Frauen gingen hinein und kamen kurz darauf fast gleichzeitig wieder zurück.

»Mevrouw Mosava und Mevrouw Oukassou«, sagte eine Frau in der Türöffnung.

Peter musterte die Konkurrentin. Mevrouw Oukassou war jünger als Dschemine. Wenn die Chefs sich eine von ihnen aussuchen müssten, würden sie sich für Mevrouw Oukassou entscheiden. So einfach war das. Er hatte nicht mehr die Illusion, dass er etwas für Dschemine tun konnte.

Die Frau, die sie hereingerufen hatte, stellte sich als Tineke vor. Ihre Kollegin hieß Elvira. Nebeneinander saßen sie an einem Tisch und baten die Frauen, ihnen gegenüber Platz zu nehmen, Dschemine gegenüber von Tineke.

Peter rührte sich nicht.

»Und wer sind Sie?«

Diese Frage hatte er erwartet. Es verwunderte ihn nicht, dass sie gestellt wurde. Er musste sich vorstellen, hier konnte er nicht mehr der Mann sein, der überall immer nur außer Konkurrenz mitspielte.

»Ich begleite Mevrouw Mosava. Es ist ihre erste Bewerbung, und sie fühlt sich ein wenig unsicher.«

Tineke schaute Dschemine an. »Aber sie kann doch Niederländisch, oder?«

»Natürlich«, antwortete Peter. »Wenn Sie nicht zu schnell sprechen, versteht sie alles.«

»Hallo«, sagte Tineke zu Dschemine, »sprechen Sie Niederländisch?«

»Ja, bisschen.«

»Oh, das ist für uns schon genug.«

Dschemine lächelte und wurde ein wenig entspannter.

»Ich spreche auch Niederländisch«, sagte Mevrouw Oukassou, die womöglich das Gefühl hatte, man habe sie vergessen.

»Na, dann können wir ja anfangen.«

Im nächsten Moment wurden zwei Bewerbungsgespräche gleichzeitig geführt. Peter hatte so was noch nie gesehen. Tineke nahm ein Formular und ging es mit Dschemine durch, ihre Kollegin tat das Gleiche mit Mevrouw Oukassou. Es war eigentlich kein Bewerbungsgespräch. Die Frauen wurden sofort genommen. Ihre Daten wurden verifiziert und ergänzt, die Personalausweise kopiert. Danach mussten sie eine Unterschrift leisten.

Dann standen sie wieder im Flur, Mevrouw Oukassou, Mevrouw Mosava und Meneer Lindke.

»Das ging ja schnell«, sagte Peter. Er gab beiden Frauen die Hand und gratulierte ihnen zu ihrer neuen Stelle.

Mevrouw Oukassou wusste nicht recht, was sie mit der Situation anfangen sollte. Sie nickte und ging schnell Richtung Treppe.

Allein diesen Monat würden Tineke und ihre Kollegin dreihundert Reinigungskräfte einstellen. Der Sommer stand vor der Tür, und die Firma suchte dringend Arbeitskräfte. Man hatte einen Auftrag von einer Kette von Feriensiedlungen bekommen. Hunderte kleiner Bungalows, die in den Sommermonaten von Familien mit Kindern gemietet werden sollten.

Dschemine hatte eine weiße Mappe mit Informationen zu ihrer neuen Arbeit bekommen. Am Freitagmorgen erwartete man sie um halb acht am Einkaufszentrum Zuidplein, nicht weit von der Wohnung, die sie von dem Mann mit dem Bademantel mietete. Busse zu den verschiedenen Feriensiedlungen würden bereitstehen. Tineke würde auch dort sein, hatte sie gesagt.

Peter startete das Auto, fuhr aber nicht los. Er drehte sich zu Dschemine und umarmte sie – unbeholfen, beide hatten ihre Gurte schon um und Dschemine die weiße Mappe auf dem Schoß, aber irgendwie drückten sie sich.

Peter bot an, Dschemine nach Hause zu bringen.

»Du nicht arbeiten, Bieter?«, fragte sie, als sie auf der Autobahn fuhren.

»Was?«

»Du nicht arbeiten heute?«

Die Frage kam aus dem Nichts. Er wusste nicht, was er antworten sollte.

»Du immer frei«, sagte Dschemine.

»Ich habe nicht frei, ich hab keine Arbeit.«

Sie sah ihn verblüfft an. »Und warum?«

»Man hat mich entlassen.«

»Nicht mehr zur Arbeit?«

»Nein, schon seit beinah zwei Wochen nicht mehr.«

»Wie kommt?«

»Das ist eine lange Geschichte.«

»Erzählen.«

»Es ist kurz gesagt so, dass ich eine Meinungsverschiedenheit mit meinem Chef hatte, und jetzt bin ich dort nicht mehr willkommen.«

»Streit?«

»Ja, so ungefähr.«

»Schwierig für dich?«

»Manchmal schon.«

Sie war die Einzige, die ihm interessiert Fragen stellte, und auch die Einzige, der er zu erzählen wagte, wie er sich fühlte.

»Wird wieder gut?«

»Weiß ich nicht.«

»Warum nicht?«

Sie nahmen die Ausfahrt und fuhren durch Straßen, wo Peter nie hinkam, auch nicht auf dem Rad. Straßen voller polnischer Läden, Tabakgeschäfte und Frisöre. Darüber kleine Wohnungen mit Fenstern, die niemals geputzt wurden. Einst waren sie für Arbeiter gebaut worden, doch deren Berufe waren ausgestorben. Jetzt wohnte hier das Prekariat. Manchmal mit sechs Mündern, die gestopft werden mussten. Sie hatten Schulden und oft unüberwindliche Sprachprobleme. Die Arbeitslosigkeit war höher und hielt sich hartnäckiger als in anderen Vierteln, wie auch die Kriminalität.

»Du brauchst dir um mich keine Sorgen zu machen.«

»Du andere Arbeit gefunden?«

Er schüttelte den Kopf.

»Aber Arbeit suchen?«

»Nein, auch nicht.«

»Ich nicht kann verstehen.«

»Ich weiß selbst nicht, ob ich es verstehe, Dschemine.«

Sie schwiegen einen Moment.

»Mein Gehalt läuft noch weiter«, sagte Peter, »ich kann alle Rechnungen bezahlen, ich kann einkaufen, aber ich weiß nicht, was in ein paar Monaten sein wird. Was ich dann mache.«

»Kee hat gut Arbeit.«

»Ja, sie ist gut im Geschäft.«

Vielleicht wäre er in Zukunft ein Mann, der vom Geld seiner Frau lebte. Aber wollte er das? Und wollte sie es?

»Hier ist«, sagte Dschemine.

»Wo?«

»Über Teppichgeschäft.«

Er fand keinen Parkplatz. Er hielt in zweiter Spur und stellte die Warnblinkanlage an.

»Du musst dich freuen«, sagte er. »Es ist ein schöner Tag für dich.«

»Ich Arbeit, aber du nicht.«

»So darfst du das nicht sehen.«

»Wie denn dann?«

Hinter ihnen wurde gehupt.

»Für dich ist es ein neuer Anfang und für mich nicht das Ende.«

Über diese Bemerkung musste sie kurz nachdenken. Dann sagte sie: »Bieter gut.«

Er wollte sie wieder umarmen, doch erneut wurde gehupt. Dschemine öffnete die Wagentür und stieg aus.

»Viel Erfolg bei der Arbeit«, rief Peter, aber die Tür war schon zu.

Am Abend saß Peter allein in einem Restaurant. Er hatte Kee eine Nachricht geschickt, dass er mit einem Kollegen eine Kleinigkeit essen gehen würde. Nach ein paar Minuten war ihre Antwort gekommen: »Okay.« Mehr nicht.

Während des Essens fragte er sich, ob sie das Gleiche geantwortet hätte, hätte er ihr geschrieben, er werde in einem Hotel übernachten. »Okay.« Oder nach Alaska auswandern. »Okay.« Oder von einer Brücke springen. »Okay.«

Dreimal fragte der Kellner, ob alles nach Wunsch sei. Als frage er eigentlich nach Peters Seelenzustand. Ist wirklich alles in Ordnung mit mir?, fragte sich Peter. Wie sah ihn wohl der Kellner? Als einen Mann ohne Familie, ohne Kollegen, einen Mann ohne Freunde? Peter versicherte ihm, das Perlhuhn mit Gemüse der Saison schmecke vorzüglich.

Trotzdem konnte er das Ganze nicht richtig genießen. Nicht das Essen, nicht die Ruhe, die Abwesenheit von Zank und Streit. Zwischen Kee und ihm, Ewan und Tristen, zwischen den Kindern und ihnen. Ihn quälte die Vorstellung, Kee und die Jungs säßen jetzt gemütlich am Tisch, und alles gehe hervorragend ohne ihn, ja, sogar noch besser.

Er dachte an Dschemine, die in diesem Moment vielleicht die weiße Mappe studierte. Der Gedanke daran tat ihm gut. Jetzt hatte sie Arbeit, der nächste Schritt wären eine Meldeadresse und Wohngeld. Danach könnte er auch Kindergeld für sie beantragen.

Peter schaute sich um. Das Restaurant war gut gefüllt. An den meisten Tischen saßen zwei Gäste: Pärchen, aber auch Kollegen und Freunde in animiertem Gespräch. Mit wem würde Peter hier sitzen wollen? Ihm fiel nur Arnold Holtz ein, doch im Moment hatte Peter keine Lust auf ein Gespräch über »Das Porträt mit dem Pfannkuchen«, wie das Gemälde in der Presse mittlerweile häufig genannt wurde. Es fiel ihm noch jemand ein, Agnes Sjöström. Mit der Leiterin des Kupferstichkabinetts verstand er sich gut, eine einnehmende Frau schwedischer Herkunft, doch auch mit ihr würde das Gespräch sich vor allem um seine Entlassung drehen.

Würde er hier jetzt gern mit Kee sitzen? Wie wäre es, einmal ohne Kinder am Tisch? Was würden sie einander erzählen? Gab es noch Worte, die sie aus ihrer Erstarrung herausholen konnten, irgendetwas, das sie verband? Peter fragte sich, wie Kee reagieren würde, wenn er ihr von Dschemines Bewerbungsgespräch erzählte. Würde sie ihn strahlend ansehen?

Die Leute im Restaurant waren jung und hatten wahrscheinlich zum größten Teil keine Kinder. Sie hatten blühende Gesichter und waren bestimmt erfolgreich, doch Peter fand sie vor allem selbstgefällig. Sie plauderten, nippten an ihrem Wein, aßen ein Drei-Gänge-Menü, doch was taten sie für andere Menschen? Redeten sie auch mit Leuten, die anders aussahen als sie? Oder endete ihr Engagement mit der korrekten Abgabe ihrer Steuererklärung?

In seinem Inneren brodelte es. Fühlte Peter sich über die Leute um ihn moralisch erhaben? War er das denn? Warum überkam ihn dann solch eine Wut? Plötzlich war das ganze Restaurant ihm zuwider, all diese schwatzenden Pärchen und sich vollstopfenden Freunde.

Als der Kellner an seinen Tisch kam und fragte, ob er ihm noch etwas bringen könne, antwortete Peter: »Die Rechnung.«

ZEHN

Nachdem Peter zig öffentliche Wohnungsunternehmen angerufen hatte, aber jedes Mal enttäuscht worden war, lehrte ihn eine einfache Berechnung, dass die mittlere Wartezeit für eine Sozialwohnung 3,3 Jahre betrug. Es gab schlichtweg zu wenig günstige Wohnungen. Wer eine Sozialwohnung suchte und keine Dringlichkeit nachweisen konnte, musste sich in Geduld üben.

Die Stadt hatte in den vergangenen Jahren auf Wohnungen im mittleren und oberen Preissegment gesetzt, um gut ausgebildete und kapitalkräftige Haushalte am Ort zu halten oder sogar erst neu zu gewinnen. Offiziell hieß das: »Großflächige Neustrukturierung für ein besseres Gleichgewicht im Wohnangebot«.

Für Peters und Kees Reihenhauskarree am Ketelplein waren hundertzwanzig Sozialwohnungen abgerissen worden. Deren Bewohner wurden in Viertel am Stadtrand geschickt: Ommoord, Nesselande, Hoogvliet, Spijkenisse. Manche waren sogar ins Umland katapultiert worden. Für niedrige Einkommen gab es immer weniger Platz. Sie passten nicht zur Erfolgsgeschichte von Rotterdam, einer Geschichte von urbaner Wiederbelebung und Gentrifizierung.

Eigentlich gab es für Dschemine keine Lösung, außer

durch magische Kräfte. Man musste in den Zauberhut greifen, das Unmögliche wahr machen. Drei Komma drei Jahre, so lange konnte Dschemine nicht warten. Um ihre Finanzlage aufzubessern, brauchte sie dringend eine offizielle Adresse.

Für Wohnungen auf dem freien Markt gab es keine Wartelisten. Die Mieten waren höher, und oft musste eine Kaution bezahlt werden. Peter besuchte die Websites mehrerer Makler und studierte das Angebot bezahlbarer Unterkünfte, klickte sich durch Fotos kahler Wände, alter Küchen und Bäder mit Stockflecken. Ohne einen gehörigen Schuss Fantasie konnte man davon depressiv werden.

Peters Griff in den Hut kostete 1950 Euro – eine Monatsmiete plus zwei Monate Kaution. Eine Lösung, die außerhalb von Dschemines Möglichkeiten lag, nicht jedoch außerhalb derjenigen Peters. Er überwies den Betrag an ein Maklerbüro in Charlois. Noch am selben Tag unterschrieb Dschemine ihren Vertrag für eine Wohnung in der Madeliefstraat – »Madelief« wie »Gänseblümchen«. Der Name klang schöner, als die Wirklichkeit war, doch die Wohnung hatte einen kleinen Garten, ein Wohn- und zwei Schlafzimmer, eine Küche und ein Badezimmer mit Fenster.

Peter startete sofort den Antrag auf Wohngeld und telefonierte außerdem mit der Berechnungsstelle der allgemeinen Sozialversicherungen. Er bekam eine freundliche Dame an den Apparat, die positiv auf seine Bitte reagierte, das Kindergeld rückwirkend zu gewähren. Er müsse nur eine Schulbescheinigung von Dschemines Sohn vorlegen. Der ging seit vier Jahren auf die städtische Grundschule und sprach die Landessprache mittlerweile beinahe perfekt.

Peter schrieb eine E-Mail an das Schulsekretariat. Am nächsten Tag brachte Dschemines Sohn die gewünschte Bescheinigung nach Hause, und keine achtundvierzig Stunden darauf mailte die Berechnungsstelle, das Kindergeld werde rückwirkend bewilligt. Es war wie Zauberei, in Dschemines Augen zumindest – sie hatte Arbeit, eine offizielle Adresse und Geld auf dem Konto.

Innerhalb von drei Wochen hatte Peter alle finanziellen Probleme Dschemines gelöst. Alle Mahnungen waren beantwortet, der Zahlungsrückstand beim Energieversorger war behoben, und die Monatsraten der Tilgungsvereinbarung mit dem Inkassobüro wurden automatisch abgebucht.

Es war wie ein alles vernichtender Erdrutsch gewesen: Der eine Zahlungsverzug hatte zum nächsten geführt, war angeschwollen zu einer Riesenlawine, die alles unter sich begraben hatte. Jetzt war der Verwüstung Einhalt geboten. Der Gerichtsvollzieher waltete nicht seines Amtes; das Sofa, der Fernseher, der Herd und der Föhn konnten an ihrem angestammten Platz bleiben.

Dschemine bestand darauf, Peter das gesamte dem Makler überwiesene Geld zurückzuzahlen, doch der wollte davon nichts wissen. »Jetzt nicht«, sagte er zu ihr, »später vielleicht, wenn du auf sicheren Füßen stehst.«

Vorläufig musste sie Ordnung in ihr Leben bringen und dafür sorgen, dass keine neuen Schulden aufliefen.

»Dann ich kommen putzen gratis.«

»Das ist wirklich nicht nötig.«

Schließlich sollte sie dieses Geld gerade nicht zurückzahlen müssen, es sollte keine neue Verbindlichkeit werden. Das war es ja, wofür der Zauberhut stand: eine Lösung außerhalb des Systems. Für ein Geschenk, aber noch mehr für Vertrauen.

Auf den letzten Besuch bei Ellen und Edvard war keine Gegeneinladung erfolgt. Dafür war Kee nun zusammen mit Ellen zu einer Probestunde ins Yogastudio gegangen. Sie hatte ihre grünen Leggins angezogen, die einzige Sporthose, die sie besaß. Ellen trug grell leuchtende Farben. Kees Augen blieben an ihrem Hintern hängen, oder lag das an dem kreischenden Rosa?

Sie selbst fühlte sich wegen ihres Körpers unsicher und hatte darum ein weites T-Shirt angezogen, kein enges weißes Top von Nike wie Ellen. Durch den Stoff sah man ihre Brustwarzen.

Der Yogaraum hatte eine große Spiegelwand und einen türkisfarbenen Boden, auf dem sie ihre Matten ausrollten, Ellen hatte auch für Kee eine dabei. Auf Anraten der Nachbarin hatte Kee eine Trinkflasche mitgenommen, ihre gelbe von Dopper. Als sie sich umschaute, sah sie, dass fast alle im Kurs eine Flasche dieser Marke benutzten – in Hellblau, Rosa, Violett oder Rot, fast alle Farben waren vertreten. Ellen hatte eine dunkelgrüne. Es gab auch Leute ohne Dopper, aber eine Einwegflasche benutzte niemand.

Kee erkannte eine Mutter von Tristens und Ewans Schule und eine Frau, die sie ab und zu im Biomarkt sah; die hatte ihr zugewunken. Es gab auch zwei Männer, mindestens zwanzig Jahre jünger als sie, möglicherweise Studenten.

»Der mit den langen, dunklen Haaren«, flüsterte Ellen. »Mit dem hätte ich gern einmal Sex. Und du?«

Kee fühlte sich einen Augenblick überrumpelt, musterte dann aber die Männer. Beide waren gut aussehend und groß, doch Kee fand sie vor allem sehr jung.

»Na?«

»Könnte ich mir auch gut vorstellen«, antwortete Kee. Doch beim Anblick der beiden jungen Typen tat sich bei ihr überhaupt nichts.

»Dann warte erst mal, bis du Sören siehst.«

»Wen?«

»Den Yogalehrer.«

Kee betrachtete sich im Spiegel. In dem langen T-Shirt sah sie zum Davonlaufen aus; eine arbeitende Mutter, die Frau eines Mannes, der nie selber kochte. »Begehrenswert« war ein Begriff vom anderen Stern.

Zuvor hatten sie bei Ellen Pfefferminztee getrunken, aus frischen Minzblättern. Sie hatten am Tisch im Wohnzimmer gesessen. Die Delle in der Wand war inzwischen zugespachtelt und überstrichen, aber es war nicht ganz perfekt. Edward hatte RAL 9001 genommen und nicht RAL 9010.

»Wir lassen es vorläufig so«, hatte Ellen gesagt. »Eine Art Waffenstillstand.«

»Man sieht kaum einen Unterschied.«

»Findest du?«

»Na ja, ein bisschen.«

»Ich finde es einen Unterschied wie Tag und Nacht.«

Kee warf noch einen Blick auf die Wand.

»Wir haben zwei Tage nicht miteinander gesprochen.«

»Zwei Tage?«

»Zwischen Reinweiß und gebrochenem Weiß liegen Welten.«

Alle Menschen leiden, dachte Kee. Auf viele unterschiedliche Weisen, aber leiden tun alle.

»Und wie geht's dir?«

Die Frage hatte Kee kommen sehen. Sie wusste, dass sie ihre Tränen von neulich erklären musste. Für einen Moment überlegte sie, etwas von »Müdigkeit« und »Stimmungsschwankungen« zu sagen. Es stimmte ja auch, es war kurz vor ihren Tagen gewesen, aber das war nur die halbe Wahrheit.

»Besser«, sagte sie schließlich.

Sie hatte keine Lust, von sich zu erzählen, doch Ellen gab sich mit der Antwort nicht zufrieden. Sie schaute sie an, erwartete eine detaillierte Schilderung ihrer Ehekrise.

»Erzähl.«

Kee fühlte sich überrumpelt: Da wirst du auf einen Tee eingeladen, und gleich sollst du einen Seelenstriptease hinlegen, alle Probleme auf den Tisch packen und davon erzählen.

»Wir haben ziemlich viel Stress, dann sind da die Kinder, die Aufmerksamkeit brauchen, und wir zwei Eltern, die ihre Karrieren verfolgen. Versuch da mal, Zeit füreinander zu finden.«

Am Blick ihrer Nachbarin versuchte sie zu erkennen, ob ihre Antwort detailliert genug war.

»Ja«, sagte Ellen. Oder sagte sie: »Tja!«?

»Manchmal denke ich, wir müssen nur durchhalten, diese Phase irgendwie überstehen. Dann finden wir wieder zusammen.«

Meinte sie das wirklich? Wollte sie noch, dass alles wieder gut würde?

»Warum nimmst du dir keinen Liebhaber?«

Ja, warum tat sie das nicht? Aber was war das für eine Frage, noch dazu von einer Nachbarin? Doch die Frage war nun mal gestellt, sie hatte sich nicht verhört.

Sie überlegte. Wünschte sie sich einen Liebhaber? Hatte sie überhaupt Zeit für so was? Hatte sie Angst, sich zu verlieben?

»Ich weiß nicht«, antwortete sie. »Ich denke, letztlich will ich es meiner Familie nicht antun.«

»Im Krankenhaus kenne ich drei Kolleginnen, die haben einen Liebhaber *und* eine Familie. Das geht prima zusammen.«

Kee nahm einen Schluck Tee. Sie glaubte nicht, dass Männer sich noch für sie interessierten. Sie gefiel sich selbst nicht. Nicht so wie früher zumindest.

»Eine von ihnen hat sogar zwei.«

Wenn Kee ihre Jeans auszog, sah sie den Knopfabdruck auf ihrer Haut.

»Zwei Liebhaber und einen Ehemann?«, sagte Kee, »kommt mir eher vor wie Leistungssport. Ich schau erst mal, wie ich den Yogakurs heute überlebe.« Sie lachte kurz, spürte aber, wie ihr Bauch mitschwabbelte. Zumindest fühlte es sich so an.

»Sie ist Chirurgin in der Abteilung für Orthopädie. Sie hat beide operiert, der eine ist Tänzer, der andere Fußballer.«

»Und ihr Mann?«

»Der ist Architekt, der fliegt die ganze Zeit in der Weltgeschichte herum.«

»Weiß er davon?«

»Nein.« Ellen blies kurz über ihren Tee. »Ich würde so was auch nicht wissen wollen.«

Es klang plausibel. Ein Mann, der die eine Woche in Toronto und die andere in Tianjin ist, eine Frau, die seine Abwesenheit kompensiert. Aber warum zwei Liebhaber und nicht einen?, fragte sich Kee. Wie oft hatte diese Chirurgin noch Sex mit ihrem Mann? Und die Kinder? Wer sorgte für die? Hatten sie ein Au-pair?

»Siehst du ab und zu mal einen Mann, mit dem du sofort ins Bett steigen möchtest?«

Kee schüttelte langsam den Kopf. Sie war vierzehn Jahre verheiratet und noch nie fremdgegangen.

»Ich sehe überall welche.«

Kee schaute zur Wand, auf die gespachtelte Stelle. Sie versuchte, den himmelweiten Unterschied zwischen Reinweiß und gebrochenem Weiß zu ergründen.

Die Wand des Yogaraums, nicht die mit dem Spiegel, sondern die an der Stirnseite, war in RAL 9016 gestrichen, »Verkehrsweiß«. Auf der Wand stand geschrieben: »*Short, tall, heavy or light. Rich, poor, black or white. Young, old, bendy or blue. We're all different but equal too.*«

War das ein Gedicht? Oder der Leitsatz des Yogastudios? Kee fand den Text vollkommen absurd. Bis auf die zwei jungen Männer waren alle um sie herum weiße Frauen zwischen dreißig und fünfundvierzig. Von Diversität keine Spur, außer die Farben der Leggins und Trinkflaschen sollten dafür stehen.

Alle waren gleich, weil niemand anders war, nicht wirklich jedenfalls. Nicht arm, nicht dunkelhäutig, nicht dick. Auch Kee war nicht wirklich dick. Nicht wie die Frauen auf dem Spielplatz am Ketelplein, Frauen, die sie noch nie auf dem Fahrrad gesehen hatte, die immer Süßigkeiten und Chips dabeihatten. Ihre Kinder waren noch keine sechs und schon übergewichtig.

»Warum kriegen wir nie was Süßes?«, fragten Tristen und Ewan sie jedes Mal. Warum immer nur Äpfel, Karotten und Gurken? Weil das gesund war, vor allem aber, weil sie ihren Kindern eine faire Chance geben wollte. Weil sie es sich nie verzeihen könnte, wenn ihre Jungs später einmal nicht mitkämen oder sich ausgeschlossen fühlten. Weil sie sie nicht schon vollgestopft mit Frustrationen in die Gesellschaft entlassen wollte.

»Und? Habe ich zu viel versprochen?«, fragte Ellen, als ein Mann mit Headset den Yogaraum betrat. Er stellte sich auf ein kleines Podest und rief: »Get high up on your tippy top toes!«

»Ist der nicht schwul?«

»Sören? Wie kommst du denn da drauf?«

Der Yogalehrer war hübsch, das stimmte. Tiefblaue Augen und eine bronzefarbene Haut.

»Na?«

Was wollte Ellen jetzt hören? Dass sie mit ihm ins Bett, ihn bespringen wollte, das Becken vorwärts und rückwärts bewegen? Sie wusste noch, dass sie früher solchen Sex gehabt hatte, auch mit Peter, aber das war eine andere Frau gewesen, ein anderes Paar.

»Wenn er schwitzt, glänzt seine Haut, sein ganzer Körper.«

Kee fand, dass seine Haut jetzt schon glänzte.

»Seinen Hintern solltest du erst mal sehen!«

»Hast du den …?«

Ellen lachte, gab aber keine Antwort.

»Mittwochs ist Jodi hier. Dann ist es noch voller.«

»Jodi?«

»Du kannst ein Dauerabo nehmen. Dann darfst du alle Yogakurse besuchen.«

Etwas in ihr war wachgerüttelt worden. Sie spürte es im Schritt, doch ihre Gedanken richteten sich nicht auf den Yogalehrer mit dem knackigen Hintern. Sie dachte an Tarzans riesigen, geriffelten Schaft, an ihre Nachttischschublade im Dunkel der Nacht. Im nächsten Moment war wieder verschwunden, was auch immer da kurz aufgeflammt war.

Sie mussten sich auf ihre Matten legen. Der Boden war ein Meer in der Südsee, und ihre Körper trieben darin wohlig herum. Für einen Moment dachte Kee an ihre Brüder, die in Stiefeln über die Äcker stapften, über Raupen und Käfer fluchend.

»It's time for our core chapter«, sagte der Lehrer.

Vielleicht war sie auf dem Holzweg. Nicht nur mit ihrer Ehe, mit ihrem ganzen Leben hier in der Stadt. Sie war ein Mädchen vom Land, Kind von Kartoffelbauern. Das Taschentuch ihres Vaters war schwarz von Erde gewesen, wie auch das Taschentuch seines Vaters davor.

Warum war sie nicht in Zeeuws-Vlaanderen geblieben? Immer öfter hatte sie das Gefühl, sich ans Stadtleben nie gewöhnen zu können. Sie ärgerte sich über die Getränkedosen überall draußen, die Schalen von Sonnenblumenkernen, über die Abfälle, die *neben* den Einwürfen der unterirdischen Hausmüllcontainer herumlagen. Jede Woche landete eine halbe Inneneinrichtung auf der Straße: Matratzen, Schränke, Stühle, Wäschekörbe, Elektrogeräte.

Warum brachten Leute ihre kaputten Sachen nicht zum

Recyclinghof, wie sie es mit ihrem alten Sofa und dem defekten Toaster gemacht hatte? Warum antworteten die Mütter im Tschador nie in der WhatsApp-Gruppe der Klasseneltern? Warum halfen sie nie beim Osterfrühstück oder machten mit beim landesweiten »Tag des Stadtgrüns«? Kee wagte ihre Brüder nicht nach Rotterdam einzuladen, weil sie rassistische Bemerkungen fürchtete.

Außerdem bezweifelte sie, ob ihre Brüder der Einladung überhaupt folgen würden. Sie waren in ihrem fetten, fruchtbaren Boden verwurzelt, den Erdklumpen und der Ackerfrucht. Halalfleisch und Kopftücher waren kein Thema für sie, sie kannten es nicht. Wie sollte sie ihnen verständlich machen, dass Kinder bis elf Uhr abends draußen spielen durften, obwohl sie am nächsten Morgen um halb neun in die Schule mussten? Wie ihnen erklären, dass in der Gegend eine Rattenplage herrschte?

»Konntest du dich entspannen?«, fragte Ellen nach dem Kurs.

Kee keuchte. Sie konnte nicht mehr, sie war erschossen.

»Am Anfang muss man sich erst dran gewöhnen.«

»Ich weiß nicht, ob das was für mich ist«, antwortete Kee.

»Ich hab auch ein paar Stunden zum Reinkommen gebraucht, aber jetzt finde ich es herrlich. Alle Spannungen fallen von mir ab, und ich fühle mich stärker. Ich bin dem Tag besser gewachsen und allem, was mir so begegnet.«

Offenbar war Kees Körper nicht für Yoga gemacht, für Haltungen wie die »Mondsichel« und den *downward facing dog*. Eigentlich wollte sie aufgeben. Nicht durchhalten, Zähne zusammenbeißen, sondern den einfachen Weg wählen. Nach Hause, den Laptop aufklappen, Kopfhörer in die Ohren und in den sozialen Medien Katzenvideos gucken.

»Du wirst von Woche zu Woche gelenkiger, und dann gehen die Übungen auch leichter.«

Kee hatte das Gefühl, immer steifer zu werden. Verspannter, verkrampfter.

»Ich muss noch mal drüber nachdenken«, erwiderte sie.

So gingen sie die Straße entlang, Ellen in ihrem engen Top. Sie hatte ihre Jacke um die Hüfte geschlungen. »Was für eine Hitze!«, hatte sie gerufen. Kee bemerkte, wie Männer sie anstarrten, die Blicke automatisch auf ihre Brustwarzen gerichtet.

Sie wollte sich auch stärker und dem Tag besser gewachsen fühlen, aber sie hatte Angst vor allem, was ihr begegnete.

Für den Abend war eine Versammlung zwischen alteingesessenen und neuen Bewohnern des Viertels organisiert worden, die erste ihrer Art. Anlass waren die Spannungen zwischen den beiden Gruppen, die Klagen wegen Lärmbelästigung, Müll, Ratten, auf dem Platz herumhängenden Jugendlichen. Sie wusste nicht, ob sie sich dem noch gewachsen fühlte: den Konfrontationen, den Beschwerden, dem ganzen Ärger. Der WhatsApp-Gruppe, die bestimmt wieder explodieren würde.

»Bis heute Abend«, sagte Ellen, als sie vor ihrer Haustür standen.

»Bis heute Abend«, erwiderte Kee und ging weiter zu ihrem Reihenhaus mit fünfzig Quadratmetern Garten nach Südosten, Geräteschuppen und Privatparkplatz. Bevor sie die Haustür öffnete, holte sie einmal tief Luft.

ELF

Alle Plätze im Nachbarschaftszentrum waren besetzt. Selbst in den Türöffnungen standen Interessierte. »Eine tolle Beteiligung«, sagte der Vorsitzende des Stadtbezirksrats und hieß alle Anwesenden herzlich willkommen. Die Lindkes saßen nebeneinander. Zu Kees großem Erstaunen hatte Peter mitkommen wollen. Für einen Moment hatte sie überlegt, dann lieber selbst zu Hause zu bleiben, aber zu guter Letzt hatte sie doch die Babysitterin angerufen.

Nach dem Yogakurs hatte Kee sich aufs Sofa gelegt und auf Facebook ein Video geguckt, in dem ein nach einem Stromstoß regloses Eichhörnchen von einem zufälligen Passanten wiederbelebt wurde. Nach zwei langen Minuten war das putzige Tierchen wieder zu sich gekommen. Der Film war von neun Freundinnen geteilt und von zig Usern geliked worden. Für einen Moment befand Kee sich in der perfekten Blase, wurde dort jedoch jäh herausgerissen, als Ewan mit einer blutigen Nase vor ihr stand, sein T-Shirt voller Flecken.

»Große Jungs«, sagte er unter Strömen von Tränen. »Sie haben mich von der Rutsche geschubst.«

Jetzt kam auch Tristen. Er hatte eine Schramme im Gesicht, sein Haar war feucht. Kinderschweiß – herrlich, ein Geruch wie von Sand.

»Sie haben gesagt, wir sollen uns verziehen, weil der Platz ihnen gehört.«

»Nicht zu glauben!«, rief Kee. Sie nahm ein Papiertaschentuch und drückte es Ewan an die Nase.

»Mohsin hätte dableiben dürfen, aber er ist mit uns gegangen.«

»Da haben sie ihm hinterhergerufen: ›Verräter!‹«

»Wenn wir da noch *einmal* spielen, schlagen sie uns zu Brei.«

»Haben sie das gesagt?«

»Ja, und dass wir uns in unseren Innenhof verpissen sollen.«

War das noch ein gewöhnlicher Streit unter Kindern wie zum Beispiel über ein geschossenes oder ungültiges Tor oder wer sich zuerst frei geschlagen hatte?

»Ich hab gesagt, dass wir auch auf dem Platz spielen dürfen«, erklärte Ewan, »aber da haben sie gerufen, warum sie dann nicht in unseren Innenhof dürfen.«

Kee erschrak vor den erwachsenen Proportionen dieses Konflikts, seiner Tragweite. Wem gehörte der Ketelplein? Wer bestimmte die Regeln? Wer hatte mehr Rechte? Und warum war ein Parkplatz mit einem Zaun gesichert?

»Darf ich mein Handy haben?« Tristen schaute Kee an mit einem Blick, von dem er wusste, dass sie ihm nicht lang standhalten würde. Er hatte eine Mutter, die gegen Bildschirme war, gegen Handys und Spielkonsolen. Sie waren schlecht für die kindliche Entwicklung, für ihre Kreativität, ihren Stimmungshaushalt. Kinder spielten dadurch weniger draußen.

Tristen hatte es probiert, zusammen mit seinem Bruder. Sie hatten auf dem Ketelplein gespielt, aber sie waren beschimpft, geschubst und geschlagen worden. Er schaute seine Mutter immer noch an, hartnäckig, bis sie nachgeben würde.

»Gut«, sagte sie, »eine halbe Stunde!«
»Eine Dreiviertel!«
»Aber keine Minute länger.«
»Darf ich dann gamen?«, fragte Ewan.
»Hast du gestern nicht erst deine Game-Stunde gehabt?«

Für Handy, Laptop und PlayStation galten Regeln: wann, wie lange und wie oft. Doch diesen Kampf würde sie verlieren. Sie wusste, was ihr Sohn jetzt antworten würde, sie hörte es ihn geradezu denken.

»Du hängst doch selbst grad am Bildschirm.«

Sie nickte. Sie hatte keine Lust zu diskutieren und auch nicht, jetzt nach draußen zu gehen. Sie wollte zurück in ihre Blase, wo Hunderte Fotos und Videos auf sie warteten. Wenn sie jetzt auf den Ketelplein ginge, würden die großen Jungs wegrennen oder abstreiten, dass sie Ewan von der Rutsche geschubst hatten, oder sagen, ihre Jungs hätten angefangen, sie als »Scheißmarokkaner« beschimpft. Dann stand sie da als parteiische Mutter, als voreingenommene Richterin, die nichts beweisen konnte.

Es hatte schon Eltern gegeben, die waren wutschnaubend nach draußen gestürmt und in Beschimpfungen ausgebrochen. »Lügner!«, hatten sie gerufen, fauchend, rot glühend. »Eine Bande Lügner seid ihr!« Einem Vater war sogar mal die Hand ausgerutscht. Kein Schlag, aber ein Stoß, doch auch von dieser Geschichte gab es verschiedene Versionen, und so nahm die Polarisierung immer mehr zu, weniger als vierzig Meter von ihrer Haustür entfernt.

Edward und Ellen ließen ihre Kinder nicht mehr auf dem Ketelplein spielen, nicht ohne ihre Begleitung zumindest.

In der WhatsApp-Gruppe diskutierten Eltern über den Begriff »öffentlicher Raum«. Manche fragten sich, ob es den denn noch gebe, wenn Kinder weggeekelt und zusammengeschlagen wurden, man ihnen die Fahrräder abnahm. Irgendwo anders hinzugehen, habe keinen Sinn: Auch auf anderen Plätzen und asphaltierten Spielflächen galt das Recht des Stärkeren.

Man musste Straßenkämpferqualitäten und Gerissenheit besitzen, sonst überlebte man nicht, hatte im öffentlichen Raum nichts verloren. Kee fragte sich, inwieweit die Kinder der Neuzugezogenen diesem harten Pflaster gewachsen waren. Warum brauchten sie die Aufsicht ihrer Eltern und andere Kinder nicht? Sah man überhaupt noch Mädchen auf öffentlichen Plätzen spielen?

Ein älterer Illustrator hatte einmal zu ihr gesagt, der öffentliche Raum seien heutzutage das Smartphone und die Spielkonsole. Hier träfen sich die Kinder, hier kommunizierten sie, hier spielten sie miteinander, und dieser Raum sei sehr wohl sicher. Kee hatte dem Kollegen aus tiefster Seele widersprochen: Ihre Kinder spielten noch ganz normal draußen und hätten weder Spielkonsole noch Handy. Doch das war vor einigen Jahren gewesen, als sie noch in ihrer alten Gegend wohnten, nicht in diesem sozial gemischten Quartier. Mit alten und neuen Bewohnern.

Der Erste, der im Nachbarschaftszentrum den Mund aufmachte, war der Nachbar aus Nummer 33, derselbe, der immer sofort auf WhatsApp reagierte. Er beklagte sich über die Jugendlichen, die ständig auf dem Platz herumhingen. Sie machten den ganzen Abend lang Krach und ließen ihren Dreck hinterher einfach liegen. Der Nachbar bekam Beifall von Hausnummern 5, 12 und 24 sowie von Edward und Ellen. Der gebildete mündige Bürger erhob seine Stimme. Die Alteingesessenen schwiegen. Ein paar Frauen schüttelten den Kopf. Manche hatten ihre Kinder mitgenommen, Babys, die bei ihnen auf dem Schoß saßen, aber auch Jungs in Tristens und Ewans Alter. Kee sah einen Jungen, den sie ertappt hatte, als er die Rispenhortensien aus einem Blumenkübel gerissen hatte. Sie hatte ihn zur Ordnung gerufen, aber er hatte nur gelacht. Er hatte sie ausgelacht.

Sie war mit frischem Mut zu dieser Versammlung gekommen. Schließlich konnte es nicht sein, dass ihre Kinder blutige Nasen bekamen, bloß weil sie draußen spielen wollten. Sie wollte für ihre Söhne eintreten. Ein Bildschirm von sieben mal dreizehn Zentimetern war kein Ersatz für das Spielen im Freien. Das war lächerlich, so wie es auch lächerlich war, seinen Kindern zu verbieten, auf dem Platz draußen zu spielen. Dann konnte sie gleich ihre Sachen packen, nach Zeeuws-Vlaanderen zurückkehren und mit ihren Brüdern über »Ausländer« herziehen. Nein, sie war keine Rassistin und wollte es auch nicht werden. Sie wählte links und glaubte an eine Gesellschaft, die allen gleiche Rechte gewährte.

Jetzt wusste sie wieder, warum sie Zeeuws-Vlaanderen verlassen hatte. Okay, da gab es einerseits die Schönheit der Landschaft, das Mosaik von Feldern und Weiden, die Höfe, die sich dahinwindenden Deiche. Andererseits war da aber auch die Beklemmung, die Enge eines einförmigen Lebens. Die ewige Wiederholung der Tage, der Jahreszeiten, aber auch von Menschenleben. Ihre Brüder und ihr Vater taten exakt das Gleiche wie davor ihr Großvater, als sei jede Generation haargenau derselben Gussform entsprungen. Mit vierzig hatten sie alle Gelenkschmerzen. Kee hatte nicht als Hausfrau enden wollen wie ihre Mutter und ihre Tanten, wie ihre zwei Großmütter. Sie brauchte Luft zum Atmen, aber anders als die in Zeeuws-Vlaanderen.

»Auf dem Platz stinkt es auch nach Pisse«, sagte eine junge Frau, aus Nummer 26, wenn Kee sich nicht irrte. »Und die stammt nicht von Hunden.«

»Von uns aber auch nicht«, sagte ein Junge ganz vorn. Er erzählte, dass er oft mit seinen Freunden dort sitze. »Wo ist da das Problem? Es ist ein öffentlicher Ort.«

Es war das erste Mal, dass die Neuzugezogenen Kontra bekamen, die erste Gegenstimme.

»Wir quatschen einfach ein bisschen zusammen und gucken Filmchen.«

»Ihr raubt mir den Schlaf!«, rief jemand.

»Mich stören die nicht«, rief jemand anders zurück.

»Wisst ihr, was mich stört?«, sagte der Junge. »Die Polizei, die mich und meine Kumpel fotografiert. Was haben wir verbrochen? Ich bin sechzehn, ich darf doch draußen ein bisschen chillen? Ich hab kein Geld, in die Stadt zu gehen. Darum treffen wir uns draußen auf dem Platz.« Er hielt ein Plädoyer für das Recht auf Herumhängen, auf Chillen. Was sollte man als Jugendlicher sonst machen? Er bekam Applaus von seinen Kumpeln.

»Warum ruft ihr immer sofort die Polizei?«, fragte ein Mann. »Ihr könnt doch auch einfach mit unseren Jungs reden. Es sind keine Kriminellen.«

»Einmal bin ich nachts nach draußen gegangen, aber das mache ich nie wieder, nachdem so ein paar Typen mich da beschimpft und bespuckt haben.«

»Mir ist das auch schon passiert.«

Für einen Moment war es still. Da sagte ein Mann hinten im Raum: »Früher hat es hier nie Probleme gegeben. Die Klagen sind erst mit den neuen Häusern gekommen.«

»Dass es keine Klagen gegeben hat, heißt ja noch nicht, dass die Probleme nicht da waren«, konterte Edward.

»Ich wohne seit siebenunddreißig Jahren hier, und früher gab es bei uns kein ›wir‹ und kein ›sie‹«, sagte ein Mann neben Kee.

Sie wollte etwas erwidern. Sie wollte nicht schweigen, nicht kapitulieren, aber sie spürte, wie alle Energie, alle Angriffslust aus ihr entwichen. Wie aus einer Wunde, die sich nicht mehr schloss. Kee fragte sich, ob es nicht einfach naiv gewesen war, in diese Gegend zu ziehen. Irgendein Stadtdezernent hatte sich ausgedacht, dass ein Teil des Viertels teuren Wohnungen weichen sollte. Es würde für mehr Gleichgewicht, für bessere soziale Durchmischung sorgen. Niemand hatte Fragen gestellt, sich näher mit dem Thema »gesteuerte Gentrifizierung« beschäftigt. Wer sagte, dass Arm und Reich im selben Viertel wirklich voneinander profitierten? Führte das nicht eher zu noch größeren Spannungen?

»Die Polizei macht doch überhaupt nichts!«, sagte eine ältere Dame. »Im Ramadan haben die auf dem Platz mit dem Krawallvolk gemütlich Süßigkeiten geschleckt. Ich hab's mit eigenen Augen gesehen!«

»Sie wären uns auch willkommen gewesen«, sagte eine andere Frau.

Wieder wurde geklatscht.

»Ich musste am nächsten Morgen zur Arbeit, um halb sieben aufstehen!«

»Wir haben zuerst hier gewohnt!«, rief ein Mann ganz vorne im Raum.

»Und jetzt wohnen wir hier.«

Auf Facebook wurden Videos von Hunden und Katzen, Kanarienvögeln, Meerschweinchen, Kaninchen, Wildschweinbabys und Schildkröten gepostet, die sich auf Abertausende gehobener Daumen freuten. Kee dachte an den einfachen Weg. Etwas *liken*, gut finden als Heilmittel gegen alles Unbehagen.

»Könnte man auf dem Platz keine Kameras aufhängen?!«

»Oder einen Zaun drumrum, so wie bei euch?«

»Ja, mit einem fetten Schloss!«

»Das macht mich ganz traurig«, hörte man plötzlich die Stimme einer Frau von ganz hinten. »Echt total traurig.« Die Frau redete ruhig und gefasst. Kee schaute sich um. Es war die Nachbarin, deren Kinder Stabheuschrecken hielten. »Wir wollen hier am Platz doch alle angenehm wohnen«, sagte sie, »und dass unsere Kinder ungefährdet draußen spielen können. Hören wir auf, einander immer nur zu beschimpfen, und schauen wir stattdessen, ob wir nicht kreative Lösungen finden.«

Es wurde von mehreren Leuten geklatscht, auch von Müttern mit Kopftuch.

»Wäre es nicht eine Idee, eine WhatsApp-Gruppe mit Alteingesessenen und Zugezogenen zu gründen?«

Ein paar Leute nickten. Kee hörte, wie Peter neben ihr stöhnte. Sie selbst hatte auch keine Lust auf noch eine

WhatsApp-Gruppe, noch mehr Geplapper, noch mehr Frustrationen.

»Wir könnten auch ein paarmal pro Woche abends mit einer Anwohnergruppe eine Runde durchs Viertel drehen.«

»Da würde ich mitmachen«, sagte die Nachbarin, die sich über den Uringeruch auf dem Platz beklagt hatte.

»Ich auch.«

Einige Leute hoben die Hand. Alte und neue Anwohner. Auch Kee.

Peter reagierte giftig, sein eingeschliffenes Muster. »Mit den Nachbarn durchs Viertel spazieren«, flüsterte er, »viel Vergnügen!«

Kee ließ ihre Hand oben.

Eigentlich wollte sie ihm ins Ohr flüstern: »Wann gehst du mit mir mal spazieren? Hast du dazu überhaupt noch Lust?«

Endlich kam der Stadtbezirksratsvorsitzende in Aktion. Er zählte die Hände. »Das ist doch eine beachtliche Gruppe«, sagte er lächelnd. Er war sichtlich zufrieden. Er konnte dem Stadtdezernenten etwas Positives berichten. »Gibt es noch andere Ideen?«

Vielleicht sollten sie sich ein Haustier zulegen, dachte Kee. Einen Labradoodle, mittelgroß, mit weichen, weißen Zotteln. Einen Hund zum Knuddeln. Dann könnten sie mit ihm Gassi gehen. Vielleicht sogar zusammen, als glückliche Familie. Auf dem Hof hatten sie früher einen Schäferhund gehabt. Der wachte vor ihrem Zimmer.

»Ich finde, der Platz braucht eine gründliche Renovierung«, sagte Ellen. »Die Spielgeräte sind absolut langweilig, und die Bänke haben ihre beste Zeit gehabt. Warum keine Picknicktische?«

»Die Bänke sind wirklich grässlich«, sagte eine der Mütter aus den Mietwohnungen.

»Meine Trainingshose ist zerrissen!«, rief plötzlich der Junge mit dem Plädoyer fürs Herumhängen und Chillen. »Jetzt ist ein Loch drin, direkt am Hintern. Wie schrecklich!« Es wurde gelacht. Zum ersten Mal an dem Abend.

»Braucht der ganze Platz nicht ein totales Makeover?«, fragte Kee.

»Wie meinen Sie das?«, fragte der Vorsitzende des Stadtbezirksrats.

»Eine völlige Neugestaltung, ein grüner Erlebnisraum mit viel mehr Spielmöglichkeiten.«

»Interessant.«

Dieses Wort war fast genauso schlimm wie »sehr speziell«, doch Kee ließ sich nicht beirren. Sie dachte laut nach: »Baumstämme zum Balancieren, ein trockenes Bachbett mit Wasserpumpe und natürlich ein Baum zum Klettern«, sagte sie. Sie redete sich regelrecht in Begeisterung, zum ersten Mal seit Langem. »Hütten aus Weidengeflecht sind auch sehr schön. Wir könnten Sträucher pflanzen mit Platz zum Verstecken.«

»Da machen meine Kinder sich dreckig.«

»Das ist doch nicht so schlimm.«

»Ich will nicht, dass meine Kinder mit verdreckten Klamotten nach Hause kommen«, sagte eine andere Mutter.

Angst vor einer zusätzlichen Wäsche, vor den Kosten von Waschpulver und Elektrizität – oder einem Besuch im Waschsalon, doch von dem wusste Kee nichts.

»Eine grüne Umgebung stimuliert Kinder, sich zu bewegen«, versuchte sie es weiter. »Das ist gut für den Gemeinschaftssinn und die motorische Entwicklung.«

»Was redet die Frau da? Was soll das?«

»Findet sie meine Kinder zu dick?«

»Wenn ein Kind auf einen Baum klettert ...«

»Ich will nicht, dass mein Sohn auf einen Baum klettert. Was soll er da? Wenn sein T-Shirt kaputtgeht oder ein Loch reinkommt, wer bezahlt mir das?«

Über dieses Loch wurde nicht mehr gelacht. Mit dem Lachen war es vorbei. Endgültig.

Am selben Abend, nur später. Milde Temperatur, wenig Wind.

Auf dem Ketelplein hörte man Stimmengewirr; die Versammlung wurde noch einmal ausführlich besprochen. Eine Gruppe Jungen wollte Fußball spielen, wurde aber von den Frauen auf den Bänken zum Stillsein ermahnt. Ihre Männer warfen unschlüssige Blicke auf die neuen Häuser, die pseudohistorischen Fassaden mit weißen Dachsimsen. Dahinter wohnten die Leute, mit denen sie gesprochen, deren Ärger sie sich angehört hatten, aber auch deren Bedürfnisse, ihre Wünsche, Ideale.

Vielleicht gab es jetzt ein gewisses Bewusstsein, dass man zusammengehörte, einander brauchte. Was aber war das Rezept, um aus einem gewöhnlichen Platz das »Wohnzimmer der Gegend« zu machen, wie ein Stadtplaner das vor noch nicht langer Zeit einmal ausgedrückt hatte? Wie sorgte man in einer immer individualistischeren Gesellschaft für sozialen Zusammenhalt?

Auch die Neuzugezogenen evaluierten, doch jeweils für sich in der Intimität des gemeinsamen Schlafzimmers, umgeben von perfekt isolierenden Wänden. Manche Paare waren düster gestimmt und erwogen die Möglichkeit eines Umzugs ins Umland, andere hielten weiter am Traum von der inklusiven Gesellschaft fest.

Im Schlafzimmer der Lindkes herrschte kein Konsens. Kee war niedergeschlagen; sie fühlte sich gekränkt, ihre Idee für eine Platzbegrünung war ausgelacht worden. Peter fand, manche Anwesende hätten mit ihren Reaktionen übertrieben, doch insgesamt sei es ein wertvoller Abend gewesen.

»Was für eine Veranstaltung!«, sagte er.

»Ja, echt unglaublich!«

Beide lagen auf dem Rücken. Der Ozeangraben zwischen ihnen schien etwas schmaler, doch das konnte auch Zufall sein.

Kee fehlte der Sex. Vielleicht nicht direkt der mit Peter, eher der physische Aspekt und seine Wirkung allgemein. Sex machte milde und erzeugte ein Gefühl von Verbundenheit. Zwei Dinge, die sie schmerzlich vermisste. Sex entspannte.

Kee drehte sich auf die Seite, Peter auf den Bauch.

»Was für eine Kluft.«

»Ja, echt unglaublich.«

ZWÖLF

Zwei Tage nach der Anwohnerversammlung stand Dschemine vor der Tür. Es war kein Dienstag und auch kein Freitag. Es war ein Montag, der mit dichter Bewölkung begonnen hatte, der Himmel grau wie Schiefer. Dschemine hatte geklingelt, als komme sie zu Besuch.

Peter machte die Tür auf und sah, dass sie nicht allein war. Neben ihr stand ein junger Mann im dunkelblauen Trainingsanzug mit weißen Streifen. In der Hand hielt er eine Einkaufstüte der Supermarktkette Dirk.

Ob sie hereinkommen dürften, fragte Dschemine.

Am Esstisch sprachen sie erst über Dschemines neue Stelle. Sie erzählte, ein Kleinbus habe sie am ersten Tag zusammen mit sieben anderen Frauen in eine Feriensiedlung gefahren, wo sie Bungalows sauber gemacht hätten. »Ganz kleine Häuschen«, sagte sie. »Kleiner als eigene Wohnung.« Sie musste kichern: die Absurdität, dass winzige Häuser bei reichen Leuten für Urlaub standen, bei ihr dagegen für Scham und ständige Geldnöte.

Der junge Mann saß zusammengesunken daneben. Er blickte auf das Glas Wasser vor ihm. Peter und Dschemine tranken Kaffee. Zuerst hatte er überhaupt nichts gewollt, doch als Peter noch einmal nachgefragt hatte, hatte er geantwortet: »Ein Glas Wasser.«

Sein Name war Ilyas, und er war zwanzig Jahre alt. Er war ein entfernter Verwandter, ein Großneffe von einem guten Freund von Dschemines Mann. Der wusste nichts von diesem Treffen, und Ilyas Großonkel auch nicht. Es war seine Frau, die bei Dschemine losgeheult hatte.

Peter musterte den jungen Burschen. Er hatte ein jugendliches Gesicht mit fein geschnittenen Zügen, aber er wirkte gepeinigt. Zwischen dicken, dunklen Augenbrauen verlief eine tiefe Furche. Das Gesicht eines gequälten Dichters, schoss es Peter durch den Kopf. Sein lockiges Haar war lang und fettig, er hatte es mit Gel nach hinten gekämmt. Einen Moment suchte er Augenkontakt zu Peter, doch sofort huschte sein Blick wieder zu seinem Glas Wasser.

Dschemine nahm die Plastiktüte vom Boden und legte sie auf den Tisch. In der Tüte war viel mehr Post als seinerzeit in ihrer. Die Tüte lag auf dem Tisch wie ein Sack Steine.

Weder der Junge noch Peter rührten sich.

Dschemine nahm ein paar Umschläge aus der Tüte. Briefe mit Logos der Stadt, von einer städtischen Vermietungsgesellschaft und diversen Inkassobüros. Vermutlich hatte Ilyas die Post seit über einem halben Jahr nicht mehr geöffnet.

Peters Gedanken wanderten zu dem Brief, den er selbst vor Kurzem bekommen hatte. Er war vom Museum. In sachlichem Ton wurde ihm mitgeteilt, dass er seinen Schreibtisch ausräumen müsse. Diesen Brief hätte am liebsten auch er ungeöffnet gelassen.

»Bieter können helfen«, sagte Dschemine. Dasselbe hatte sie zu der Frau gesagt, die ihr unter Tränen von Ilyas berichtet hatte. Alles würde wieder gut. Sie kenne jemanden, der helfen könne. Ihr habe er auch geholfen.

Die Stille drohte wiederzukommen, das Schweigen, das fest werden konnte wie Beton.

»Bitte«, sagte Dschemine, »Bieter helfen.« Sie saß kerzengerade und schaute hoffnungsvoll zu dem Mann, der so gut war.

War das hier seine neue Berufung? Sollte dies seinem Leben ab jetzt einen Sinn geben? Anderen helfen, Menschen, die er nicht kannte, die er noch nie gesehen hatte, Menschen, mit denen nichts ihn verband?

Ilyas wartete auf Peters Antwort, das übliche »Nein«. Er wusste, es würde kommen. Manchmal dauerte es etwas länger, manchmal kam es sofort.

Peter fragte sich, was Kee denken würde, wenn sie ihn jetzt hier so sähe. Sie wäre sicher verblüfft. Was machte Peter zu Hause? Warum trank er Kaffee mit der Putzfrau? Wer war dieser Junge? Eigentlich verblüffte ihn selber, dass er hier saß, in dieser Gesellschaft. Für einen Moment schien er sich fremd geworden. War er jetzt jemand anders? Ging das so einfach? Oder hatte dieser andere Mann schon immer in ihm gewohnt? Woher wusste man eigentlich, wer man war?

Er versuchte, eine Verbindung zu entdecken zwischen dem Kurator für niederländische Barockmalerei und dem Mann, der für andere die Post öffnete, ihre Briefe las und sortierte, mit Inkassobüros telefonierte, Formulare ausfüllte und Kinder- und Wohngeld beantragte, doch er konnte nicht den geringsten Zusammenhang erkennen. Als schließe der eine den anderen aus. Aber war das denn so? Wird das, was wir sind, bestimmt durch das, was wir tun?

»Ich möchte gehen«, sagte der junge Mann. Er sagte es zu Dschemine. »Ich hab getan, was ich versprochen habe: Ich bin mitgekommen. Aber jetzt will ich gehen.« Er hatte keine Lust mehr. Dieser Mann war sogar zu feige zum Neinsagen.

Peter hatte sich bei dem Jungen auf schlechtes Niederländisch eingestellt, dass wie bei Dschemine die Sprache auch ihm den Zugang zu fast allem verwehrte. Wie man auch rüttelte, die Türen blieben verschlossen.

»Bleib noch einen Moment«, sagte Peter.

»Ich will aber gehen.«

»Von mir aus brauchst du das nicht.«

»Und warum sollte ich bleiben?«

Dschemine warf Ilyas einen wütenden Blick zu, wie eine Mutter ihren Sohn anschauen kann. Peter bemerkte, dass die Flecken an ihrem Hals beinahe weg waren. Auch der Ausschlag an ihren Händen war weniger geworden.

»Weil ich dich darum bitte.«

»Und dann?«

»Ich möchte dir helfen, ich will überlegen, was ich für dich tun kann.«

Der Junge sah auf. Er schaute Peter eindringlich an, mit einem Blick, der nach Wahrheit suchte.

Jetzt konnte Peter nicht mehr zurück. »Ich werde alles genau durchgehen«, sagte er. »Ich werde deine Post öffnen, ich werde deine Gläubiger anrufen. Ich werde dafür sorgen, dass deine Probleme gelöst werden.« Er sagte gerade noch nicht: »Ich werde dich retten.«

»Danke«, sagte Dschemine, »sehr viel Danke«, und fügte schnell hinzu: »Ilyas klug. Sehr guter Junge, aber viel Pech und darum jetzt Probleme.«

»Du hast einen schönen Namen«, sagte Peter. »Ilyas, ist das Griechisch?«

»Meine Familie stammt aus Marokko.«

Ilyas starrte nicht mehr auf sein Glas, doch er war auch nicht entspannt. Er wusste nicht, wie er sitzen sollte und wohin mit den Händen. Vielleicht lag das an der Umgebung, dem großen, funkelnagelneuen Haus. Er war noch nie in einer Eigentumswohnung in einem Reihenhaus gewesen.

»*Ihren* Namen finde ich ein bisschen komisch«, fügte er schließlich hinzu. »›Bieter‹ ... Ist das Niederländisch?«

»Ich heiße Peter. Mit P, ohne I.«

»Nicht ›Bieter‹?«

»Nein.«

»*Meneer* Bieter«, verbesserte Dschemine.

Ilyas und Peter mussten lachen. Dschemine verstand nicht, warum, aber das machte ihr nichts. Wie Peter sah sie, dass die Furche zwischen Ilyas' Augenbrauen für einen Moment verschwunden war und wie sein Gesicht sich öffnete. Es war unverstellt, mit einem kleinen Muttermal auf der Wange, fein, wie mit dem Pinsel getupft. Für einen Moment war das unschuldige Kind zu erkennen, ein Kind ohne Misstrauen.

Sie blieben noch eine Weile am Tisch sitzen. Der gute Mann und der gute Junge redeten über Kleinigkeiten, und Dschemine sah, dass es gut war.

Nachdem sie sich voneinander verabschiedet hatten, war Peter mit Ilyas' Briefen nach draußen gegangen. Er kam sich nicht mehr vor wie ein Schatten. Vielleicht lag das an der roten Tüte, die er dabeihatte. Für die Leute entstand jetzt das Bild eines Mannes, der gerade vom Einkaufen kam. Tomaten, Kräuter, Zucchini, frischer Fisch, fantasierte Peter. Zutaten, aus denen sich eine richtige Mahlzeit kochen ließ, wie Kee gesagt hatte. Zubereitet mit Liebe.

Mit der Tüte ging er an Jordy's Bakery vorbei, einem Bäcker-Bistro, das gerade eröffnet hatte und perfekt zur Entwicklung der Nachbarschaft passte. Außer frischen Sauerteigbroten, Croissants und Pains au Chocolat gab es dort auch Frühstück, Brunch, leichtes Mittagessen oder Espresso, Cappuccino und Latte Macchiato aus »regional gebrannten Bohnen«. An manchen Tagen war die Terrasse voller Leute aus den neuen Reihenhauskarrees oder dem etwas weiter entfernt liegenden, teureren und älteren Teil des Viertels. Bürgerhäuser vom Ende des neunzehnten Jahrhunderts, wo Ärzte, Anwälte und Banker wohnten und auch Daniel Wijnberg in einem prächtigen Eckhaus residierte, das einst einem Bürgermeister gehört hatte. »Belästigungen« waren hier die Blätter der weißrosa Magnolien aus dem Garten des Nachbarn.

Um in solch einem Viertel für soziale Durchmischung zu sorgen, müssten stattliche Fassaden mit Bleiglasfenstern von Bulldozern plattgemacht und durch graue Wohnblöcke ersetzt werden – genau das Umgekehrte, was man am Ketelplein für das Neubauprojekt getan hatte. Auf so eine Idee würde aber nie jemand kommen. Es wäre albern, geradezu absurd.

Peter musterte die leeren Stühle auf der Terrasse. Die Wolken waren dunkler geworden, Gewitter drohte. Alle saßen drinnen, bei einem Cappuccino oder einem Glas Ingwertee. Den ganzen Tag konnte man im Jordy's frühstücken, mit einem Stück Apfel-Mandel-Kuchen oder Bananentorte als Dessert.

Die Tische am Fenster waren besetzt. Peter erkannte eine Nachbarin, die einen überbackenen Toast mit biologischem Schinken verspeiste. Die imaginäre Einkaufstüte mit Gemüse und Fisch verwandelte sich wieder in einen Sack Mahnungen und Schulden. Peter spürte, wie die Tüte schwerer wurde, aber auch, wie ihn erneut Wut überkam. Plötzlich konnte er all die Mütter und jungen Leute, die da an ihren Bistrotischen saßen, nicht mehr ertragen. Warum halfen sie niemandem? Warum taten sie nichts außer konsumieren und Essen in sich hineinstopfen?

Er wollte die Bäckerei stürmen und jedem einen Stapel Briefe in die Hand drücken, einen Anteil an den Schulden, und dann brüllen, sie sollten arbeiten, statt den ganzen Tag Cappuccino mit Herzchen im Milchschaum zu schlürfen. Er würde die Croissants und American Cheesecakes von den Tischen fegen, der Nachbarin ihren überbackenen Toast aus dem Mund reißen, er würde den Joghurt ihrer Freundin mit Granola, Blaubeeren und Kokosflocken auf den Boden schleudern.

Hätte Peter in diesem Moment die monumentale *Rückkehr des verlorenen Sohns* von Rembrandt vor Augen gehabt, hätte er seine Wut besser verstehen und deuten können. Zweimal im Leben hatte Peter in der Eremitage vor dem Gemälde gestanden, doch das Bild des verzeihenden Vaters und seiner zwei Söhne kam ihm jetzt vor dem Jordy's nicht in den Sinn.

In der von segnendem Licht beschienenen linken Bildhälfte kniet der verlorene Sohn vor seinem Vater, der ihn umarmt. Der ältere Sohn schaut missmutig zu. Er fühlt sich zurückgesetzt, weil er immer gut und gehorsam gewesen ist, während der Bruder sein Erbteil verlangt und es im Ausland verprasst hat. In der Bibel sagt der Ältere: »Und jetzt kommt dieser Kerl, dein Sohn hier, nach Hause, und gleich schlachtest du für ihn das fetteste Kalb! Wo er doch dein Geld mit den Huren durchgebracht hat.«

Genau solch eine Bitterkeit, solch eine brennende Wut, durchfuhr jetzt auch Peter. Wie der moralisch überlegene Bruder fühlte er sich, der den Jüngeren verurteilt. Den Bruder, der seine Moral nicht teilt, der ein Gegner dieser Moral ist. Der Feind.

Der Vater ist die verbindende Figur. Für ihn sind beide Männer seine Söhne. Zu dem älteren sagt er: »Mein Junge, du bist immer bei mir, und alles was mein ist, ist dein.« Und über den jüngeren: »Ich hatte ihn verloren, aber ich habe ihn wiedergefunden.«

Das schönste Detail auf dem Gemälde waren die Hände des Vaters auf Schulter und Rücken des verlorenen Sohns. Beide Male hatte Peter sie lange gemustert: die kräftige Linke, die schwer auf der Schulter des Sohns liegt und ihn nie mehr loslassen will, und die sanfte, zärtliche Rechte, die streichelt und tröstet. Doch all das wirbelte jetzt nur in sehr weiter Ferne durch Peters Gedächtnis, wie die Blätter der Platanen seiner Jugend.

Eine Frau, die ihren kleinen Hund in einer Tasche auf dem Bauch trug, lenkte ihn ab: Die Schnauze des Tierchens war an ihren Busen gedrückt. War das die Entwicklung der Evolution? Peter schüttelte den Kopf, er überquerte die Straße und betrat kurz darauf ein kleines Stück weiter sein Ziel, den Waschsalon.

Es war niemand da. Keine Maschine lief, alle Trockner waren stumm. Peter setzte sich auf die Bank, die Plastiktüte auf dem Schoß, und starrte vor sich hin.

Diesmal wusste Peter, wie er anzufangen hatte: Brief für Brief musste gelesen werden, aber er konnte sich noch nicht überwinden. Eine Frage spukte ihm durch den Kopf: Warum hatte er Ilyas seine Hilfe versprochen? Warum wollte er überhaupt helfen? Um seinem Leben einen Sinn zu geben, jetzt, wo er keine Arbeit mehr hatte? Handelte er dann nicht im Grunde aus Eigennutz?

Für einen Moment stellte Peter sich ein alternatives Szenario vor, in dem er Dschemine die Tüte zurückgab. War er noch ein guter Mensch, wenn er nicht half? Und was für ein Mensch wäre er dann? Waren die Menschen im Jordy's schlecht? Peter grübelte, was von ihm blieb, wenn er kein guter Mann mehr war, was dann noch übrig blieb. Ein arbeitsloser Kurator, ein überflüssiger Vater, ein Ehemann, unterlegen im Kampf gegen Tarzan? Bitter wenig bliebe von Peter Lindke noch übrig, wenn er jetzt nicht die Post aus der roten Einkaufstüte hervorholte.

Einen nach dem anderen riss er die Umschläge auf. Er sortierte die Rechnungen, Geldbußen, Zahlungsbefehle, Erinnerungen und Mahnungen, und schon bald war auf der Bank zu wenig Platz. Peter stand auf und ging zum großen Tisch in der Mitte. Hier ordnete er die Post erneut – insgesamt einundzwanzig kleine Stapel, getrennt nach Institution, Inkassobüro und Gerichtsvollzieher, nach Bank, Telefonprovider und Energieversorger, Netzbetreiber, Wasserversorger, Krankenkasse und öffentlichem Nahverkehr, Vermietungsgesellschaft und Onlinehändler.

Er hatte die Beträge in den verschiedenen Briefen noch nicht zusammengezählt. Die Summe der Forderungen betrug vielleicht zwanzigtausend Euro, womöglich aber auch das Doppelte. Es hatte doch keinen Sinn, die verschiedenen Beträge zu addieren. Trotz der einundzwanzig Stapel auf dem Tisch gelangte er zu keiner Übersicht. Es war das reinste Schlachtfeld: Forderungen, aufgebläht von Inkassokosten, die in keinem Verhältnis zu den ursprünglichen Beträgen mehr standen. Bei einem Inkassobüro war die monatliche Tilgung der Grundforderung niedriger als die anfallenden Zinsen und Gebühren. Gewisse Forderungen kehrten auch in neuer Gestalt in Briefen anderer Absender wieder. Aufgekauft von Inkassobüros, die mit abgeschriebenen Schulden anderer Gläubiger Geld verdienten, indem sie astronomische Kosten berechneten – Senkgrube der Kreditökonomie und zugleich Geschäftsmodell.«

Der Stapel Geldbußen war am höchsten, aber was hatte es für einen Sinn, einem mittellosen Menschen auch noch eine Geldbuße aufzuerlegen, wieder und immer wieder?

Am Datum der Briefe war zu erkennen, dass Ilyas die Post zunächst noch geöffnet, es irgendwann aber aufgegeben hatte. Peter wusste inzwischen, warum Leute wie Dschemine und ihr Mann die Post nicht mehr öffneten: die Katastrophe, die jeder Umschlag bedeutete, die Angst vor noch größeren Problemen. Der Stress und die schlaflosen Nächte, die sie verursachten. Ein Wunder, dass Ilyas die Briefe überhaupt aufgehoben hatte und nicht weggeworfen oder verbrannt.

Ein kahlköpfiger Mann war gerade hereingekommen. »So ein Haufen Papier«, sagte er, als er die Stapel Briefe auf dem Tisch liegen sah.

Peter schaute erschrocken auf.

»Schwer an der Arbeit?«

»Ich bin fast fertig, gleich weg.«

»Mich störst du nicht. Mich stört niemand.«

Der Mann stellte sich neben Peter und musterte die Stapel. »Sind das alles Schulden?«

Peter nickte.

»Mein lieber Scholli!«

»Das kannst du laut sagen.«

»Was willst du damit machen?«

Noch bevor Peter über eine Antwort nachdenken konnte, fing der Mann an, von seinem Neffen Ron zu erzählen, der einen Bankrott hingelegt hatte.

»Jetzt macht der so 'n Gläubigervergleich wegen seinen Schulden, aber er hatte mal 'n richtig schniekes Klamottengeschäft. All die Leute, die ihre Sachen nur noch im Internet bestellen, das hat ihn ruiniert. Da hat die Bank ihn gezwungen, seinen Laden zu verkaufen, aber trotzdem blieben hinterher noch Schulden. Die konnte er nicht bezahlen, und da haben sie ihm außerdem noch massenhaft Kosten und Zinsen aufgedrückt. Dann hat seine Frau ihn verlassen, und jetzt lebt er von fünfzig Euro die Woche nach Miete und Fixkosten. Der Rest von seinem Lohn geht drauf für die Schulden. Er hat eine gelbe Warnweste um und regelt den Verkehr an Baustellen.«

Peter betrachtete die Stapel. Er überlegte, wie er sie bündeln könnte, ohne wieder alles durcheinanderzubringen.

»Manchmal gebe ich ihm etwas Geld. Einfach um ihm zu helfen, schließlich ist er Verwandtschaft. Aber immer bar auf die Kralle, sonst gilt es als Einkommen und wird ihm wieder abgezogen.«

Der Mann mit der Glatze tat seine Wäsche in die Maschine und steckte Geld in den Münzschlitz. Als er sich wieder umdrehte, sagte er: »Er muss noch vier Monate durchhalten. Dann hat er's geschafft, dann kriegt er seine restlichen Schulden gestrichen.«

Peter wollte ihn fragen, wollte mehr wissen. »Wie lange dauert so ein Verfahren?«

»Drei Jahre. Drei Jahre lang musst du von der Hand in den Mund leben.«

»Und wo muss man das beantragen?«

»Bei der Schuldnerberatung, da bekommst du einen Vermittler für die Gläubiger und einen Kontenverwalter. Die sind sehr streng, aber sie helfen.«

Die Waschmaschine fing an zu laufen. Peter legte auf jeden Stapel einen geöffneten Umschlag. So wusste er, welche Briefe zusammengehörten. Dann tat er die Briefe zurück in die Einkaufstüte.

»Es ist ein ganz schöner Sackgang, so ein Verfahren ins Laufen zu kriegen. Du musst all deine Unterlagen zusammensuchen, alles offenlegen und darfst keine neuen Schulden mehr machen. Und dann müssen auch noch alle Gläubiger dem Abzahlungsplan zustimmen.«

Dieser Mann war kein rettender oder ratender Engel, mit fester Absicht von höheren Mächten gesandt. Dass er jetzt hier war, war reiner Zufall. In der Wahrscheinlichkeitsrechnung würde der Begriff »hohe Wahrscheinlichkeit« benutzt werden. Doch wäre Peter nicht ihm, sondern irgendjemand anderem hier in diesem Waschsalon begegnet, hätte auch er oder sie vermutlich die demütigende Geschichte von einem Neffen, einer Schwester oder einem Stiefvater erzählen können. Vielleicht nicht im Zusammenhang mit einem Bekleidungsgeschäft, aber dafür mit einem Arbeitsunfall, einer Spielsucht oder einer chronischen Erkrankung. Wie die Menge der Schulden war auch die Zahl der Geschichten unendlich groß.

Am nächsten Tag radelte Peter an den westlichen Stadtrand. Straßen mit wenigen Bäumen, Hausrat neben Müllcontainern und Möwen, die sich um eine türkische Pizza in Alufolie balgten. Peter stellte sein Rad vor einem Mietshaus ab. Er musste einen Moment suchen, fand zuletzt aber doch die richtige Klingel. Er läutete, und während er auf das Summen des Türöffners wartete, studierte er die Namen auf den Schildern. Keinen von ihnen hätte er fehlerfrei aussprechen können.

Peter ging zwei Treppen nach oben und sah Ilyas in der Türöffnung stehen. Er hatte denselben blauen Trainingsanzug an wie am Vortag und trug Schlappen.

»Guten Morgen.«

»Ja, Mann«, sagte Ilyas.

Peter folgte ihm durch einen kleinen Flur. Danach kam das Wohnzimmer. Keine Gardinen, kein Sofa. Nur in der Ecke ein Fernseher.

»Ich hab nur einen Stuhl.«

Peter musterte das Sitzmöbel, setzte sich dann aber auf die Fensterbank. Das Zimmer hatte keinen Fußbodenbelag. Man lief über den nackten Holzboden.

»So«, sagte Peter, als er sich einigermaßen installiert hatte. Er musste an die Fotos im Internet bei seiner Wohnungssuche für Dschemine denken. Kahle Wände, nackte Böden. Aber das waren Wohnungen in leerem Zustand gewesen.

»Wo sind deine Möbel?«, fragte Peter.

»Hab ich nicht.«

»Überhaupt keine?«

»Ich hab diesen Stuhl.« Ilyas setzte sich darauf. »Ich hab eine Matratze zum Schlafen und in der Küche eine Spüle.«

Peter lehnte sich kurz ans Fenster. Er wusste nicht recht, wie er sitzen sollte. So wie Ilyas nie in einem Einfamilienreihenhaus gewesen war, war dies für Peter der erste Besuch in einer Sozialwohnung. Er war erschrocken. Von der Leere, dem Unpersönlichen.

»Wie geht's dir?«

Er bekam keine Antwort.

Als Peter ihn unbeirrt ansah, antwortete Ilyas: »Okay.«

So eine Antwort hätte auch Tristen geben können. Sie folgte oft auf die Frage, wie es in der Schule gewesen war.

Sie schwiegen beide.

»Ich hab deine Post aufgemacht und gelesen«, sagte Peter nach einer Weile. »Da sind viele Briefe von ...«

»Ich hab Hunger«, sagte Ilyas.

»Hast du nicht gefrühstückt?«

»Nope.«

»Hast du nichts zu Hause?«

Ilyas schüttelte den Kopf.

Bis auf ein paar wichtige Briefe aus den Stapeln von gestern hatte Peter auch sein Stullenpaket in der Umhängetasche. Es war die Tasche, die er jeden Tag ins Museum mitnahm und auch heute Vormittag mitgenommen hatte. Immer noch schmierte er sich jeden Morgen seine belegten Brote.

»Ich könnte dir ein Wurstbrot abgeben«, sagte Peter und holte das Paket hervor. Vier dunkle belegte Brote in einer durchsichtigen Tüte mit weißem Verschlussclip.

»Was für Wurst?«
»Normale Wurst.«
»Schweinefleisch?«
»Ich glaub schon. Es ist Bierschinken.«
»Ich bin Moslem.«
»Das wusste ich nicht.«
Ilyas blickte zur Seite.
»Ich hab auch zwei Käsebrote.«
»Aus derselben Tüte?«
»Ja.«
Tiefe Furchen zwischen dunklen Augenbrauen. Der gequälte Dichter biss sich auf die Lippe. »Gib mir mal eins.«
Peter öffnete die Tüte und holte die Käsestulle heraus. Ilyas aß sie sofort auf. Peter gab ihm auch die andere.

»Du hast ziemlich viele Schulden«, sagte er. »Ich glaube, so um die siebzehntausend Euro, vielleicht etwas mehr. Der größte Posten ist der bei deiner Vermietungsgesellschaft.« Peter suchte in der Tüte und holte ein paar Briefe heraus.

Inzwischen hatte Ilyas auch das andere Brot gegessen. Für einen Moment schaute er zufrieden; er hatte seinen Hunger ein wenig gestillt. Doch als Peters Worte ihm richtig bewusst wurden, kehrte der gepeinigte Ausdruck zurück.

»Du hast acht Monate keine Miete bezahlt.«
»Ich weiß.«
»Deine Gesellschaft hat dir mehrere Briefe geschickt und dich zu einem Gespräch eingeladen.«
»Die waren auch hier vor der Tür«, sagte Ilyas, »aber ich hab sie nicht reingelassen.«
»Und warum nicht?«

»Was soll das bringen? Ich kann nicht bezahlen. Ich hab kein Geld.«

»Du hättest mit ihnen reden können.«

»Worüber?«

»Über deine Schulden, und dass du Hilfe brauchst.«

»Denkst du, darüber wollen die reden? Die wollen nur eins, und das ist Cash. Kannst du nicht zahlen, kannst du dich verpissen.«

»Das hier ist eine Sozialwohnung. Da fliegst du nicht einfach raus.«

»Denkst du? Hast du nicht gesehen, wie viele Wohnungen hier geräumt werden? Denkst du, die Leute stellen ihre Sachen zum Spaß vor die Tür?«

An der Straßenecke hatte Peter ein auseinandergenommenes Bett stehen sehen: Lattenrost, Seitenteile, fleckige Matratze. Daneben ein ganzer Berg Hausrat: eine Lampe, ein Kinderstuhl, ein zusammengerollter Teppich, Schubladen, noch eine Matratze.

Vor Kurzem hatte die Stadt eine Kampagne gegen »Müllvandalismus« gestartet, Leute, die ihre Abfälle neben einen vollen Container stellten oder ihre halbe Inneneinrichtung einfach dort ablegten. Aufkleber auf den Containern warnten vor Videoüberwachung und dass das Falschentsorgen von Abfall bestraft würde. Die Geldbuße betrug fünfundneunzig Euro, hatte Peter in der WhatsApp-Gruppe gelesen. Er hatte die Kampagne richtig gefunden. Wie seine Nachbarn war auch er der Meinung, dass härter gegen Ordnungsverstöße vorgegangen werden müsse. Mit dem Müll auf der Straße musste es endlich einmal vorbei sein.

Erst jetzt erkannte Peter den Zusammenhang zwischen den Lampen, Waschmaschinen und Matratzen – immer wieder Matratzen – und der Räumung von Sozialwohnungen. Die Leute hatten kein Geld, mit ihrem Bett umzuziehen, und keinen Platz, ihre Sachen zu lagern. Sie waren nicht imstande, einen Termin zum Sperrmüllabholen zu machen. Sie hatten andere Probleme.

Irgendwo in der Stadt, wahrscheinlich in einem Gewerbegebiet an der Autobahn, saß ein Wachmann in einem Kontrollraum. Niemand konnte ihn sehen oder kannte sein Äußeres, ob er etwa eine Uniform trug, aber auf einem großen Bildschirm beobachtete er Leute in der ganzen Stadt. Mit dem Joystick bediente er glupschäugige Kameraaugen an Fassaden und Laternenpfählen. Die ließen sich um 360 Grad schwenken und konnten perfekt jedes Geschehen heranzoomen. Sah das Auge eine Ordnungswidrigkeit, schickte der Mann per Funk Kollegen an den Ort des Delikts. »Dunkelhäutiger Mann in schwarzer Jacke«, konnte man dann hören. Oder: »Er hat einen Bart. Den mit dem Bart müsst ihr euch greifen.«

Es war pervers, solchen Leuten Strafen aufzubrummen, doch so funktionierte das System nun einmal: Menschen tiefer in Probleme zu stürzen, anstatt ihnen zu helfen. Ilyas' Mietschulden betrugen gut viertausend Euro, rund fünfzehnhundert Euro waren noch dazugekommen. Keine Geldbußen, aber allerlei Kosten, die für säumige Schuldner letztlich doch Strafen waren. In diesem Fall: rund ein Viertel der Gesamtforderung.

Peter beugte sich vor, die Hände auf die Oberschenkel gestützt. »Kannst du mir erklären, wie du in diese Situation gekommen bist?«

»Einfach so«, antwortete Ilyas.

Er hatte keine Lust, darüber zu reden, so wie Tristen

oft auch nichts von der Schule erzählen wollte, ganz zu schweigen über sich selbst.

»Vielleicht ist es dir lieber, wenn ich erst was über mich selber erzähle?«, fragte Peter.

Er bekam keine Reaktion. Außer Schweigen.

»Ich bin verheiratet und habe zwei Kinder«, begann Peter. »Zwei Jungen. Beide gehen noch in die Grundschule. Meine Frau ist Illustratorin, sie heißt Kee. Ich bin Kurator für niederländische Barockmalerei. Kennst du das Museum Boijmans van Beuningen? Da habe ich lange gearbeitet. Ich hatte mit Ausstellungen zu tun und mit Forschungsprojekten, aber auch mit der Restaurierung von Gemälden.« Er warf einen kurzen Blick auf Ilyas. Nach seinem Gesichtsausdruck zu urteilen, hatte er noch nie von dem Museum oder einem Kurator gehört. »Im Moment bin ich arbeitslos, aber dadurch habe ich Zeit, Leuten wie dir zu helfen.«

Hatte er jetzt genug erzählt? Oder ließ er zu viel weg? Dass er entlassen worden war, er und Kee eine Ehekrise hatten, seine Kinder taten, als wäre er Luft? Musste er nicht auch seine Schwächen zeigen, damit Ilyas das ebenfalls tun konnte?

»Bin ich jetzt an der Reihe?«

Peter nickte. Ilyas hatte verstanden.

»Was willst du hören, Mann?«

»Wie kommt ein so intelligenter Junge wie du in solche Schwierigkeiten?«

»Ich weiß nicht, ob ich so intelligent bin. Ich hab viele Dummheiten gemacht. Richtige Dummheiten. Ich war sogar eine Weile im Knast.« Er beugte sich vor und stützte sich auf die Knie. »Das war krass, Mann. Ich will so was nie wieder machen und nie mehr in den Bau.« Er schüttelte den Kopf. »Nie mehr, Alter.«

Man hörte einen Signalton, gefolgt vom Vibrieren eines Handys. Es war das von Ilyas. Peters war auf stumm geschaltet. Er fand es schrecklich, von hereinkommenden Nachrichten gestört zu werden. Zu seiner Erleichterung holte Ilyas das Handy nicht aus der Tasche. Er ignorierte die Nachricht.

»Als ich wieder draußen war«, fuhr Ilyas fort, »wollte ich neu anfangen. Ich hab eine Ausbildung gemacht, Installationstechnik an der Zadkine-Berufsschule. Das lief gut, bis mir im Praktikum was auf den Boden gefallen ist. Da sagten sie, ich bräuchte nicht mehr wiederzukommen. Ich hab meine Sachen gepackt und bin gegangen. Ich war wütend.« Er holte tief Luft. »Da haben sie mich von der Schule geworfen, weil: ohne Praktikum keine Punkte, und ohne Ausbildung gibt's auch keine Förderung mehr. Und ›keine Ausbildungsförderung‹ heißt dann: ›kein Einkommen‹.« Er stockte kurz und starrte zu Boden. »Sorry, Mann, ich bin's nicht gewöhnt zu erzählen.«

Er war es auch nicht gewöhnt, dass jemand ihm zuhörte. Vielleicht erzählte er darum weiter, weil sich endlich jemand für seine Geschichte interessierte. »Da hab ich Hilfe gesucht und bin zum Arbeitsamt gegangen, aber da musste ich zig Formulare ausfüllen und Bescheinigungen anschleppen. Ich musste andauernd ›Nachweise‹ liefern und mich bewerben, während immer neue Rechnungen reinkamen. Das war mir zu viel, ich konnte das nicht. Ich hab von meinem Wohngeld gelebt und von meiner Krankenkassenbeihilfe, aber dann konnte ich die Miete nicht mehr bezahlen und auch keine Krankenversicherung. Ich hab Mahnungen und Geldbußen gekriegt wegen Schwarzfahren, für die U-Bahn hatte ich ja auch kein Geld mehr. Jeden Tag kriegte ich neue Post. Das war auch oberkrass. Ich hab mich nicht mehr getraut, die Briefe aufzumachen. Du hast ja gesehen, wie viele das sind.«

Ilyas schwieg. Sie waren bei der Gegenwart angelangt. Peter überlegte. Hatte Ilyas die ganze Wahrheit erzählt? Wie viel hatte er weggelassen? Konnte er ihm vertrauen?

»Hast du Kontakt zu deiner Familie?«

»Nope.«

»Zu niemandem?«

»Sie schämen sich für mich. Ich hab meine Mutter seit zwei Jahren nicht mehr gesprochen.«

»Und deinen Vater?«

»Keine Ahnung. Ist echt lange her.«

Für einen Moment schien er von seinen Gefühlen überwältigt und schaute zur Seite.

Peter schwieg, er ließ Freiraum entstehen. Das hatte er in der Paartherapie gelernt: Nicht sofort reagieren, lass den Schmerz zu. Wer zu schnell reagiert, bagatellisiert die Gefühle des anderen.

»Meine Mutter will mit einem Kriminellen nichts mehr zu tun haben.«

»Bist du denn einer?«

»Ich war es. Aber ich hab mit den krummen Dingern aufgehört, bloß: Jetzt bin ich pleite, und ich hab Schulden. Immer noch kein guter Sohn.«

Er kämpfte gegen die Tränen. Peter dachte an die Schachtel mit Papiertaschentüchern, die auf dem Tisch zwischen Kee und ihm gestanden hatte. Er wollte Ilyas ein Taschentuch geben.

»Ich will da raus, raus aus dem Scheiß.«

»Das kann ich verstehen.«

Ilyas sah Peter wieder an. Er hatte die Tränen besiegt.

»Ich will da echt raus, Mann. Ich hab nicht mal Geld, um Essen zu kaufen.«

»Ich kann mit dir in den Supermarkt gehen.«

»Und dann?«

»Dann kannst du für die nächsten Tage was einkaufen.«

»Und wer bezahlt das?«

»Ich.«

»Wie meinst du das?«

»Ich zahle.«

Ilyas schüttelte den Kopf. »Warum solltest du das tun?«

»Weil ich es kann, weil ich Geld genug habe.«

»Ich weiß nicht, Mann.« Für einen Moment war es still. »Du bist doch nicht irgend so 'n schmieriger Typ?« Wieder der eindringliche Blick, auf der Suche nach Wahrheit. Wie oft hatte man ihn betrogen? Wie viele hatten ihn ausgenutzt?

»Ich bin kein schmieriger Typ«, antwortete Peter. »Ich will dir helfen, und ich will nichts dafür haben.«

»Das ist echt weird, Mann.«

»Warum?«

»Einfach so.«

»Ich hab doch auch Dschemine geholfen, und sie braucht sich mit nichts zu revanchieren.«

»Sie putzt bei dir.«

»Dafür wird sie bezahlt.«

»Aber du hast sie gekannt, und mich kennst du nicht.«

»Darf man nur Leuten helfen, die man kennt?«

Darüber musste Ilyas kurz nachdenken. »Nein«, sagte er

dann, »aber warum machst du das? Warum hilfst du Leuten, die du nicht kennst? Das verstehe ich nicht.«

Peter dachte: Wer hilft ihnen denn sonst? Wer hilft den Leuten, die von nirgendwo Hilfe bekommen? Nicht von Behörden, nicht von Verwandten, nicht von Freunden.

»Ich glaube, unser größter Fehler ist, dass wir Unrecht akzeptieren«, erklärte er. »Nicht, indem wir aktiv Ja dazu sagen oder irgendwo ein Kreuzchen machen, sondern indem wir es nicht bekämpfen, dagegen aufstehen.«

Ilyas' Blick schweifte ab. »Ich kann dir echt nicht mehr folgen, Mann.«

Peter wusste selbst nicht mehr, was er eigentlich sagen wollte. Sah er sich als Aktivist? Dass er sich mit Armut nicht mehr abfinden wollte, zumindest nicht in diesem Land, in diesem politischen System?

»Ich bin müde, und ich hab Hunger.«

»Los, Mann«, sagte Peter, »wir gehen einkaufen.«

Mit Peters Fahrrad fuhren sie zum Supermarkt. Der Supermarkt, dessen Logo auf der Plastiktüte stand, in der Ilyas seine Post verstaut hatte.

»Wie weit ist es?«, hatte Peter auf dem Bürgersteig gefragt.

»Eine Viertelstunde zu Fuß.«

»Hast du kein Fahrrad?«

»Leider nein. Es ist eigentlich einfach: Ich hab einen Fernseher, einen Stuhl, eine Spüle und eine Matratze. Sonst hab ich nichts.«

»Dann fahr bei mir auf dem Gepäckträger mit.«

Ilyas musterte kritisch das Fahrrad. »Ist der auch stabil genug?«

»Klar, Mann.« Peter hatte eher Zweifel, ob er dem Hinterreifen trauen sollte. Er hatte einen neuen Schlauch einsetzen lassen, hoffentlich war der stärker als der vorige.

Der erste Versuch, mit Ilyas auf dem Gepäckträger loszufahren, ging daneben, und Peter fuhr fast gegen eine Laterne. Ilyas wollte sich das Lachen verkneifen, aber auch das klappte nicht richtig. Er gackerte los. »Was machst du da, Alter? Was soll das?«

»Es ist lang her, dass ich jemanden auf dem Gepäckträger mitgenommen habe«, erklärte Peter. Er hob das Rad wieder auf.

»Du musst erst Schwung holen. Dann komm ich hinterher und spring hinten drauf.«

Peter fuhr los und trat in die Pedale, Ilyas rannte ihm in Schlappen hinterher. »Jetzt!«, rief er, »jetzt spring ich!«

Für einen Moment schien es wieder danebenzugehen, doch eben noch rechtzeitig konnte Peter einem geparkten Auto ausweichen und das Fahrrad gerade halten.

»Wir fahren!«

»Ja, Mann, wir fahren!«

Peter reckte die Faust in die Höhe, doch in dem Moment begann das Rad wieder zu trudeln.

»Hände an den Lenker!«, rief Ilyas. »Lass bitte die Hände am Lenker.«

Es gelang Peter, das Rad wieder zu fangen.

»Wohin muss ich jetzt fahren?«

»Am Ende der Straße nach rechts und dann immer geradeaus.«

Peter versuchte sich zu erinnern, wann er das letzte Mal jemanden auf dem Rad mitgenommen hatte. Es war über ein Jahr her. Ewan konnte seinen Radschlüssel nicht finden und musste zum Hockey. Da hatte Peter ihn mit dem Fahrrad hingebracht. Sein Sohn hatte die Arme um ihn geschlungen. Peter hatte es sich nicht anmerken lassen, aber er hatte es herrlich gefunden.

Sie fuhren über eine Schwelle.

Ilyas stöhnte.

»Geht's?«

»Ich sitz auf meinen Eiern, Mann!«

»Was?«

»Du darfst nicht so schnell über die Huckel fahren. Ich will später mal Kinder.«

»Da kommt noch einer.«

»Wo?«

»In zehn Metern.«

»Ich spring runter.«

»Was?«

»Langsamer!«

»Noch fünf Meter.«

»Brems!«

Im Schneckengang fuhren sie über die Schwelle.

»Überlebt?«

»Ja, Alter.«

Ilyas wusste nicht, wo er seine Hände lassen sollte. Er wollte sich festhalten, aber nicht an Peters Hüften. Darum verkrallte er sich mit den Zeigefingern am Sattel. Das ging nicht.

Wann war Peter das letzte Mal mit Kee hinten drauf durch die Stadt gefahren? Hatte er das jemals getan? Natürlich, mehrere Male, als sie noch keine Kinder hatten. Im lange verflogenen ersten Teil ihres Lebens. Peter erinnerte sich an Fahrten ins Kino, zu Vernissagen und zu einer Theatervorstellung: ein Sommerabend, *Der Kirschgarten*. Peter wusste sogar noch, welches Kleid Kee angehabt hatte. Das orangerote, wie Granatapfelblüten, mit breiten Schulterbändern und dazwischen einer Galaxie von Sommersprossen auf Kees nacktem Rücken. Sie hatte die Arme um ihn geschlungen und auf dem Rückweg ihr Gesicht an seinen Rücken gedrückt.

Warum musste er jetzt daran denken? Was hatte es zu bedeuten, wenn das Gedächtnis einem solche Bilder zurückbrachte? Wollte Peter mit Kee wieder so durch die Straßen fahren? Sehnte er sich nach der Zeit, als sie das noch taten? Hatte das Gedächtnis seinen eigenen Willen?

»Hier nach rechts«, sagte Ilyas.

Peter fuhr langsamer und bog in eine Seitenstraße mit einem weiteren Block Mietwohnungen ein. Sie waren kaum voneinander zu unterscheiden. Als hätte derselbe einfallslose Architekt das ganze Viertel entworfen. Kulturelle Einrichtungen fehlten; kein Sportverein, kein Schwimmbad, kein Kino, kein Museum, kein Ort für Theateraufführungen. Mieter fühlten sich unsicher und klagten über Belästigungen verschiedenster Art. Das lag auch an den hellhörigen Wohnungen, aber ebenso daran, dass immer mehr Leute mit Problemen in die Gegend zogen. Menschen ohne Einkommen, Menschen mit leichten geistigen Einschränkungen, Menschen, die nicht allein wohnen konnten, aber durch die Einsparungen im Gesundheitssystem keinen Platz in einer Einrichtung mehr bekamen.

Jede Woche brannte es irgendwo. Nachbarn waren aggressiv oder hatten Suchtprobleme. Es gab Leute, die sich im Dunkeln nicht mehr auf die Straße trauten. Andere gingen auf Angebote von Kriminellen ein und bauten für sie Cannabis in ihren Wohnungen an.

Auf ihrem Weg waren sie an zwei Containern mit daneben abgestelltem Hausrat vorbeigekommen. Wenn man einmal darauf achtete, sah man es überall. Es war der Hautausschlag der Stadt, der Straßen und Viertel überwucherte.

Im Supermarkt schob Peter den Wagen. Ilyas ging neben ihm her.

»Was soll ich kaufen?«, fragte er.

»Du brauchst Essen für eine Woche. Ein paar Brote und was zum Belegen, aber auch Sachen, um dir was zu kochen, wovon du ein paar Tage essen kannst. Magst du Nudeln?«

»Ja, mega, mit Tomatensauce.«

Sie gingen zum Nudelregal. Dort legte Ilyas zwei Päckchen Spaghetti in den Wagen. Etwas weiter standen Dosen mit passierten Tomaten. Wenn man vier kaufte, bekam man eine gratis dazu.

»Guter Deal«, sagte Peter.

Ilyas nahm fünf Dosen.

»Möchtet du keinen Thunfisch?«

»Ist das denn noch drin?«

»Natürlich. Eine Dose Thunfisch ist nicht so teuer.«

»Für mich schon.«

Aus einem anderen Regal nahm Peter ein Glas Kalamata-Oliven. »Die hier sind besonders lecker.«

Er würde nicht kochen, eigentlich kaufte er ja auch nicht ein, aber in seinem Kopf entstand eine Mahlzeit, die mit Liebe zubereitet war.

Mit einer vollen Einkaufstüte gingen sie wieder nach draußen. Der Einkauf hatte 23,92 Euro gekostet. Im System war das hier nicht vorgesehen, das System drückte Leuten Geldbußen auf, die sie nicht bezahlen konnten.

»Danke, Alter.«

»Nichts zu danken.«

»Doch. Jetzt brauch ich mir eine Woche keine Sorgen ums Essen zu machen.«

Mit der Einkaufstüte wurde das Fahren schwieriger. Ilyas konnte sich nur noch mit einer Hand festhalten. Darum krallte er sich jetzt an Peters Jacke, dem immer wärmer wurde. Die Sonne war durch die Wolken gebrochen, und das Treten fiel ihm jetzt schwerer als auf dem Hinweg.

Trotzdem wurde Peter nicht müde; etwas in ihm war stärker als die Ermüdung, stärker als die Übersäuerung der Muskeln. Etwas ließ ihn schneller treten und sein Fahrrad durch die Straßen rollen. Was Peter spürte, war die Energie, die entstand, wenn Menschen selbst Verantwortung übernehmen, wenn sie sich weigern, Unrecht und Ungleichheit noch länger zu akzeptieren. Energie durch Bürgersinn. Diese Energie strömte durch seine Adern und Muskeln.

»Bremsen!«, rief Ilyas kurz vor der nächsten Schwelle.

DREIZEHN

Kee hatte ihren Auftrag rechtzeitig geschafft, eine Illustration zu einem Meinungsartikel über Datenspeicherung und Schutz der Privatsphäre, und sich für den Rest des Tages freigegeben. Es war Viertel vor zwei und niemand zu Hause. Während sie sich einen Tee zubereitete, merkte sie, dass sie mit einem Mal summte. Ein Lied aus dem Radio, das in Peters Anwesenheit nie an sein durfte. Sie hatte sich angepasst, und auch wenn sie kochte oder den Frühstückstisch abräumte, hörte sie kein Radio mehr.

Auf dem Boden lagen Sachen der Kinder, aber die ignorierte sie. Sie drückte den roten Knopf des digitalen Audiosystems oben auf dem Kühlschrank. Auf ihrem Handy wählte sie die Playlist mit Songs von Adele und stellte das Volumen fast auf volle Lautstärke. Die Musik von Adele fand Peter schrecklichen Schmalz und besonders in den Refrains grausiges Geheul. Kee ging zum Sofa und sang zu voller Orchesterbegleitung mit. Sie merkte, wie schön es war, einmal allein zu Hause zu sein.

Während sie ausgestreckt auf dem Sofa an ihrem Tee nippte, stellte sie sich vor, wie es wäre, wenn Peter jetzt im Flugzeug nach Kyoto säße, um eine Ausstellung im dortigen Nationalmuseum zu besuchen, oder auf Dienstreise im Metropolitan Museum in New York wäre, mit dessen

Kurator für »Dutch and Flemish Painting« er sich sehr gut verstand.

Fünf Tage lang keinen Peter, dachte Kee. Fünf Tage lang kein Gezeter, kein Gejammer. Keinen Stress. Keine offenen Schranktüren, kein Geschirrspüler, den sie noch einmal einräumen musste. Keine Zeitungen auf der Toilette. Kein Gefluche wegen verlegter Schlüssel, die dann wieder *sie* suchen musste. Kein Herumgekrittel am Essen. Keine Tiraden über herumliegendes Spielzeug. Kein Geschrei. Keine Vorwürfe. Keine Bücher, die überall herumlagen, außer im Bücherregal. Keine Unterhosen auf dem Fußboden im Schlafzimmer, keine Schuhe unter dem Sofa. Kein Geseufze und Gestöhne, wenn sie am Abend mal fernsehen wollte. Kein herablassender Kommentar, wenn er sie mit einem Thriller von David Baldacci erwischte. Keine nervigen Bemerkungen, wenn sie eine Stunde mit einer Freundin telefoniert hatte. Fünf Tage lang keinen Peter ... Wie Urlaub wäre es für sie. Zwar wäre sie dann allein mit den Kindern, aber die würden ihr helfen, da war sie sich sicher, und es gäbe weniger Streit, weniger Ärger. Wie oft hatten Tristen und Ewan es nicht schon ausgenutzt, wenn Peter und sie verschiedener Meinung waren?

Kee wartete auf den Refrain und sang leidenschaftlich mit über den Kummer und Schmerz, die wir im Leben mit uns herumtragen. Wenn Peter jetzt hier wäre, würde er sich bestimmt die Finger in die Ohren stecken und sich unter den Kissen auf dem Sofa verstecken. Nicht, wenn die Kinder dabei wären oder andere Leute, aber bei ihr. Es gab zwei Arten Verhalten: das, was Nachbarn, Freunde und Kollegen sehen dürfen, und das, was der Partner ertragen muss.

Vor einer Woche hatten sie einen Anlauf zum Sex unternommen. Die Initiative war von Peter ausgegangen. Er hatte gewartet, bis Kee ihr Buch zugeklappt und das Licht ausgeknipst hatte. Für einen Moment war es still, doch unmittelbar darauf folgte der übliche Minidialog, der stets ähnlich verlief, manchmal leicht variiert, und selten mit dem wirklich Gefühlten übereinstimmte.

»Schlaf schön.«

»Ja, du auch.«

Er hatte sich ihr langsam genähert, wie ein Tier im Gebüsch. Kee hatte seine Wärme gespürt, seinen Atem. Sie erstarrte. Wann hatten sie zum letzten Mal miteinander geschlafen? Es war lange her. Laut Kalender: Monate, gefühlt: noch länger, als wären seither zig strenge Winter vergangen.

Es war kurz nach dem Umzug gewesen. Die Pandas hatten ihre Pflicht getan. Der Sex war nicht gut gewesen, aber auch nicht schlecht. Irgendetwas dazwischen – zweckmäßiger Sex: Sie war als Erste gekommen, dann er. Sex als Entladung. Sex auch als Beweis, dass keiner von beiden aufgab. Sex als Versuch, sich verbunden zu fühlen; Folge der Unfähigkeit, noch auf irgendwie andere Weise miteinander zusammenzukommen. Doch es gab keine Verbundenheit mehr, nur noch Verzweiflung.

Hatte Sex zwischen ihnen überhaupt noch Sinn? War es nicht besser, es gleich völlig zu lassen?

Was hatten ihre Körper einander noch zu sagen?

An manchen Tagen fragte sich Kee, wie Peter mit seinen sexuellen Bedürfnissen und Sehnsüchten umging: das Gefühl, es vor Begierde schier nicht mehr auszuhalten – kannte er das? Onanierte er? Schaute er Pornos? Ließ er sich von Asiatinnen massieren, die auch andere Dienste anboten? Wie sah das heimliche Leben ihres Mannes wohl aus?

Am bewussten Abend hatte Peter vorsichtig die Hand ausgestreckt, er wagte sich über den Ozeangraben. Es dauerte eine Weile, aber dann geschah, was Kee befürchtet hatte: Seine Fingerspitzen glitten über ihre Haut. Sie rührte sich nicht. Sie wusste, was geschehen würde. Sein Körper würde sich über sie legen.

Sie versuchte, einfach alles zu ignorieren. Nicht, um ihn zu quälen oder zu verletzen. Genau umgekehrt: Sie versuchte, sich selbst zu vergessen, allen Ärger, alle Verletzungen, alle Geschichten, die sie mit Peter erlebt hatte. Nur so konnte sie mit ihm Sex haben.

Sie spürte sein Gewicht auf ihrem Körper und fragte sich, wie viele Frauen den Sex wohl auch so erlebten. Wie viele Frauen, die sie kannte.

Peters Hände schoben sich unter ihren Körper und suchten ihre Brüste. Immer zuerst ihre Brüste. Sie hatte doch auch Schultern und Achseln, Schlüsselbeine und Schenkel, Ohren und einen Nabel.

Sie spürte etwas Hartes am Hintern. Hatte er schon einen Steifen? Wie funktionierte die Psyche des Mannes?

Manchmal erschrak Kee vor der Morgenlatte ihrer Söhne, wenn sie sie wie fast jeden Tag weckte. Warum musste der Mann mit einer Erektion wach werden? Warum hatten selbst kleine Jungen schon früh am Morgen ein erigiertes Glied? Lag das an den Genen?

Kee selbst war noch trocken, knochentrocken gewesen. Sie ließ ihre Hand auf Peters Oberschenkel gleiten. Sie streichelte ihn. Er fasste es als Bestätigung auf, als Zustimmung weiterzumachen. Nicht als Schritt auf ihn zu, als Versuch, sich einander erst mal langsam zu nähern. Mit den Fingern strich sie über seinen Rücken, seinen Nacken, sein Haar. Sie wollte es langsamer angehen, Zeit gewinnen. Er zog ihr den Slip herunter, über die Hüften, aber nur bis zu den Schenkeln.

»Kannst du noch einen Moment warten?«

Er reagierte nicht. Jedenfalls nicht verbal. Er knetete bloß ihre Brüste noch fester. Es tat weh.

Sie wollte schon mit ihm schlafen, aber nicht so. So konnte sie nicht.

»Küss mich«, sagte sie.

Pflichtschuldigst küsste er sie.

So nicht, wollte sie sagen. Nicht so schnell, nicht so grob. Aber sie schwieg. Sie gab's auf.

Peter spürte es sofort, noch bevor Kee sich umdrehte.

»Was ist? Warum drehst du dich weg?«

Sie antwortete nicht.

»Ich hab dich etwas gefragt«, sagte er, doch immer noch kam keine Antwort.

Peter legte sich auf den Rücken.

»Du weist mich zurück«, sagte er nach einer Weile. Er hatte die Sekunden gezählt, gehofft, Kee würde noch etwas erwidern.

»Das tue ich nicht.«

»Das tust du sehr wohl. Und zwar jedes Mal.«

»So kann ich nicht. Du bist zu schnell.«

Er seufzte. »Wir vögeln nie.«

»Ich weiß.«

»Und wenn wir's doch mal versuchen, geht's nicht.«

»Das weiß ich auch.«

»Sollen wir's dann nicht besser ganz lassen? Sex in unserer Beziehung für überflüssig erklären? Ihn komplett von der Speisekarte nehmen?«

»Das sage ich nicht.«

»Wie zwei Mönche im Kloster, verdammt!«

Er war wütend und völlig frustriert.

»Ich kann nicht, ich spüre keine Verbindung.«

»Was?«

»Ich muss mich verbunden fühlen, um mich öffnen zu können.«

Ganz und gar Körper wollte sie sein. Nicht mit dem Bewusstsein darüber schweben, keine Stimme hören, die alles kommentierte. Keine Kontrolle mehr. Ekstase.

»Dann öffne dich doch!«, rief Peter.

»Denkst du, es hilft, wenn du mich anschreist?«

»Ich weiß nicht mehr, was überhaupt noch hilft.«

Ein schwarzer Strom von Fragen gurgelte in Kee nach oben. Waren sie sich je auf wirklich intimer, existenzieller Ebene begegnet? Hatte es am Anfang eine echte Verbindung gegeben? Oder war alles ein Irrtum gewesen? Hatten sie Verliebtheit mit Verbundenheit verwechselt?

Wieder hatte Peter die Sekunden gezählt, doch irgendwann hatte er es aufgegeben.

»Lass uns schlafen«, sagte er. »Morgen ist ein neuer Tag, dann sehen wir weiter.«

»Ich weiß nicht, wie lange ich das noch kann.«

»Was soll das heißen? Willst du nicht mehr? Alles hinschmeißen? Schlägst du dich in die Büsche?«

»Ich weiß nicht, ich weiß nur, dass es so nicht weitergeht.«

Peter wusste: Sein Leben war aus den Fugen. Den Kurator spielte er nur noch, und Ehemann war er ohnehin außer Konkurrenz. Was würde er den anderen als Nächstes vorspielen?

Kee legte sich auch auf den Rücken. Sie wollte reden, wollte, dass Peter sie verstand.

»Wenn ich keine Verbundenheit spüre«, sagte sie, »kann ich den Sex nicht genießen, dann kann ich mich nicht richtig hingeben.«

»Aber mit Tarzan geht es!«

»Das ist nicht dein Ernst!«

»Na klar – so ist es doch!«

Sie wollte eigentlich erwidern, Tarzan vergewaltige sie wenigstens nicht, aber die Antwort würde alles nur noch schlimmer machen.

»Soll ich ihn dazuholen? Warum lassen wir ihn nicht zwischen uns schlafen? Dann wäre die Sache wenigstens geklärt.«

»Tarzan bleibt, wo er ist!«

»Soll ich dich Jane nennen?«

»Findest du dich jetzt witzig?

»Ich find überhaupt nichts mehr witzig.«

Peter fühlte sich verlassen, verraten.

»Wie oft benutzt du Tarzan eigentlich? Wie lange hast du ihn schon?«

»Nun lass das doch endlich! Der Vibrator hat mit dem hier überhaupt nichts zu tun.«

Sie dachte an die Jungen. Wenn einer von ihnen jetzt aufwachte und ihren Streit hörte? Wenn Ewan beim Frühstück auf einmal fragte, warum Peter sie Jane nennen wollte? Wie viele Erklärungen war sie ihren Kindern noch schuldig?

»Wenn ich Sex mit dir will, kann das immer nur schiefgehen, was ich auch tue, ich mach alles falsch. Das Gefühl gibst du mir.«

»Und du gibst mir das Gefühl, ich muss funktionieren, allzeit bereit sein, einfach die Beine breit machen und nicht lang herumzicken.«

»Willst du überhaupt noch mit mir schlafen?«

»Ja«, sagte sie, »aber nicht so. Du küsst mich nicht, du berührst mich nicht.«

»Ich hab dich geküsst, ich hab dich berührt.«

»Das ist nicht ›berühren‹, das ist ›kneten‹ und ›quetschen‹. Du hast meine Brüste geknetet wie Brotteig.«

»Mein Gott, kriegen wir jetzt wieder so eine semantische Diskussion?«

»Das *ist* keine semantische Diskussion!« Sie wurde laut. Jetzt war sie auch wütend. »Du hast mir wehgetan! Punkt! Darüber gibt's nichts zu diskutieren.«

»Was ist falsch an rauem Sex? Muss es immer sanft und langsam zugehen?«

»Ich trau meinen Ohren nicht.«

»Darf Sex nicht auch mal etwas härter sein?«

»Ja, Peter. Es braucht echt nicht nur bei Streicheln und Küssen zu bleiben. Sex darf auch beißen und stoßen und schwitzen, aber dann müssen beide Lust darauf haben.«

Eine Träne lief ihr über die Wange. Sie wollte nicht weinen.

»Was ist?«

Sie wusste nicht, ob sie noch jemals Lust hätte.

Nach einer Weile sagte sie: »Kannst du mich in den Arm nehmen?«

Peter antwortete nicht, er blieb reglos.

»Kannst du mich einfach einen Moment in den Arm nehmen?«

»Ich hab dich gehört.«

»Und warum tust du dann nichts? Warum bist du nie für mich da?«

Er dachte: Ich will ficken, und jetzt soll ich sie in den Arm nehmen. Er hasste sich für diesen Gedanken.

Er suchte ihre Hand, kam dabei aber aus Versehen an ihren nackten Hintern.

»Tschuldigung«, sagte er.

Sie nahm seine Hand und drückte sie leicht.

Er legte sich an sie und hielt sie fest. Sein Herz klopfte lauter als ihres. Sie hatte die Augen geschlossen, er offen. Sie versuchte zu schlafen, er merkte, dass er wieder einen Steifen bekam. Kee spürte sein hartes Glied und dachte wieder an das heimliche Leben ihres Mannes. Wenn sie nicht herhielt, wie wurde Peter seine Geilheit dann los? Sie wusste es nicht. Sie hatte ihn noch nie beim Onanieren erwischt.

Kee schlief als Erste ein. Sie wurde kurz wach, als Peter sich auf den Bauch drehte. Er versuchte, an etwas anderes als an seine Ehe zu denken, wie ein Anästhesist vor der Narkose Patienten bittet, sich etwas Angenehmes vorzustellen. Es war sinnlos. Wohin er seine Gedanken auch lenkte, in andere Zeiten und Räume, stets warf das Bewusstsein ihn in die Gegenwart zurück, sein Ehebett, wo er und Kee wie Ertrinkende jeder auf seiner Seite des Ozeangrabens trieben.

War diese »Verbundenheit« nicht bloß eine Schimäre? Gab es überhaupt eine Seele, die »mit einer anderen verschmelzen« konnte, wie Wasserstoffkerne in der Sonne?

Waren Mann und Frau nicht zwei Parallelen, die sich niemals berührten, nicht mal im Unendlichen? Peter konnte nicht einschlafen. Fragen hielten ihn wach, unbeantwortbare Fragen. Wenn schon Frau und Mann nicht zusammenkommen konnten, war es dann überhaupt möglich, eine Verbindung zu jemand anderem herzustellen, jemandem, zu dem man keine Beziehung hatte und der ganz anders war als man selbst?

Das warme Wetter kehrte zurück. Nicht die tropische, drückende Hitze vom Juni, aber immerhin Sonnenschein und volle Terrassen. Behagliche Tage.

Im Teil seines Lebens, der Kee unbekannt war, betrat Peter das »Jordy's«. Er setzte sich an einen Tisch und bestellte bei einer jungen Frau mit blondem Pferdeschwanz einen Espresso. Als sie die kleine Tasse vor ihn hingestellt hatte, fragte er, ob er den Geschäftsführer sprechen könne.

»Das bin ich«, antwortete die junge Frau mit einem Lächeln.

»Dann würde ich Sie gern etwas fragen.«

Peter stellte sich vor und erklärte, er wohne ganz in der Nähe, in einem der neuen Häuser.

Die Geschäftsführerin nahm ihm gegenüber Platz und nannte ihm ihren Namen: Nada.

»Witziger Name, Dada.«

»Nicht ›Dada‹, ›Nada‹, aber viele finden den Namen auch witzig. Sie denken ans spanische ›nada‹, wie ›nichts‹, aber mein Vater stammt aus Kroatien und in vielen slawischen Sprachen bedeutet mein Name ›Hoffnung‹.«

»Das ist eine schöne Bedeutung.«

Peter dachte an »Ilyas«, ein wundervoller Name, weil

der ihn an seine Jugend, an die Zehnte auf dem Gymnasium erinnerte, als er zum ersten Mal Homer übersetzt hatte, und gebeugt über sein Heft von dessen Geschichten und Bildern fasziniert war. Er wusste nicht, dass Ilyas, wie in der Bibel, auch im Islam ein Prophet war, der im Koran dreimal genannt wird. Er soll es auch gewesen sein, der den Kindern Israels Allahs Strafe androhte, wenn sie weiterhin Götzendienst trieben. Als sie nicht auf ihn hörten, fiel drei Jahre kein Regen. Tiere verendeten, Ernten verdarben und eine große Hungersnot kam über das Land. Die Menschen flehten zu Allah und baten Ilyas, Allah gleichfalls für sie zu bitten. Nachdem der Prophet Allah angefleht hatte, begann es zu regnen.

»Ich habe die Stellenannonce gelesen«, begann Peter, »den Zettel hier an der Tür.«

Nada sah ihn verblüfft an. Wollte dieser Mann in mittlerem Alter sich um die Stelle als Spülkraft bewerben? Peter sah ihre Verwirrung und fügte schnell hinzu, er frage für jemand anderen und erkundige sich für ihn nach der freien Stelle.

»Es ist für einen jungen Mann namens Ilyas. Er sucht Arbeit.«

»Hat er irgendwelche Erfahrung?«

»Nein. Er hat noch nie in einer Küche gearbeitet. Ich glaube, er hatte noch nie irgendwo länger einen Job.«

»Nun, eigentlich hätten wir natürlich lieber jemanden mit Erfahrung.«

»Er kann ordentlich zupacken, ist gutwillig und hat eine positive Einstellung.«

Stimmte diese Beschreibung? Im Grunde kannte Peter Ilyas zu wenig, um etwas Eindeutiges über seinen Charakter zu sagen, aber er hatte immerhin einen ersten Eindruck. Dreimal hatten sie sich inzwischen getroffen und letztes Mal über mögliche Arbeitsstellen für ihn gesprochen. Peter hatte bei der Allgemeinen Schuldnerberatung der Stadt Rotterdam angerufen, und ein Mitarbeiter hatte ihm erklärt, dass Ilyas ein regelmäßiges Einkommen bräuchte, um für einen außergerichtlichen Vergleich mit den Gläubigern infrage zu kommen. Das könne auch ein kleinerer Job sein mit eventuell ergänzender Aufstockung.

»Ich will jeden Job machen«, hatte Ilyas sofort geantwortet, »egal was, wenn ich nur aus diesem Shit hier rauskomme.«

Ja, er wollte wirklich ordentlich zupacken.

»Wie alt ist er?«, fragte Nada.

»Zwanzig.«

»Das ist genauso alt wie ich.«

Ein Lächeln huschte ihr übers Gesicht. Peter fragte sich, ob das ein gutes Zeichen war, ein Zeichen der Hoffnung.

»Ist er Ihr Sohn?«

»Nein, er ist ein Bekannter, ich helfe ihm nur.«

»Wobei helfen Sie ihm denn?«

»Ganz allgemein beim Zurechtkommen, kleine Schritte voran zu machen, eine Perspektive zu finden.«

»Ist das Ihr Beruf?«

Wie sollte Peter das erklären? Wusste er es eigentlich selbst?

»Ich arbeite ehrenamtlich«, antwortete er schließlich. »Ich helfe Menschen, die es alleine nicht schaffen, die mit ihren Problemen nicht fertigwerden.« Es klang beinahe wie: »Ich bin ein Erlöser.« Der Retter von Menschen wie

Dschemine und Ilyas, Menschen, die vom System über Bord gespült wurden.

»Als Buddy?«, fragte Nada.

»So könnte man's nennen.«

Sie lächelte wieder.

Peter witterte seine Chance. »Könnte er mal einen Tag auf Probe vorbeikommen?«

Für einen Moment dachte er, diese Bewerbung würde noch einfacher als die von Dschemine bei der Reinigungsfirma. Diesmal brauchte sein Schützling nicht mal dabei zu sein. Peter vertrat ihn.

»Ich würde ihn gern erst mal kennenlernen«, erwiderte Nada. »Mich einfach ein bisschen mit ihm unterhalten.«

Peter nickte. Sie war wohlwollend, ein Lichtblick. Sie wollte Ilyas eine Chance geben. Trotzdem war es für ihn eine kleine Enttäuschung, dass Ilyas nicht einfach sofort den Job bekam. Dass er nicht gleich morgen schon anfangen durfte. Nicht gleich aus »diesem Shit hier« herauskam.

Er musste Geduld haben. Bei Dschemine brauchte jeder Schritt auch seine Zeit. Sie musste noch die erste Miete überweisen, dann war der Antrag auf Wohngeld komplett; dann wären ihre akuten Probleme gelöst, und sie hätte Luft, nach vorne zu schauen. Sie träumte davon, endlich mal wieder ihre Eltern in Bulgarien zu besuchen. Sie hatte sie seit sieben Jahren nicht mehr gesehen.

»Kann er Mittwochmorgen vorbeikommen?«

»Natürlich«, antwortete Peter.

»Um neun Uhr?«

»Kein Problem.«

Rücksprache überflüssig. Ilyas hatte ja keine Verpflichtungen, keine Verabredungen. Er war den ganzen Tag lang zu Hause.

»Es ginge um drei Schichten die Woche«, sagte Nada. »Eine davon am Wochenende.«

»Kein Problem«, sagte Peter noch einmal.

Er dachte in Lösungen, nicht in Problemen.

»Dann sehe ich Ilyas Mittwochmorgen um neun.«

Peter nahm eine Visitenkarte aus seinem Portemonnaie. Sie war noch vom Museum. Die Mailadresse existierte nicht mehr, aber die Mobilnummer stimmte immer noch.

Als Peter bezahlt und das Bistro verlassen hatte, ging er in den Park De Nieuwe Plantage, der ein paar Straßen entfernt lag. Früher hatte hier einmal ein Gaswerk mit vier riesigen Gasometern gestanden, jetzt befand sich an der Stelle eine Grünanlage mit einem Teich und einem Spielplatz. Die größte Bodensanierung aller Zeiten in einem Wohngebiet hatte diese Verwandlung ermöglicht. Bis zu dreizehn Meter tief war der Boden abgetragen worden: Sand, kontaminiert mit Öl und Benzol, Toluol und Cyanid. Auf dem grünen Gras, mit dem der Mutterboden mittlerweile bedeckt war, spielten jetzt Kinder, grasten Gänse, und an manchen Tagen sah man Männer in Boxhandschuhen zusammen trainieren.

Mit Tristen und Ewan hatte Peter hier schon einmal Fußball gespielt, doch die fanden den Park eklig. Obwohl es eine eigene Hundeauslaufzone ohne Entsorgungspflicht gab, sah man im Park auf Schritt und Tritt Hundehaufen. Mehrmals waren sie in einen getreten, Ewan sogar einmal mit dem Kinn darin gelandet, nach einem Hechtsprung ins Gras. Den Ball hatte er zwar gehalten, war aber trotzdem in Tränen ausgebrochen und wütend nach Hause gerannt.

Peter setzte sich auf eine Bank und folgte mit dem Blick einem Mann, der seinen Hund Gassi führte, einen weißen Bullterrier. Der war nicht angeleint und rannte kreuz und quer über die Wiese.

»Ja, Mann«, sagte Ilyas, als er das Gespräch annahm.

»Hier Peter, spreche ich mit Ilyas?«

»Ja, Mann, mit wem denn sonst?«

»Hör mal, ich hab Arbeit für dich gefunden.«

»So schnell?«

»Ja – gut, oder?«

»Was ist es?«

»Ein Job in einem Bäcker-Bistro. Sie haben da auch herrliches Brot.«

»Soll ich Brot verkaufen?«

»Nein, es geht um Arbeit in der Küche.«

»Als Koch?«

»Nein, als Spülkraft.«

»Okay.«

»Freust du dich nicht?«

»Ich weiß nicht. Muss ich mich freuen?«

»Du hast einen Job!«

»Als Tellerwäscher.«

»So darfst du nicht denken.«

»Wie soll ich denn sonst denken?«

»Du brauchst ein regelmäßiges Einkommen. Das wird dir helfen.«

Am anderen Ende keinerlei Reaktion.

»Was ist?«

»Ich hatte noch nie einen Job.«

»Keine Sorge, alles wird gut. Ich hab vollstes Vertrauen zu dir.«

»Zu mir als Geschirrspüler?«

»Das ist ein Anfang, ein erster Schritt. Du kriegst nette Kollegen, lernst neue Leute kennen.«

»Wo ist es?«

Peter nannte die Adresse.

»Mittwochmorgen um neun ist das Bewerbungsgespräch.«

»So früh?«

»Du willst doch aus deinen Problemen herauskommen?«

»Okay.«

»Was?«

»Ja, ich will aus dem Shit rauskommen.«

»Und dazu gehört auch früh aufstehen.«

Wieder keinerlei Reaktion. Nur Ilyas' Atmung war zu hören, oder war es ein Seufzen?

»Sieh zu, dass du einen guten Eindruck machst.«

»Und wie geht das?«

»Pünktlich kommen, frisch und ausgeruht aussehen, zeigen, was du drauf hast.«

Peters Blick fiel auf den Bullterrier, der auf die Wiese kackte. Sein Herrchen zog an einer Zigarette.

»Okay.«

»Kannst du mal aufhören, dauernd ›okay‹ zu sagen?«

»Was ist mit ›okay‹ nicht in Ordnung?«

»Ich verstehe nicht richtig, was du damit meinst.«

Jetzt hörte er Ilyas eindeutig seufzen.

»Kannst du mir versprechen, dass du am Mittwoch pünktlich und in ausgeschlafenem Zustand in dem Café erscheinst?«

»Die sollen sehen, was ich drauf habe. Ich werd ihnen zeigen, dass sie mich nehmen müssen, mich, und niemanden sonst.«

»So, jetzt verstehe ich dich.«

Als sie sich verabschiedet hatten, stand Peter auf und ging zu der Stelle, wo der Hund sein Geschäft gemacht hatte: Dort lag ein frischer, dampfender Haufen. Ein paar Meter weiter jagte der Bullterrier schon wieder einen Schwarm Möwen. Sein Herrchen stand auf dem Fußweg und war mit seinem Handy beschäftigt.

Peter trat auf den Mann zu. »Ihr Hund hat auf die Wiese gemacht«, sagte er und zeigte auf die bewusste Stelle.

Der Mann schaute überrumpelt auf. »Ach«, sagte er, »das macht er öfter.« Er konzentrierte sich wieder auf sein Handy. Er hatte eine Halbglatze. Sein restliches Haar war millimeterkurz geschnitten.

»Haben Sie keine Hundekottüte dabei?«

»Was für 'ne Tüte?«

»Eine Hundekottüte, um den Haufen wegzuräumen.«

»Pfui Spinne!«

»Wir können jemanden fragen. Es gibt bestimmt andere Hundebesitzer, die eine Extratüte dabeihaben.«

Der Mann steckte sein Handy in die Hosentasche. »Was laberst du da?«

»Von Ihrem Hund und dem Haufen, der noch weggeräumt werden muss.«

Der Mann runzelte die Stirn. »Hör mal, du Flitzpiepe, was mischst du dich da ein? Tickst du nicht richtig?«

Noch nie hatte jemand Peter »Flitzpiepe« genannt. Es schien ihm nicht klug, jetzt eskalierend zu antworten. Der Mann war einen Kopf größer als er.

»Das ist auch mein Park«, antwortete er darum ganz ruhig. »Das ist öffentlicher Raum.«

»Was für ein Raum?«

»Der Park ist für alle.«

Was war in ihn gefahren? Warum legte er sich mit diesem Mann an? Was wollte er damit erreichen?

»Kinder haben schon keine Lust mehr, hier Fußball zu spielen. Die finden es eklig, zwischen den Haufen dem Ball hinterherzurennen. Es ist auch ihr Park.«

»Diese Diskussion nervt irgendwie.«

Schon wieder jemand, der nicht mit ihm diskutieren wollte. War das sein Schicksal?

»Ein Stück weiter ist Hundeauslaufgebiet«, sagte Peter. »Da braucht man die Haufen nicht wegzuräumen.«

»Hat dir schon mal wer die Fresse poliert?«

Peter schüttelte den Kopf.

»Na, dann könnte das heute zum ersten Mal passieren.«

Wollte der Mann ihm drohen? Sollte er lieber weglaufen?

»Rocco! Hierher!«

Rocco kam augenblicklich gerannt.

Obwohl er ganz anders wirkte, hatte der Bullterrier einen sanften Charakter. Ganz im Gegensatz zu seinem Herrchen.

»An deiner Stelle würde ich mich jetzt mal ganz schnell verkrümeln!«

»Und der Haufen bleibt liegen?«

»Wie sieht's denn aus? Hat der irgendwie Beinchen gekriegt und fängt an zu laufen?«

»Der Haufen hat keine Beine, aber Sie. Sie können hingehen und ihn wegräumen.«

Peter bereitete sich auf einen Schlag vor. Jetzt würde er kommen, garantiert. Mit etwas Glück könnte er ihm noch ausweichen.

»Ich hab 'ne Idee«, sagte der Mann. »Eine Lösung, mit der wir beide leben können. Du bist doch ein guter Mensch, oder?«

Peter nickte.

»Du glaubst an eine bessere Welt und fühlst dich dafür verantwortlich. Du denkst, du kannst was bewegen. Darum wirst *du* den Haufen für mich wegräumen.«

»Es ist nicht mein Haufen.«

»Es ist auch dein Park, dein Rasen.«

»Es ist unser Park.«

»Aber du kannst ihn nicht genießen, wenn ein Haufen drin liegt. Mir ist das egal. Mich stört der nicht. Du findest unseren Park mit Haufen nicht schön. Und darum wirst du ihn jetzt wegräumen.«

Der Mann drehte sich um und ging weiter. Rocco trottete hinter ihm her.

Komm zurück, wollte Peter rufen, aber das hätte lächerlich geklungen. Zum ersten Mal im Leben wünschte er sich, größer zu sein. Einen ganzen Kopf größer. Und muskulöser. Oberarme wie Hulk Hogan, einen Nacken wie ein Stier. Dann würde es hier anders zugehen.

Im Gebüsch fand Peter eine Plastiktüte. Er ging damit zu dem Haufen, der immer noch frisch glänzend dalag. Er steckte die Hand in die Tüte, bückte sich und hob den Haufen schnell auf. Er spürte die Wärme durch das Plastik hindurch. Von dem Geruch wurde ihm schlecht, und er musste würgen. Er hielt den Haufen im Plastik so weit wie möglich von sich weg.

Ein Stück weiter entfernt hob Roccos Herrchen den Daumen, während Peter zu einem der Mülleimer ging. Nach ein paar Schritten jedoch sah er die nächste Tretmine liegen. Sie war dunkler, schon getrocknet wahrscheinlich. Einen Moment überlegte er, sich zu bücken und auch die in die Tüte zu tun. Da erschienen zwei weitere Haufen in seinem Gesichtsfeld, einer links, einer rechts. Es war wie in einem Minenfeld.

VIERZEHN

Es gibt Frauen, die die Affäre ihres Mannes entdecken, weil er beim Nachhausekommen die Unterhose verkehrt herum trägt. Andere finden in seinem Portemonnaie eine Hotelrechnung. Manche können den Seitensprung mit der Nachbarin an den Schrammen auf seinem Rücken erkennen. Andere Frauen können es riechen. Es gibt Männer, die ihre Frau in der Arbeit anrufen, und sie geht nicht ran. Andere schauen in ihre Handtasche und entdecken ein Päckchen Kondome. Wieder andere finden auf ihrem Smartphone pikante Nachrichten. Es gibt Frauen, die entdecken plötzlich ein rotes Haar auf seinem Pullover. Manche Männer hören von einem Freund, dass die Frau mit einem anderen gesehen wurde. Andere werden von ihrem besten Freund betrogen. Es gibt Frauen, die keine Lust mehr auf Sex haben und dadurch Misstrauen erregen. Es gibt Männer, die aus Schuldgefühl mit ihrer Frau Sex haben und dadurch auffliegen. Manche Ehefrauen stoßen aus heiterem Himmel auf ein zweites Handy. Andere Männer finden unversehens sexy Unterwäsche im Schrank ihrer Frau. Es gibt Frauen, die sich immer mehr mit ihrem Äußeren beschäftigen, Männer, die ihrer Frau eines Morgens einen Seitensprung vorschlagen. Es gibt Mütter, die machen ihre Kinder zu Komplizen. Es gibt Väter, die es von ihren Kindern erfahren. Manche murmeln den Namen ihrer Geliebten im Schlaf. Andere Affären kommen ans Licht durch Kontoauszüge, Chatverläufe, eine Adresse in der Chronik besuchter Websites, einen neuen Schal, einen verlorenen Ohrring, durch Parfüm, Lippenstift, Spermaflecken, Zufall oder einen Versprecher. Es gibt Frauen, die nach neunzehn Monaten den Betrug ihres Mannes herausfinden. Es gibt Männer, die wollen es nicht wissen. Es gibt Frauen, die es beichten, und Männer, die es leugnen. Es gibt Frauen, die notorisch fremdgehen, jedes Mal mit einem anderen. Es gibt Männer, die ihre Frau in flagranti ertappen.

Peter und Ilyas saßen am Esstisch im Wohnzimmer, als plötzlich die Tür aufging. Kee kam herein, direkt hinter ihr ein Mann, der sie anrempelte, als sie wie erstarrt stehen blieb.

»Was machst du hier?«, war das Erste, was sie sagte.

»Ich hab eine Verabredung mit diesem jungen Mann«, antwortete Peter. »Und du?«

»Ich hab mich auch verabredet«, erwiderte Kee. »Mit Paul.«

Peter nickte dem Mann hinter Kee zu. Kee starrte auf den Jungen neben Peter am Tisch.

»Das ist Ilyas«, stellte Peter ihn vor.

»Wer ist Ilyas?«, fragte Kee.

»Wer ist Paul?«

Keiner von beiden gab Antwort.

»Tag, Mevrouw Lindke«, sagte Ilyas mit einem gewinnenden Lächeln.

Kee schaute noch einmal genauer. Musste sie diesen Burschen von irgendwoher kennen? Wohnte er hier in der Gegend? War er ein Nachbar?

»Ilyas ist ein junger Mann, den ich betreue und dem ich helfe.«

»Ein junger Mann, dem du hilfst?«

»Ja, Mevrouw Lindke, Ihr Mann hilft mir.«

Kees Augenbrauen gingen in die Höhe. Sie verstand nur Bahnhof.

»Ich helfe Ilyas bei seiner Post und seinen Schulden ... Er hat den Überblick verloren.«

»Wobei hat er den Überblick verloren?«

»Ich bin Ilyas' Buddy.«

Kee war sprachlos. Als hätte sie einen total fremden Mann vor sich. Einen Mann, der haargenau so aussah wie Peter, aber sich so von ihm unterschied wie Schwarz von Weiß.

»Hallo, zusammen«, sagte Paul in das Schweigen hinein. »Ich bin Paul, wie gesagt.«

»Hallo, Paul«, sagte Ilyas.

»Hallo«, sagte Peter.

»Paul ist ...«, setzte Kee an, »ich hab Paul an der A 12 kennengelernt, an der Tankstelle. Er hat mir geholfen.«

»Bist du auch Buddy?«, fragte Peter.

»Nein«, antwortete Paul. »Ich arbeite in der Automatisierungsbranche.«

Niemand reagierte, bis Peter fragte: »Und – macht das Spaß?«

»O ja, ich bin verantwortlich für ...«

Kee unterbrach. »Paul hat mir sein Handy geliehen, als du mich an der A 12 stehen gelassen hast.«

»Willst du jetzt *die* Geschichte wieder aufwärmen?«

»Ich will nur erklären, warum Paul hier ist.«

»Du hast deine Frau an der Tankstelle stehen gelassen?«, fragte Ilyas.

»Ich hab sie nicht ›stehen gelassen‹, ich hab sie vergessen. Ich hab nicht gemerkt, dass sie ausgestiegen war.«

»Er ist ohne mich weitergefahren.«

»Krass, Mann!«

»Finde ich auch!«, erwiderte Kee. »Mit den Kindern, aber ohne mich.«

»Und da habe ich Kee mein Handy geliehen«, erklärte Paul begeistert, »und sie konnte dich anrufen, Peter.«

»Wie aufmerksam von dir.«

»Daran kannst du dir ein Beispiel nehmen!«

»Und dann?«, wollte Peter von Paul wissen.

»Wie – ›Und dann‹?«

»Das ist jetzt Monate her, und auf einmal spazierst du mit meiner Frau hier ins Wohnzimmer.«

»Und dann ...«

»Ich wollte mich schon lange bei Paul bedanken«, unterbrach ihn jetzt Kee, »aber es passte einfach nie. Heute hab ich ihn zu einer Tasse Kaffee eingeladen.«

»Ja, zu einer Tasse Kaffee.«

»Bei uns zu Hause«, sagte Peter.

»Ja.«

»Aber Kee wusste nicht, dass ich zu Hause sein würde.«

Paul schielte zu Kee. »Vielleicht sollte ich besser gehen.«

»Nein, nein«, sagte Peter seelenruhig. »Wenn du dableiben willst – kein Problem!«

»Ich glaub doch, dass ich lieber ein andermal auf einen Kaffee vorbeikomme ... Wenn es besser passt.«

»Absolut unnötig. Es ist genug Kaffee da.« Peter fühlte sich ganz Herr der Lage.

»Du hast Kaffee gekocht?«

»Ja.«

»Das kann ich nicht glauben.«

»Ich auch nicht.«

»Der Kaffee ist gut«, sagte Ilyas.

Kee setzte sich, doch Paul blieb stehen.

»Für mich keinen Kaffee«, sagte er.

»Magst du lieber Tee?«

»Nein.«

»Magst du überhaupt nichts?«

»Ist es dir recht, wenn ich ein andermal wiederkomme?«, fragte Paul Kee.

»Willst du schon gehen?«, fragte nun seinerseits Peter.

»Ja.«

»Das war ein kurzes Vergnügen.«

»Ja, sehr kurz«, sagte Kee.

»Wie war dein Name gleich wieder?«

»Paul«, sagte Kee. »Er heißt Paul.«

»Ach ja, Paul von der Tankstelle an der A 12.«

»Okay«, sagte Paul, »dann werd ich mal wieder.«

Kee nickte. Zu mehr war sie nicht mehr imstande.

Im nächsten Moment waren sie nur noch zu dritt. Kee hatte die Hände vors Gesicht geschlagen.

»Mevrouw Lindke, alles in Ordnung?«, fragte Ilyas.

Peter stand auf und ging zur Anrichte.

Als er kurz darauf einen Becher Kaffee vor Kee hinstellte, sagte er: »Ich glaube, du kannst einen Kaffee gebrauchen.«

Es war das erste Mal, dass er ihr Kaffee servierte, doch sie nahm nichts davon.

»Ich denke, ich gehe dann auch mal«, sagte Ilyas. »Ich

muss gleich zur Arbeit, und wir haben doch alles besprochen, oder?«

»Ja, klar, aber du kannst ruhig noch einen Moment bleiben. Du hast noch Kaffee.«

In einem Zug trank Ilyas seinen Becher aus.

»Okay«, sagte Peter, »heute Nachmittag werde ich noch mal bei der Vermietungsgesellschaft anrufen, mach dir keine Sorgen.«

»Auf Wiedersehen, Mevrouw Lindke«, sagte Ilyas mit einem kurzen Nicken zu Kee.

Kee antwortete nicht. Auch nicht später, als nur noch sie und Peter am Tisch saßen und er Kee fragte, ob sie ihm irgendwas sagen wolle. Er fühlte sich immer noch ganz Herr der Lage.

»Dein Kaffee wird kalt«, sagte er nach einer Weile, doch die Bemerkung war eine zu viel.

»Merkst du nicht, was hier los ist?«, fauchte Kee. »Verstehst du das immer noch nicht? Verstehst du denn gar nichts?« Sie fing an zu weinen, sie war sich ganz sicher: Das hier war das Ende.

»Ich verstehe alles«, erwiderte Peter. »Zuerst gab es Tarzan, jetzt gibt es Paul.«

Ihr Mund klappte auf. Sie war völlig perplex.

»Stimmt's oder hab ich recht?«

Sie wischte sich die Tränen weg und musterte ihren Ehemann. Der wartete auf Antwort. Er wollte tatsächlich recht bekommen. Doch etwas an seinem Blick sagte ihr, dass er die Antwort schon kannte, wie ein Quizkandidat, der kurz davor ist zu gewinnen.

»Warum wirst du nicht wütend?«, fragte sie. »Oder wenigstens traurig? Warum kommt bei dir nie eine Träne?«

»Bei dir laufen sie ständig. Ganz verrückt machen die mich. Ich kann sie nicht mehr sehen.«

Sie versuchte, ihre Tränen zu unterdrücken, aber es ging nicht. Sie flossen unaufhörlich weiter.

»Aber warum bist *du* traurig?«, fragte Peter. »Warum weinst du? Du bringst einen Mann mit nach Hause, du bist diejenige, die sich einen Liebhaber genommen hat.«

»Paul ist nicht mein Liebhaber.«

»Soll ich so tun, als wär ich bescheuert? Als würdest du dich nicht schon seit Monaten mit ihm treffen? Als wäre alles in Ordnung?«

»Das tust du doch schon! Wo ist deine Wut? Deine Verzweiflung? Na? Nichts von all dem. Der Herr spielt lieber ein Spielchen, wer recht hat.«

»Was erwartest du denn? Dass ich dich beschimpfe? Geschirr nach dir werfe? Soll ich den Tisch umschmeißen?«

»Ich will, dass du irgendein Gefühl zeigst!«, brüllte sie. »Aber du sitzt einfach nur herum und sagst mir, mein Kaffee wird kalt!«

»Hure!«, schrie Peter. »Du dreckige Hure!«

Kee spürte Speicheltropfen in ihrem Gesicht.

»Scheißschlampe! Verdammtes Miststück!«

Er warf ihren Kaffeebecher auf den Boden.

»So besser? Bist du jetzt zufrieden? Oder soll ich meinen Becher auch noch hinterherschmeißen?«

Kee antwortete nicht. Sie schaute auf das Chaos am Boden, die Scherben in der braunen Pfütze.

Peter fühlte sich nicht mehr Herr der Situation. Er schämte sich. Sie schämten sich beide. Zum x-ten Mal waren sie in die Falle getappt und in dem Teufelskreis von

Vorwürfen gelandet. Warum konnten sie einander nie zuhören? Warum reagierten sie immer wie im Reflex, wie zwei kläffende Hunde?

Peter versuchte es noch einmal. »Ich bin nicht traurig«, sagte er, »weil ich nicht genau weiß, was das hier bedeutet. Du hast eine Affäre, okay. Aber was hat das zu bedeuten? Bist du verliebt? Willst du die Scheidung?«

»Ich *habe* keine Affäre. Ich hab mich heute zum ersten Mal mit Paul getroffen.«

»Und das soll ich glauben?«

»Ich soll dir ja auch glauben, dass du mich an der Tankstelle bloß ›vergessen‹ hast!«

»Ich *habe* dich da bloß vergessen.«

»Dann habe ich auch keine Affäre.«

Hierüber musste Peter kurz nachdenken.

»Und warum hast du ihn dann mit nach Hause gebracht?«

»Weil ich dachte, du wärest nicht da, und weil ich Sex mit ihm wollte.« Sie wurde rot.

»In unserem Bett?«

»Keine Ahnung. Im Bett oder auf dem Sofa oder im Flur. Ich habe nicht darüber nachgedacht und auch nicht, was daraus werden soll. Ich wollte mit jemand anderem Sex haben und herausfinden, was das mit mir macht.«

»Als Experiment?«

»Sei nicht so zynisch.«

»Selber zynisch.«

Auf ihrem Nasenflügel lag eine Wimper. Dunkelblond, perfekt gebogen. Sie schien unter einer Träne zu glitzern. Je länger Peter sie anschaute, desto herrlicher fand er sie.

In der plötzlichen Stille hörte Peter eine nur ihm vernehmliche Stimme. Er hatte sie lange nicht mehr gehört, und eigentlich hatte er ihre Existenz ganz vergessen. Es war eine Stimme, die sagte, dass er sich verletzt fühlte, und die ihn ermunterte, darüber zu sprechen.

Der erste Versuch klappte nur mäßig, er sagte: »Zum Glück hast du ja noch Tarzan.«

Kee reagierte nicht.

Dann fragte er: »Warum willst du nicht mehr mit mir schlafen?«

»Ich spüre keine Verbindung. Du bist nie für mich da. Ich möchte ja schon, aber ich kann nicht.«

Peter konnte die Worte nicht mehr hören: »Verbindung, verbunden, Verbundenheit«. Ihm wurde davon übel.

»Du berührst mich nur, wenn du Sex willst.«

»Ist Paul für dich da?«, fragte er.

»Nein. Und ich glaube auch nicht, dass ich mich mit Paul von der Tankstelle verbunden fühlen möchte.«

Sie lächelte kurz. Vielleicht sah sie eine Zukunft vor sich, in der »Paul von der Tankstelle« ihr persönlicher Gag wäre. In einer sehr fernen Zukunft.

»Ich verstehe nur Bahnhof.«

»Wovon? Was verstehst du nicht?«

»Warum kannst du mit Paul Sex haben und mit mir nicht?«

»Peter«, sagte sie, »kennst du nicht das Gefühl, dass du mit jemand anderem ins Bett willst? Etwas tun, was du noch niemals getan hast? Spüren, was du so lang nicht mehr gespürt hast? Dass du verdammt noch mal wach geküsst werden willst, von der Betäubung genug hast, wieder leben willst?«

Peter ignorierte den neuen Strom Tränen. Er dachte an die Nachbarin im Hof gegenüber, die er vor Kurzem im Slip am Fenster gesehen hatte. Es war ein sexy Slip mit schmalen Bändchen. Er hatte nicht wegsehen können, und als die Nachbarin ihn bemerkte, hatte sie schnell die Vorhänge zugezogen.

»Nein«, sagte er. »Das Gefühl kenne ich nicht. Oder vielleicht hab ich es mal gespürt, aber ich hab's unterdrückt.«

»Ich nicht, ich wollte es endlich mal ausleben.«

Zum ersten Mal verspürte sie kein Schuldgefühl. War es unmoralisch, wenn man endlich einmal nach Luft schnappte, einfach nur leben wollte, und sei es auf Kosten von jemand anderem?

Plötzlich fiel ihr etwas ein. Die Frage, die sie schon viel eher hatte stellen wollen. »Warum bist du eigentlich nicht in der Arbeit?«

»Muss *ich* mich jetzt rechtfertigen?«

»Ich weiß, dass ich eine Grenze überschritten habe oder es zumindest vorhatte.«

»Also was nun?«

»Ich war mit Paul nicht im Bett, aber ich hatte es vor.«

»Das ist genauso schlimm.«

»Wirklich?«

»Wirklich.« Er hatte recht. Er war sich ganz sicher. Aber dieses Rechthaben war sinnlos. Es nutzte ihm nichts.

»Und jetzt?«, fragte er.

Kee antwortete nicht. Sie wusste es auch nicht.

»Ich hab keine Lust mehr auf noch einen bärtigen Psychologen. Ich will keine Paartherapie mehr.«

Kee hatte auch keine Lust mehr darauf: die Gespräche, die Tränen, die Taschentücher. Sie wollte nicht, dass jemand sie wieder aufforderte: »Sag ihm doch mal: ›Halt mich fest.‹«. Sie wollte, dass jemand ihr sagte: »Lass den Kerl los, gib ihn auf.«

Peter suchte nach der Wimper auf ihrer Nase, aber sie war verschwunden.

»Man hat mich entlassen«, sagte er.

Es war, als hätte sie ihn nicht verstanden.

»Man hat mich entlassen. Darum bin ich zu Hause.«

Wieder war sie perplex. »Nein«, sagte sie, »nein, nein.«

»Ich hab meine Arbeit verloren.«

»Wie konnte das passieren?«

»Nach meinem Fernsehauftritt, da hat Wijnberg mich entlassen. Dieses schreckliche Gemälde mit dem platten Kragen! Es ist nicht von Rembrandt. Vielleicht von einem Schüler, aber eher von einem Nachahmer, einem schlechten Nachahmer.«

»Der Pfannkuchen«, murmelte Kee.

»Was sagst du?«

»Du hast gesagt, der Kragen wäre platt wie ein Pfannkuchen.«

»Das ist er ja auch.«

Für einen Moment spürte Peter die Hitze der Studiolampen wieder, als müsse er sich verteidigen, doch Kee fragte nicht weiter.

»Wijnberg fand meinen Auftritt eine Schande für das Museum. Und mit Zustimmung des Aufsichtsrats hat er mich entlassen.«

»Aber das ist doch schon eine ganze Weile her. Wie lange bist du jetzt zu Hause?«

»Fast einen Monat.«

»Und die ganze Zeit über hast du mir nichts gesagt.«

»Nein.«

»Und warum?«

»Ich konnte es nicht.«

Kee starrte ihn an. Sie verstand ihn, zum ersten Mal an dem Tag verstand sie ihren Mann. Sie hätte auch nichts sagen können.

»Weiß es wirklich niemand?«

»Nein.« Peter dachte kurz nach und fügte hinzu: »Niemand, bis auf Dschemine.«

»Dschemine?«

»Der habe ich auch geholfen.«

»Warum braucht Dschemine Hilfe?«

»Sie konnte ihre Krankenkasse nicht mehr bezahlen und hatte Hautausschlag. Ich hab ihr zu einer neuen Wohnung verholfen, einer offiziellen Adresse, damit sie Wohngeld beantragen kann.«

Das ging Kee zu schnell. Woher wusste Peter, dass Dschemine ihre Kassenbeiträge nicht zahlen konnte? Warum hatte sie ihm das erzählt? Ihr gegenüber hatte Dschemine nie etwas losgelassen, bis darauf, dass ihr Sohn in der Schule gut mitkam.

»Ich war auch mit ihr bei einem Bewerbungsgespräch.«

Kee nickte, doch die Bedeutung der Worte drang nicht zu ihr durch.

»Bei einer Reinigungsfirma in Barendrecht.«

»Was ist mit dir passiert?«, fragte Kee.

»Ich saß zu Hause nur herum, und auf einmal konnte ich jemandem helfen, und das hab ich getan. Jetzt hat Dschemine eine richtige Stelle, sie bekommt Kindergeld, und der Antrag für Wohngeld ist auch schon gestellt.«

In der Ehe besteht immer das Risiko, dass die Partner

sich im Laufe der Zeit auseinanderentwickeln. Oder einer der Partner entwickelt sich weiter, während der andere stagniert. Doch Kee hatte nicht den Eindruck, dass dies bei Peter der Fall war. Er wirkte vielmehr wie komplett ausgewechselt, vom einen Tag auf den anderen.

»Weißt du, was für ein gutes Gefühl das ist, wenn du jemandem helfen kannst? Wenn du eine Stelle für ihn findest, ihm hilfst, von seinen Schulden herunterzukommen, wenn du sein Leben wirklich verbessern kannst?«

Sie wollte sagen: Ich erkenne dich nicht wieder, ich weiß nicht mehr, wer du bist.

»Sie fängt bald einen Sprachkurs an«, sagte Peter.

»Dschemine?«

»Ja, der Kurs ist immer freitags. An dem Tag kann sie nicht mehr zu uns kommen.«

Kee dachte an die Wäsche. Die Berge von Hosen, Socken, Kleidern, Hemden, Tischdecken und Geschirrtüchern.

»Und was machen wir?«, fragte sie. »Was heißt das für uns?«

»Das ist doch toll für Dschemine?«

Eine Welle von Stress durchfuhr sie. Sie spürte, wie sich ihre Schultern verkrampften. Ein Sprachkurs für Dschemine, schön und gut, aber die Wäsche blieb jetzt wieder an ihr hängen. Und das war überhaupt nicht toll angesichts der Abgabetermine, die sie diesen Monat noch schaffen musste.

»Wir müssen für Freitag schnell eine Ersatzlösung finden«, sagte sie. »Vielleicht weiß sie selbst jemanden. Eine Nachbarin oder eine Schwester. Hat Dschemine eine Schwester?«

»Um die Wäsche kann ich mich auch kümmern.«

Sie musste schallend lachen. Jetzt wurde es zu viel. Das war komplett unglaubwürdig. Diese Verwandlung war unmöglich.

»Denkst du, ich kann deine Slips nicht zusammenlegen?«

Sie hatte ihn nicht gehört. Sie wieherte vor Lachen.

»Ich finde das nicht lustig«, sagte Peter.

»Tut mir leid.« Doch Kee konnte nicht aufhören. Sie kriegte sich nicht mehr ein.

Was für ein Bild hatte seine Frau von ihm? Konnte sie ihn nicht mehr objektiv sehen? Und umgekehrt? Sah Peter Kee noch objektiv?

Endlich hörte Kee auf zu lachen.

Sie starrte auf den Tisch und dann auf den leeren Becher vor Peter.

Was war von einer Ehe noch übrig, wenn man sich nicht mehr zuhörte und auch nicht mehr ansah?

»Möchtest du noch Kaffee?«

Kee nickte. »Das wäre schön.«

Peter schob seinen Stuhl zurück. »Ich koch dir schnell neuen«, sagte er.

Kein »Danke« kam ihr über die Lippen. Peters Fürsorglichkeit fühlte sich für sie an wie ein Wiedergutmachungsversuch, ein Nachholmanöver. Sie war sich nicht sicher, ob es dazu nicht schon zu spät war.

Schweigend saßen sie sich gegenüber, während das heiße Wasser durch den Filter tropfte.

»Dieser Junge ...«, sagte Kee.

»Ilyas.«

»Woher kennst du ihn?«

»Dschemine hat vor der Tür gestanden und ihn bei mir

abgegeben. Kein Baby im Weidenkorb, sondern ein Junge mit einer Plastiktüte.«

»Einer Plastiktüte?«

»Ja, er hatte eine Plastiktüte mit lauter Rechnungen und Mahnungen dabei.«

»Und da hast du gedacht: Dem Jungen werde ich helfen, dem muss ich beistehen.« Im Grunde wollte sie damit sagen: Für ihn bist du da, für mich nicht – nicht für deine Familie, aber für einen fremden Jungen, der von der Putzfrau bei dir abgegeben wird.

»Ich glaube, ich kann ihm helfen, so wie Dschemine.«

Kee spürte Wut in sich hochkochen.

»Er ist ein guter Junge«, sagte Peter. »Ich glaube an ihn.«

»Und wer kümmert sich inzwischen um dich, wer hilft dir? Wie findest du neue Arbeit?«

»Das weiß ich noch nicht.«

»Das weißt du noch nicht?«

»Das ist momentan nicht mein Thema.«

Wie Kee nicht über die Folgen ihrer Verabredung mit Paul nachgedacht hatte, war für Peter die Suche nach neuer Arbeit kein Thema. Wie es weitergehen sollte, wie er sein eigenes Leben zurück in die Spur bringen könnte. Irgendwie wollte er auch herausfinden, wie diese neue Situation auf ihn wirkte. Wer er ohne Arbeit noch war.

»Mein Gehalt läuft noch fünf Monate weiter.«

Kee dachte an die Hypothek. Könnte sie die alleine bezahlen?

»Ilyas hat fast zwanzigtausend Euro Schulden. Das ist ein viel größeres Problem.«

Könnte sie ohne Peter weitermachen? Käme er ohne sie zurecht?

Peter stellte Kee einen neuen Becher hin und schenkte ihr frischen Kaffee ein. Sie nahm einen Schluck.

»Schmeckt er?«

»Ja.«

»Soll ich die Kinder von der Schule abholen?«

Kee nickte.

Peter lächelte.

Er nahm auch einen Schluck. Er fühlte sich wieder Herr der Situation.

»Donnerstag gehe ich mit Ilyas zur Schuldnerberatung. Ich hoffe, sie können ihm helfen.«

»Donnerstag«, sagte Kee.

»Ja.«

»Dann ist das vielleicht der passende Zeitpunkt, mit Paul Kaffee zu trinken.«

FÜNFZEHN

Peter hatte einen weißen VW Caddy gemietet. Zusammen mit Ilyas hatte er eine Liste notwendiger Einrichtungsgegenstände erstellt: Er brauchte ein Sofa, einen Esstisch, Stühle, einen Kühlschrank, der unter die Spüle passte, eine Mikrowelle und einen Couchtisch. Die einzelnen Stücke hatte Peter im Internet gefunden. Den Großteil auf der Facebook-Seite »Rotterdam: gratis abzuholen«, den Rest auf eBay.

Die Gesamtkosten dieser Grundausstattung betrugen weniger als fünfzig Euro. Der Besitzer des Kühlschranks wollte erst fünfunddreißig, doch Peter hatte ihn auf zwanzig heruntergehandelt. Noch nie im Leben hatte Peter gefeilscht und nie gewusst, was für einen Spaß das machen konnte. Auch den Preis für die Mikrowelle und den Couchtisch hatte er um einiges herunterbekommen. Der Besitzer des Couchtischs hatte erst auf seiner Preisvorstellung bestanden, sich dann aber umstimmen lassen, als Peter ihm mailte, das Möbel sei für einen jungen Mann, den er als Buddy betreue.

»Wohin wollen wir zuerst fahren?«, fragte Ilyas, als er neben Peter im Caddy saß.

»Zu Mevrouw Edes. Die will ihren Tisch und die Stühle unbedingt loswerden.«

»Bei mir sind sie herzlich willkommen.«

Sie fuhren ins Zentrum. Im Radio suchte Ilyas Musik.

»Wie läuft es im Jordy's?«

»Ja, Mann.«

»Was soll das heißen – ›gut‹?«

»Ja, Mann.«

»Hast du nette Kollegen?«

»Müssen wir unbedingt über Arbeit reden? Die Fahrt ist doch grade so schön.« Er stellte die Musik lauter. »Hier – das musst du hören!«

Peter hörte kurz hin, konnte aber nichts damit anfangen. »Worum geht's in dem Lied?«

»Verstehst du den Text nicht?«

»Ist es Niederländisch?«

»Irgendwie schon«, antwortete Ilyas.

»Irgendwie?«

»Straßenslang, Mann! Du weißt schon.«

»Und das verstehst du?«

»Ich versteh's nicht nur, ich kann es auch sprechen.«

»Handelt es von Liebe?«

Ilyas musste laut lachen.

»Warum lachst du?«

»In dieser Musik geht's nie um Liebe, Mann! Das hier ist was über Frauen und Geld und darüber, 'n fetten Merry zu haben.«

»Einen fröhlichen Kumpel?«

»Nee, Mann, du checkst aber auch gar nichts – ein Merry ist ein Mercedes!«

Peter dachte kurz nach. »Und was ist ein VW Caddy im Slang?«

»Der ist gut! Ein VW Caddy!«

»Na?«

Ilyas bekam einen neuen Lachkrampf. »Hör schon auf, Mann!«

Sie hielten an einer roten Ampel. Fußgänger überquerten die Straße, ein paar Schüler mit schweren Tornisterrucksäcken, zwei ältere Damen, vielleicht unterwegs zum Museum Boijmans, doch Ilyas fiel etwas anderes auf.

»Schau mal, da stehen sie und dealen!« Er zeigte auf die Überdachung am Eingang zur U-Bahn.

»Und das am helllichten Tag?«

»Kommst du nie vor die Tür?«

»Natürlich«, antwortete Peter, »aber ich achte auf andere Dinge.«

»Worauf achtest du denn?«

Peter wollte schon sagen: »Auf Leute wie mich«, aber er fürchtete, falsch verstanden zu werden, als wären die Dealer Leute wie Ilyas.

»Ich denke, du hast einen anderen Blick. Ich bin es gewöhnt, mir Gemälde anzusehen.«

»Und wie machst du das?«

»Ich achte auf Farben, die Pinselführung, das Licht. Auf alle möglichen Details.«

»Nicht auf die Menschen?«

»Wenn welche drauf sind – natürlich! Aber auch dann betrachte ich eher die Komposition und die Art, wie sie gemalt sind.«

Die Ampel sprang auf Grün. Hinter Peter wurde gehupt.

»Bist du dir sicher, dass du keine andere Brille brauchst?«

Peter fuhr an und bog an der nächsten Ampel rechts ab. »Hier muss es irgendwo sein«, sagte er. »Nummer 63.«

Sie erreichten Mevrouw Edes' Adresse. Vor der Tür gab es keinen freien Parkplatz.

»Warum parkst du nicht in zweiter Reihe?«

»Dann kommt niemand mehr vorbei.«

»Die können doch mal kurz warten?«

Hundert Meter entfernt fanden sie eine Parklücke. Peter manövrierte sich rückwärts hinein. Er brauchte drei Anläufe. Im Gegensatz zu Kee sparte Ilyas sich jeden Kommentar. Er lächelte bloß, er freute sich auf seinen Tisch und die Stühle.

Mevrouw Edes wohnte in einem modernen Apartmenthaus. »Teure Hütte«, sagte Ilyas, als sie durch den blitzenden Eingangsbereich gingen. Sie nahmen den Fahrstuhl in den dritten Stock.

Eine junge Frau, die kein Niederländisch sprach, dafür aber Englisch, kam an die Tür. Sie stammte aus Spanien und arbeitete für ein internationales Unternehmen. Der Vormieter hatte seine Möbel stehen gelassen, als er nach Südafrika zurückgegangen war. Sie war heilfroh, dass Peter und Ilyas ihr die klobigen Stühle und den großen Holztisch abnehmen wollten.

Zuerst schleppten sie die vier Stühle zum Fahrstuhl und brachten sie zum Eingang. Der massive Esstisch passte nicht durch die Tür. Er musste auseinandergenommen werden, allerdings hatte Mevrouw Edes keinen Schraubenzieher. Für einen Moment hörte Peter die Stimme seiner Frau. Wie könne er nur so dumm sein, kein Werkzeug mitzunehmen? Selbst wenn sie nicht da war, konnte er Kee hören. Nie machte er etwas richtig.

Die Spanierin klingelte bei ihrem Nachbarn, ein Expat

wie sie, aber aus Saudi-Arabien. Der verschwand kurz und kam mit einem Werkzeugkasten zurück, in dem gleich mehrere Schraubenzieher waren.

»Lass mich mal machen«, sagte Ilyas und löste die Schrauben.

Zusammen trugen sie die Tischplatte zum Fahrstuhl und danach das Untergestell.

»Kannst du nicht das Auto holen?«, fragte Ilyas, als sie die Tischplatte auf den Bürgersteig schleppten.

»Wir sind doch fast da.«

»Soll *ich* es holen?«

»Hast du einen Führerschein?«

»Nee, aber fahren kann ich.«

Als sie die Tischplatte und das Untergestell im Laderaum des Caddys verstaut hatten, war nur noch Platz für drei Stühle. Den vierten musste Ilyas umgedreht auf den Schoß nehmen. Peter half ihm mit dem Sicherheitsgurt.

»Sitzt du gut?«

»Besser als bei dir auf dem Gepäckträger, aber das ist auch alles.«

Sie fuhren zu Ilyas' Wohnung. Im Wohnzimmer ergab sich das gleiche Problem wie bei Mevrouw Edes: Ilyas hatte keinen Schraubenzieher.

»Vielleicht haben die Nachbarn einen«, schlug Peter vor.

»Könnte sein.«

»Dann klingel doch mal.«

»No way, Mann.«

»Und warum nicht?«

»Ich hab noch nie bei den Leuten geklingelt. Ich kenne sie nicht.«

»Soll ich klingeln?«

»So funktioniert das hier nicht.«

»Wie funktioniert es denn dann?«

»Jeder für sich.«

Peter konnte es nicht fassen: Expats aus total verschiedenen Ländern gingen problemlos aufeinander zu, aber Ilyas hatte keinen Kontakt zu seinen Nachbarn, die vielleicht schon seit Jahren neben, über und unter ihm wohnten.

»Und jetzt?«

Ilyas legte die Tischplatte umgekehrt auf den Boden und darüber den Rahmen. »Um die Schrauben kümmere ich mich später«, sagte er.

Peter musterte die vier Stühle, die um den umgekehrten Tisch herumstanden. Es war ein merkwürdiges Bild, und er fragte sich, wer auf den Stühlen Platz nehmen würde, wenn der Tisch zusammengeschraubt wäre. Ilyas hatte weder Kontakt zu den Nachbarn noch zu seiner Familie. Hatte er wenigstens Freunde?

Bei der zweiten Fahrt holten sie den Kühlschrank, die Mikrowelle und den Couchtisch. Sie mussten durch die halbe Stadt und landeten auf dem Weg zur Mikrowelle in einem Stau. Eine Straße wurde neu geteert, es gab eine Umleitung, aber die war zu schmal für die Unmenge Autos. Sie fuhren Schrittgeschwindigkeit.

Peter sah auf seine Hände am Steuer. Kein bisschen verkrampft. Er litt nicht unter Stress so wie sonst immer in einem Stau. Als er nach rechts blickte, sah er, dass Ilyas die Augen geschlossen hatte. War er eingenickt? In anderen Autos wurde jetzt sicher geflucht, Fahrer schauten auf die Uhr, rechneten aus, wie viele Minuten sie zu spät kommen würden, wiederholten die Berechnung schon ein paar Minuten später, und bestimmt gab es Männer, die mit der Faust an die Tür schlugen, Frauen, die sich auf die Nägel bissen, und der eine oder die andere durchlebte gewiss eine existenzielle Krise, murmelte Sätze wie: »Warum muss ich jetzt im Stau stehen? Was habe ich verbrochen? Ich halte das nicht mehr aus. Ich will sterben!«

Als auch der Couchtisch im Laderaum des Caddys verstaut war, wirkte Ilyas auf einmal seltsam vergrätzt.

»Woher wusste der Mann, dass du mich betreust?«

»Hat er das gesagt?«

»Ja, er hat dich meinen Betreuer genannt und mich dabei angesehen, als wäre ich behindert.«

»Ich hab ihm gemailt, der Couchtisch sei für einen jungen Mann, den ich betreue.«

»Warum hast du das gemacht? Wozu sollte das gut sein?«

»Er wollte mit dem Preis nicht runtergehen.«

»Und danach schon?«

Peter nickte.

»Also aus Mitleid?«

»Oder aus Mitgefühl. Die zwei liegen nah beieinander.«

Ilyas schwieg.

»Hast du auch Mitleid mit mir?«

»Mit dir? Nein.«

Peter verspürte kein Mitleid mit ihm, er fand ihn auch nicht bedauernswert. Er sah in Ilyas einen vielversprechenden jungen Mann.

Ilyas blieb weiter verschnupft. »Du machst einen Idioten aus mir«, sagte er schließlich.

»Aber ich bin doch auch dein Betreuer, ich helfe dir …«

»Das braucht aber nicht jeder zu wissen.«

Jetzt schwiegen sie beide.

»Nenn dich nie wieder meinen Betreuer.«

»Aber ...«

»Kein ›Aber‹. Wenn Leute dich als meinen Betreuer oder Buddy ansehen, bin ich der Blindgänger, der Loser.«

»Wie soll ich mich denn sonst nennen?«, fragte Peter.

»Und wie nenne ich dich?«

»Na, ganz normal.«

»Und was heißt das?«

»Einfach ›Peter‹, einfach ›Ilyas‹.«

»Und wenn Leute fragen, woher wir uns kennen?«

»Dann denk dir was aus.«

»Eine Geschichte?«

»Was dir grade so einfällt.«

»Dass ich dein Onkel bin und du mein Neffe?«

»Nee, Mann. Das glaubt uns doch niemand. Wir sehen uns kein bisschen ähnlich, du könntest nie mein Onkel sein.«

»Hast du eine bessere Idee?«

Ilyas dachte kurz nach. »Vielleicht könntest du sagen, ich wäre Fußballer und du mein Trainer.«

»War das mal ein Traum von dir? Fußballer werden?«

Ilyas nickte. »Aber das glaubt uns auch kein Mensch mehr. – Jetzt weiß ich's! Sag einfach, ich lerne Elektroinstallateur und du wärst mein Chef.«

Peter war völlig begeistert, dass Ilyas ihm die Leitung eines Handwerksbetriebs zutraute. Kee würde sich biegen vor Lachen.

»Findest du das nicht gut?«

»Vielleicht ist auch das nicht ganz überzeugend. Was hältst du von der Kombination ›Dozent und Student‹?«

»Wie meinst du das?«

»Dass ich Lehrer bin und du mein Schüler.«

»Nee, Mann! Viel zu langweilig.«

Sie fuhren durch eine Straße mit kleinen Vorgärten. Die sahen aus, als hätte ein Maler seine fröhlichsten Farben darüber ausgegossen. Der Lavendel blühte, Schmetterlinge und Bienen schwirrten um Kornblumen, und rosa Stockrosen wogten im Wind, als wollten sie bei ihren Besitzern anklingeln.

»Ich hab's!«, rief Ilyas. »Ich arbeite im Wachschutz, und du bist in der Automatisierungsbranche.«

»Nein, nicht Automatisierer. Alles, bloß das nicht!«

Beide mussten sie lachen.

Nach einer Weile fragte Ilyas: »Wie hieß der Mann gleich wieder?«

»Paul.«

»Ach ja, Paul von der Tankstelle.«

Sie hielten an einer Ampel, doch niemand überquerte die Straße. Die Ampeln wurden von einem Algorithmus gesteuert. Der sorgte für flüssigeren Verkehr, doch manchmal auch für die absurde Situation, dass man im Auto auf Godot wartete.

»Wie ist jetzt bei dir zu Hause die Lage?«

Seit drei Tagen hatten Peter und Kee kein Wort mehr miteinander gesprochen. Sie gingen sich aus dem Weg, und am Frühstückstisch sah jeder nur auf seinen Teller. Als hätten sie die Sprache verloren.

»Wenn ihr euch scheiden lasst, bleib ich bei Mama«, hatte Tristen am Morgen gesagt.

»Lasst ihr euch scheiden?«, war Ewans erste, verschreckte Frage gewesen.

»Das musst du deine Mutter fragen.«
Kee antwortete nichts.
»Ich will auch nicht zu Papa.«
»Du magst doch jeden Tag Fritten?«
»Warum muss ich zu Papa, und Tristen darf hier wohnen bleiben?«
»Ihr bleibt beide hier wohnen«, reagierte jetzt endlich Kee.
»Och, schade!«, rief Tristen.
»Sei nicht so gemein zu deinem Bruder.« Kee schaute ihren Sohn böse an.
Niemand wagte noch etwas zu sagen.
Die Jungs aßen schnell ihre Brote. Sie hatten noch zehn Minuten, bevor sie zur Schule mussten. Tristen war mit seinen Gedanken schon wieder woanders. Er fragte sich, wo sein Handy wohl lag und ob seine neue Hose in der Wäsche war. Ewans Gedanken gingen in eine andere Richtung. Während Zuckerstreusel auf seinen Teller rieselten, stieg eine Frage in ihm empor.
»Bleibt Papa dann auch hier?«
Er bekam keine Antwort.

»Bei einer Frau musst du dafür sorgen, dass es ihr an nichts fehlt«, sagte Ilyas. Der Caddy fuhr an einem alten Binnenhafen entlang. »Sie darf keinen Grund zu klagen bekommen. Wenn du eine Frau im Bett nicht verwöhnst, sucht sie ihr Vergnügen woanders. Eine Frau muss vor Lust stöhnen. Stöhnt sie nicht, machst du irgendwas falsch. Das ist meine Theorie. Was hältst du davon?«
»Soll ich hier ernsthaft drauf antworten?«
»Na klar, Mann.«

»Eigentlich sagst du, ich bin eine Niete im Bett.«
»Das behaupte ich nicht.«
»Was sagst du denn dann?«
»Dass Paul von der Tankstelle keine Konkurrenz für dich ist, wenn du dir ein bisschen Mühe gibst.«
»Denkst du wirklich, es ist so einfach?«
»Denkst du, eine Frau will einen anderen Mann, wenn sie zu Hause alles bekommt?«
»Was Kee will, weiß ich schon lange nicht mehr.«
Er hatte das Gefühl, dass seine Frau ihm noch nie so fremd gewesen war wie genau jetzt. Hatten sie überhaupt noch eine Beziehung?
»Wie lang hast du schon keine Punani gehabt?«
»Wie lang hab ich *was* nicht gehabt?«
»Straßenslang, Mann! Wie lang hattest du mit deiner Frau keinen Sex?«
Peter seufzte. »Sehr lange.«
Er hatte eigentlich keine Lust, mit Ilyas über seine Ehe zu reden, aber wen hatte er sonst dafür?
»Du kannst dir ja auch jemand anderen suchen.«
»Eine andere Frau, meinst du?«
Ilyas nickte begeistert. »So 'ne junge mit ordentlich Stoßdämpfern! Die bringst du mit nach Hause. – Du weißt doch, was Stoßdämpfer sind, oder?«
»Ich hab da so eine Ahnung.«
»Du wirst sehen, wie deine Frau abgeht – stinkwütend wird die!«
Das glaubte Peter eher nicht, aber er fand es erfrischend, mal eine andere Sicht auf die Dinge zu hören. »Und dann?«
»Was glaubst du? Sie wird um dich kämpfen, dich zurückerobern wollen.«

»Ich glaube, Kee würde dem jungen Ding mit den dicken Stoßdämpfern eher einen Kuchen backen und sich aus tiefstem Herzen bei ihr bedanken.«

»No way. Das wird ein Zickenkrieg, glaub mir. Hauen, kratzen und beißen, an den Haaren ziehen, alles. Und die am Schluss Siegerin ist, die kriegt dich.«

»Kee wird die weiße Fahne hissen, sofort. Die schnellste Kapitulation aller Zeiten.«

Doch Ilyas war in seiner Fantasie nicht mehr zu bremsen, er überhörte Peters Bemerkung komplett. »Ich hab's! Du musst sie zum Abendessen einladen, wie deine Frau Paul zum Kaffee.«

»Und dann setzt sie sich gemütlich zum Abendessen mit Familie Lindke?«

»Deine Kinder werden ihre Mutter anfeuern.«

»Ich fürchte, die essen einfach seelenruhig weiter.«

Auf einmal fragte sich Peter, warum er Paul nicht auf die Pelle gerückt war, nicht mit der Faust ausgeholt hatte. Die Wahrheit war: Er hatte nicht daran gedacht. Er hatte getan, als sei alles in Ordnung, ihm sogar einen Kaffee angeboten.

»Soll ich mich um 'ne Frau für dich kümmern?«

»Nicht nötig«, antwortete Peter.

»Denkst du, ich krieg das nicht hin?«

»Daran zweifle ich keinen Moment.«

»Tja, also dann ...«

»Wie ich schon sagte: Es ist nicht nötig, Ilyas.« Sein Ton wurde plötzlich ernst, sie hatten genug rumgealbert. »Ich bin hier, um dir zu helfen, nicht umgekehrt.«

»Und warum darf ich dir nicht helfen?«

»Du sollst nur an dich selbst denken.«

»Aber ich darf mich doch irgendwie revanchieren?«

»Natürlich, sehr gerne sogar. Weißt du, was du für mich tun kannst, was das schönste Geschenk für mich wäre?« Peter machte eine rhetorische Pause. Er wollte Ilyas' volle Aufmerksamkeit, aber er überlegte auch, wie er seinen großen Wunsch in Worte fassen könnte. »Ich möchte, dass du Ordnung in dein Leben bekommst«, begann er zögernd. »Dass du all deine Schwierigkeiten überwindest. Dass du nicht aufgibst, dass, wenn du in einem Jahr auf heute zurückblickst, die jetzige Situation dir wie von einem anderen Planeten vorkommt. Ich möchte, dass du aufstehst und dich dem Leben stellst, dem Leben, das Chancen bietet, wundervolle Dinge für dich bereithält, für das du aber auch Kraft brauchst. Jeden Tag wieder. Ich möchte, dass du diese Kraft findest und dir damit die Türen zu deinen Träumen öffnest. Ich will, dass du aus deinem alten Leben herauskommst. Damit kannst du dich revanchieren, das kannst du für mich tun. Aber tu es in erster Linie für dich.«

»Inschallah.«

»Das ist mein Ernst.«

»Ich sagte: Inschallah.«

»Machst du dich über mich lustig?«

Ilyas schüttelte den Kopf. »Nee, Mann!«

»Warum reagierst du dann so?«

»Ich bin gläubig. ›Inschallah‹ bedeutet: So Gott will.«

»Mit seiner Hilfe, meinst du?«

»Ja, irgend so was.« Ilyas sah Peter an. »Glaubst du denn an gar keinen Gott?«

Peter schüttelte den Kopf. »Warum soll ich an einen Gott glauben?«

»Weil es gut für dich ist, weil Allah gut ist.«

»Und wer an Allah glaubt, wird von selbst gut?«

»Ja, der hat ein gutes Leben, vielleicht kein einfaches, aber ein gutes. Verstehst du?«

»Ich glaub schon.«

»Es ist nicht einfach, an Allah zu glauben«, sagte Ilyas. »Manchmal finde ich es sogar total schwierig.«

»Und Allah kümmert sich um jeden?«

»Um jeden.«

Peter widersprach Ilyas nicht. Er fand es gut, dass Ilyas an Gott glaubte und dass sein Glaube ihn stärkte. Obwohl Frommsein nicht immer einfach war.

»Glaubst du denn an gar nichts?«, fragte Ilyas.

Hatte Kee ihn noch vor Kurzem nicht das Gleiche gefragt? Jedenfalls glaubte er nicht an Himalayasalz.

»Ich glaube an dich«, sagte Peter schließlich.

»Das klingst strange, Mann.«

»Warum?«

»Lass es mich so sagen: Es klingt ungewohnt.«

»Ich glaube wirklich an dich. Sonst würde ich dir nicht helfen.«

»Das hat noch nie wer zu mir gesagt.«

Wahrscheinlich auch nicht zu Peter, doch ihm hatten immer alle Türen offen gestanden. Zu all seinen Träumen.

»Es heißt immer: ›Ilyas, das schaffst du nicht, das ist nichts für dich. Ilyas, verzieh dich.‹«

Er dachte kurz nach und schaute dann wieder zu Peter. »Wenn ich dir zehn Jahre früher begegnet wäre, wäre ich jetzt Arzt oder Anwalt.«

»Es ist noch nicht zu spät. Vielleicht wirst du kein Anwalt, aber du kannst ein ehrbares Leben führen.«

»Was ist das?«

»In Slang kann ich's nicht übersetzen. Ich meine ein Leben, in dem du etwas bewirkst, ein Leben, das sinnvoll, das gut ist.«

»Jetzt bin ich Tellerwäscher.«

»Ich weiß. Aber das ist nicht das Ende, es ist ein Anfang.«

»Und was ist das Nächste?«

»Als Nächstes holen wie ein Sofa für deine Wohnung.«

»Und dann?«

»Dann wird hoffentlich dein Antrag auf Vergleich mit den Gläubigern bewilligt, und du kommst von deinen Schulden runter.«

»Das dauert drei Jahre. Weißt du, wie lange das ist?«

»Aber dann hast du's hinter dir, dann bist du von deinen Schulden erlöst.«

Ilyas schlug mit der Hand gegen das Fenster.

»Warum wirst du jetzt wütend?«

»Weil fast zwanzigtausend Euro zusammengekommen sind.«

»Das ist nicht wenig«, gab Peter zu.

»Es geht mir hier nicht um die Menge, sondern um die *Art*, wie sie zusammengekommen sind. Die Geldbußen, die Inkassokosten, die Schulden, die wieder zu neuen Schulden geführt haben. Was ist das für ein System, das arme Leute bestraft, und die Reichen werden nur immer reicher?« Das war keine Frage an Peter, es war ein Vorwurf.

»Und das gleiche System lässt mich dann drei Jahre lang in der Spülküche schuften, bis ich meine Schulden vergessen darf, und in der Zwischenzeit bekomm ich grad mal fünfzig Euro die Woche zum Leben.«

Das war der Betrag, den sie Peter bei der Schuldnerberatung genannt hatten, das wöchentliche Existenzminimum. Davon musste Ilyas Lebens- und Pflegemittel sowie Fahrscheine für den öffentlichen Nahverkehr kaufen. Für andere Dinge blieb ihm kein Geld.

Peter verstand seine Wut und versuchte, auf eine Art zu erwidern, die nicht klang wie: »Ilyas, das schaffst du nicht, Ilyas, verzieh dich.« Er wollte ihm die Wut nehmen und Kraft geben. Er wollte ihn anspornen. Ilyas konnte es schaffen, er musste nur durchhalten.

»Ich versteh ja, wie schwer es ist, von fünfzig Euro die Woche zu leben und dafür noch in der Spülküche zu schuften, aber immerhin regelt dein Kontenverwalter so lange all deine Fixkosten: die Miete, die Krankenkasse, das Internet. Darum musst du dich nicht mehr kümmern.«

»Verstehst du das wirklich? Kannst du verstehen, wie es ist, wenn man in meinem Alter nix auf der Kralle hat und Teller und Backbleche schrubben muss? Eine andere Hautfarbe hat? Verstehst du, was es bedeutet, nicht dazuzugehören?«

Was sollte er hierauf antworten? Wie gegen diesen Wust von Empörung ankommen?

»Ich weiß wirklich nicht, wie es ist, kein Geld zu haben und in der Spülküche zu stehen«, räumte er ein, »aber ich weiß, dass es nicht ewig dauert, dass du da rauskommen kannst.«

»Du hast leicht reden. Du bist arbeitslos, und dein Gehalt läuft einfach weiter.« Im Grunde wollte Ilyas sagen: »Warum musst du nicht in der Spülküche stehen? Warum schrubbst du keine Teller und Bleche?«

War Peter durch das System privilegiert? Wenn die Gesellschaft aus zwei Lagern bestand, gehörte er dann zum anderen? Den Leuten, die immer reicher werden?

Ilyas schwieg und Peter ebenso. Er konnte nichts mehr erwidern. Er war ausgepumpt, leer. Zum Glück waren sie fast bei Ilyas' Wohnung.

Schweigend trugen sie den Kühlschrank nach oben und stellten ihn in die Küche. Die Mikrowelle bekam einen Platz auf der Spüle.

Ilyas ging auf den Balkon, Peter folgte.

»Rauchst du?«, fragte er verwundert, als Ilyas sich eine Zigarette anzündete.

»Ja, aber ich hab fast nie Geld für Kippen. Möchtest du auch eine?« Er hielt Peter die Packung hin.

»Nein, danke, ich rauche nicht.«

Als Ilyas Peters Blick nicht mehr ertrug, sagte er: »Hast du ein Problem damit?«

»Ich bin erstaunt, dass du Zigaretten kaufst, wenn du kaum Geld für Essen hast.«

Ilyas stieß eine dicke Dunstwolke aus. »Du bist nicht mein Vater.«

»Das stimmt. Ich bin nicht dein Vater.«

Peter warf einen Blick auf die Kippe, die glühende Spitze. Das letzte Mal, dass er eine Zigarette geraucht hatte, war einige Jahre her.

»Ich hab keinen Vater«, sagte Ilyas.

»Ich dachte, er lebt noch?«

Es kam nicht sofort eine Reaktion. Ilyas lehnte sich an das Geländer und nahm einen tiefen Zug. »Für mich ist er tot. Eines Tages war er weg und ist nie mehr wiedergekommen.«

»Wie alt warst du da?«

»Vierzehn.«

»Und warum ist er gegangen?«

»Das weiß ich nicht. Er ist abgehauen, ohne irgendwas mitzunehmen.«

»Hat er dir gar nichts gesagt?«

»Er hat sich nicht verabschiedet. Als ich aus der Schule kam, war er nicht mehr da. Meine Mutter meinte, er kommt schon zurück. Meine Eltern stritten sich öfter, und dann ging mein Vater raus, um Dampf abzulassen. Aber diesmal kam er nicht wieder, und als wir ihn anriefen, hieß es: ›Dieser Anschluss ist zurzeit nicht besetzt.‹ Mindestens hundertmal hab ich es versucht.«

»Wart ihr bei der Polizei?«

»Natürlich! Was denkst du denn?«

Ilyas blickte gequält, doch Peter sah keinen gepeinigten Dichter mehr, er sah einen vaterlosen Jungen.

»Wir haben Anzeige erstattet, aber die Polizei konnte uns nicht helfen. Er ist ein erwachsener Mann, sagten sie.«

»Weißt du, wo er jetzt ist?«

»Ich weiß nichts über ihn. Meine Mutter glaubt, er ist nach Marokko zurückgegangen. Er hat es hier nicht mehr ausgehalten. Er war immer wütend. Vielleicht hat er in Marokko eine neue Familie gegründet, vielleicht ist er an einer Krankheit gestorben. Ich weiß es nicht.«

Ilyas nahm einen Zug von seiner Zigarette. »Den Rest der Geschichte kannst du dir denken, oder?«

Doch da war Peter sich nicht so sicher. Konnte er die Katastrophe vollständig ermessen, ihre ganze Tragweite?

»Erzähl es mir doch lieber«, sagte er.

»Was willst du: eine Mutter, die allein fünf Kinder

großziehen muss, nie Geld hat und immer gestresst ist. Wir hatten nichts. Nie neue Kleidung, nie Geburtstagsgeschenke, keine Spielkonsole, kein Geld für den Fußballverein. An manchen Tagen hatten wir nicht mal was Warmes zu essen. Dann aßen wir Brot mit den Resten aus dem Küchenschrank. Brot mit Bohnen und Ketchup.«

Ilyas starrte kurz auf seine Zigarette, aber er zog nicht daran. »Ich war damals viel auf der Straße«, erklärte er schließlich. »Und da gab es Jungs, die immer Geld hatten. Sie fragten, ob ich was für sie erledigen könnte. Erst Cannabistütchen verkaufen, dann ziemlich schnell Crack und Heroin. Plötzlich hatte ich Markenschuhe und konnte mir kaufen, was immer ich wollte. Aber dann haben sie mich erwischt – nicht die Bullen, andere Jungen. Sie haben mich ausgeraubt, mein ganzes Geld abgezogen und mir in die Seite gestochen. Hier ist noch die Narbe.« Ilyas schob sein T-Shirt nach oben. Peter starrte auf einen rauen, dunklen Streifen. »Meine Mutter hat mich im Krankenhaus besucht, und ich hab ihr versprochen, mit dem Dealen aufzuhören. Aber als es mir wieder besser ging, habe ich weitergemacht. Ich wusste nicht, wie ich sonst an Geld kommen sollte, wie ich anders leben könnte. Dann hat die Polizei mich geschnappt.«

Ilyas schnippte die Kippe auf die Straße. Seine Hände zitterten. »Im Gefängnis hat meine Mutter mich *einmal* besucht. Sie sagte, sie wollte keinen Kriminellen als Sohn.«

Jetzt hatte Peter Mitleid mit ihm. Er wollte auf ihn zugehen, ihn umarmen.

»Du guckst so komisch«, sagte Ilyas.

»Wie denn?«

»Na, komisch eben ...«

Peter verstand nicht, was er meinte.

»Wie so 'n schmieriger Typ.«

»Echt?«

Ilyas fing an zu lachen. »War nur 'n Spaß, Mann!«

Peter schüttelte den Kopf.

Ilyas schlug ihm auf die Schulter. »Voll erwischt, was?«

»Schön, freu dich.«

»Los«, sagte Ilyas, »wir müssen noch das Sofa abholen.«

Das Sofa hatte nicht die richtige Farbe. Ilyas konnte es nicht fassen. »Es ist rot«, sagte er, »wie ein Feuerwehrauto!«

»Hast du das nicht gewusst?«, fragte der Noch-Besitzer des Sofas, ein Mann mit grauen Haaren. »Hast du das Foto nicht gesehen?«

»Ich hab gar nichts gesehen.«

»Ich hab das Foto gesehen«, gab Peter zu. »Stimmt was nicht mit der Farbe?«

»Ich wollte ein schwarzes.«

»Hast du mir das gesagt?«

»Nee, aber das ist doch logisch! Ein Sofa muss schwarz sein. Wer auf der Welt will schon ein rotes?«

»Es ist ein gutes Sofa«, sagte der Mann.

»Es ist rot.«

»Meine Frau hat die Farbe ausgesucht.«

»Hörst du?«, sagte Ilyas zu Peter. »Ein *Frauensofa*!«

Peter ließ sich in die Polster sinken. »Es ist sehr bequem«, sagte er, »versuch's mal!«

Ilyas blieb stehen.

Der Mann setzte sich neben Peter. »Es ist ein Zweisitzer, aber es hat leicht Platz für drei.«

Die beiden Männer rückten auseinander, so dass eine Lücke entstand. Widerwillig setzte Ilyas sich in die Mitte.

»Und?«, fragte Peter. »Wie ist es, mit zwei Männern auf einem roten Sofa zu sitzen?«

Ilyas schüttelte den Kopf.

»Hast du schon mal so bequem gesessen?« Peter schlug ihm auf die Schulter.

»Das ist nicht gesund.«

»Wir kriegen ein neues«, sagte der Mann. »In Ockerbraun.«

»Was für ein Braun?«

Peter sah die Farbe vor sich. Nicht auf einem Rembrandtgemälde, dessen Braun in der Regel schwerer und dunkler war. Er dachte an Rembrandts Schüler Carel Fabritius, der dessen Braun mit Vermeers Gelb gemischt hatte und in helleren Tönen malte als sein Lehrmeister.

»Das ist eine Farbe irgendwo zwischen Gelb und Braun«, erläuterte er, doch diese Erklärung half Ilyas nicht weiter.

Er schaute betreten. »Ich hatte mich so auf ein schwarzes Sofa gefreut, ich hab's richtig vor mir gesehen: Fernseher an, Fernbedienung gekrallt, und Beine ausgestreckt auf dem Sofa.«

»Willst du es nicht?«, fragte Peter.

Keinerlei Reaktion.

»Es ist gratis.«

Ilyas warf noch einen Blick auf das Sofa. »Okay, okay. Leg ich eben eine Decke drüber.«

Sie standen auf und trugen das gute Stück zu dritt auf die Straße.

»So langsam können wir ein Umzugsunternehmen aufmachen«, sagte Peter.

Doch so schnell ging es nicht los. Das Sofa passte nicht ganz in den Laderaum. Die Türen gingen nicht mehr zu.

»Ich kann euch ein Seil geben«, sagte der ehemalige Besitzer. Er ging ins Haus und kam mit einem Stück Wäscheleine zurück. Sie banden die Türen zusammen und düsten davon, doch als Peter bei der ersten Ampel anfuhr, riss die plastikummantelte Leine, und der Laderaum sprang auf.

Peter fuhr mit dem Caddy zur Seite, und sie stiegen aus.

»So können wir nicht weiter.«

»Warum denn nicht?« Ilyas kletterte auf das Sofa und hielt die Türflügel von innen fest.

»Was machst du da?«

»Ich halte die Türen zu.«

»Du bist verrückt!«

»Jetzt kannst du in Ruhe weiterfahren.«

»Und wenn du rausfällst?«

»Ich falle nicht raus – ich sitz auf dem Sofa!«

»Das ist Wahnsinn«, sagte Peter, als er wieder am Steuer saß, »völliger Wahnsinn!«

Trotzdem startete er den Motor und fuhr vorsichtig an. Er konnte nicht glauben, dass er das hier machte, dass Ilyas im Laderaum saß und von innen die Türen zuhielt. Peter Lindke, der Mann, der sonst nur außer Konkurrenz an allem teilnahm, fuhr jetzt durch die Stadt, mit einem roten Sofa, in einem Lieferwagen, dessen Türen nicht richtig zugingen. War seine Verwandlung vollendet? War er von seinem alten Ich erlöst?

Peter dachte nicht an die Polizei, die ihn anhalten könnte, auch nicht an die saftige Geldbuße, die ihm für das Transportieren einer Person im Laderaum blühen konnte. Er lachte, die Fahrt machte ihm mehr und mehr Spaß. Er genoss es.

»Alles in Ordnung?«

»Was sagst du?«

»Ob alles in Ordnung ist«, rief Peter.

Zwischen Fahrerkabine und Laderaum war eine Wand.

»Ja! Alles easy.«

»Gleich fahren wir auf die Autobahn.«

»Was?«

»Halt dich fest!«

Als sie über den Rotterdamer Ring fuhren, spiegelten die unzähligen Fenster der Stadt das pralle, ungefilterte Licht der untergehenden Sonne. Die Skyline mit der Brücke, die einem Schwan ähnelte, hob sich von dem leeren, stahlblauen Himmel ab. Es war ein heller Abend, ein Abend der Mut machte. Vielleicht Übermut.

»Wie sitzt sich's auf dem Sofa?«, rief Peter nach hinten. »Sitzt du bequem?«

»Sehr witzig, Mann!«

Es war, als erlebte Peter ein Abenteuer, wie es sonst nur Figuren in Feelgood-Movies erlebten. Doch das hier war kein Film, auch kein absurdes Theater. Das hier war wirklich und echt. Das andere Leben war Schein, das in der Neubauwohnung, das Leben mit Kee. Trotzdem empfand Peter weder Zorn noch Groll. Er war seiner Frau nicht böse. Er wollte nichts lieber, als dass sie jetzt neben ihm säße, sein Abenteuer in diesem großartigen Licht mit ihm teilen und ihn triumphieren sehen könnte.

SECHZEHN

Zwei Tage später waren die Rollen vertauscht. Ilyas half Peter beim Ausräumen seines Büros. Wieder fuhren sie mit dem weißen Caddy, diesmal aber zum Museum Boijmans van Beuningen. Ilyas trug ein sportliches Sweatshirt, dessen Kapuze er sich über den Kopf gezogen hatte. Er hatte verschlafen. Peter hatte ein paarmal klingeln müssen, bevor Ilyas aufmachte.

Während des ersten Teils ihrer Fahrt sagten sie wenig. Ilyas probierte ein paar Sender im Radio, fand aber keine Musik, die ihm zusagte. Er fläzte sich in den Sitz und schloss die Augen.

»Alles in Ordnung?«, fragte Peter.

Man hörte ein undeutliches »Hmmm«.

»Ist es spät geworden gestern Abend?«

»Normal.«

»Warst du um die Häuser?«

»Nee, Mann, dafür hab ich kein Geld.«

»Was hast du denn dann gemacht?«

»Wird das hier ein Verhör? Bist du von der Polizei?«

»Ich bin interessiert: wie es dir geht, warum du so müde bist.«

»Ich hab keinen Bock zu reden. Ich bin gerade erst aufgestanden.«

»Du wusstest doch, dass ich um zehn komme.«

Keinerlei Reaktion. Schließlich fragte Ilyas miesepetrig: »Warum mussten wir uns so früh verabreden?«

»Ich finde zehn Uhr nicht früh.«

»Ich schon. Sehr früh sogar.«

Sie schwiegen, wie ein verkrachtes Ehepaar.

Nach einer Weile kam Ilyas mit einem neuen Argument, um Peter Kontra zu geben: »Warum sollte ich überhaupt mitkommen? Ich sollte dir doch nicht helfen?«

Hilfe muss uneigennützig sein, fand Peter, eine Einbahnstraße. Hilfsbereitschaft und Mitmenschlichkeit standen über kalkulierenden Kosten-Nutzen-Berechnungen. Man sollte sie nicht bezahlen, sich nicht revanchieren müssen. Höchstens Dankbarkeit war im Gegenzug erlaubt. Und selbst die war nicht unbedingt nötig.

»Es sind nur ein paar Kisten«, beschwichtigte er.

»Kannst du die nicht allein schleppen?«

»Wahrscheinlich schon.«

»Na, also dann …«

»Eigentlich wollte ich dir das Museum zeigen«, gab Peter zu. »Ich gebe dir gern eine kleine Führung zu den schönsten Ausstellungsstücken.«

»Und wenn ich das nicht will?«

»Manche Gemälde sind vierhundert Jahre alt, aber sie sprechen die Menschen immer noch an.«

»Ich interessiere mich nicht so für Kunst.«

»Du klingst wie mein Ältester.«

»Guter Junge.«

»Warum gibst du der Sache nicht wenigstens eine Chance?«

Ilyas seufzte. »Ich schrubbe Teller und Bleche, ich hab

ein puffrotes Sofa, und jetzt soll ich eine Museumstour machen! Was willst du noch alles? Soll ich gleich auch noch durch einen Reifen springen?«

»Du brauchst durch keinen Reifen zu springen, du sollst nur sehen, dass es auf der Welt mehr gibt, als du jetzt vielleicht denkst.«

»Geh lieber mit mir in ein Schuhgeschäft, Mann. Meine alten Treter sind runtergelaufen. Die Sohlen sind locker, die Leute gucken mich an, als wär ich ein Penner.«

»Das stimmt nicht. Du siehst nicht aus wie ein Penner. Bloß diese Kapuze ...«

»Was ist mit meinem Hoody nicht in Ordnung?«, reagierte Ilyas pikiert.

»Du könntest die Kapuze runternehmen, damit die Leute dein Gesicht sehen können.«

»Die Leute können mein Gesicht sehen.«

»Das strahlst du aber nicht aus.«

»Das ist mein Schutzhelm, Mann. Ich fühl mich sicherer mit einer Kapuze.«

»Verstehe ich nicht.«

»Das kannst du auch nicht verstehen.«

»Und warum nicht?«

»Weil du 'n Weißbrot bist, mit Geld auf dem Konto und Reihenhauswohnung. Da brauchst du keine Kapuze.«

Peter war platt. Es stimmte, er hatte keinen Kapuzenpulli, aber was hatte das mit seiner Hautfarbe oder seiner Reihenhauswohnung zu tun?

»Muss ich mich schuldig fühlen, weil ich eine helle Haut habe?«

»Nee, aber vielleicht könntest du dir mal vorzustellen versuchen, dass, was für dich selbstverständlich ist, für mich noch lange nicht gilt. Und für viele andere Leute in dieser Stadt auch nicht.«

Verlangte Ilyas jetzt von *ihm*, dass er den Blick weitete und erkannte, dass es mehr auf der Welt gab, als er dachte?

Peter schaute ihn kurz an. »Und was passiert, wenn du die Kapuze runternimmst?«

»Dann spüre ich diese Blicke, andauernd, überall: im Supermarkt, auf der Straße, an der Haltestelle, in Geschäften, in der U-Bahn.«

»Und was sagen diese Blicke?«

»Dass die Leute mir nicht über den Weg trauen, dass ich nicht dazugehöre.«

»Auch wenn ich bei dir bin?«

»Dann sind sie zuerst verwirrt. Die Leute finden uns komisch, aber zuletzt bleibt ihr Blick an mir hängen.«

Sie waren beim Museum angekommen. Das Gespräch war noch nicht zu Ende; es beschäftigte sie weiter, während sie ausstiegen und zum Personaleingang gingen. Der für die höheren Mitarbeiter, die Putzkolonne, die Aufseher.

Bevor Peter klingelte, schaute er Ilyas eindringlich an.

»Okay, okay«, sagte der, »ich nehm sie schon runter, eh noch wer denkt, ich will hier was klauen.« Ilyas zog die Kapuze vom Kopf.

»Du hast schöne Locken«, sagt Peter, als sie die Treppe hinaufgingen.

»Redest du jetzt wieder wie so 'n schmieriger Typ?«

Peter meldete sich am Empfang, die Dame erkannte ihn, bat ihn aber trotzdem, seinen Namen in die Besucherliste einzutragen. Peter war kein Mitarbeiter mehr, nur noch Besucher. Er schrieb auch Ilyas' Namen dazu.

»Er hilft mir«, erklärte er, als er die Verwirrung im Blick der Pförtnerin bemerkte.

»Ja, ich helf ihm«, sagte Ilyas und konnte es nicht lassen, feixend hinzuzufügen: »Das hat er auch nötig.«

Peter ging mit Ilyas über die Flure, die er gut achtzehn Jahre lang fast täglich durchquert hatte. Wie viele Schritte hatte er hier zurückgelegt? Wie viele Jahre dauerte es, eine Spur in einen Steinfußboden zu laufen? Ihn überfiel eine brennende Wehmut. Am liebsten hätte er sich jetzt an seinen Schreibtisch gesetzt und einen Beitrag über Radierungen, Zeichnungen oder Gemälde geschrieben.

Es gab noch so viel zu erforschen, so viele mögliche Erkenntnisse, begraben unter Schichten von Staub und Stapeln Papier in Kellern und Bibliotheken, Archiven und Schließfächern. Wo war das Porträt von Abraham Wilmerdonck und seiner Frau, für das der Vorsteher der Westindischen Compagnie Rembrandt fünfhundert Gulden bezahlt hatte, plus noch einmal sechzig für den Rahmen? War der Mann auf dem Bildnis im Warschauer Nationalmuseum Marten Soolmans? Hatte Rembrandt im Jahr 1634 also zwei Porträts von ihm gemalt, und kam die Zahl erstellter Gemälde in dem Jahr somit auf fünfundzwanzig? Würde das Porträt von Geertje Dircx, das im Testament von 1648 als »Konterfei der Erblasserin« beschrieben wurde, noch je irgendwo gefunden werden? Würde Rembrandts Tochter Cornelia irgendwann auf einem Gemälde identifiziert werden, oder hatte sie alle Porträts, die ihr Vater von ihr gemalt hatte, auf die »Tulpenburgh« mitgenommen, die 1671 gen Batavia in See stach, wo Cornelia sich mit ihrem Mann niederlassen wollte? Waren ihre Porträts der tropischen Hitze und Feuchtigkeit zum Opfer gefallen?

Peter öffnete die Tür zu seinem Büro mit dem Schlüssel an seinem Bund, den er sofort nach dem Ausräumen würde abliefern müssen. Er knipste das Licht an und starrte auf die große Pinnwand mit Einladungen zu Ausstellungseröffnungen und Vorträgen.

»Hier habe ich fast zwanzig Jahre gearbeitet.«

Ilyas setzte sich auf den Bürostuhl am Schreibtisch. »Nicht schlecht, Mann!«

»Nein, gar nicht schlecht«, bestätigte Peter. »Sehr schön sogar.«

Er dachte an die vielen Stunden, die er über Büchern in diesem geräumigen Zimmer verbracht hatte, an die herrliche Ruhe, die Zeit, die er Studien und Forschung gewidmet hatte, an die Telefonate mit Kollegen in Amsterdam, London, Paris, Berlin, Dresden, Wien, New York, Washington, Boston, Cleveland, Kyoto, Osaka. Gespräche, aus denen gegenseitige Wertschätzung sprach und aus denen bisweilen eine tiefe Verbundenheit entstanden war. Zu seinem Geburtstag empfing er Glückwünsche aus der ganzen Welt. Dieser Raum, dieses kleine Refugium, war über lange Perioden hinweg ein Ort gewesen, an dem er sich besser aufgehoben fühlte als zu Hause.

»Darfst du den Computer nicht mitnehmen?«

»Nein, der gehört dem Museum.«

»Und wer wird bald auf diesem Stuhl sitzen?«

»Das ist noch nicht bekannt.«

Ilyas stand auf und legte Peter die Hand auf die Schulter. »Zwanzig Jahre, Mann! Das ist so lang, wie ich auf der Welt bin.«

Es war schwierig, eigentlich unfassbar, diesen Ort zum letzten Mal zu betreten, nachher die Tür hinter sich zuzuziehen, um sie nie wieder zu öffnen. Peter versuchte, den Raum in sich aufzunehmen, alles zu speichern, solange es noch ging. Jedes Menschenleben produziert eine Enzyklopädie letzter Male, die zum Ende hin dick und schwer wird und die Stimme der Mutter enthält, ein Bild des Hauses, in dem man aufgewachsen ist, die letzte Zigarette, den Abschiedskuss einer großen Liebe, die Erinnerung an den alten, tapferen Hund, wie er für immer die Augen schließt, das rosa Licht, bevor der Schnee einsetzt, ein letztes Mal das Geräusch sich brechender Wellen in der Brandung.

Zwölf Kisten mit Büchern, Zeitschriften, Mappen und Büroartikeln schleppten sie durch die langen Flure des Verwaltungstrakts. Peter hatte keine Lust, Kollegen zu begegnen und mit ihnen zu reden, aber er wusste, es war unvermeidlich. Als er sich einer Abzweigung im Flur näherte, stieß er regelrecht mit Agnes Sjöström zusammen.

»Peter!«, rief sie. »Du hier? Wie schön, dich zu sehen!«

Er versuchte, ihr die Hand zu geben, doch Agnes erkannte sofort, dass das angesichts des Umzugskartons, den er schleppte, nicht ging. Sie gab ihm kurzerhand einen Kuss auf die Wange.

»Wie geht es dir?«

»Ich musste mir einen Besucherpass holen«, antwortete er.

»Skandalös!«

»Es ist nun mal, wie es ist.«

»Wir denken viel an dich.«

Er und sie wussten, dass dies nicht der richtige Ort war, über Peters Entlassung zu sprechen, aber auf ein anderes Gesprächsthema kamen sie auch nicht. Bis Agnes Ilyas erblickte. »Hast du einen Spediteur engagiert?«, fragte sie.

»Nein«, antwortete Peter, »keinen Spediteur, das ist ... ein Freund.«

Von allen möglichen Bezeichnungen hatte Peter sich, ohne darüber nachzudenken, für diese entschieden.

Ilyas stellte seine Kiste auf den Boden und gab Agnes die Hand. »Hallo«, sagte er, »ich bin Ilyas. Ich helfe Peter.«

»Wie nett von dir!«

»Tja, so was möchte man ja nicht allein machen.«

Peter war sich nicht sicher, ob Ilyas es ernst meinte oder ob er den einfühlsamen Freund nur überzeugend spielte.

»Sind es viele Kisten?«, fragte Agnes.

»Nur noch ein paar.«

Peter erzählte, dass sie sich nachher noch einige Stücke aus der Sammlung ansehen wollten. »Manche von ihnen fehlen mir richtig.«

Agnes bot an, sie ins Museum zu lotsen. »Ihr braucht natürlich keine Eintrittskarten, kommt nicht in die Tüte!«

So standen Peter und Ilyas kurz darauf vor einem Gemälde von Wassily Kandinsky aus dem Jahr 1911. Als einer der ersten europäischen Künstler hatte der mit abstrakten Formen in der Malerei experimentiert. Seine Werke sollten die Wirklichkeit nicht mehr nachahmen, vielmehr wollte er mit Farben und Linien – wie in der Musik – einen »inneren Klang« wiedergeben.

Lyrisches, ein Gemälde, das das Museum im Jahr 1936 als Vermächtnis der Sammlerin und Mäzenin Marie Tak van Poortvliet erworben hatte, bildet einen Wendepunkt im Werk Kandinskys. Es stellt einen Reiter in vollem Galopp dar, aber nur einen winzigen Schritt vor der völligen Abstraktion.

»Was ist das denn, Mann?«

Peter zeigte Ilyas die Linien, die Pferd und Reiter darstellten, und erklärte, Kandinsky habe in diesem Gemälde versucht, mit der figurativen Malerei, dem Nachahmen der äußeren Realität, zu brechen. »Er war ein echter Pionier, ein Revolutionär.«

Auf Ilyas machte das Bild keinen Eindruck. »Müssen wir noch lange hier stehen bleiben? Ich finde es hässlich.«

Peter führte ihn zu einem kubistischen Gemälde von Lyonel Feininger, und von dort zu Werken von Picasso und Mondrian, Dalí und Magritte, aber kein einziges von ihnen sprach Ilyas irgendwie an oder erinnerte ihn an etwas, obwohl er vor Magrittes berühmtem *La réproduction interdit* – auf dem Bild starrt der englische Kunstsammler und Mäzen Edward James im Spiegel seinen eigenen Hinterkopf an – einen Moment grinsen musste.

»Warum ist das Buch als Einziges richtig gespiegelt?«, fragte Ilyas nach einer Weile.

Man konnte ihm nicht vorwerfen, dass er nicht genau hinschaute: Auf dem marmornen Kaminsims, der auf dem Gemälde zu sehen ist, liegt ein zerlesenes Exemplar von Edgar Allan Poes *Narrative of Arthur Gordon Pym* in der Übersetzung von Charles Baudelaire.

»Gute Frage«, erwiderte Peter, »aber die Antwort weiß ich auch nicht.«

»Na, klasse!«

»Ich glaube, Magritte mochte einfach Verrätseltes. Er malt sehr realistisch, man sieht fast keinen Pinselstrich, aber indem er mit Konventionen spielt, ist sein Werk zugleich mysteriös.«

»Und jetzt noch mal in normaler Sprache?«

»Weil es so realistisch aussieht, denkt man, das Bild sei leicht zu verstehen, und man geht auf die Suche nach einer Bedeutung. Das ist dem Menschen angeboren.«

»Was ist dem Menschen angeboren?«

»Antworten zu suchen, Geheimnisse entschlüsseln zu wollen.«

»Ich weiß nicht, ob mir das angeboren ist. Ich will einfach was essen, ich will 'n Paar neue Schuhe und ab und zu eine Zigarette.«

Peter musste an Ilyas' Vater denken. Den Mann, der ohne etwas mitzunehmen aus Ilyas' Leben verschwunden war. Wollte Ilyas nicht wissen, wo sein Vater sich aufhielt und warum er nie mehr etwas von sich hatte hören lassen? Suchte er für das Rätsel seines Lebens keine Antwort?

Ilyas machte einen Schritt auf das Bild zu, wie in einem Versuch, etwas zu entdecken, was bisher niemand vor ihm entdeckt hatte.

»Und wenn es keine Bedeutung, keine Antworten gibt?«

»Dann würden wir trotzdem weitersuchen. Könnten wir akzeptieren, dass es keine Bedeutung gibt?«

Ilyas trat wieder einen Schritt zurück. »Eigentlich ist mir das wurst«, sagte er. »Dieses Gemälde, das ganze Museum, das ist nicht meine Welt.«

Für einen Moment hatte Peter seine Aufmerksamkeit gefesselt. Ganz kurz hatte er seinen Blick verführt.

Er gab nicht auf. Er ging zum nächsten Gemälde, dem *Mandrill* von Oskar Kokoschka, der seinen Kindern so gut gefallen hatte. Ilyas trottete hinter ihm her.

»Das ist aber das letzte, okay? Danach will ich gehen.«

Peter erzählte, dass Kokoschka den Affen im Londoner Zoo gemalt hatte.

»Boah, da hat er bestimmt was eingeworfen! Mann, diese Farben!« Ilyas musste über seinen eigenen Witz lachen.

»Er hat den Mandrill so wild gemalt, um ihm seine Freiheit wiederzugeben«, sagte Peter belehrend.

»Hatte er Mitleid mit ihm?«

»Ich denke, Kokoschka wollte die wahre Natur des Tiers zeigen.«

Das regte Ilyas nicht an, einen Schritt näher zu treten.

»Und wie viel kostet so was?«, fragte er.

Dieselbe Frage hatten auch Peters Kinder gestellt.

»Das Gemälde ist unverkäuflich.«

»Ich meine ja nur: wenn. Wie viel würde es dann kosten?«

»Keine Ahnung. Ein paar Millionen, schätze ich. Vielleicht zehn oder auch mehr.«

»Nicht schlecht für eine Kokosnuss.«

»Kokoschka heißt der Maler.«

»Sag ich doch.«

Peter erzählte, Kokoschka habe viele Porträtaufträge bekommen, aber manche Auftraggeber hätten ihm die bestellten Gemälde hinterher nicht abgenommen.

»Und warum nicht?«

»Weil Kokoschka die Leute oft nicht so porträtiert hat, wie sie in Wirklichkeit aussahen. Er wollte das *innere* Gesicht der Modelle ans Licht bringen.« Peter merkte, dass er wieder im Fachjargon redete, und versuchte es darum noch einmal: »Kokoschka wollte den inneren Zustand der Leute, die er malte, enthüllen.« Er sah Ilyas fragend an.

»Red weiter, ich weiß schon, was die Worte bedeuten«, erwiderte der.

»Nicht alle waren darüber glücklich. Die italienische Filmdiva Sophia Loren zum Beispiel wollte ihm das Porträt ihres achtzehn Monate alten Sohns nicht abnehmen, weil sie fand, es sähe ihm nicht ähnlich.«

»Und jetzt ist das Bild wahrscheinlich dreißig Millionen wert, oder?«

»Einmal hat Kokoschka auch einen berühmten Psychiater gemalt, aber der fand, auf dem Bild sehe er aus, als hätte er gerade einen Schlaganfall hinter sich. Zwei Jahre später bekam der Mann übrigens wirklich einen.«

»War dieser Kokoschka ein Hellseher oder so was?«

»Vielleicht war er so gut im Erspüren des Inneren von Menschen, dass er ihr Schicksal voraussahen konnte.«

Ilyas dachte nach. »Würdest du dich von ihm malen lassen?«

Diese Frage hatten Peters Kinder nicht gestellt.

»Er lebt nicht mehr«, antwortete er. Er warf einen Blick auf das Informationsschild. »Kokoschka ist 1980 gestorben. Er ist dreiundneunzig geworden.«

»Aber wenn er noch leben würde, würdest du dann gern von ihm gemalt werden?«

»Ganz bestimmt. Es muss wundervoll sein, von einem so großen Meister porträtiert zu werden, aber ich hätte vor dem Ergebnis auch Bammel.«

Peter stellte sich sein Äußeres auf einem Kokoschka-Gemälde vor. Dick aufgetragene Farben, grobe Pinselstriche, kontrastierende Töne. Die Haut bleich, die Hände knochig, mit bläulich mäandernden Adern. Zig Jahre älter sähe er aus und hätte gichtartig verdickte Gelenke. Keinen Schlaganfall, aber was für Schicksalsschläge würde Kokoschka für ihn wohl voraussehen?

»Ich weiß nicht, ob ich mich von ihm malen lassen würde«, sagte Ilyas zum Abschluss.

Peter ging zum folgenden Raum, wollte die dort ausgestellten Werke von Cézanne, Monet, Pissarro, Renoir und Degas jedoch überspringen. »Baudelaire hat ein Museum mal mit einem Bordell verglichen«, sagte er, während er mit großen Schritten den Saal durchquerte.

»Wie meinst du das?«

»Es gibt mehr Gemälde, die etwas von dir wollen, als du von ihnen.«

Ilyas blieb vor einem Bild von Claude Monet stehen, einem Mohnfeld aus dem Jahr 1881.

»Gefällt es dir?«, fragte Peter, während er sich erstaunt umdrehte.

»Macht sich bestimmt gut über meinem roten Sofa!«

Sie mussten beide lachen, was ihnen verärgerte Blicke von einem Ehepaar eintrug, das gerade *Les coteaux d'Auvers* von Camille Pissarro bewunderte.

Im nächsten Raum hingen Werke des niederländischen Barocks, des »Goldenen Zeitalters«. Peter ging zu dem monumentalen Doppelporträt von Abraham del Court und seiner Ehefrau Maria de Kaersgieter. Bartholomeus van der Helst hatte es im Jahr 1654 gemalt, auf dem Gipfel seines Schaffens. Marias silberweißes Satinkleid war meisterhaft eingefangen – man wollte förmlich den Stoff greifen.

»Abraham del Court war ein reicher Amsterdamer Tuchhändler mit einem Laden in der Kalverstraat«, erklärte Peter. »Darum wird ungefähr die Hälfte der Bildfläche von kostbaren Stoffen eingenommen.«

»Ist das seine Frau?«, fragte Ilyas.

Peter nickte.

»Sie sieht nicht sehr glücklich aus.«

Peter erklärte, im siebzehnten Jahrhundert sei es nicht üblich gewesen, sich lächelnd porträtieren zu lassen. »Sie hatten acht Töchter«, sagte er, »mit dem Glück stand es also wahrscheinlich ganz gut.«

Neben dem Doppelporträt hing ein Gemälde von Frans Hals. Es war das Bildnis eines Mannes mittleren Alters in einer kraftvollen Pose.

»Wir wissen nicht mehr, wer der Mann ist«, erklärte Peter, »aber wahrscheinlich gehörte er zur höheren Gesellschaft von Haarlem.«

»Er sieht tatsächlich nicht arm aus.«

Ilyas wandte sich ab, stand jetzt aber Auge in Auge mit Aletta Adriaensdochter, einem Porträt von Rembrandt. Peter wollte gerade erläutern, sie sei die Frau von Elias Trip gewesen, einem Eisen- und Waffenhändler, und im Amsterdamer Rijksmuseum hänge womöglich das Porträt ihrer Tochter, ebenfalls von Rembrandt. Doch Ilyas interessierte sich nicht mehr für sie. Er stand an die Wand gelehnt da, das Gesicht gepeinigt.

»Was ist?«

»Nichts.«

»Natürlich.«

»Diese Leute starren mich an.«

Peter verstand nicht, was Ilyas meinte, auch nicht, als er den Blick über die Porträts der vornehmen Bürger des Goldenen Zeitalters gleiten ließ.

»Sie starren mich die ganze Zeit an, wie auf der Straße. Sie starren auf meine Klamotten, meine Schuhe, meine dunkle Haut. Der Rassismus tropft aus ihren Gesichtern.«

Was hatte Peter erwartet? Dass Ilyas vor den Meisterwerken des Museums verzückt auf die Knie sinken würde? Dass er von den Gemälden der Alten Meister bezaubert, Rembrandt ihn zur Erleuchtung führen würde? Das hier war nicht seine Welt, seine Sprache wurde hier nicht gesprochen, seine Kultur war nicht vertreten.

»Ich will gehen.«

»Noch *ein* Bild«, flehte Peter. Aber nicht das Porträt des jungen Mannes. Er wollte Ilyas ein echtes Meisterwerk zeigen.

»Du machst mich kirre, Mann!«

»*Ein* Bild möchte ich dir noch zeigen. Danach gehen wir, versprochen.«

Ilyas antwortete nicht.

Plötzlich musste Peter an etwas denken. Auch Ewan und Tristen hatten Kapuzenpullis. Die waren rot, und ihr Name stand in großen, weißen Buchstaben auf dem Rücken. Sie trugen die Pullis bei Hockeyspielen. Gestern hatte Peter die Wäsche zusammengelegt und die Sachen der Jungs in ihren Schränken deponiert. Das ging noch nicht perfekt: Socken und Boxershorts machten ihn ratlos, manchmal wusste er nicht, welche Unterhose welchem Jungen gehörte, und ihm ging durch den Kopf, dass das Leben vieler Väter ein Stück einfacher und erträglicher wäre, wenn die Namen der Kinder auf alle Kleidungsstücke gestickt wären.

»Komm«, sagte Peter und ging zum angrenzenden Raum.

Ilyas schwieg immer noch, zog sich aber demonstrativ die Kapuze über den Kopf und stapfte Peter hinterher.

An der Wand hing das Porträt von Titus. Das Porträt von ihm als Junge am Schreibpult. Es wurde flankiert vom meisterhaften Selbstbildnis des Carel Fabritius und dem *Mann mit der roten Mütze,* von dem man immer noch nicht wusste, wen das Bild eigentlich darstellte und wer es gemalt hatte: Rembrandt selbst oder ein talentierter Schüler oder Assistent, der um 1660 in Rembrandts Werkstatt gearbeitet hatte. Zwar brachten die aufeinanderfolgenden Untersuchungen und Restaurierungen immer neue, interessante Hypothesen hervor (so war kürzlich die Meinung vertreten worden, der berühmte englische Maler und Sammler Joshua Reynolds könnte das Gemälde im achtzehnten Jahrhundert überarbeitet haben, wie dann auch mindestens zwei unbestrittene Rembrandts in seiner Sammlung), doch es blieb fraglich, ob die definitive Antwort je gefunden würde.

»Ist das hier das Bild?«, fragte Ilyas.

Peter nickte. »Das ist das Porträt, das ich dir zeigen wollte.«

Ilyas seufzte, richtete aber den Blick auf das Gemälde. Zusammen betrachteten sie es. Titus, der mit seinen großen, nachdenklichen Augen in die Ferne starrte. Der Junge hatte fünf Papierbogen auf einer ledernen Schreibunterlage vor sich. Mit der Rechten stützte er seinen Kopf, den Daumen an die Wange gelegt; in der Hand hielt er einen Federkiel. An der Linken, deren Daumen von der Schreibunterlage verdeckt wurde, hingen ein Tintenfass und eine Federbüchse.

Das Gemälde war von Rembrandt signiert und datiert auf das Jahr 1655. Titus, der am 22. September 1641 von Pastor Basius in der Amsterdamer Zuiderkerk getauft worden war, musste zu dem Zeitpunkt also dreizehn oder vierzehn Jahre alt sein. Ernst van de Wetering vom Rembrandt Research Project vertrat die These, Datierung und Signatur seien später hinzugefügt worden und Titus sei auf dem Gemälde ein paar Jahre jünger, vielleicht sogar erst zehn. Den Titus im Louvre dagegen hatte der Rembrandt-Experte dann wieder sechs Jahre älter geschätzt als allgemein angenommen, weil er davon ausging, das Bild sei ein Hochzeitsporträt und sein Gegenstück das *Bildnis einer jungen Frau*, das im Montreal Museum of Fine Arts hing. Die dort dargestellte Frau wäre dann Magdalena van Loo, die Titus van Rijn im Jahr 1668 heiratete. Keine sieben Monate später wurde er in der Westerkerk von sechzehn Sargleuten zu Grabe getragen. Er war sechsundzwanzig Jahre alt.

»Wer ist das?«

»Das ist Titus, der Sohn von Rembrandt.«

»Und was macht er da?«

Peter zuliebe gab sich Ilyas wirklich Mühe. Dem Mann zu Gefallen, der ihn zwar zwang, in der Spülküche zu arbeiten und auf einem roten Sofa zu sitzen, der ihm aber auch half. Als Einziger.

»Er sitzt an einem Pult und schreibt.«

Ilyas schüttelte den Kopf. »Ich denke, er zeichnet.«

»Das könnte auch sein.«

»Was hat er denn da auf dem Kopf? Ist das ein Hoody?«

Ilyas musste lachen.

»Das ist ein Barett.«

»Ein was?«

»Ein Barett. Eine Art runder Mütze.«

Rembrandt hatte seinen Sohn mit einem roten Barett abgebildet, unter dem lange, blondrote Locken hervorquollen. Auch auf dem zwei Jahre später entstandenen

Porträt, das in der Wallace Collection in London hing, trug Titus solch eine rote Kopfbedeckung. Es war beeindruckend, wie Titus den Betrachter direkt ansah. Seine Haltung war bereits sehr erwachsen: ein kräftiger, gut aussehender Jüngling von sechzehn Jahren. Mutig und zielstrebig.

Mit Ausnahme eines Porträts hatte Rembrandt seinen Sohn auf allen mit einer Kopfbedeckung gemalt. Nur auf dem Bild von Titus als Engel, wahrscheinlich eine Studie zu dem Gemälde *Evangelist Matthäus und Engel* im Louvre, war sein Sohn barhäuptig und glänzten unverdeckt seine üppigen Locken, die ihm bis zu den Schultern herabfielen.

Auf dem Titus-Porträt im Rijksmuseum trug er auch kein Barett, doch hier hatte Rembrandt den Sohn als Franziskanermönch abgebildet. Auf dem Kopf trug er die spitze Kapuze eines wollenen Habits. Für dieses Gemälde passte der Vergleich mit einem Hoody viel eher. Die Signatur lautete: *Rembrandt f. 1660*. Titus musste zu dem Zeitpunkt also neunzehn Jahre alt gewesen sein, ein Jahr jünger als Ilyas, der mit Kapuze über dem Kopf den Jungen am Schreibpult betrachtete.

»Er schaut uns nicht an. Er schaut an uns vorbei.«

»Ja, magisch, nicht wahr?«

Seit fast zwei Jahrzehnten studierte Peter dieses Gemälde, und es blieb unvermindert stark und ergreifend.

Was dachte Ilyas? Rief das Porträt in ihm Erinnerungen hervor? Wie war seine Kindheit verlaufen, bis der Vater die Familie verließ? Hatte Ilyas nicht erzählt, sein Erzeuger sei gegangen, als er vierzehn Jahre alt war, dasselbe Alter wie Titus auf dem Gemälde? Betrachtete Ilyas den unschuldigen Knaben, der er selbst einmal war? Einen Jungen, der gerade etwas zeichnete?

Der Kunsthistoriker in Peter, der Kurator für niederländische Barockmalerei, wollte Ilyas auf die Vorderseite des Schreibpults hinweisen, die ein Ausweis großer Meisterschaft war: Mit einem Spatel hatte Rembrandt breite Streifen Weiß, Gelb und Rot in den Bilduntergrund gekratzt. Das Holz des Schreibpults sah abgenutzt aus. Bei Rembrandt lebte sogar das Holz.

Peter versuchte, das Porträt mit Ilyas' Augen zu sehen: den gedankenversunkenen Jungen, die wogenden Locken und das Grübchen am Mund, den Daumen, auf den er den Kopf stützt. Es musste eine Marotte von ihm gewesen sein: Auf dem fünf Jahre später entstandenen Porträt, das im Baltimore Museum of Art hängt, stützt er sein Kinn ebenfalls auf den Daumen. Das Bild hat einen informellen, fast intimen Charakter und verrät eine freundliche, selbstsichere Art. Rembrandts Sohn schaut mit einem Lächeln zum Betrachter zurück.

Peter wollte alle Abbildungen einmal zusammen präsentieren, alle Titus-Porträts von Rembrandt sowie die einzige Radierung aus dem Jahr 1656, die den Sohn auf eine Weise darstellt, die genau die Waage hält zwischen dem nachdenklichen Knaben und dem selbstsicheren jungen Mann. Beginnen aber müsste die Ausstellung mit dem Porträt, das Samuel van Hoogstraten um 1648 von dem kleinen Titus gemalt hatte, »ein Konterfei von der Verblichenen Gatten, auf ein Geländer gestützt«, wie es im Nachlassverzeichnis von Titus' Witwe Magdalena van Loo heißt. Noch drei weitere Gemälde wurden in besagtem Verzeichnis genannt: ein Porträt »von der Verblichenen Schwiegervater«, eines »von der Verblichenen Schwiegermutter« und ein »Mönch mit Kapuze.«

Erst durch Entdeckung dieses Verzeichnisses war Titus Anfang des zwanzigsten Jahrhunderts identifiziert worden. Nachdem er gut zwei Jahrhunderte lang nur anonym als »junger Knabe« firmiert hatte, hieß es nun: *Titus, auf eine Balustrade gestützt*. Auch der Mönch mit Kapuze wurde nun ihm zugeordnet. Schließlich konnte im Hause Titus van Rijn neben den Porträts seines Vaters, seiner Mutter und dem von ihm selbst als siebenjährigem Jungen nicht bloß das Bildnis eines beliebigen Franziskanermönchs gehangen haben.

Durch die zwei Titus-Porträts aus dem Nachlass der Witwe hatte man nun endlich Abbildungen von Rembrandts Sohn im Alter von ungefähr sieben und ungefähr neunzehn. Trotz der verschiedenen Altersstufen und der unterschiedlichen Maler gab es hinreichend eindeutige Übereinstimmungen: die großen, runden Augen, die hohen, dunklen Brauen, die markante, ziemlich fleischige Nase, der kleine Mund mit vollen Lippen, das Grübchen daneben, die Locken – alles Merkmale, die Peter zufolge auf insgesamt acht Rembrandt-Porträts wieder auftauchten. In Peters erträumter Ausstellung würde man Titus heranwachsen sehen, vom Dreikäsehoch zum sechsundzwanzigjährigen jungen Mann. Was aber wäre auf den Gemälden wohl noch zu erkennen?

»Ist das sein Vater?«

Ilyas war zu dem *Mann mit der roten Mütze* gegangen und betrachtete das Gemälde von Nahem. In manchen Museen wäre jetzt ein lauter Alarm losgegangen, im Boijmans van Beuningen ertönte der Alarm erst, wenn man ein Gemälde berührte.

»Nein«, antwortete Peter, »aber wer der Mann ist, wissen wir auch nicht. Lange Zeit dachte man, er sei ein Schatzmeister oder Kanzleiangestellter. Sieh nur das Buch auf dem Tisch und die Schreibfeder, die er in der Hand hält.« Doch Ilyas' Interesse war schon zum nächsten Männerbildnis gewandert, dem Gemälde links neben Titus. Peter bekam keine Gelegenheit zu erzählen, dass manche Kunsthistoriker den Mann mit der roten Mütze für einen Evangelisten hielten und wieder andere für Herman Becker, einen Kunstsammler, der Rembrandt aus Finanznöten geholfen hatte.

»Ist das sein Vater?«

»Auch nicht, das ist Carel Fabritius, einer der talentiertesten Schüler von Rembrandt.«

Ilyas betrachtete das Selbstbildnis des Mannes, von dem nicht mehr als zehn Gemälde bekannt waren.

»Lange Zeit wurde dieses Porträt Rembrandt selbst zugeschrieben, aber nach der Restaurierung kam in der rechten oberen Ecke die Signatur von Fabritius zum Vorschein.«

Für einen Moment war wieder der Kurator mit Peter durchgegangen.

»Gibt es denn kein Porträt von Rembrandt selber?«

»Jedenfalls nicht hier im Museum. Dafür musst du nach Amsterdam oder Den Haag. Oder ins Ausland, nach London oder Paris.«

Ilyas schwieg. Er stellte sich wieder neben Peter, vor das Porträt von Titus.

»Der Maler muss seinen Sohn sehr geliebt haben.«

Peter hatte die Worte nicht richtig verstanden, voll erneuter Bewunderung für die Komposition des Gemäldes:

das helle Dreieck aus der Stirn des Knaben und seinen Händen auf dem Schreibpult.

»Was sagtest du gerade?«

»Dieser Mann ... dieser Rembrandt ... Er muss seinen Sohn sehr geliebt haben.«

Jetzt hatte Peter die Worte verstanden, und sie trafen ihn mitten ins Herz. Ihm war, als hätte er sich verschluckt, und unwillkürlich hielt er sich die Hand vor den Mund und versuchte zu husten.

»Hundert Pro«, insistierte Ilyas.

Peter stockte der Atem. In den Augen spürte er ein Brennen.

»Alles in Ordnung?«

Peter nickte. Er wollte Ilyas' Aufmerksamkeit nicht von dem Gemälde ablenken. Er sollte es weiter betrachten.

Rembrandt musste Titus in der Tat sehr geliebt haben. Er war sein einziger Sohn, geboren nach dem frühen Tod dreier Kinder. Peter kannte ihre Namen, sie standen im Taufregister, aufbewahrt in den Brandschränken des Stadtarchivs Amsterdam. Rumbartus, der am »Tage des Herrn«, dem 15. Dezember 1635, in der Oude Kerk getauft worden war und zwei Monate später unter einem »kleynen Steyn« schon wieder begraben wurde. Cornelia, genannt nach der Mutter des Malers, war nur ein vierwöchiges Leben beschieden. Das dritte Kind von Rembrandt und Saskia Uylenburgh, genannt ebenfalls Cornelia, wurde am 29. Juli 1640 getauft und am 12. August des gleichen Jahres in der Zuiderkerk schon wieder begraben. Titus kam ein Jahr später zur Welt, doch seine Mutter starb, als er noch keine neun Monate alt war. Er hatte keine Erinnerungen an sie und kannte ihr Äußeres nur von den Zeichnungen, Radierungen und Gemälden des Vaters. Titus seinerseits musste den Vater ebenfalls sehr geliebt haben.

Peter hustete nochmals, aber vergebens.

»Soll ich dir auf den Rücken klopfen?«

»Nicht nötig.«

Ilyas hatte sich ihm zugewandt. Peter spürte Ilyas' bohrenden Blick.

»Was ist los?«

»Nichts.« Peter starrte weiter auf das Gemälde, auf das Gemälde des Sohns, den der Vater so sehr geliebt hatte.

»Dir laufen die Tränen runter, Mann!«

In der Tat spürte Peter, wie ihm die Tränen hinabkullerten. Sie waren nicht zu stoppen, sosehr er es auch versuchte.

Der Expressionismus hatte Ilyas nichts gesagt, das meisterhafte Licht auf der Stirn hatte er nicht bemerkt. Aber dieser verlassene, vaterlose Junge hatte etwas anderes gesehen. Die reinste Form der Liebe, die eines Vaters oder einer Mutter für ihr Kind.

Vorsichtig betastete Peter seine Wange und spürte die Tränen.

»Bist du traurig?«

Peter schüttelte den Kopf.

Er versuchte, an trockene Fakten zu denken, Jahreszahlen, kunsthistorische Daten. Dann würde es schon wieder gehen. Er dachte an 1642, das Jahr, in dem Rembrandt die *Nachtwache* vollendet hatte und zugleich den Tod seiner jungen Frau verarbeiten musste, während sein kleiner Sohn in der Nacht krähte und schrie. Doch dadurch strömten die Tränen nur immer mehr.

»Du hast es nicht leicht im Moment«, sagte Ilyas.

»Stimmt.« Peter wischte sich die Tränen ab. »Es war ein schwerer Tag. Wieder hier zu sein ...«

»Möchtest du ein Taschentuch?«

Peter wollte sich unsichtbar machen. Er wollte unter einen Tisch kriechen, sich darunter verstecken.

Ilyas kramte ein undefinierbares Knäuel aus seiner Hosentasche. Kein weiches Papiertaschentuch, sondern eine zusammengeklumpte Serviette, wie man sie in einem Hamburger-Imbiss bekommt. Peter nahm sie und drückte sie sich an die Augen.

»Los«, sagte Ilyas. »Wir gehen.«

Peter dachte an seine Kinder. Was machten sie jetzt wohl gerade? Waren sie schon aus der Schule zurück? Saßen sie mit Kee zusammen am Tisch? Spielten sie etwas? Sie fehlten ihm, und er sehnte sich nach ihnen. Zum ersten Mal seit langer Zeit wollte Peter Lindke nichts lieber als nach Hause.

SIEBZEHN

Der Tisch war für fünf Personen gedeckt. Peter hatte eine karierte Tischdecke aus dem Schrank geholt, auf den Tellern lagen Servietten in fröhlichem Design. Er hatte zwischen Lamas und Flamingos geschwankt, sich zuletzt aber für die Lamas entschieden. Auch eine Vase mit roten Nelken stand auf dem Tisch, Blumen, die er vom Einkaufen mit nach Hause gebracht hatte.

»Das Essen ist fertig!«, rief er, wie Kee das auch immer machte.

Er bekam keine Antwort.

»Das Essen ist fertig! Kommt ihr?«

Zehnmal musste Kee manchmal rufen. Dann hörten die Jungs sie nicht. Sie bauten eine Rennbahn zusammen oder spielten konzentriert mit Lego. Auch Peter reagierte niemals sofort, was Kee rasend machen konnte. Er brauchte nicht einzukaufen, er brauchte nicht zu kochen, nur sein Buch über Pieter de Hooch brauchte er beiseitezulegen und nach unten zu kommen!

Heute blieb Kee in ihrem Arbeitszimmer. Sie hatte ihren Laptop geschlossen, wollte aber noch nicht aufstehen. So einfach durfte sie es Peter nicht machen.

»Fritten!«, rief Peter nach oben. »Fritten! Kroketten! Blätterteigtaschen mit Käse!«

Auf der Treppe hörte man es rumoren. Die Jungs kamen ins Wohnzimmer gestürmt.

Peter hatte Paprika geputzt, Mangos und Avocados geschält, Koriander und Minze gehackt. Er konnte kaum fassen, dass es geklappt, dass er ein richtiges Gericht zustande gebracht hatte, bloß, indem er Schritt für Schritt dem Rezept gefolgt war.

Die Jungs betrachteten mit großen Augen das Ergebnis.

»Was ist das?«

»Wo sind die Fritten?«

»Das ist ein Quinoasalat.«

»Unmöglich!«

Tristen begutachtete den Salat genauer. »Mango, gelbe und rote Paprika, Avocado«, sagte er. »Und was ist das Braune?«

»Wo sind die Fritten?«, wiederholte Ewan seine Frage.

»Das war ein Witz.«

»Seit wann machst du Witze?«

»Ich find den Witz blöd.«

»Was ist nun das Braune?«

»Bärenkötel.«

»Was?«

Tristen sah seinen Vater entgeistert an. War er verrückt geworden?

»Schon wieder reingefallen!«, rief Peter.

»Kannst du mal damit aufhören, uns zu veräppeln?«

Peter ging zum Esstisch und betrachtete stolz sein Erzeugnis. In dem Rezept hatte »Zubereitungszeit: 50 Minuten« gestanden. Er hatte gut anderthalb Stunden dafür gebraucht. Vor allem das Schneiden der Paprikawürfel war zeitaufwendig gewesen.

»Hast du das wirklich selber gemacht?«, fragte Tristen.

»Ja! Alles selber!«

»Ist das vegetarisch?«

Peter nickte. »Kein Fleisch drin und auch kein Fisch.«

Sein Ältester strahlte. »Cool, Mann! Echt cool!«

»Na ja – ›cool‹!«, sagte Ewan. »Ich mag Fleisch viel lieber.«

»Das weiß ich«, erwiderte Peter.

»Ich werd diesen blöden Salat nicht essen.«

Tristen setzte sich an den Tisch. Er zählte die Teller. »Isst noch jemand mit?«

»Ja, gleich kommt ein Gast.«

»Wer denn?«

»Das wirst du schon sehen.«

»Warum hat Mama nicht gekocht?«, fragte Ewan.

»Mama kocht sonst jeden Abend, da wollte ich sie einmal ablösen.«

Ewan schien nicht zu begreifen.

»Dann hat sie ein bisschen mehr Zeit für sich.«

»Und was macht sie damit?«

»Manchmal brauchen Erwachsene das auch.«

»Ist Mama krank? Fühlt sie sich nicht gut?«

»Soweit ich weiß, nicht, sie fühlt sich prima. Sie kommt gleich nach unten.«

Endlich führte er wieder mal ein Gespräch mit den Kindern. Vielleicht verstanden sie ihn nicht sofort, aber es war ein Anfang, fand Peter. Ein neuer Anfang.

In ihrem Arbeitszimmer saß Kee noch immer am Schreibtisch. Sie wartete, dass Peter noch mal rufen würde, diesmal lauter, aber vergebens.

Der Quinoa brauchte nicht warm gegessen zu werden; das Gericht schmeckte lauwarm am besten. Peter war nicht verärgert, auch nicht ungeduldig, nur besorgt. Sein Gast war schon über zehn Minuten zu spät.

Es war Tristen, der schließlich die Treppe hinaufstürmte und seine Mutter holte. »Ich hab Hunger«, rief er und: »Papa hat gekocht!« Er hatte einen Gesichtsausdruck, den sie von ihm nicht kannte. Hoffnungsvoll.

Als sie zu viert am Tisch saßen, wusste Kee nicht, worüber sie sich mehr wundern sollte: die karierte Tischdecke, die roten Nelken, den Quinoasalat oder den fünften Teller.

»Kommt noch jemand?«, fragte sie.

Peter nickte. »Ich habe Ilyas eingeladen.«

Kein junges Ding mit ordentlich Stoßdämpfern, wie sein junger Freund ihm geraten hatte. Er hatte ihn selbst zum Essen gebeten.

»Wer ist Ilyas?«, fragte Ewan.

»Ein junger Mann, dem ich helfe.«

»Ist er ein Künstler oder malt er?«

»Nein, kein Künstler. Er arbeitet in der Spülküche im Jordy's.«

»Ist das schon wieder ein Witz?«

»Nein, diesmal nicht.«

Peter sah seine Söhne an, und sie blickten zurück. War das Interesse in ihren Augen? Waren sie neugierig?

»Woher kennst du ihn?«

»Über Dschemine. Eines Tages hat sie mit ihm vor der Tür gestanden.«

Dschemine, die jetzt einen Sprachkurs machte und immer besser Niederländisch konnte. Dschemine, die jetzt

Wohngeld bekam, ihre Rechnungen bezahlte und jeden Monat ein wenig übrig behielt.

Peter schaute prüfend zu Kee, aber die ließ kein Interesse erkennen. Sie kannte die Geschichte von dem Jungen, der mit einer Plastiktüte in der Hand vor der Tür gestanden hatte. Wollte sie nicht wissen, wie die Geschichte weiterging?

»Ilyas möchte euch kennenlernen.«

»Und wann kommt er?«

»Ich fürchte, heute wird es nichts mehr.«

»Vielleicht hat er einen Platten«, überlegte Tristen.

»Er hat kein Fahrrad.«

»Hast du ihn schon angerufen?«

»Zweimal«, antwortete Peter, »aber er geht nicht ran.«

Ewan wollte mehr wissen. »Und wobei hilfst du ihm?«

»Bei ganz verschiedenen Dingen: bei seiner Post, seinen Einkäufen, bei seinem Second-Hand-Sofa.«

»Hat er kein Sofa gehabt?«

»Er hatte auch keinen Tisch und keine Stühle, aber jetzt schon.«

»Und warum hilfst du ihm?«

»Gute Frage«, sagte Peter. »Warum wollen Menschen anderen helfen, was meinst du?«

Sein Jüngster grübelte, kam aber auf keine Antwort.

»Im Moment arbeite ich nicht, darum habe ich mehr Zeit. Und diese Zeit nutze ich, um jemandem zu helfen, der allein nicht zurechtkommt.«

»Jemand, der nicht erscheint, wenn du ihn einlädst«, brach es aus Kee hervor. Sie hatte genug, sie konnte es nicht mehr ertragen, wie er sich hier als Menschenliebe in Person aufspielte. Der heilige Peter.

»Ich mache mir Sorgen um ihn«, war das Einzige, was Peter antwortete.

Es war still, aber es war kein peinliches oder unangenehmes Schweigen.

Tristen fragte: »Arbeitest du nicht mehr im Museum?«

»Nein, da arbeite ich nicht mehr. Sie haben mir gekündigt, aber mein Gehalt läuft noch ein paar Monate weiter.«

»Hast du dann gar keine Arbeit mehr?«

»Das ist kein Weltuntergang«, antwortete Peter. »Ich finde schon wieder was.«

Er hatte noch nicht angefangen zu suchen, aber er war davon überzeugt, dass es schon klappen würde, sobald er sich nur richtig daranmachte.

»Mohameds Vater ist auch arbeitslos.«

»Wer ist Mohamed?«

»Ein Junge aus meiner Klasse. Sein Vater hat sooo einen langen Bart.« Tristen machte es vor.

»Soll ich mir auch einen Bart stehen lassen?«

Diesmal lachten die Jungs über seinen Witz. Sie hatten ihren Vater noch nie mit Bart gesehen, nicht mal mit einem Schnauzer.

Kee konnte nicht darüber lachen. »Zum Glück habe ich Arbeit«, sagte sie. »Zum Glück verdiene *ich* in ein paar Monaten noch Geld.«

Peter fühlte sich angegriffen. Trotzdem sagte er nur: »Das ist wirklich sehr schön.«

Kee war perplex. Perplex, weil Peter nicht gleich zurückgiftete. Sie wusste nicht, wie sie reagieren sollte.

»Papa hat vegetarisch gekocht«, sagte Tristen in das Schweigen hinein und schaute seine Mutter an. Wieder mit diesem Blick, den sie nicht von ihm kannte.

»Aber es sind Bärenkötel drin«, sagte Ewan.

»Bärenkötel?«

Tristen fing an zu lachen, und Ewan und Peter schlossen sich an. Kee verstand nur Bahnhof. Sie fühlte sich ausgeschlossen.

»Es ist vegetarisches Hühnerfleisch«, erklärte Peter.

»Hühnerfleisch ist nicht vegetarisch«, konterte Ewan.

»Es ist künstliches Hühnerfleisch.«

»Künstliches Hühnerfleisch?«

Peter nahm die Teller und tat jedem auf. »Schmeckt genauso gut wie echtes«, sagte er, »aber es musste kein Tier dafür sterben.«

»Schmeckt es wirklich wie Hühnchen?«, fragte Ewan.

»Probier's doch.«

Sein Jüngster pikte in ein braun gebratenes Stückchen und führte die Gabel zum Mund.

»Und?«

Ewan kaute und dachte lange nach. »Wie Hühnchen«, lautete sein erlösendes Urteil. »Schmeckt total gut!«

»Hast du ihn bezahlt?«, fragte Kee. »Hast du ihm Geld geboten, damit er das isst?«

Sie bekam keine Antwort, jedenfalls nicht von Peter.

»Ich find es auch lecker«, sagte Tristen.

»Hübsche Servietten«, sagte Peter, um die Stille zu brechen. »Findest du nicht?«

»Hübsch?«, wiederholte Kee, als ob sie das Wort nicht kannte.

»Ist das jetzt vegan?«, fragte Tristen.

Peter ging die einzelnen Zutaten durch: gelbe und rote Paprika, Mangos, Avocados, Frühlingszwiebeln ... »Jetzt scheiß mich an!«, sagte er.

»Du hast vegan gekocht!«

»Wir können so viel mehr tun, als wir denken.«

Kee schaute ihn fassungslos an. Jemand musste sie ohrfeigen, damit sie aus diesem wahnwitzigen Traum erwachte.

»Woraus wird künstliches Hühnchen gemacht?«, fragte Ewan.

»Aus Soja.«

»Wirst du jetzt auch Vegetarier?«, fragte nun Tristen.

»Darüber muss ich noch mal nachdenken.«

Wieder mussten sie lachen. Alle, bis auf Kee.

Eine Ohrfeige, dachte sie. Kurz und schmerzhaft. Direkt ins Gesicht. Vielleicht müsste sie sich selbst eine verpassen.

»Schmeckt es dir auch?«, fragte Tristen.

Sie brachte das »Ja« nicht heraus. Schließlich wollte ihr Sohn nicht wissen, ob ihr der Quinoasalat schmeckte. Eigentlich fragte er, ob sie es schön fand, dass Peter gekocht, dass er Nelken gekauft hatte, dass er für sie da war.

»Hast du für ihn den Tisch so schön gedeckt?«, fragte sie.

»Für wen?«

»Für Ilyas.«

War sie eifersüchtig? Nein, nur unausstehlich. Sie wollte nicht, dass alles wieder gut war und dass das Peters Verdienst wäre.

»Es gibt noch Nachtisch«, sagte er, als alle das Besteck beiseitegelegt hatten. Die Jungs hatten aufgegessen.

Peter erhob sich und ging zum Kühlschrank. Diesmal fand er den Joghurt sofort. Tristen schaute prüfend zu seiner Mutter, ob die es auch gesehen hatte. Was bedeutete dieser hoffnungsvolle Blick? Wollte Tristen unbedingt, dass seine Eltern zusammenblieben? War das das Wichtigste für ein Kind? Hatte Ewan aufgegessen, um zu zeigen, dass sie als Familie doch funktionieren konnten?

War sie die Einzige hier, die nicht funktionierte?

Alle vier löffelten ihren Joghurt. Ticken von rostfreiem Stahl an glasiertes Porzellan. Trotz der Harmonie musste Kee an eine Zeitbombe denken.

Ewan strich sein Schälchen mit dem Finger aus.

»Es ist noch was in der Schüssel«, sagte Tristen.

»Darf ich das haben?«

»Na klar!«

»Danke!«

»Noch verrückter darf's jetzt aber nicht werden!«, sagte Kee.

»Wie meinst du das?«, fragte Peter.

»Also hör mal!«

Sie betrachtete ihre rechte Hand auf dem Tisch neben dem leeren Schälchen. Und wenn sie sich jetzt selbst ohrfeigte? Würde das den Quinoasalat annullieren? Die »hübschen« Servietten und Nelken am Tisch ungeschehen machen?

»Dürfen wir noch ein bisschen nach draußen?«

Kee antwortete nicht. Sie hatte die Hand umgedreht und musterte ihre Handfläche, die Linien, die Schwielen.

»Oder soll ich dir noch kurz bei den Hausaufgaben helfen?«, fragte Peter Tristen. »Würde dir das gefallen?«

Er war ein guter Mann, er wollte auch ein guter Vater sein.

Jetzt schaute Tristen ihn fassungslos an.

»Aber wir haben doch Ferien«, sagte Ewan nach einer Weile. »Wir haben keine Schule.«

»Hast du das nicht gewusst?«, fragte Kee. »Dass die Kinder Sommerferien haben?«.

Peter schüttelte den Kopf.

Er hatte einen Fehler gemacht, einen Fehler, der postwendend gegen ihn verwendet wurde.

»Sie sind schon seit fast einer Woche zu Hause. Hast du das nicht gemerkt?«

Nein, das hatte er nicht. Es war ihm völlig entgangen. Mit einem Mal war er wieder der Mann, der außer Konkurrenz am Familienleben teilnahm.

Kee lebte auf. Sie witterte ihre Chance. Jetzt konnte sie zeigen, dass Peter derjenige war, der hier nicht funktionierte.

»Du hast bestimmt auch nicht gesehen, dass die Zeichnungen auf den Servietten von mir sind?«

Peter musterte die zerknitterten Servietten auf der karierten Tischdecke, die fröhlichen Lamas. »Sie haben mir gefallen, darum habe ich sie aus dem Schrank geholt.«

»Aber du hast nicht gesehen, dass ich sie entworfen habe.«

Jetzt konnte er es erkennen. An den Farben und Formen der Tiere. Typisch für Kees verspielten Stil. Doch es war zu spät.

»Weißt du, was ich mich frage?«, sagte sie. »Wenn du nicht mal einen Entwurf deiner Frau erkennst, wie kannst du das dann bei einem Gemälde von Rembrandt?«

Peter erwiderte nichts. Er wollte nicht aggressiv werden, nicht in ihr eingefahrenes Muster zurückfallen, die

Diskussionen, die keine Diskussionen waren. Darum sagte er: »Wollen wir dann mal zusammen rausgehen?«

»Jeder bleibt, wo er ist.«

»Ich will aber nach draußen, zum Spielen.«

»Ich auch.«

»Mama will noch etwas sagen«, versuchte Peter zu beruhigen. »Danach können wir alle nach draußen.«

»Ja«, sagte Kee, aber es folgte kein Sturzbach von Vorwürfen. Es folgte überhaupt nichts. Sie war wieder sprachlos. Warum war Peter so rücksichtsvoll? Warum blaffte er sie nicht an? Schluckte er Pillen? Hatte er ein Beruhigungsmittel genommen?

»Was möchtest du sagen?«, fragte Tristen.

Es fiel ihr nichts ein.

Alle schwiegen. Sie starrten Kee an, wie Leute auf der Straße eine verwirrte Person.

»Nicht weinen«, sagte Ewan, »bitte nicht weinen!«

»Ich weine nicht!«

Sie spürte, wie ihr die Augen feucht wurden. Herrgott, wie sie ihre Tränen in diesem Moment hasste!

»Nicht so schlimm«, sagte Peter. Er gab ihr seine Serviette.

Sie nahm sie und trocknete sich mit den zerknitterten fröhlichen Lamas die Augen.

Kee holte tief Luft, wie bei einer Entspannungsübung.

»Hast du dir mal überlegt«, sagte sie zu Peter, »ob du dich möglicherweise geirrt hast? Dass dieser Kragen aus Klöppelspitze gar nicht so schlecht war und dein Vergleich mit dem Pfannkuchen einfach absurd?«

Ewan blickte von seinem Teller auf. »Wovon redest du, Mama?«

»Davon, warum dein Vater entlassen worden ist, warum er jetzt zu Hause herumsitzt, warum er nicht sieht, dass ich diese Servietten entworfen habe und außerdem beim Frisör war, warum er mich an der Tankstelle vergisst.«

Sie war alles auf einmal losgeworden, aber es klang nicht zusammenhängend, es klang hysterisch. Wieder schaute sie auf ihre Handfläche. Verlor sie die Selbstbeherrschung? Brauchte jetzt sie ein Sedativum?

»Ich find es nicht schlimm, dass Papa nicht wusste, dass wir Ferien haben«, sagte Tristen.

Peter dachte an Paul von der Tankstelle an der A 12, aber er wusste, dass dies nicht der richtige Moment war, von ihm anzufangen. Vor den Kindern. Am liebsten wollte er das Thema Paul überhaupt meiden. Auch wenn die Kinder nicht da waren.

»Dürfen wir jetzt rausgehen?«, fragte Ewan.

Kee betrachtete die Teller und Gläser. »Und wer räumt den Tisch ab?«

»Das hat Zeit bis nachher.«

»Ja«, sagte Tristen. »Dann helfe ich auch mit.«

»Ist das ein Theaterstück?«, hörte Kee sich sagen. »Habt ihr das geprobt? Spielt ihr mir was vor?«

Ewan schüttelte den Kopf. »Ich bestimmt nicht«, sagte er. »Ich räume nicht ab, Kinderarbeit ist verboten.«

»Nächstenliebe aber nicht.«

»Bäh – igitt!«

»Was ist?«

»So ein schmalziges, pathetisches Wort!« Kee streckte die Zunge heraus.

Ewan folgte sofort ihrem Beispiel.

Tristen musterte seinen kleinen Bruder und seine Mutter, die rosa Zungenspitzen, die aus ihren Mündern herausragten. Er beschloss, das Gleiche zu tun. Peter war das Ganze ein Rätsel, aber zuletzt streckte auch er seine Zunge heraus.

War das hier Einstimmigkeit, oder war es Verzweiflung? Wollten sie mit ihren herausgestreckten Zungen beweisen, dass sie zusammengehörten, wie indigene Stämme in einem Ritual? Oder machte dieses Tableau vivant vielmehr deutlich, wie absurd dieser Wunsch war?

Mit herausgestreckten Zungen ließen sie sich nicht aus den Augen. Schon nach einer halben Minute merkten sie, wie lächerlich das aussah, aber keiner von ihnen gab auf. Wie lange würden sie durchhalten? Tristen begann als Erster zu lachen. Es war ansteckend, denn sofort gackerte auch Ewan los. Peters Mundwinkel zuckten, aber er konnte sich noch einmal beherrschen. Auf einmal platzte er los. Nur Kee blieb weiter so sitzen, bis schließlich auch sie kapitulierte. Das Lachen wirkte befreiend, und für einen Moment schien alle Gereiztheit verschwunden.

Kee musterte ihre Familie. Und wenn das hier kein Theaterstück war? Peter und die Kinder ihr nichts vorspielten? War sie für ihre Freundlichkeit blind geworden?

Immer hatte sie Peter die Schuld an ihren Paarproblemen gegeben. Er tat nichts im Haushalt. Er kümmerte sich nicht um die Kinder. War beim Sex nicht einfühlsam. Abends wollte er lieber Artikel lesen, als zusammen mit ihr auf dem Sofa fernsehen. Er machte ihr nie ein Kompliment. Sie selbst hatte das auch aufgegeben, aber sie verteidigte sich damit, dass er sie so distanziert gemacht hatte. Erst distanziert, dann gleichgültig, danach frustriert. Und jetzt wütend.

»Los, wir gehen.«

Kee spürte, wie ihr Ältester sie vom Stuhl zog. Sie gingen zur Haustür und von dort nach draußen. Die Jungs entdeckten sofort Schulkameraden und ließen ihre Eltern stehen. Erst nach einer Weile bemerkte Kee, dass sie auf dem Ketelplein standen. Sie waren nicht durch den Garten in den Innenhof gegangen. Sie standen im öffentlichen Raum.

Da standen sie also, am Rand des Platzes. Nebeneinander, doch mit einem Meter Abstand. Zwei Eheleute, die nicht zueinanderkommen konnten. Kam der eine einen Schritt näher, machte der andere einen Schritt zurück. Suchte einer von ihnen Nähe, prallte er gegen eine eiligst hochgezogene Wand.

Wie Peter verfolgte Kee das Spielen der Kinder. Es war am Anfang der Sommerferien, und noch herrschte der Eindruck, als würden die freien Tage nie enden. Mädchen machten Überschläge an Stangen und turnten am Klettergerüst, die Jungs spielten Fußball, Tristen und Ewan in gegnerischen Mannschaften. Für einen Moment kam Kee der Gedanke, dass auch dies nur Theater sein könnte und die Kinder nur so täten, als wären sie beste Freunde.

Nach der großen Versammlung war sie zweimal mit anderen Anwohnern durchs Viertel gelaufen. Es war eine gemischte Truppe gewesen, Zugezogene wie sie, aber auch Mütter im Tschador. Sie hatten nach dem Rechten gesehen und den auf der Straße herumhängenden Jugendlichen zugehört. Sie waren miteinander ins Gespräch gekommen. Zwei junge Burschen, die um zehn Uhr abends mit ihrem Roller über den Ketelplein knatterten, wurden zur Rede gestellt. Sie waren sich keiner Schuld bewusst.

»Wir haben doch bloß ein bisschen Spaß«, sagten sie. »Oder ist das neuerdings verboten?«

Als eine Nachbarin aus den Mietshäusern erklärte, dass Anwohner sich von dem Krach gestört fühlten, schalteten die Jungs auf Arabisch um. Kee fühlte sich ausgeschlossen.

»Könntet ihr bitte Niederländisch sprechen?«, sagte sie. »Ich möchte verstehen, worum es geht. Darum bin ich hier.« Sie spürte ihr Herz bis zum Hals schlagen. Hätte sie jemand gefragt, wovor sie sich fürchtete, hätte sie geantwortet: »Vor dem Konflikt.« Sie fürchtete nicht, beleidigt zu werden, auch keine körperliche Gewalt, sie hatte Angst vor der sich auftuenden Kluft. Wir gegen sie. Jetzt würde sich zeigen, wie abgrundtief diese Kluft war. Unüberbrückbar.

»Okay«, sagte einer der Jungen, »wir haben zu der Dame gesagt, dass es uns leidtut, wenn wir wen gestört haben, und wir geben uns Mühe, dass es nicht mehr vorkommt.«

Für einen Moment glaubte Kee ihm kein Wort, aber die Jungen verschwanden und ließen sich nicht mehr blicken.

War es seit der Versammlung ruhiger geworden? Gab es jetzt weniger Streit auf dem Platz? Kee dachte an Ewans blutige Nase, als er von der Rutsche geschubst worden war. Vielleicht gehörte ein bisschen Reibung einfach dazu. Vielleicht gab es gar keinen Konflikt. Nur Angst und Sprachverwirrung.

Kee schaute sich um. Sie hatte ihren Namen gehört. Es war Ellen, die mit ihrer Tochter hinter dem Zaun zum Innenhof stand. Sie winkten ihr zu. Für einen Moment war Kee verwirrt. Es sah merkwürdig aus: Ellen hinter Gittern, sie auf dem Platz.

»Nach vorn spielen!«, rief Peter. »Los, Tristen!«

Kurz darauf rief Kee: »Vorwärts, Ewan! Vorwärts!«

Hielten sie jeder einem anderen Kind die Daumen? Machten sie aus dem Spiel einen Stellvertreterkrieg?

Kee verfolgte den Ball und sah, wie ihre Söhne mit roten Wangen hinterherrannten. Sie musterte auch Peter und sah den Mann, mit dem sie verheiratet war. Den Mann, der sie gleichgültig und wütend gemacht hatte. Was war der nächste Schritt? Was folgte auf Wut? In ihrem Bekanntenkreis hatte sie Frauen nach einer Scheidung verbittert werden sehen. Sie redeten über ihren Ex nur noch schlecht, verbreiteten Gift und Galle. Freunde, Bekannte, Verwandte – jeder wurde gegen den früheren Ehemann aufgehetzt.

Wie gern hätte sie Peter wieder einmal unvoreingenommen gesehen. Seinen strahlenden Blick genossen, wenn er etwas erzählte, sein Gesicht, seinen Mund, seine Lippen. Wie oft hatte sie von Freundinnen und Kolleginnen gehört, dass sie einen so tollen Mann habe! Einen Mann, der sich in den Museen der Welt auskannte, in Schlafzimmern von Grafen und Baronen vor unsterblichen Meisterwerken gestanden hatte und alles über die betreffenden Maler wusste.

Auch sie hatte gebannt seinen Geschichten gelauscht. Der über Kokoschkas Mutter, die mit einer Waffe vor Alma Mahlers Haus gestanden und gedroht hatte, sie zu erschießen, wenn sie nicht die Finger von ihrem Sohn ließe. Oder über Rubens' zweite Frau, die zum Zeitpunkt der Eheschließung noch minderjährig war und siebenunddreißig Jahre jünger als ihr Mann. Sie bekamen fünf Kinder, deren letztes erst nach Rubens Tod 1640 geboren wurde.

Oder der Anekdote über Pierre Bonnard, der sich am Eingang von Museen immer durchsuchen lassen musste, weil er stets Farbe und Pinsel dabeihatte, um seine eigenen Gemälde zu verbessern.

Kee erinnerte sich an die Gelegenheit, als Peter aus Venedig zurückgekehrt war und vom Transport eines Gemäldes seines Museums erzählte. Wie die Kiste in einem Wassertaxi mit weißen Sitzen und Bug aus blitzendem Mahagoni verstaut worden war und ein Boot der Carabinieri neben ihnen herfuhr. Peter hatte darauf bestanden, den Transport bis zum Schluss zu begleiten. Keinen Moment wollte er das Gemälde aus den Augen lassen.

Es ging um den *Knaben mit Hunden in einer Landschaft*, den einzigen Tizian der Niederlande. Das Bild war zu einer Übersichtsausstellung des venezianischen Meisters ausgeliehen worden. Peter war mit dem Gemälde nach Mailand geflogen und dem Frachtwagen bis in die Dogenstadt gefolgt. Dort war er unter der Rialtobrücke hindurchgefahren, vorbei an Löwenfiguren und Gondeln, Palästen und Kirchen. Peter vergaß den Dieselmotor mit seinen hundertfünfzig Pferdestärken und wähnte sich fast fünfhundert Jahre zurückversetzt. Einst waren Tizians Gemälde über denselben Canal Grande expediert worden, unterwegs zu Auftraggebern wie dem Habsburger Kaiser Karl V. Jetzt fuhr Peter Lindke mit einem Bild durch die Stadt, wo der Meister bis ins hohe Alter gewirkt hatte. Er brachte Tizian nach Hause.

Knabe mit Hunden in einer Landschaft war in herrlich lockerem Duktus gemalt. Niemand wusste, wen oder was Tizian hier darstellen wollte. Es war ein Spätwerk, um 1570 entstanden. Der venezianische Meister, der Päpste und

Fürsten porträtiert hatte, malte in seinen letzten Lebensjahren immer breiter und skizzenhafter. Seine Gemälde nannte er nunmehr »poesie«, Dichtungen. Sie waren frei und lyrisch gestaltet, unter Verwendung brillanter Andeutungen: In der letzten Arbeitsphase an einem Gemälde trug Tizian die Farbe auch mit den Fingern wischend auf. Der linke Arm des Knaben zum Beispiel war nur flüchtig widergegeben, und auch das leicht zurückgestellte rechte Bein wirkte irgendwie unfertig. Vor allem die Landschaft im Hintergrund jedoch war für Peter reine Poesie. Eine rätselhafte, fast abstrakte Komposition: zwei transparente, hellblaue Flecken aus dem kostbaren Lapislazuli-Pigment vor einem grauen, aufgewühlten Himmel mit roter Glut, möglicherweise von einer Feuersbrunst.

Bei Peters Erzählung hatte Kee das unwiderstehliche Verlangen verspürt, das Gemälde zu sehen, den transparenten Farbauftrag und lockeren Duktus, den cupidohaften Jungen, der den linken Arm auf den Rücken eines weißen Hundes gelegt hat, und die Poesie der Landschaft. Während Peter von dem grünen Wasser, den steinernen Löwen und dem Gemälde erzählte, das Tizian mit vermutlich weit über achtzig gemalt hatte, war in ihr ein Verlangen nach den beschriebenen Gegenständen entbrannt.

»Fehlt dir deine Arbeit nicht?«, fragte sie Peter, während sie gemeinsam den Kindern auf dem Ketelplein zuschauten.

Tristen schoss gerade den Ball durch die Beine eines kleineren Jungen, doch Ewan konnte ihn ihm wieder abnehmen.

»Am Anfang habe ich das Museum enorm vermisst«, antwortete Peter, »aber jetzt immer weniger.«

»Ich könnte ohne meine Arbeit nicht leben.«

Sie würde einfach nicht funktionieren, sich verloren vorkommen.

»An manchen Tagen fehlt mir die Forschung, das Schreiben über Kunstwerke. Die Fragen, die man beantworten, Lücken im Wissen, die man füllen möchte.«

»Möchtest du denn gern wieder arbeiten?«

Peter dachte an sein Titus-Projekt, aber auch an den Kontakt zu wissenschaftlichen Kollegen. Den fortschreitenden Dialog über Gemälde, den Diskurs, an dem er nicht mehr teilnahm, von dem er ausgeschlossen war.

Litt er darunter? Manchmal fehlte es ihm, aber »leiden«?

»Momentan verspüre ich kein Bedürfnis, möglichst schnell wieder zu arbeiten.«

»Und später?«

Kee war sich fast sicher, dass wieder mal sie für die Problemlösung zuständig wäre, dass sie mehr würde arbeiten müssen.

»Wenn es einem so gut geht, darf man auch mal was für andere tun. Und das tue ich im Moment gern.«

Kee fand Peters Aussage befremdlich. Ging es ihnen wirklich so gut? Waren sie tatsächlich gesegnet? Einer von uns muss jetzt eine Ohrfeige bekommen, muss wach gerüttelt werden, dachte sie. Die Frage war nur: sie oder Peter?

Ewan war geschubst worden und hingefallen, aber er stand auf und spielte beherzt weiter. Er schaute zu seinen Eltern hinüber, mit einem Blick, der Bestätigung suchte, sichergehen wollte, dass sie noch da waren, ihn gesehen hatten, dass sie sich nicht stritten.

»Vorwärts, Ewan!«, rief Peter.

»Ja, vorwärts!«, rief Kee.

Waren sie und Peter doch ein Team, oder versuchten sie nur, sich zu überbieten?

Peter holte sein Handy aus der Tasche und hielt es sich kurz ans Ohr, bekam aber keine Verbindung.

»Warum hilfst du diesem Jungen?«, fragte Kee. »Warum glaubst du an ihn?«

»Er heißt Ilyas.«

»Warum glaubst du an Ilyas?«

»Weil ich das Gefühl habe, dass er aus seinen Problemen herauskommen, ein anderes Leben anfangen kann. Ein besseres Leben, so wie Dschemine es jetzt hat, oder wie wir.«

»Und was gibt dir Grund zu der Annahme?«

Peter musste an Ilyas' Spruch von vor ein paar Tagen denken: »Wird das hier ein Verhör?« Doch statt den jetzt auch anzubringen, versuchte er, Kee eine aufrichtige Antwort zu geben. Schließlich fragte er sich das selbst: Warum glaubte er an Ilyas? Hatte er darauf eine Antwort?

Bei einem Gemälde wusste er, worauf er zu achten hatte: auf Farben und Pinselführung, auf die Komposition, die Details, aber auch auf die Leinwand oder den Holzuntergrund. In einem kleinen Ort bei Hamburg gab es einen Biologen und Kunstwissenschaftler, der Tausende Eichenholztafeln untersucht und die Ergebnisse in einem ausführlichen Verzeichnis festgehalten hatte. Jahresringe verrieten, wann ein Gemälde frühestens entstanden sein konnte, die Holzstruktur zeigte, welche Bretter von demselben Baum stammen mussten. Peter studierte solche dendrochronologischen Daten, Ausstellungskataloge und Restaurierungsberichte, wertete Röntgen- und Infrarotfotos aus, untersuchte Übermalungen und Firnisschichten, um zu einem möglichst fundierten Urteil zu kommen. Worauf aber achtete man bei einem Menschen? Auf welcher Grundlage glaubte man an ihn?

»Ich habe mit ihm geredet. Wir haben lange Gespräche geführt.«

Kee wartete noch auf eine Erläuterung, doch als die nicht kam, fragte sie: »Und was weißt du von ihm, wie lange kennst du ihn schon?«

Noch nicht sehr lange. Etwas über einen Monat vielleicht. Man konnte auch sagen: Er kannte ihn kaum. Oder hatte die Zeitspanne nicht so viel zu bedeuten? Auch Dschemine war unversehens in sein Leben getreten, und auch an sie hatte er sofort geglaubt.

Peter wollte zurückfragen: Kannten er und Kee sich nach all den Jahren wirklich besser? Doch stattdessen erwiderte er: »Ich weiß, dass Ilyas kein Schweinefleisch isst, dass er seinen Vater schon seit Langem nicht mehr gesehen hat, dass er lieber ein schwarzes Sofa gehabt hätte statt des roten, das wir gratis bekommen haben. Aber ich weiß nicht, wie es sich anfühlt, an seiner Stelle zu stehen, ausgegrenzt, fast ohne Geld, und was das mit einem macht.«

Man hatte Peter gekündigt, er hatte sein Büro ausräumen müssen, aber er war nicht mittellos, kein Ausgestoßener.

»Ich verstehe dich nicht«, sagte Kee. »Wie kann jemand, der sein Leben lang mit millionenschweren Kunstwerken umgegangen ist und mit Leuten, die einer Zuschreibung höchste Bedeutung beimessen, mit Sammlern, die von Signaturen besessen sind, weil die ein Gemälde um ein Vielfaches wertvoller machen – wie kann so jemand auf einmal sein Herz für einen Jungen entdecken, der ganz am anderen Ende der Skala herumkrebst?«

»Tue ich etwas Falsches?«

Kee sah, wie Ewan zu ihnen blickte; Peter bemerkte es auch. Jetzt durften sie sich nicht streiten. Aber taten sie das? Oder diskutierten sie endlich einmal richtig?

»Will dieser Junge überhaupt, dass du ihm hilfst?«

Peter fand die Frage absurd. So was hatte er noch niemals gehört. Warum sollte jemand nicht wollen, dass man ihm hilft?

»Er hat einen Namen. Er heißt Ilyas.«

Wir wissen nicht, wie der andere heißt, wir sprechen seinen Namen nicht aus. So entstand die Distanziertheit, die gesellschaftliche Kluft.

»Woher weißt du, ob Ilyas überhaupt Hilfe möchte?«

»Er arbeitet in einer Spülküche. Natürlich will er da raus, will vorwärts im Leben.« Peter war überzeugt. Er ließ sich diesen Glauben nicht einfach nehmen.

»Denkst du, dass er das schafft? Dass er den Weg, den du dir für ihn ausgedacht hast, wirklich durchhält?«

»Willst du mir Angst machen? Soll ich Ilyas fallen lassen?«

Wenn er jetzt doch nur hier wäre, dachte Peter, und auf dem Ketelplein mit den anderen Fußball spielte. Er würde sie bezaubern. Kein Trainer stand am Rand, doch sein Blick würde Bestätigung finden. Er würde gesehen werden. Von ihm, von Kee, von den Jungen, von allen.

»Ich will dir keine Angst machen«, erwiderte Kee, »ich

will nur, dass du dir keine unrealistischen Vorstellungen machst.«

Wieder versuchte Peter, für sich eine Antwort zu finden, stieß dabei aber auf immer weitere Fragen: Handelte er bloß intuitiv? Ließ er sich von seinen Gefühlen hinreißen? War sein Glaube an Ilyas nur eine fixe Idee?

Er wollte Kee von der Fahrt auf der Autobahn erzählen: dem weißen Caddy, dem roten Sofa, der Sommersonne, die sich in den zahllosen Fenstern gespiegelt hatte, und von Ilyas, der von innen die Türen zuhielt. Doch mit einem Mal kam das Erlebnis ihm bloß noch absurd vor. Unvernünftig.

»Vielleicht ist das, was du tust, nicht verkehrt«, fuhr Kee fort, »aber sinnlos. Hast du auch die Möglichkeit mal in Erwägung gezogen?«

Nein, das hatte er nicht. »Warum soll ich von vorn herein von einem Misserfolg ausgehen?«

»Von einem Misserfolg vielleicht nicht, aber ein unerwünschtes Ergebnis solltest du schon in Betracht ziehen, eines, das du um jeden Preis verhindern willst, aber bei dem einer vom anderen abhängig wird.«

Peter konnte ihr nicht mehr folgen. Sprach sie noch von Ilyas oder ging es jetzt um ihre Ehe?

»Wir alle verrennen uns ab und zu mal.«

Peter fiel ein, dass er durch all die ausgefüllten Formulare auch Ilyas' Geburtsdatum auswendig wusste.

»Ich glaube nicht an Ilyas, und auch nicht an Dschemine«, korrigierte er sich jetzt, »aber ich glaube an Menschen.«

»An Menschen?«

»Ja, an Menschen, an ihren Willen.«

Jetzt klang er wieder wie ein Heiliger, fand Kee. Als

spräche jemand anderes aus ihm. Oder war er ihr nach all den Jahren noch immer ein Fremder?

»Und worauf stützt sich deine Auffassung?«, fragte sie aufrichtig interessiert. »Diese Sicht auf die Menschen, auch welche, die wir nicht einmal kennen?«

»Das habe ich mich auch gefragt«, erwiderte Peter, »aber ich muss dir sagen: Ich weiß es nicht. Wahrscheinlich hat diese Haltung schon immer irgendwie in mir gesteckt.«

Sie schauten sich an. Wie lang war es her, dass sie einmal so miteinander gesprochen hatten?

»Ich denke, das war all die Zeit da, ohne dass ich es wusste, aber ich war zu beschäftigt mit anderen Dingen. Der Glaube an das Gute, das tief in uns verborgen liegt, so tief, dass selbst wir es nicht kennen.«

»Und das kommt nach einer Kündigung zum Vorschein?«

»Bei mir jedenfalls schon.«

Der Gedanke an eine Kündigung kam auf einmal auch ihr. Keine Kündigung ihrer Arbeit. Als Selbstständige konnte sie nicht kündigen. Sie konnte nur Aufträge ablehnen, den Geschäftsbetrieb austrocknen lassen, aber das meinte sie nicht. Sie dachte an eine Kündigung als Frau, als *Ehe*frau und als Mutter. All die Jahre war sie für die Kinder verantwortlich gewesen. Vielleicht war jetzt Peter einmal an der Reihe?

Kee war neugierig, was bei ihr zum Vorschein kommen würde, wenn sie jetzt fristlos kündigte.

»Du hast also eine Art Erleuchtung gehabt«, sagte sie.

Peter grinste. »So könnte man es nennen, ja.«

»Eine Erleuchtung – ganz ohne das Licht von Rembrandt!«

»Absolut.«

Auf dem Platz hörte man Jubel. Jungs rannten zu Ewan und sprangen auf ihn drauf. Er hatte ein Tor geschossen. Zwischen den Köpfen und Händen hindurch schaute er zu seinen Eltern. Kee und Peter jubelten auch und skandierten seinen Namen. Sie hatten das Tor verpasst, weil sie sich angesehen hatten, aber das tat ihrer Euphorie keinen Abbruch. Vielleicht wurde sie dadurch nur noch größer.

Tristen umarmte seinen Bruder und strubbelte ihm durchs Haar.

»Süß«, sagte Kee.

»Ja«, sagte Peter, »wirklich süß.«

Da standen sie nun, mit Blick auf den Ketelplein. Nebeneinander, der Raum zwischen ihnen schien kleiner geworden. Oder irrte Kee sich? Sie hatte den Eindruck, Peter sei näher gekommen. Hatte er unbewusst einen Schritt in ihre Richtung gemacht?

Da spürte sie seine Hand. Es geschah, während Tristen eine Vorlage lieferte, die beinah zu einem Tor geführt hätte. Peter hatte ihre Hand berührt, die Hand, auf die sie zu Hause am Esstisch gestarrt hatte, die Hand, die eine Ohrfeige hatte austeilen wollen.

Es dauerte ein Weilchen, bis es Kee bewusst wurde: Das konnte kein Zufall sein.

Warum tat Peter das jetzt? Was wollte er retten? Kee schoss durch den Kopf, dass Peter sich womöglich auch in ihnen als Paar irrte.

»Übrigens habe ich gesehen, dass du beim Frisör warst.«

Sie hatte sich wohl verhört? »Was hast du gesehen?«

»Am Samstag«, erläuterte Peter, »am Samstag warst du beim Frisör. Das hab ich gesehen.«

Zuerst sagte sie nur: »Oh.« Doch dann konnte sie ihre Neugier nicht mehr bezwingen, darum fragte sie: »Und – wie gefällt's dir?«

ACHTZEHN

Peters Handy meldete sich, aber er ging nicht sofort ran. Die Jungs hatten seinen Klingelton geändert, das war so ihre Art von Humor. Das Aufheulen eines Cross-Motorrads war zu hören. Es dauerte eine Weile, bis Peter begriff, dass es von seinem Handy kam.

»Hallo?«, sagte eine Frau am anderen Ende.

»Hallo, hier Peter.«

»Hallo, Sie sprechen mit Nada.«

Er musste einen Augenblick nachdenken, dann wusste er es wieder: »Ach – Nada, natürlich! Wie geht es dir?«

»Ich rufe an wegen Ilyas. Er ist seit zwei Tagen nicht zur Arbeit gekommen, und wir können ihn nicht erreichen.«

Das hatte auch Peter mehrmals versucht, ebenfalls ohne Erfolg. Auch auf seine Nachrichten hatte Ilyas nicht reagiert.

»Wir hoffen, es ist ihm nichts zugestoßen.«

»Das hoffe ich auch.«

»Vielleicht ist er krank und wacht einfach nicht auf?«

Es klang unwahrscheinlich, doch Peter antwortete: »Ja, vielleicht hat er Fieber.«

»Sollte dann nicht mal jemand nach ihm sehen?«

Das hatte Peter auch schon überlegt, aber er hatte gehofft, Ilyas werde doch noch zurückrufen. »Ich werde noch heute bei ihm vorbeischauen«, antwortete er.

»Das ist eine gute Idee«, sagte Nada. »Wir haben den Dienstplan ummodeln können, aber es wäre schön, wenn Ilyas seine Schichten nachholt.«

Das klang beruhigend. Ilyas blieb willkommen, er musste nur seine Fehlzeiten einholen.

»Vielen Dank«, sagte Peter. »Ich werde es ihm ausrichten.«

Unmittelbar nach dem Gespräch stieg Peter aufs Rad und fuhr zu Ilyas. Wer ihn auf seinem Fahrrad bemerkte, sah einen Mann in Eile. War er zu nachlässig gewesen? Hatte er zu lange gewartet? Hätte er früher bei Ilyas vorbeischauen müssen, vielleicht gleich an dem Abend, als er nicht zum Essen erschienen war?

Schweißgebadet kam Peter vor Ilyas' Wohnblock an. Mit der einen Hand hielt er sein Rad fest, mit der anderen drückte er auf die Klingel. Einmal, zweimal, beim dritten Mal klingelte er Sturm. Wenn Ilyas noch schlief, würde er jetzt auf jeden Fall wach werden. Doch kein Türöffner summte.

Sollte Peter bei den Nachbarn klingeln und sie bitten, ihn hereinzulassen? Würden sie das tun? Wie sollte er ihnen die Sache erklären? Dass er Ilyas' Chef sei und seinen Installateur suche? Oder durfte er jetzt mit der Wahrheit herausrücken? Sich als Ilyas' Buddy vorstellen und sagen, er mache sich Sorgen? Was aber sollte er tun, wenn er einmal im Haus wäre? An Ilyas' Tür pochen und sie aufbrechen, wenn von innen kein Lebenszeichen käme?

Peter beschloss, Ilyas zehnmal hintereinander anzurufen, bis die Mobilbox-Ansage käme.

»Hey, Mann, hier ist Ilyas. Bin gerade nicht da. Hinterlass keine Nachricht, ich hör die doch nicht ab.«

Das unterließ Peter denn auch und rief sofort noch mal an, immer wieder und wieder.

Beim siebten Mal hörte er plötzlich: »Hey, Mann, was ist los?«

»Das solltest du besser mir erklären.«

»Ich bin in der Stadt und chill 'n bisschen, was rufst du mich die ganze Zeit an?«

»Ja, warum tue ich das wohl, was meinst du?«

»Hast du was von meiner Vermietungsgesellschaft gehört?«

»Wie bitte?«

»Rufst du wegen der Mietschulden an?«

»Nein, nicht deswegen.«

Die städtische Wohnungsgesellschaft hatte sich nicht bei Peter gemeldet, aber die Schuldnerberatung hatte die Mietrückstände in den allgemeinen Gläubigervergleich aufgenommen. Die Gefahr einer Wohnungsräumung war vom Tisch.

»Ich mache mir Sorgen um dich.«

»Alles cool, Mann!«

»Du solltest doch zum Essen bei uns vorbeikommen. Wo warst du?«

»Mir ist was dazwischengekommen.«

»Ich hab dich angerufen. Mindestens fünfmal an dem Abend!«

»Ich weiß.«

»Und dann hab ich Nachrichten geschickt.«

»Ich hatte keinen Bock zu antworten.«

»Du kannst doch nicht einfach tagelang nichts von dir hören lassen.«

»Es waren höchstens drei, und jetzt reden wir doch?«

»Ilyas, was ist los mit dir?«

»Nichts, Mann!«

»Warum warst du nicht in der Arbeit? Warum gehst du nicht ran, wenn Nada anruft?«

»Woher weißt du das?«

»Sie hat mich angerufen.«

»Warum ruft die bei dir an?«

»Weil du nicht rangehst und nicht zur Arbeit kommst.«

»Damit bin ich fertig.«

»Womit bist du fertig?«

»Mit diesem blöden Geschirrspülen, ewig in der Küche rumstehen und Töpfe schrubben.«

Langsam wurde Peter wütend. Er wollte Tacheles reden: Ilyas sollte nicht so herumjammern, er hatte fast zwanzigtausend Euro Schulden und sollte froh sein, dass die Schuldnerberatung einen Gläubigervergleich für ihn organisierte und sich inzwischen um die Miete kümmerte und alle anderen Fixkosten. Aber dafür musste er auch etwas tun.

»Das nennt sich Arbeit«, sagte Peter. Er gab sich Mühe, nicht laut zu werden.

»Es ist ein Scheißjob!«

»Es ist vorübergehend und die einzige Möglichkeit, aus deinen Problemen herauszukommen.«

»Du arbeitest doch auch nicht.«

»Aber ich hab keine Schulden, bin nicht systematisch schwarzgefahren, hab nicht einen Handyvertrag nach dem anderen abgeschlossen, bin nicht beim Wasserversorger im Rückstand und hab keinen Fernseher auf Raten gekauft. Hab nicht acht Monate lang keine Miete bezahlt!«

»Schrei mich nicht an.«

Schrie er? Peter schaute nach oben, zu den Fenstern der Nachbarn. Hinter Gardinen sah er einen Mann stehen.

»Wo bist du?«, fragte er. »Ich komm zu dir, dann können wir reden.«

»Ich weiß nicht, ob ich da drauf Bock hab.«

»Ich werde nicht mehr schreien.«

Ilyas seufzte und erklärte, er sitze vor Foot Locker auf einer Bank.

»Foot Locker? Was ist das?«

»Ein Schuhgeschäft. Auf der Lijnbaan.«

»Ich bin in einer Viertelstunde bei dir«, sagte Peter.

Er brauchte fast fünfundzwanzig Minuten. Er hatte die Entfernung falsch eingeschätzt und war zum falschen Ende der Einkaufsstraße gefahren, der ersten Fußgängerzone Europas. Er schob sein Rad an den Läden entlang, doch einen Foot Locker konnte er nirgends entdecken. Als er schon wieder umkehren wollte, um nachzusehen, ob er vielleicht an dem Laden vorbeigelaufen war, hörte er plötzlich seinen Namen.

Ilyas saß auf einer Bank. Er trug Shorts und Flip-Flops und hatte den rechten Arm in Gips.

»Was hast du da wieder gemacht?«, fragte Peter sofort.

»Ich hab mir die Hand gebrochen.«

Peter dachte an Nadas großzügiges Angebot. Ilyas die Fehlzeiten einfach nachholen lassen, ging jetzt nicht mehr. Jetzt ging gar nichts mehr.

»Wie hast du das denn geschafft?«

»Jetzt bleib doch mal cool, Mann. Du könntest auch fragen, wie es mir geht.«

Doch darauf hatte Peter keine Lust, das sah er auch so. Ilyas saß in der Sonne, schlürfte ein Getränk aus der Dose und beobachtete die shoppenden Fußgänger. Er amüsierte sich prächtig.

»Warum hast du mich nicht zurückgerufen?«

»Ich hatte kein Guthaben mehr.«

»Dafür kannst du deinen Kontenverwalter bei der Schuldnerberatung anrufen. Der reserviert jeden Monat Geld für Telefonkosten.«

»Hast du dir grad selbst zugehört?«

»Du kannst ihnen auch eine Mail schicken.«

»Ich hab keinen Laptop.«

Peter blickte auf den Energydrink, den Ilyas in der Hand hielt.

»Irgendwas muss ich doch trinken«, erwiderte der.

»Du hättest in ein Internetcafé gehen können, statt so ein teures Zeug zu kaufen.«

Peter hatte Ilyas' Antwort aus ihrer ersten Auseinandersetzung erwartet, er sei nicht sein Vater, doch stattdessen hörte er: »Langsam verstehe ich, warum deine Frau es mit dir nicht mehr aushält.«

Es war wie ein Schlag ins Gesicht.

»Findest du mich zu streng?«, fragte Peter nach einer Weile.

»Vielleicht könntest du etwas mehr Geduld haben.«

Peter, der bisher gestanden und wütend auf Ilyas heruntergeblickt hatte, setzte sich neben ihn.

Sie betrachteten eine Gruppe vorbeischlendernder Mädchen. Jede hatte mindestens eine Einkaufstüte dabei, voller Dinge, die ihr Glück noch größer machen sollten, ihr Leben noch schöner. Hatte Ilyas sich darum vor einen Schuhladen gesetzt? Dachte er, neue Schuhe machten ihn glücklich?

»Du hast dich nicht rasiert«, sagte Ilyas auf einmal.

Peter strich sich über Wange und Kinn. Ein Dreitagebart. Am Morgen hatte er das Rasieren gelassen und sich auch kein Stullenpaket zurechtgemacht. Er brauchte nicht mehr so zu tun, als ginge er zur Arbeit.

»Und? Steht es mir?«

»Jetzt siehst du auch aus wie 'n Penner«, sagte Ilyas.

Beide mussten sie lachen.

»Wie geht's dir?«, fragte Peter nun doch.

»Schlecht, Mann.«

»Was ist denn passiert?«

»Ich hab mir zwei Finger und einen Mittelhandknochen gebrochen.« Ilyas hielt den eingegipsten Arm in die Höhe. »Das dauert vier bis sechs Wochen.«

»Das ist lang.«

»Tja, mach was!«

»Besser wär's aber anders.«

Ilyas reagierte nicht.

»Du bist bestimmt nicht gestolpert und unglücklich gefallen«, meinte Peter.

»Nee, gestolpert nicht.«

Ilyas nahm einen Schluck aus seiner Dose. Ein Rinnsal lief ihm am Kinn entlang. Mit der Linken zu trinken war gar nicht so einfach.

»Freitagabend war ich in der Stadt«, erzählte er. »Ich hab mir im Supermarkt 'n paar Bierchen gekauft und die im Park ausgetrunken. Bisschen Leute gucken und chillen. Hat sich gut angefühlt nach ein paar Tagen Geschirrspülen. Als es dunkel wurde, hab ich Hunger gekriegt und bin zu Burger King gegangen. Erst wusste ich nicht, was ich nehmen sollte, war ja alles so teuer, aber dann hab ich einen Hamburger genommen. Keinen Whopper oder Cheeseburger, den billigsten Hamburger. Ich hab ihn draußen gegessen, und auf einmal kamen so zwei Typen und haben Stress gemacht. ›Hey, Bruder‹, haben sie gesagt, ›was hast du für ein Handy? Bestimmt 'n neues Galaxy, zeig mal.‹ Da bin ich aufgestanden und hab einen in die Fresse gekriegt, aber ich hab zurückgefightet. Der Typ ist sofort zu Boden gegangen. Da bin ich weggerannt, aber meine Hand hat total wehgetan. Am nächsten Morgen war sie ganz dick.«

Peter schüttelte den Kopf.

»Was ist?«

»Warum hast du Bier getrunken?«

»Was soll das jetzt?«

»Warum warst du in der Stadt und nicht einfach zu Hause im Bett? Du musstest am nächsten Tag arbeiten.«

»Ich bin also selbst schuld, meinst du?«

»Du hättest so spät am Abend gar nicht mehr draußen sein sollen.«

Jetzt sagte Ilyas doch: »Du bist nicht mein Vater.«

»Und du nicht mein Sohn!«

Peter war wütend. Es fühlt sich ausgenutzt. Ilyas hatte aus seiner Hilfe nichts gemacht.

»Warum bist du gekommen? Um mich zusammenzuscheißen?«

»Ich bin hier, um dir zu helfen, aber willst du das überhaupt?«

Er stellte die Frage, die Kee ihm vor die Füße geworfen hatte, die ihn geärgert, die er absurd gefunden hatte. Warum sollte jemand nicht wollen, dass man ihm hilft?

»Du bist wie alle anderen.«

»Wie wer denn?«

»›Ilyas, das schaffst du nicht, Ilyas das ist nichts für dich. Ilyas, verzieh dich.‹ Das sagen alle. Und du jetzt auch.«

Hatte Peter seinen Glauben an Ilyas verloren? War es ein Irrtum gewesen, ihm helfen zu wollen?

»Wie kannst du dir grad jetzt die Hand brechen? Du hast einen Job angefangen, bist noch in der Probezeit. Was meinst du, was die im Jordy's dazu sagen?«

»Das interessiert mich nicht.«

»Aber du brauchst Arbeit, um von deinen Schulden runterzukommen.«

»Bloß warum Teller spülen? Warum muss ich in einer Spülküche arbeiten?«

»Ist das so schlimm?«

»Ja, es ist schrecklich. Nicht einer, der da arbeitet, hat helle Haut. Alle Kollegen heißen Ibrahim und Delgado, keiner Jan oder Tim.«

»Warum hast du mir nicht gesagt, dass du andere Arbeit möchtest?«

»Was für Arbeit soll das denn sein? Was für Jobs gibt es für mich? Soll ich Regale einräumen? Vielleicht komm ich später irgendwo mal als Putzmann unter oder mit viel Glück am Bau. Wie mein Vater. Der ist als Gastarbeiter in die Niederlande gekommen und hat sich kaputt geschuftet. Und wofür? Für Gebäude, die er hinterher nicht mal betreten durfte. Warum kann ich nicht in einem Museum arbeiten? Oder bei einer Bank?«

Darauf hatte Peter keine Antwort. Es waren zu große Fragen, zu groß und außerhalb seiner Einflussmöglichkeiten. Er dachte in kleinen Schritten, in Lösungen. Was für Folgen hatte es, dass Ilyas jetzt nicht arbeiten konnte? Was hieß das für seinen Vergleich mit den Gläubigern? Was würde aus seinen Schulden? Peter dachte an die Aufstockung zum Lebensunterhalt, die er für Ilyas beantragt hatte. Das könnte seine Rettung sein, aber dann wäre er auch verpflichtet, sich zu bewerben und Arbeit anzunehmen. Wollte Ilyas das wirklich? War er dazu bereit?

Peter hatte ihm zu Hausrat und Möbeln verholfen, hatte zusammen mit ihm eingekauft, alle Unterlagen für die Schuldnerberatung in Ordnung gebracht, für ihn telefoniert, Bescheinigungen gesammelt, Dutzende Mails beantwortet, er hatte Arbeit für ihn gefunden. Das Einzige, was Ilyas tun musste, war, die ihm gebotene Chance zu ergreifen. Doch jetzt war seine Hand gebrochen.

»Warst du betrunken? Wie viele ›Bierchen‹ hattest du intus?«

»Grade mal drei, Mann – ich war nicht betrunken!«

»Was hält Allah eigentlich davon, dass du Bier trinkst?«

»Allah? Warum fragst du das?«

»Du bist doch gläubig.«

»Ich hab dir gesagt: Manchmal find ich es schwer, an Allah zu glauben.«

»Momentan finde ich es schwer, an dich zu glauben.«

»Denkst du, ich war betrunken und hätt' mich zum Spaß mit Wildfremden geprügelt?«

Peter reagierte nicht. Er betrachtete die Auslage des Schuhgeschäfts. Neue Schuhe wären auch keine Lösung. Da war er sich sicher.

»Du glaubst mir nicht, was? Du denkst, ich lüge. Weißt du was, Mann? Scheiß drauf!«

»Was?«

Ilyas war aufgestanden. »Du brauchst mir nicht mehr zu helfen, ich will deine Hilfe nicht mehr. Überhaupt nichts mehr.«

»Setzt du dich bitte wieder hin? Wir haben ein Gespräch.«

»Und was soll das bringen? Das Ganze hier nervt.«

»Was nervt?«

»Du, deine Vorwürfe, dein blödes Gelaber, ich soll keine Zigaretten, keine Energydrinks und kein Bier kaufen.«

»Jetzt bleib bitte ruhig und setz dich, Ilyas.«

Doch der hatte sich schon umgedreht und stürmte davon.

»Komm zurück!«

Doch Ilyas hörte nicht und ging weiter.

Noch einmal rief Peter seinen Namen, diesmal lauter. Er schrie.

Passanten stießen sich an, Freundinnen auf Shoppingtour, junge Paare mit Kinderwagen, ein Vater mit seiner Tochter: Alle starrten sie zu dem einsamen Mann auf der Bank.

Ilyas war in der Menge verschwunden.

Mit einem Stein im Magen fuhr Peter nach Hause. Seine Wut war Zweifeln gewichen, Zweifeln und Niedergeschlagenheit. War nicht Ilyas, sondern er derjenige, der gescheitert war, der versagt hatte? Er hatte es nicht geschafft, das Leben des Jungen in die Spur zu bekommen, ihn fit für die Gesellschaft zu machen. Zu einem Staatsbürger, der morgens früh aufsteht, sich die Zähne putzt, zur Arbeit geht und am Abend zufrieden nach Hause zurückkehrt.

Hatte er zu hohe Erwartungen gehabt? Hatte er ein Bild vor Augen gehabt, dem Ilyas nicht genügen konnte?

Peter kamen Verse in den Sinn, die er in der Schule übersetzt hatte. Keine aus der *Ilias*, sondern aus Homers anderem faszinierenden Epos: In den Hexametern, die durch Peters Hirnwindungen schwirrten, gelangt Odysseus nach zehn Jahren Krieg und Irrfahrt ins Land der Phäaken. Um ihn für die dortige Königstochter Nausikaa noch attraktiver zu machen, verpasst Göttin Athene ihm ein wahrhaft himmlisches Ganzkörper-Lifting:

Siehe, da schuf ihn Athene, die Tochter des großen Kronions
Höher und jugendlicher an Wuchs, und goss von dem Scheitel
Ringelnde Locken herab wie Purpurgold lieblicher Lilien.
So wie ein Mann mit feinem Golde das Silber umhüllt,
Welchen Hephaistos selbst und Pallas Athene die Weisheit
Vieler Künste gelehrt, um reizende Werke zu bilden:
So umgoss jetzt auch die Göttin ihm Haupt und Schultern mit Anmut.

Er hatte die Zeilen in der Klasse von Meneer Voss übersetzt, einem Lehrer, dessen Jeans stets auf Falte gebügelt waren. Der Klassenraum lag im zweiten Stock, und an den Wänden hingen Poster von Amphoren in Rotfiguren-Dekor. Schaute man aus dem Fenster, sah man den Turm und den rechten Flügel des Museums Boijmans van Beuningen.

Heute nahm der Neubau der Erasmus-Universitätsklinik einem die Sicht auf das Museum, ein Entwurf von Stadtarchitekt Ad van der Steur, doch als Peter die Schulbank gedrückt hatte und über sein Heft gebeugt Homers Verse übersetzte, lag zwischen Gymnasium und Boijmans nur eine Wiese. Wie oft hatte er aufgeblickt und auf die grünkupferne Spitze des Turms des Museums gestarrt, bis Meneer Voss ihn mit einem lauten Knallen des Abziehers gegen die Tafel jäh aus seinem Tagtraum geweckt hatte und eine geisterhafte Wolke aus weißem Kreidestaub durch den Raum wirbelte.

Als Schüler hatte Peter das Museum mehrmals besucht, an das Porträt des Titus konnte er sich dabei jedoch nicht mehr erinnern. Trotzdem sah er eine Verbindung zwischen Museum und Schule, die über den gemeinsamen Architekten hinausging: Es waren die sich auf Schultern herabringelnden Locken, die Rembrandt und Homer miteinander verbanden.

Als pickligem Gymnasiasten war ihm lesend begegnet, was er Jahre darauf als Kurator sehen sollte: Das Silber und Gold in der Dichtung des blinden Barden war das Rot und das Blond der Palette des Meisters aus Leiden. Die Worte waren Bilder geworden, und lass dann noch Kreidepulver durch die Luft schweben, und es erscheint aus einer Wolke aus Staub ein junger Mann und tritt ins Hier und Jetzt.

Hatte Peter wie die Tochter des Zeus in das Leben eines Sterblichen eingreifen wollen? Hatte er gedacht, er besitze eine göttliche Gabe und könne mit einer magischen Geste

Ilyas' langes, fettiges Haar in überirdische Locken verwandeln, die ihm auf die Schultern herabringelten, und sofort würden Türen aufspringen, die sich ihm zwanzig Jahre lang verschlossen hatten?

Das Aufheulen eines Cross-Motorrads in seiner Hosentasche riss Peter aus seinen Gedanken. Es war Arnold Holtz. Der ehemalige Kollege berichtete, das *Porträt eines jungen Stutzers* sei an einen anonymen Bieter verkauft worden. Der dafür gezahlte Betrag sei nicht bekannt, aber es gehe um Millionen. »Bestimmt irgendein saudischer Prinz oder ein russischer Milliardär, der nicht weiß, wohin mit seinem Geld«, sagte Arnold.

Peter hatte schon aufgehört zu treten, doch jetzt stieg er auch vom Fahrrad. Er hielt sich das Handy ans Ohr, doch es hätte genauso gut eine Kartoffel sein können.

»Hallo? Bist du noch dran?«, fragte Arnold.

»Ja, ich glaub schon.«

»Ich kann mir nicht vorstellen, dass der Mann viel Geschmack hat. Er hat bestimmt auch einen Fußballverein.«

Sagte er das, um Peter zu trösten?

Auf jeden Fall hatte der Amsterdamer Kunsthändler das Geschäft des Jahrhunderts gemacht, und das Porträt des jungen Stutzers hatte zum Preis eines echten Rembrandt von hervorragender Qualität den Besitzer gewechselt.

»Hat Daniel Wijnberg dir das erzählt?«

»Nein, ich weiß es, weil ich den Restaurator des Gemäldes kenne. Morgen wird die Sache bekannt gegeben«, erklärte Arnold. »Es schien mir aber besser, dich schon mal im Voraus zu informieren.«

»Millionen ... Das kann doch nicht sein.«

Peter fürchtete den Betrag, der morgen in der Zeitung stehen würde. Mehr als zwanzig Millionen? Womöglich gar dreißig?

»Der Markt hat gesprochen«, sagte Arnold. »So viel ist das Bild offenbar wert.«

Was aber sagte ein Marktpreis über die Qualität eines Gemäldes? Zig andere Faktoren beeinflussten den Preis eines Kunstwerks und trieben ihn nach oben. Der Name eines Künstlers wie Rembrandt, die positive Zuschreibung internationaler Koryphäen, in diesem Falle gleich fünfzehn.

Peter beendete das Gespräch, fuhr aber nicht sofort los. Er konnte es nicht fassen. Was war da geschehen? Was genau hatte Arnold gesagt? Er dachte lang und tief nach und versuchte, zu einem Schluss zu gelangen. Doch eigentlich drängte der sich ihm auf, unabwendbar: Peter Lindke hatte sich nicht nur geirrt, er hatte völlig aufs falsche Pferd gesetzt. Nicht Ilyas, sondern der Jüngling mit dem Kragen aus Klöppelspitze wäre der Richtige gewesen. Peter, der Mann, der einen Tag lang mit Scheiße auf der Brille herumgelaufen war, hatte alles falsch gesehen.

Es war, als sei mit einem Mal das Verhängnis auf ihn herabgefahren. Warum ging er dann aber nicht an Ort und Stelle zu Boden? Er blieb aufrecht stehen, atmete weiter, war aber absolut ratlos, was er jetzt tun sollte. Er stand neben seinem Fahrrad, in der Hand eine Kartoffel.

An jenem Abend gab es im lindkeschen Ehebett großes Drama. Peter hatte sich dort hingelegt, wo normalerweise der Ozeangraben verlief. Während Kee sich im Bad abschminkte, wartete er genau an der Stelle, die er so lange ängstlich gemieden hatte.

Der Wasserhahn wurde zugedreht. Peter schloss die Augen und lauschte Kees Schritten. Vor dem Bett blieb sie ein paar Sekunden lang stehen und legte sich dann neben ihn.

Der Abend war entspannt verlaufen. Es hatte Pizza gegeben. Kee hatte Fertigteig aus dem Supermarkt geholt, den jeder nach eigenem Geschmack belegen durfte. Es gab Artischocken, Oliven, Mais, Salami, Ananas und natürlich Mozzarella und Tomatensauce. »Das ist ein Kunstwerk«, hatte Tristen über seine Pizza mit Mais und Oliven gesagt, und Peter hatte ihm zugestimmt: »Ein Meisterwerk.«

Nach dem Essen waren sie in die Eisdiele gegangen, die Jungs vorneweg. Peter und Kee waren ihnen schweigend gefolgt; sie genossen die sanfte Abendsonne. Die Stunde der Zufriedenheit. Später zu Hause hatten Tristen und Ewan noch einen Film gesehen und waren danach unaufgefordert zu Bett gegangen.

»Könntest du mir ein bisschen Platz lassen?«, forderte Kee ihren Mann auf.

Peter rutschte einen Zentimeter nach rechts.

Sie seufzte. »Etwas mehr bitte.«

»Findest du's so nicht gemütlich?«

»Es ist mir zu warm.«

Weil Peter sich nicht rührte, rutschte Kee jetzt nach links, bis ganz an den Rand der Matratze.

»Woran denkst du?«

Woran dachte sie? An unzählige Dinge, am meisten aber vielleicht noch ans Schlussmachen. Sie versuchte, es sich vorzustellen, doch jedes Mal blockierte ihre Fantasie im entscheidenden Moment, als sei dieses Ende eine unüberwindliche Hürde.

»Es war ein schöner Abend«, sagte Peter, als sie nicht antwortete. »Die Jungs waren richtig fröhlich.«

»Ja, das war schön.«

Möglichst unauffällig schob Peter sich in Kees Richtung.

»Ich falle gleich aus dem Bett!«

Er dachte, sie übertreibe, doch als er noch einen Zentimeter nach links rutschte, war es so weit: Er hörte Kee mit einem lauten Wumms aufkommen.

»Verdammt, Peter. Verdammte Kiste noch mal!«

»Tschuldigung, Tschuldigung!«

»Das ist doch nicht mehr normal.«

Kee stand auf, ging um das Bett herum und legte sich wütend auf die andere Seite, die, die sonst Peter gehörte.

Es hatte eine Zeit gegeben, als sie zu viert in diesem Bett geschlafen hatten. Wenn die Jungs in der Nacht wach wurden, kamen sie zu ihnen ins Bett gekrochen. Kurze Nächte, Rückenschmerzen und schlechte Laune am Morgen waren die Folge. Wie erleichtert war Kee gewesen, als die Jungs endlich durchschliefen. Doch dafür hatte sie jetzt einen aufdringlichen Ehemann an der Backe.

Erst nach einer Weile wagte Peter einen neuen Versuch: »Du bist so weit weg«, flüsterte er.

»Wage es nicht, näher zu kommen!«

»Hast du Angst, ich könnte Sex wollen?«

Nein, das hatte sie nicht. Der Gedanke war ihr nicht mal gekommen.

»Ich will keinen Sex«, bekräftigte Peter.

»Ich auch nicht.«

»Aber ich möchte schon gerne kuscheln.«

Unwillkürlich musste sie kichern.

»Warum lachst du?«

»Es klingt so albern.«

»Magst du nicht kuscheln?«

»Mir ist warm«, sagte Kee. »Und das Knie tut mir weh.«

»Wegen eben?«

»Ja, wegen eben!«

Peter war auch warm, doch trotzdem suchte er Kees Nähe. Er war den ganzen Tag deprimiert gewesen und fragte sich, was ihn am meisten getroffen hatte: der Verkauf des Gemäldes oder Ilyas' Erklärung, er wolle keine Hilfe mehr von ihm, gar nichts mehr.

Das Bett knarrte. Peter drehte sich zu Kee.

Vor der Eisdiele hatte Ewan endlos in seinem Eisbecher gerührt. »Ich hab eine neue Geschmacksrichtung erfunden«, hatte er strahlend verkündet. Er hatte das Erdbeereis mit dem Vanilleeis vermischt. Kee sah den rosa Brei wieder vor sich und konnte sich des Eindrucks nicht erwehren, dass auch sie nur noch Brei war. Wie viel war von ihr nach vierzehn Jahren Ehe noch übrig? Gab es da noch etwas außer der Person, die Peter aus ihr gemacht hatte?

»Sollten wir nicht endlich mal reden?«, sagte Kee.

»Reden? Worüber?«

»Über uns.«

Ein gutes Zeichen, fand Peter. Solange Kee noch von einem »uns« oder einem »wir« sprach, gab es Hoffnung.

»Sollten wir die Gelegenheit nicht nutzen«, fragte sie, »und endlich einen Schritt wagen?«

Er verstand nicht. »Was für eine Gelegenheit?«

»Diese Krise«, sagte sie. »Paul, du, dass du deine Arbeit verloren hast und dich jetzt ganz neu erfinden musst.«

Paul von der Tankstelle hatte er ganz vergessen, oder besser: Er hatte ihn verdrängt.

»So geht es doch nicht weiter«, sagte Kee.

Sollte er jetzt nach Paul fragen? Was wollte er wissen? Oder wollte er eigentlich gar nichts wissen?

»Was verbindet uns noch?«

Die Kinder, wollte er antworten. Das Haus, die gemeinsamen Mahlzeiten, die Zeit, die wir zusammen verbringen. Vielleicht auch ein Traum, eine Reise durch Schottland. Doch stattdessen fragte er: »Hast du Kaffee mit ihm getrunken?«

»Ja.«

Ein paar Stunden zuvor hatte Peter noch an seinem Eis mit Passionsfruchtaroma geschleckt. Von der unbeschwerten Stimmung war nichts mehr übrig.

»Soll ich davon erzählen?«

Peter reagierte nicht.

Es war eine Enttäuschung gewesen. Paul hatte Kee nicht aus dem Bett gestoßen, aber irgendwelche Leidenschaft war auch nicht aufgekommen. Sie hatten sich geküsst und waren im Bett gelandet, dem Gästebett, doch ab da ging es schief. Kee konnte in Pauls Lust nicht aufgehen, sich nicht fallen lassen, und sie war immer stiller geworden. Ihr war, als sei alles, was Paul tat oder ihr ins Ohr flüsterte, nicht für sie, sondern für einen anderen Menschen bestimmt. Einen, den er noch nicht gefunden hatte, vielleicht auch nie finden würde, nach dem er aber weiterhin suchte. Sie diente lediglich dazu, seine Einsamkeit vorübergehend zu lindern, und umgekehrt galt dasselbe. Irgendwann hatte Paul seine Bemühungen eingestellt, und dafür war sie ihm dankbar gewesen.

Kee biss sich auf die Nägel. »Das führt zu nichts.«

Peter dachte an den Anfang ihrer Beziehung, die Tage, die sie komplett im Bett verbracht hatten. Sie brauchten sonst nichts, sie hatten aneinander genug.

»Kannst du auch mal irgendwas sagen?«

»Was soll ich denn sagen? Du hast deine Entscheidung doch schon getroffen.«

»Nein, das habe ich nicht.«

Warum konnte sie ihm nicht sagen, dass sie aufhören wollte?

Warum konnte er ihr nicht sagen, dass er weitermachen wollte?

»Vielleicht sollten wir mal eine Auszeit voneinander nehmen«, schlug Kee vor.

»Eine was?«

»Eine Pause.«

Peter hatte das Gefühl, er versinke in der Matratze.

»Ein paar Monate«, sagte Kee, »um Abstand von allem zu bekommen, einmal durchzuatmen. Sehen, ob wir einander vermissen.«

Er wollte das nicht, er fing an zu strampeln wie ein Nichtschwimmer im Wasser.

»Was machst du da?«

Peter trotzte den Wogen des Ozeangrabens und schlang die Arme um seine Frau.

»Mein Gott, Peter«, rief sie, »hast du mich erschreckt!«

Sie machte sich los und kroch über Peter zurück auf ihre Seite. Sie fing an, ihn mit den Füßen wegzuschieben. Peter versuchte, sich am Spannlaken festzuhalten, aber vergebens. Jetzt war er es, der mit einem Wumms auf den Boden knallte.

»Das ist wirklich nicht mehr normal!«, rief er. Er spürte Schmerzen im Rücken, er war aufs Steißbein gefallen.

»Kannst du mir nicht ein bisschen Platz lassen, zum Teufel?«, rief Kee.

Langsam stand Peter auf. Er nahm seine Hose und zog sie an.

»Was machst du da?«, fragte Kee.

»Ich gehe. Ich mache dir Platz.«

»Und wohin gehst du?«

»Nach draußen.«

»Lass doch den Unsinn. Komm zurück!«

Er öffnete die Schlafzimmertür.

»Was willst du denn um diese Zeit draußen?«

»Ich versuche weiter, mich neu zu erfinden.«

Auf dem Platz herrschte die Kühle der Nacht. Der Himmel war wolkenlos, doch die nachhaltige LED-Straßenbeleuchtung verschmutzte das Sternenlicht. Der Ketelplein war fast menschenleer. Auf einer Bank saßen ein paar Jungs und starrten auf ihre Handys. Peter hatte keine Lust, sich zu ihnen zu setzen. Er ging zu seinem Rad und schloss es auf. Einen Moment später fuhr er davon. Ein kalter Windstoß schlug ihm ins Gesicht, aber nach Hause zurückzukehren und seine Jacke von der Garderobe zu holen, kam für ihn nicht infrage.

Vor dem Waschsalon hielt er an. Dort wirkte alles friedlich; die Trockner und Waschmaschinen standen still, die Sitzbank war leer. Peter studierte die Öffnungszeiten. Erst in acht Stunden würde der Salon wieder öffnen. Was hatte er erwartet? Dass der Salon die ganze Nacht offen wäre und er auf der Bank schlafen könnte?

Das Rad neben sich herschiebend, ging Peter ein Stückchen zu Fuß. Zum Glück war er diesmal nicht barfuß. In der Kneipe nebenan war noch Licht, aber er sah niemanden darin sitzen. Auf der anderen Straßenseite, vor dem Jordy's, torkelte ein Betrunkener.

Peter schwang sich auf seinen Gelsattel. Ohne es sofort zu merken, fuhr er den Weg, den er früher immer zur Arbeit genommen hatte. Es waren kaum Autos unterwegs; die Ampeln blinkten unausgesetzt gelb. Peter fuhr über Kreuzungen, die er Hunderte Male überquert hatte. Er kam an *The River* von Lon Pennock vorbei. Die Skulptur bestand aus zwei riesigen goldfarbenen Säulen, die für Peter immer eine Art Tor zur Stadt bildeten. Wo die Säulen standen, begann Rotterdam.

Vor der Bushaltestelle, an der er gewartet hatte, aber in keinen Bus eingestiegen war, bremste er kurz. Zum Museum Boijmans ging es nach links, doch Peter fuhr geradeaus. Im Museum hatte er nichts mehr zu suchen.

Ein Shawarma-Restaurant war noch geöffnet, in dem unter Neonlicht Männer saßen. Wäre Peter hier willkommen, würde er hier nicht wie ein Aussätziger behandelt?

Er stieg vom Fahrrad und schaute sich um. War er hier schon einmal gewesen? Er erkannte nichts wieder. Sollte er jemanden nach dem Weg fragen?

Als er kurz darauf eine Brücke überquerte, fand er sich wieder zurecht. Hier war er schon öfter entlanggefahren, nur eben tagsüber. Er erinnerte sich an den starken Verkehr, die in zweiter Reihe geparkten Autos. Es war die Straße nach Rotterdam-West. Führte sein Unterbewusstes ihn zu Ilyas? Wollte er ihn sehen? Oder war Ilyas' Bleibe der einzige Ort, wo er noch hinkonnte?

Das Licht im Wohnzimmer war aus, doch der Fernseher verbreitete ein bläuliches Licht. War Ilyas wach? Schaute er fern? Wie würde er auf Peter reagieren? War er noch wütend?

Peter drückte die Klingel und trat einen Schritt zurück. Er blickte zum Wohnzimmerfenster, konnte aber nicht erkennen, ob Ilyas zu ihm nach unten schaute. Wollte er nicht aufmachen, oder wurde er einfach nicht wach? Sollte Peter noch einmal klingeln?

Da ging in der Küche das Licht an, und Ilyas erschien auf dem Balkon. »Das ist ja eine Überraschung, krass!«, platzte es aus ihm hervor.

»Hallo, mein Junge«, sagte Peter.

»Was machst du hier mitten in der Nacht? Musst du nicht schlafen?«

»Eigentlich schon, na ja – und du? Warst du noch wach?«

»Nicht ganz, glaube ich, aber jetzt schon.«

Sie schwiegen einen Moment und schauten sich an. Peter auf dem Bürgersteig, Ilyas auf dem Balkon.

»Möchtest du raufkommen?«

»Gern.«

Ilyas verschwand in der Wohnung. Kurz darauf öffnete sich mit einem Summen die Haustür.

Peter ging die Treppe hinauf. Er fragte sich, ob er sich entschuldigen musste. Für das Schreien am Telefon oder vielleicht seine Ungeduld ganz allgemein. Doch Ilyas war nicht mehr wütend. »Schön, dich zu sehen«, sagte er an der Wohnungstür. »Ich hatte nicht mehr mit dir gerechnet.«

»Ich hatte auch nicht geplant, mitten in der Nacht hier bei dir aufzukreuzen.«

Er folgte Ilyas und setzte sich auf einen der Stühle, die sie bei Mevrouw Edes geholt hatten. Der Tisch lag immer noch umgekehrt auf dem Boden. Hätte Peter nur einen Schraubenzieher mitgenommen!

Im Fernsehen sah man ein brennendes Auto. Ilyas stellte den Ton ab. »Wenn ich den Fernseher ganz ausschalte, haben wir kein Licht«, erklärte er.

Hätten sie noch eine Lampe besorgen sollen? Oder funktionierte der Fernseher als Beleuchtung genauso gut? Das Zimmer war in einen rötlichen Schimmer gehüllt, auch Ilyas. Sein Anblick erinnerte Peter an Infrarotaufnahmen von Gemälden. Farbschichten, aber auch Flecken und Risse wurden unter diesem Licht sichtbar.

»Habe ich dich enttäuscht?«, fragte Ilyas.

Peter überlegte. »Du hättest mich anrufen können, du hättest mir sagen können, dass du dir die Hand gebrochen hast.«

»Das mit der Hand ist nicht meine Schuld.«

»Kann ja gut sein, trotzdem hättest du es mir sagen müssen.«

Sie schauten auf den Bildschirm. Mittlerweile war das Auto fast vollständig ausgebrannt.

»Ich hätte am Telefon nicht so schreien dürfen«, sagte Peter.

»Ist schon okay. Ich hätte nicht einfach abhauen dürfen.«

Ich auch nicht, dachte Peter. Er hätte Kee nicht allein lassen dürfen, in ihrem Bett, ihrem gemeinsamen Haus, mit den Kindern.

»Und jetzt?«

Für einen Moment dachte Peter, er hätte diese Frage gestellt, doch es war Ilyas, der sie ins Dunkel gesprochen hatte. Im Film war es Nacht geworden, ein Mann lief durch die Wüste oder über die Prärie.

»Ich denke, meine Rolle in diesem Stück ist zu Ende«, sagte er. »Ich kann dir nicht mehr helfen – vielleicht konnte ich das nie.«

»Was laberst du da, Mann? Du hast mir megamäßig geholfen! Ohne dich hätte ich jetzt kein Dach über dem Kopf.«

»Ich kann deine Wohnungsgesellschaft anrufen, ich kann Briefe von Gläubigern beantworten, ich kann deinem Kontenverwalter bei der Schuldnerberatung mailen, aber das sind alles bloß praktische Dinge. Feuerwehr spielen, herumwerkeln an Symptomen. Wichtig, aber nicht ausschlaggebend, nicht wirklich entscheidend.«

»Ich verstehe dich nicht. Was meinst du damit?«

»Ich kann nicht für dich sparsam mit Geld umgehen. Ich kann auch nicht für dich in der Spülküche stehen. Der Einzige, der das tun kann, bist du.«

»Du hast keine Lust mehr auf meine Probleme. Dann sag's doch gleich: Du gibst auf.«

»Nein, das tue ich nicht, ich lass dich nicht im Stich, ich stehe weiter zu dir. Aber mehr kann ich nicht tun, mehr hat keinen Sinn.«

»Das klingt hart, Mann.«

»Vielleicht ist das so, ja. Aber ich sage nicht: ›Ilyas, das kannst du nicht‹, ich sage: ›Ilyas, der Einzige, der das tun kann, bist du.‹«

»Ich hab mir die Hand gebrochen, ich krieg meine Hose kaum zu. Ich fühl mich voll abgefuckt, Mann.«

»Es ist ärgerlich, dass du dir die Hand gebrochen hast, aber in sechs Wochen kommt der Gips runter. Und was tust du dann?«

Plötzlich badete das Zimmer in Licht. Auf dem Bildschirm glitzerte das Meer. Ilyas' Gesicht schimmerte bläulich wie unter UV-Licht. Retuschen, Übermalungen und Firnisschichten wurden bei Bildern so sichtbar. Was aber verbarg sich hinter Ilyas' Stirn? Was zeigte er nicht? Wovor hatte er Angst?

Mehrmals hatte Peter an diesem Tag an Leendert van Beijeren und Carel Fabritius denken müssen, Rembrandts Schüler, deren Talente nie voll hatten erblühen können. Fabritius war 1654 in Delft bei der Explosion des Schießpulverdepots ums Leben gekommen, er malte gerade an einem Porträt. Am späten Nachmittag wurde er unter den Trümmern seines Hauses hervorgezogen, starb aber noch am selben Abend im örtlichen Hospital im Alter von zweiunddreißig Jahren. Leendert van Beijeren war sogar noch jünger, mit neunundzwanzig, gestorben. Die Todesursache war unbekannt, doch kurz vor seinem Tod im Jahr 1649 war er bei einer Schlägerei so stark verletzt worden, dass er drei Wochen lang das Bett hüten musste. Vielleicht hatte er sich ebenfalls die Hand gebrochen, vielleicht hatte er einen tödlichen Schlag auf den Kopf bekommen.

Was hätte aus Rembrandts brillantesten Schülern nicht alles werden können? Was für ein Œuvre hätten Fabritius und van Beijeren hinterlassen, was für unglaubliche, fantastische Gemälde hätten sie noch hervorgebracht?

»Du darfst dein Leben nicht vergeuden«, sagte Peter. »Sieh zu, dass du es nutzt, dass du was daraus machst.«

»Ich weiß nicht, ob ich das kann, aus meinem Leben was machen«, sagte Ilyas nach längerem Schweigen. »Sechs Jahre lang bin ich in die falsche Richtung gelaufen. Ich hab gestohlen, ich hab Drogen verkauft, Drogen genommen, ich bin nie draufgekommen, dass man auch anders leben könnte, dass es auch ein anderes Leben gibt. Oder eigentlich wusste ich es schon, aber dieses Leben war nicht für mich. Nicht für einen Jungen ohne Schulabschluss, ohne Geld. Jetzt schiebst du mich in die andere Richtung, aber ich hab mich noch nie so beschissen gefühlt. Wenn ich den ganzen Tag Geschirr gespült habe, während im Gastraum die Leute Torte verputzen, will ich nur noch in mein altes Leben zurück. Aber das geht auch nicht, denn dann komm ich ins Gefängnis, und da will ich echt nie wieder hin. Vielleicht sollte ich einfach verduften, so wie mein Vater – einfach auf und davon, Mann!«

»Und dann?«

»Weiß ich nicht. Nach Marokko vielleicht. Vielleicht gibt es da Platz für mich.«

»Den gibt es hier auch.«

»Aber was hab ich hier denn? Absolut nichts, ich hab nicht mal ein Fahrrad.« Er schüttelte den Kopf. »Diese andere Richtung gibt's für mich nicht, ich kann sie nicht gehen. Ich hab das nie gelernt.«

»Du darfst Fehler machen.«

»Wie meinst du das?«

»Du darfst dir die Hand brechen, du darfst deine Arbeit verlieren, du darfst fallen, wenn du nur wieder aufstehst.«

Ilyas schaute ihn an. »Darf ich das?«

»Ja, das darfst du.«

Ein Lächeln huschte Ilyas übers Gesicht. »Du hast auch deine Arbeit verloren.«

Peter nickte.

Hatte er auch einen Fehler gemacht? Hatte er sich geirrt? Doch spielte das im Moment eine Rolle?

»Rauchen wir eine zusammen?« Ilyas nahm eine Packung vom Boden und schaute hinein. »Ich hab noch genau zwei Kippen.«

»Ich rauche nicht.«

»Heut Abend schon, Mann. Eine einzige, als Friedenspfeife.«

»Okay, als Friedenspfeife.«

Sie standen auf dem Balkon und stützten sich auf das Geländer. Auf der Straße war alles still, im Mietshaus gegenüber brannte hier und da Licht. Schlaflose Seelen, Leute, die mitten in der Nacht durchs Wohnzimmer geisterten. Peter nahm einen Zug an seiner Zigarette und spürte, wie der beißende Rauch seine Lungen füllte. Er musste husten. Ilyas klopfte ihm auf den Rücken.

»Nicht so tief inhalieren, Mann!«

»Es ist lange her.«

Auf der Uni hatte Peter geraucht und auch danach ab und zu bei Ausstellungseröffnungen, geschlaucht von einem Kollegen. In seiner und Kees früheren Wohnung hatte in einer Küchenschublade ein Päckchen Zigaretten gelegen, für Besuch, doch auch Peter und Kee hatten manchmal geraucht, im Garten, wenn die Kinder endlich im Bett lagen und sie sich von ihrem Tag erzählten. Sie hatten damit aufgehört, als Ewan sie nach einem Traum von Monstern einmal erwischt hatte. Die Packung verschwand und damit auch die Gespräche, so schien es Peter zumindest.

»Herrlich«, sagte Peter, »ich werde sogar ein bisschen high.«

»Dann ist es echt lange her.«

Sie bliesen den Rauch in die Nacht.

»Musst du nicht nach Hause?«
»Ich weiß nicht.«
»Hast du Stress mit deiner Frau?«
Peter nickte.
»Wir haben uns aus dem Bett geworfen.«
Jetzt war es Ilyas, der husten musste.
»Bei mir war es aus Versehen, und dann hat sie mich getreten.«
Peter nahm einen Zug.
»Ich weiß nicht, ob es sich wieder einrenkt.«
»Du darfst fallen«, sagte Ilyas, »wenn du nur wieder aufstehst.«

Auf der anderen Straßenseite ging ein Licht aus. Wie schnell oder langsam schlief jemand ein, der mitten in der Nacht zu Bett ging? Wie lange würde Peter wohl brauchen?

»Möchtest du hier pennen?«, fragte Ilyas, als er seine Zigarette am Geländer ausgedrückt hatte.
»Hast du denn Platz?«
»Ich hab ein Sofa. Ein sehr schönes, rotes Sofa.«

Als Peter unter einem verwaschenen Laken in T-Shirt und Unterhose auf dem Polster lag, spürte er, wie eine enorme Müdigkeit an ihm zog, wie eine Bodenströmung in der Brandung. Als witterte alle Erschöpfung der vergangenen Wochen mit einem Mal ihre Chance. Widerstand zwecklos.

Ilyas schaltete den Fernseher aus.
»Danke, Mann.«

Am Morgen hatte es kurz geregnet, ein kleiner Schauer im ersten Licht des Tages, doch danach war alles wieder getrocknet. Im Schlaf hatte Peter von all dem nichts bemerkt, doch er war aufgewacht, als eine Autoalarmanlage losging. Er hatte keine Ahnung, wie spät es war; der Akku seines Handys war leer.

Ilyas schlief noch. Peter hörte ihn leise schnarchen. So leise wie möglich zog er sich Hose und Schuhe an. In der Küche wusch er sich das Gesicht, fand aber kein Handtuch. Er ging ins Wohnzimmer zurück und trocknete sich an seinem Bettlaken ab.

»Gehst du?«

In Boxershorts stand Ilyas in der Türöffnung zum Schlafzimmer.

»Ja, ich wollte dich nicht wecken.«

»Ich kann dir leider kein Frühstück anbieten.«

»Macht nichts.«

Er legte das Laken zusammen und deponierte es auf dem Sofa.

»Hast du ein bisschen schlafen können?«, fragte Ilyas.

Obwohl es nur kurz gewesen war, fühlte Peter sich erfrischt. »Es ist ein gutes Sofa«, sagte er. »Und du? Hast du gut geschlafen?«

»Ich glaub, ich leg mich gleich noch mal hin.«

Peter schaute sich um und betrachtete die Möbel, die er und Ilyas zusammen geholt hatten.

»Dann mach ich mich mal auf den Weg.«

»Ja, Mann.«

Ilyas begleitete ihn zur Wohnungstür und schloss auf.

Im Treppenhaus holte Peter seinen Schlüsselbund aus der Tasche und friemelte einen Schlüssel herunter. Er gab ihn Ilyas.

»Was ist das?«

»Mein Radschlüssel.«

»Warum gibst du mir den?«

»Jetzt hast du ein Fahrrad.«

»Und wie kommst du dann nach Hause?«

»Zu Fuß.«

»Du spinnst, Mann! Weißt du, wie weit das ist?«

»Etwas über fünf Kilometer, glaub ich. Das geht schon.«

Sie schwiegen beide.

»Und jetzt?«, fragte Ilyas.

Peter wollte etwas Ermutigendes sagen, aber es fiel ihm nichts ein.

»Halt mich fest«, sagte er stattdessen.

»Was?«

Peter machte einen Schritt auf Ilyas zu und legte die Arme um ihn. Es dauerte ein Weilchen, doch dann tat Ilyas das Gleiche. Sie umarmten sich.

Am Himmel liefen Blau und Grau durcheinander, als wisse der Maler noch nicht, wo er mit dem Tag hinwollte. Die Dunkeltöne betonen oder umgekehrt Glanz hinzufügen, ein wenig Goldpigment und alles in Sonnenlicht baden?

Peter lief die gesamte Strecke zu Fuß, bis zu dem Neubaukarree mit Pocketgärten und Parkplatz auf dem abgeschlossenen Innenhof. War dies noch sein Zuhause? Er konnte es nur hoffen.

QUELLENANGABEN

Jedes Buch hat eine wesentliche Quelle. Für diesen Roman war das der Kunsthistoriker Jeroen Giltaij. Ich schulde ihm großen Dank für die vielen Gespräche über Rembrandt und sein Leben, seine Gemälde und Schüler. Immer wieder war er bereit, meine Fragen zu beantworten, Fakten für mich zu recherchieren und mich auf Artikel hinzuweisen. Auch Ausstellungen besuchte er mit mir; kein größerer Genuss, als mit jemand so Belesenem vor einem Meisterwerk zu stehen und sich von seiner Begeisterung mitreißen zu lassen. Auch sein Buch *Titus, zoon van Rembrandt* (»Titus, Sohn von Rembrandt«; WBOOKS, 2018) war eine unentbehrliche Quelle für diesen Roman.

Dorine de Vos möchte ich für den magischen Ort (»die Dienstbotenwohnung«) danken, an dem ich seit nunmehr einigen Jahren regelmäßig schreiben darf und wo ich auch an *Der perfekte Mann* gearbeitet habe. Ich danke ebenfalls Laurent Nouwen, mit dem ich unzählige Espressi getrunken habe.

Beim Schreiben von Kapitel zehn habe ich mich von Niña Weijers' Text »Onschuldig« (»Unschuldig«) in der Zeitschrift *De Groene Amsterdammer* (Nr. 34, 2017) inspirieren lassen. Der Text an der Wand des im Roman beschriebenen Yogastudios ist der gleiche wie in Weijers' Artikel.

Seit dem Jahr 2017 arbeite ich ehrenamtlich als Betreuer mit Rotterdamer Jugendlichen, die allein nicht zurechtkommen und einen kleinen Schubs in die richtige Richtung brauchen. In der Talkshow *Rotterdam Late Night* vom 7. September 2017 über das städtische Jugendsozialprogramm »Jeder Jugendliche zählt« hatte Hugo de Jonge, damals Rotterdams Stadtdezernent für Bildung, Jugend und Familie und seit Oktober 2017 Minister in den niederländischen Kabinetten Rutte III und IV, irgendwann genug von meinen kritischen Fragen. Er konterte: »Warum machst du es dann nicht selbst?« Ich bin ihm immer noch dankbar für diese Herausforderung.

Ich schloss mich der Gruppe »Rotterdamse Douwers« (»Rotterdamer Macher«) an, einer Initiative, in deren Rahmen sich inzwischen gut zweihundert Menschen für Jugendliche einsetzen, die durch die Maschen des Systems gefallen sind, die Schulden haben, sich einsam fühlen und allein keinen Ausweg mehr sehen. Manche Geschichten in diesem Buch stammen von solchen Jugendlichen. In den vergangenen Jahren habe ich gejubelt, gelacht, geweint, geflucht, geschrien, umarmt und ungeheuer viel gelernt.

rotterdamsedouwers.nl

Die Originalausgabe erschien 2020 unter dem Titel
»Ilyas« bei De Bezige Bij, Amsterdam.

Der Verlag behält sich die Verwertung der urheberrechtlich
geschützten Inhalte dieses Werkes für Zwecke des Text- und
Data-Minings nach § 44 b UrhG ausdrücklich vor.
Jegliche unbefugte Nutzung ist hiermit ausgeschlossen.

Penguin Random House Verlagsgruppe FSC® N001967

1. Auflage
Deutsche Erstausgabe Oktober 2023
Copyright der Originalausgabe © 2020 by Ernest van der Kwast
Copyright © der deutschsprachigen Ausgabe 2023 by btb Verlag
in der Penguin Random House Verlagsgruppe GmbH,
Neumarkter Straße 28, 81673 München
Covergestaltung: semper smile, München
Covermotiv: © Getty Images/Sahin Kafire/EyeEm;
© Shutterstock/Krasovski Dmitri; pics five
Autorenfoto: © Stephan Vanfleteren
Satz: Uhl + Massopust, Aalen
Druck und Einband: GGP Media GmbH, Pößneck
MK · Herstellung: sc
Printed in Germany
ISBN 978-3-442-77180-6

www.btb-verlag.de
www.facebook.com/penguinbuecher

Nathan Englander

kaddish.com

Roman

240 Seiten, btb 77154
Aus dem Amerikanischen von Werner Löcher-Lawrence

Eine aberwitzige, quirlige Satire, zugleich absolut respektlos und sehr liebevoll.

Larry, ein atheistischer Jude aus Brooklyn, ist nach dem Tod seines geliebten Vaters ein einziges Nervenbündel. Nach dem jüdischen Gesetz muss er elf Monate lang das Kaddisch für ihn beten. Fieberhaft sucht er nach einem Ausweg – und findet ihn, wie so vieles, im Internet, bei der Website kaddish.com. Larry füllt ein Formular aus, zahlt die Gebühr und vertraut darauf, dass ein frommer Jeschiwa-Schüler in Jerusalem das Trauergebet für seinen Vater sprechen wird. Doch bald ergeben sich einige heillose Komplikationen …

»Der witzigste amerikanisch-jüdische Schriftsteller der Gegenwart.«
The Times

btb